MANFRED FASCHINGBAUER

Gnadenlos im Bayerwald

BLUTSPUR DURCH DEN BAYERWALD In Deggendorf wird die Leiche einer jungen Frau mit einem eingebrannten Keltenherz auf der Schulter gefunden. Gleichzeitig stoßen Wanderer im Bayerischen Wald auf ein menschliches Herz, aufgebahrt in einer keltischen Opferstätte. Hängen die beiden Mordfälle zusammen? Kommissar Moritz Buchmann und seine Kollegin Melanie Güßbacher begeben sich gemeinsam auf die atemlose Suche nach dem Täter. Dessen blutige Spur führt die Ermittler durch den Bayerischen Wald und in die dunkelsten Abgründe menschlicher Seelen. Mit Hilfe der Staatsanwältin Dr. Martina Richter müssen sich Moritz und Melanie ihren schlimmsten Albträumen stellen. Während sie dem Mörder näher kommen, beginnt die Grenze zwischen Gut und Böse zu verschwimmen. Moritz muss sich fragen, ob Recht und Gerechtigkeit in diesem Fall zum selben Ziel führen.

© privat

Manfred Faschingbauer, 1963 in Bad Kötzting geboren, lebt mit seiner Familie in dem kleinen Bayerwalddorf Blaibach. Die mystischen, in den Wäldern des Bayerischen Waldes versteckten keltischen Opferstätten sind die Schauplätze von Moritz Buchmanns neuem Kriminalfall, der ihn und seine Lieblingskollegin Melanie wieder in den »Woid« und zu den »Waidlern« führt. Nach »Osserblut«, »Bayerisch Kalt« und »Bayerisch Tot« ist »Gnadenlos im Bayerwald« Moritz Buchmanns vierter Fall.

Bisherige Veröffentlichungen im Gmeiner-Verlag:
Gnadenlos im Bayerwald (2023)
Bayerisch Tot (2020)
Bayerisch Kalt (2018)
Osserblut (2017)

MANFRED FASCHINGBAUER

Gnadenlos im Bayerwald

KRIMINALROMAN

Immer informiert

Spannung pur – mit unserem Newsletter informieren wir Sie regelmäßig über Wissenswertes aus unserer Bücherwelt.

Gefällt mir!

Facebook: @Gmeiner.Verlag
Instagram: @gmeinerverlag

Besuchen Sie uns im Internet:
www.gmeiner-verlag.de

© 2023 – Gmeiner-Verlag GmbH
Im Ehnried 5, 88605 Meßkirch
Telefon 07575 / 2095-0
info@gmeiner-verlag.de
Alle Rechte vorbehalten
2. Auflage 2026

Satz: Mirjam Hecht
Umschlaggestaltung: U.O.R.G. Lutz Eberle, Stuttgart
unter Verwendung eines Fotos von: © Fotofrank / stock.adobe.com
und Dja65 / shutterstock.com
Druck: Custom Printing Warschau
Printed in Poland
ISBN 978-3-8392-0365-1

PROLOG

»Wir müssen reden. Ich habe einen Mann getroffen. Einen anderen Mann. Ich liebe ihn. Es ist einfach so passiert. Ich kann nichts dagegen tun. Ja, ich liebe ihn, und er liebt mich. Ich danke dir für die gemeinsame Zeit. Es tut mir leid, aber ich werde dich verlassen.«

DAS MÄDCHEN MIT DEM WEISSEN KLEID

Mein Name ist Tamara und dies ist meine Geschichte. Wie die eines jeden Menschen beginnt sie mit dem ersten Schrei, der dem ersten Atemzug folgt. Das Leben würde meiner Kehle noch viele Schreie entlocken, doch wussten das zu diesem Zeitpunkt weder Jakub Kysely, mein Vater, noch seine Frau Ivana.

Sie war es, die mich verflucht hat, noch bevor ich ihren Körper verlassen habe. Nichts, was ich ihr nachtragen kann, war ich es doch, die verkehrt in ihrem Bauch lag und damit sie und mich an den Rand des Todes brachte. Erst im letzten Moment habe ich mich für das Leben entschieden und mich in die Kopflage gedreht.

Nach drei Tagen Wehen entledigte sie sich schließlich in einem sterilen Kreißsaal in Nitra mit mir aller Qualen und Ängste.

Auch Mama war nicht nachtragend. Nachdem sie mich zum ersten Mal im Arm gehalten hatte, überschüttete sie mich in den kommenden Jahren mit all der Liebe, die nur eine Mutter geben kann. Ivana Kysely unterschied sich in dieser Beziehung nicht von all den anderen Müttern auf diesem Planeten.

Halt fand sie bei Papa, der die Hälfte seines kurzen Lebens in der Dunkelheit eines Kohlebergwerks der Ostravsko-karvinské doly verbrachte. Sein Einkommen als Schichtführer reichte für ein Haus mit Garten in einem Dorf nordöstlich von Ostrava. Es war ein altes Gebäude, umgeben von ebenso alten Apfelbäumen. Ihre Blüten verwandelten meine Welt jeden Frühling für einige Tage in ein Märchenland, wenn nicht gerade der Wind von Südwesten kam und den Staub von Nowa Huta herüberwehte. Damals habe ich mir keine Gedanken darüber gemacht, was es bedeutete, in der Nähe einer der schmutzigsten Städte Europas zu leben.

Dort hat Mama auch das Kleid gekauft. Es war weiß und es war teuer. Mama wollte es trotzdem. Für mich. Mama und Papa sagten, ich sähe darin aus wie ein Engel. Ich wusste nicht, was ein Engel ist, aber es musste etwas ganz Besonderes sein, denn auch die anderen Leute im Dorf sahen mich mit großen Augen an, wenn ich das Kleid trug.

Auch Maria, meine Freundin. Sie saß in der Schule neben mir und war die Einzige, die mich gernhatte. Die anderen verachteten mich und auch Maria. Nicht, dass ich mich darüber beschweren möchte. Wenn ich mich nicht täusche, hatte ich eine Kindheit, die andere als glücklich bezeichnen würden. Genau weiß ich das nicht mehr. Zu lange schon ist die Erinnerung an Glück verblasst.

Sagen wir einfach, die ersten acht Jahre meines Lebens waren gut. Zumindest so lange, bis eines Tages ein Mann des Bergwerks vor der Tür stand. Es habe einen Unfall gegeben, sagte er. Ein Teil eines Stollens sei eingestürzt und hätte Papa und drei andere Männer unter sich begraben. Kein ungewöhnliches Ereignis, das nur kurz die Aufmerksamkeit der Medien und der Öffentlichkeit erregte.

Das folgende Jahr, mein neuntes Lebensjahr, habe ich aus meinem Gedächtnis verbannt. Nachdem Mama das Haus verkaufen musste, sind wir in eine kleine Wohnung in der Stadt gezogen. Dort bekam ich zum ersten Mal eine Vorstellung von dem, was die Leute Armut nennen. Bevor sie Papa aus dem Schacht getragen haben, hatte es Mama nicht nötig zu arbeiten. Jetzt brauchte sie Arbeit, die sie nicht fand.

Dafür einen neuen Mann. Auch Matej Pokorny arbeitete für das Bergwerk. Er fuhr nicht mit den anderen Männern in den Schacht, um diesen schwarz vor Kohle wieder zu verlassen. Matej war einer von denen, die Papa Vykořisťovatelé nannte. Ausbeuter im Anzug und mit Krawatte um den Hals.

Ich wusste nicht, was Papa damit meinte und warum er auf sie wütend war. Vermutlich, weil die Ausbeuter mehr verdienten als die Männer, die in den Stollen schufteten. Wir sind zu Matej in dessen kleines Haus am Rand von Ostrava gezogen.

Bald fuhr Mama auch wieder ein Auto und sie konnte mir ein neues weißes Kleid kaufen. Das andere, das zu klein für mich geworden war, bewahrte sie in einem Koffer unter ihrem Bett auf.

Was folgte, war ein Jahr, in dem ich Papa vermisste und Mama und Matej zu streiten begannen. Irgendwie hatte es mit mir zu tun. Mit meiner Geburt, genauer gesagt. Matej wünschte sich Kinder. Eigene Kinder. Von Mama, die er liebte. Bei Mama aber hatten die drei Tage, die sie mit mir und gegen mich gekämpft hat, etwas kaputt gemacht. Nie wieder wollte sie sich den Ängsten und Schmerzen stellen, die ich ihr bereitet hatte.

Bevor die beiden sich wegen mir trennen konnten, ist es passiert. Die Polizei sagte, Mama habe zu viel getrunken. Sie war bei einer Bekannten, um deren Geburtstag zu feiern. Mama hätte ein Taxi nehmen sollen. Aber sie fuhr mit ihrem Auto. Und schlief dabei ein. Das Rot der Ampel nahm sie nicht mehr wahr. Und ich hoffe, auch den Zug nicht, der ihr Auto in zwei Teile gerissen hat. Und Mama aus dem Leben. In meinen Erinnerungen war sie wunderschön und ich habe sie unendlich geliebt.

Aus Tamara, dem Kind, das in behüteten Verhältnissen aufgewachsen ist, wurde Tamara, die Vollwaise. Da keine Verwandten die Rolle meiner Eltern übernahmen, war es nur Matej, der mich vor dem Waisenhaus bewahren konnte. Und das tat er auch. Ich habe natürlich meinen Teil dazu beigetragen. Viermal im Jahr kam die Frau des Jugendamtes, um zu sehen und zu hören, ob es mir gut ging und ob ich bei dem Mann, der nicht mein Vater war, bleiben wollte. Ich habe ihre Fragen so eifrig bejaht, dass ich schon Angst hatte, sie würde mir nicht glauben. Dabei wollte ich wirklich bei ihm bleiben. Wohin sonst hätte ich gehen sollen? Außerdem hat er mich anständig behandelt. Soweit ich damals schon fähig war zu beurteilen, was anständig ist. Vielleicht war das sein stummes Versprechen an Mama gewesen.

Die nächsten Jahre ging ich auf die PORG International School in Ostrava. Matej meinte, in der neuen Zeit müsse man für die ganze Welt gerüstet sein. Also lernte ich neben Wirtschaft auch Englisch und Deutsch, habe meine Matura mit sehr gutem und meine ersten sexuellen Erfahrungen mit sehr mäßigem Erfolg gemacht. Es ist nach dem Sportfest der Schule geschehen und ich war 15 Jahre alt. Karel war kaum älter und genauso unerfahren und nervös wie ich. Das Ergebnis unseres Treffens in der Gartenlaube seiner Oma ist es nicht wert, erwähnt zu werden.

In all diesen Jahren war Matej das, was man als korrekt bezeichnen würde. Jedes Jahr hat er mir zum Geburtstag ein neues weißes Kleid gekauft. Ich weiß nicht, warum er das tat. Vielleicht, um damit die Erinnerung an Mama aufrechtzuerhalten. Also ging ich mit ihm in die Stadt, suchte das schönste Kleid aus und zog es für ihn an. Dann hat mich Matej fotografiert.

Er hat mir jedes Mal das schönste der Bilder geschenkt. Ich habe sie noch heute. Tamara Kyselys Leben im Zeitraffer.

Mit den anderen hat er mich im Darknet dargeboten!

Bilder eines Mädchens, von dem die Leute sagten, es sähe aus wie ein Engel.

Bilder einer Jugendlichen, die noch immer einem Engel ähnelte und die Erfüllung aller Sehnsüchte versprach.

Bilder von mir.

Kurz vor meinem 18. Geburtstag kam Matej eines Abends in mein Zimmer im ersten Stock seines Hauses. Er setzte sich an mein Bett und nahm meine Hände in seine. Mit einer Trauer in den Augen, die endlos schien, sah er mich an. Nach Minuten des Schweigens erklärte er mir, dass er Ostrava verlassen wolle. Das Ende des Bergbaus in der Gegend stehe bevor und es sei an der Zeit zu verschwinden, bevor es so weit war. Ich hatte keinen Grund, an seinen Worten zu zweifeln. Schließlich war er einer der Ausbeuter, die in ihren Büros und Konferenzräumen wussten, was geschehen würde. Er hatte das Haus bereits verkauft und wollte nach Prag ziehen. Ich könne mit ihm kommen und an einer der Universitäten der Hauptstadt studieren, wenn ich das denn wolle. Er hat die Entscheidung mir überlassen.

Ob er wusste, dass ich mit ihm kommen würde? Er muss es wohl geahnt haben. Hätte er mich sonst gefragt? Hätte er mir die Wahl gelassen?

Schließlich hatte er mich zu diesem Zeitpunkt bereits verkauft.

Zwei Wochen später wurde ich 18 Jahre alt. Am gleichen Tag schloss das Jugendamt die Akte Tamara Kysely. Ich war erwachsen.

Sagte ich, meine Geschichte beginnt mit meiner Geburt? Das entspricht nicht ganz der Wahrheit. Meine Geschichte, meine eigentliche Geschichte, beginnt mit dem Tag, an dem ich zu Matej ins Auto gestiegen bin, um mit ihm nach Prag zu fahren.

Wir sind nie dort angekommen.

MITTWOCH, 15. NOVEMBER

DIE KLEINEN BRÜDER

»Damit dürfte Ihrer Beförderung zum Oberleutnant nichts mehr im Wege stehen.«

Ondrej zuckte mit den Schultern. *Darum ist es mir nie gegangen*, sollte das wohl bedeuten. Radek Navratil lächelte süßlich. »Wie dem auch sei. Das hier ist eine ausgezeichnete Arbeit. Eine verflucht ausgezeichnete Arbeit.« Er unterstrich seine Worte, indem er mit der Akte vor Ondrejs Gesicht herumwedelte und sie dann geräuschvoll wieder auf den Tisch warf, der Vorgesetzten und Untergebenen trennte.

»Es ist ein Erfolg des ganzen Teams«, versuchte Ondrej die Begeisterung des Majors zu zügeln.

»Es spricht für Sie, dass Sie das sagen. Aber mal im Ernst. Alle hier in der Sektion wissen, wie sehr Sie sich in die Sache verbissen haben. Ich muss gestehen, ich habe noch nie eine solche Ausdauer und einen solchen Willen gesehen. Wie lange waren Sie den ›Kleinen Brüdern‹ auf den Fersen? Zwei Jahre?«

Steht in meinem Bericht, wollte Ondrej antworten. *Wenn Sie ihn aufmerksam gelesen hätten, wüssten Sie, dass es vier waren.* Eine bedeutungslose Zahl, die nicht verriet, dass er den größten Teil seines Lebens mit dieser Jagd verbracht hatte. Warum aber sollte er sich mit seinem Chef anlegen? Jetzt, wo er sein Ziel erreicht hatte. »Es waren fast vier«, sagte er deshalb gefasst.

»Vier Jahre!« Radek blies seine fettig glänzenden Backen auf, lehnte sich zurück und ließ die Luft wieder geräuschvoll entweichen. »Und ich wette, Sie haben diese Kerle nicht nur während Ihrer Dienstzeit gesucht.«

Nein, das hatte er nicht. Seine Gedanken waren immer bei den »Kleinen Brüdern« gewesen. Während des Essens, beim Einkauf, beim Spaziergang durch die Straßen der Stadt und manchmal auch in seinen Träumen.

Er hatte sie studiert. Von den Tagen ihrer Gründung durch Victor und Jiří, die beiden jüngsten der sieben Kučera-Brüder, bis zu ihrem Aufstieg zu einer der geheimsten und gefährlichsten Verbrecherorganisationen Tschechiens. Er kannte ihre Methoden, ihre Motivation, ihre Kunden und ihre Opfer. Er war in ihre innerste Struktur eingedrungen und war einer von ihnen geworden.

So, wie Papa es ihm geraten hatte. Er war es auch gewesen, der ihm gesagt hatte: »Es gibt nur zwei Möglichkeiten, sie zu besiegen. Entweder du säst Streit unter ihnen und sie erledigen das selbst. Oder du hast mächtigere Freunde, als sie es sind.«

Ondrej wusste, dass die erste Variante ausschied. Zu gut und zu straff organisiert war das Syndikat. Zu loyal waren die einzelnen Brüder und zu drakonisch die Strafen für Verrat. Also hatte er sich der Hilfe der mächtigsten Organisation außerhalb der »Kleinen Brüder« bedient. Der Polizei! Alles, was er tun musste, war, die Augen der Staatsmacht auf das richtige Ziel zu fokussieren.

Am Anfang hatte man seine Ermittlungen behindert. Ondrej kannte den Grund dafür. Wie viele einflussreiche Mitglieder der Regierung nahmen wohl die Dienste der Brüder in Anspruch? Zu welchen Kreisen hatte diese Organisation ihre Verbindungen geknüpft?

Angeforderte Mittel, Kollegen und Informationen wurden unter fadenscheinigen Gründen zurückgehalten. Erfolg versprechenden Hinweisen durfte er nicht nachgehen. Stattdessen hatte man ihm andere, in seinen Augen unwichtige Fälle zugewiesen. Alles hatte sich geändert, als die Tochter eines einflussreichen Politikers verschwunden war. Ondrej hatte mit den Ergebnissen seiner Ermittlungen nicht hinter dem Berg gehalten. Oft genug hatte er seine Vorgesetzten damit konfrontiert. Sie wussten, dass die Ware, mit der die »Kleinen Brüder« handelten, Menschen waren. Sie wussten, dass es nicht nur Waffen und Drogen waren, mit denen sie Geschäfte machten.

Also hatte man ihn mit der Suche nach dem Mädchen beauftragt. Er sah seine Chance gekommen und hatte sie mit beiden Händen gepackt. Er war zum Haus von Pavel Horak gefahren und hatte den verzweifelten Eltern die Ergebnisse seiner bisherigen Arbeit unterbreitet. Er erinnerte sich gut an die Augen der beiden, als sie erfuhren, dass es in ihrem Land Menschen gab, die für Geld alles besorgen konnten.

»Auch Ihre Tochter Irina«, hatte er ihnen erklärt.

Pavel Horak hatte dafür gesorgt, dass ein Wiedersehen mit seiner Tochter nicht an fehlender Kooperation staatlicher Stellen oder an der finanziellen Ausstattung der Ermittler scheitern würde. Er hatte dafür gesorgt, dass Ondrej der gesamte Polizeiapparat zur Verfügung stand und er Zugang zu allen Akten und Dateien erhielt. Drei Wochen später hatte man Irinas Leiche in einer heruntergekommenen Wohnung in Prag gefunden. Die Nadel, mit der sie sich die Überdosis Heroin gespritzt hatte, steckte noch in ihrem Arm. Ondrej wusste, dass die Brüder mit ihrem Tod nichts zu tun hatten. Aber Irina hatte den Stein ins Rollen gebracht.

Und er hatte dafür gesorgt, dass dieser nicht wieder zum Stehen kam. Nicht so kurz vor dem Ziel.

Und so hatten zwei Dutzend Männer der URNA die Jagdhütte in den Wäldern am Moldaustausee gestürmt. Neun Männern hatten sie Handschellen angelegt und sie an Ondrej vorbei hinausgeführt. Der innere Kern der Organisation. Sie hinterließen ein gewaltiges Machtvakuum. Wer würde es füllen? Ondrej lächelte bei dem Gedanken.

»Sie werden verstehen, dass der Prozess unter strengster Geheimhaltung stattfinden muss.« Radek stand aus seinem schweren Sessel auf. Er drehte eine Runde durch sein Büro, dann kam er wieder zu Ondrej, stützte seine Hände auf seinen Schreibtisch und sah seinen Untergebenen streng an. »So eine Ungeheuerlichkeit würde die Menschen nur beunruhigen. Und das wollen wir doch nicht. Unsere Aufgabe ist es, das Volk vor solchen Verbrechen zu schützen. Es reicht, wenn wir wissen, dass es da draußen eine Gefahr weniger gibt.«

Natürlich, dachte Ondrej, sagte aber nichts. Was wiederum sein Chef falsch deutete. »Ich weiß, ich weiß. Das bedeutet, keine öffentliche Anerkennung Ihres Erfolgs. Weder für Ihr Team noch für Sie. Da ist doch diese junge Kollegin. Wie war doch gleich ihr Name?«

»Hajek. Nikola Hajek«, antwortete Ondrej. Radek kennt nicht mal seine Leute, dachte er verbittert.

»Bei Ihnen mache ich mir da keine Sorgen, aber kann auch sie damit umgehen? Mit der Geheimhaltung, meine ich.«

»Feldwebel Hajek hat sich bei den Ermittlungen als absolut loyal und zuverlässig erwiesen. Außerdem ist sie eine hervorragende Polizistin. Ohne sie läge das jetzt nicht auf Ihrem Tisch.« Er deutete auf die Ermittlungsakte. »Sie können völlig beruhigt sein, was Nikola betrifft. Im Übrigen bin ich ganz Ihrer Meinung. Es macht keinen Sinn, die Bevölkerung mit diesen Dingen zu konfrontieren. Keine Presse. Keine Medien.«

Radek nickte zufrieden. »Schön, dass Sie das auch so sehen. Wir haben noch immer gewusst, wie wir mit solchen Situationen umgehen müssen. Die ›Kleinen Brüder‹ werden aus dem Gedächtnis unseres Landes getilgt werden, als hätten sie nie existiert.«

Was wohl ihre Opfer dazu sagen würden, dachte Ondrej. Sie werden nie vergessen.

Ich werde nie vergessen!

Der Tag war gekommen, an dem er von den Brüdern Rechenschaft für ihre Taten forderte. Dabei kam ihm die Vergangenheit seines Chefs bei der Staatssicherheit entgegen. Damals waren es keine Vergewaltiger und Mörder, Drogendealer und Kinderschänder gewesen, die auf sein Geheiß hin in anonymen Zellen verschwunden waren. Radek Navratil hatte sich nicht gescheut, im Auftrag der Kommunistischen Partei der Tschechoslowakei politische Gegner, Oppositionelle und Menschenrechtler anzuklagen und die Beweise für ihre staatsfeindlichen Aktivitäten zu liefern. Echte oder fingierte. Das hatte nie eine Rolle für ihn gespielt. Ebenso wenig, wie es ihm nach dem Untergang des alten Regimes schwergefallen war, die Abzeichen der KPT abzulegen und zum überzeugten Demokraten zu konvertieren. Radek zählte zu jener Gattung Mensch, die in jedem System zurechtkam.

Für Ondrej spielte das keine Rolle. Sein Chef war nur eine Figur im großen Spiel. Er würde die Führungsspitze der »Kleinen Brüder«, die Ondrej verhaftet hatte, ohne großes Aufsehen verschwinden lassen.

»Aber wie gesagt«, glaubte Radek, seinen Untergebenen beschwichtigen zu müssen, »Ihrer Beförderung steht nichts mehr im Wege. Ich werde mich persönlich darum kümmern.« Mit diesen Worten reichte er Ondrej die Hand. Das Gespräch war beendet.

Ondrej nahm seine Jacke, die er über die Stuhllehne gelegt hatte, und trat auf den kahlen Flur der Polizeidirektion Pilsen hinaus. Er ging zu einem der Fenster. Grau und traurig lag die Stadt unter ihm.

Ja, dachte er. Der erste Schritt ist getan. Jetzt können wir unsere Aufmerksamkeit dem Orden widmen.

SONNTAG, 03. DEZEMBER

DIE FAMILIE

Es waren nur drei Menschen, die an diesem Abend in der Orangerie des ehemaligen Schlosses saßen. Die meisten Bewohner der luxuriösen Seniorenresidenz hatte das aufkommende Unwetter in ihre Unterkünfte verbannt. Einige hatten sich im Kaminzimmer zum Scrabble versammelt, andere taten das, was sie immer taten. Unfähig, die sie umgebende Welt zu erfassen, dämmerten sie ihrem Ende entgegen.

So auch einer der beiden Männer, die stumm in die heraufziehende Nacht hinausstarrten. Der Jüngere der beiden hatte den Älteren aus seinem Bett gehoben, ihn in den Rollstuhl gesetzt und hierher gebracht. Zwischen Orangenbäumen und Rosensträuchern hatte er ihn bis an die Glaswand geschoben, die die Wärme des beheizten Gewächshauses von der Kälte draußen trennte. Er wusste nicht, ob die trüben Augen des alten Mannes den Garten und den Teich darin sahen. Die Ärzte sagten, seine Ohren würden seine Worte und die der Frau, die mit ihnen vor der Glaswand saß, hören. Ob sein Verstand ihren Sinn erfasste, wusste niemand.

Ondrej spürte, dass die Frau ihn ansah. Er hatte die beiden Stühle links und rechts neben den Rollstuhl gestellt. Einem ahnungslosen Betrachter musste sich der Eindruck aufdrängen, der Mann und die Frau wollten diese Barriere zwischen sich. Doch sie waren nicht getrennt. Sie waren eins. Der alte

Mann verband die beiden zu einer unlösbaren Einheit, wie sie nur ein außergewöhnliches Schicksal schmieden konnte.

Ondrej drehte seinen Stuhl und wandte sich der Frau zu. Ein kurzer Rundblick bestätigte, dass sie allein waren. Es war die Frau, die das Schweigen brach. »Wie lange noch?«

Ondrej wusste, die Frau hatte Jahre auf dieses Treffen gewartet. Auch sie war auf der Suche gewesen, und doch hatte sie ihr ganzes Vertrauen in ihn gesetzt. Endlich konnte er sie dafür belohnen. Falls meine Zeit noch reicht, dachte er.

»Acht Monate. Vielleicht neun.«

Er vermeinte, ein Glitzern in ihren Augen zu erkennen. »Und die Schmerzen?«

Es gelang ihm, ein leichtes Lächeln auf seine Lippen zu zwingen. Er beugte sich nach vorne und stützte die Hände auf seine Knie.

Ihre Augen weinten ohne Tränen. Ihr Blick fixierte ihn. Du musst durchhalten, sagte er. Du musst leben, bis wir unser Ziel erreicht haben. Sie legte ihre Hand auf seine. Er spürte die Energie, die von ihr in seinen Körper floss.

»Die Suche ist zu Ende«, kam er zum eigentlichen Grund ihres Treffens.

»Die ›Kleinen Brüder‹!«

»Wir haben der Hydra einige Köpfe abgeschlagen.«

»Und du hast keine Angst, dass ihr doppelt so viele nachwachsen?«

»Navratil überstellt sie einem Sondergericht. Sie werden ohne großes Aufsehen in irgendeinem Militärgefängnis verschwinden. Die Brüder haben nur wenige Fehler gemacht. Einer davon war, mit dem Tod von Irina Horak in Verbindung gebracht zu werden. Unsere Politiker mögen korrupt und unfähig sein. Ganz sicher aber sind sie feige. Einmal in Gefahr, hat der Staatsapparat alles getan, um diese zu beseitigen. Es war ein Leichtes, die Angst dieser Menschen für uns zu nutzen.«

Die Frau sah ihn schweigend an. Dann nickte sie. »Bleibt noch der Orden.«

»Evan! Mit ihm wird es beginnen. Er wird uns die Namen der anderen verraten.«

Sie wandte sich von ihm ab und sah hinaus in den Garten. Draußen kämmte der Wind die letzten Blätter von den Bäumen.

»Was könnte ihn dazu bewegen?«

»Angst und Schmerzen!«

Es war die Stimme, von der sie angenommen hatten, sie nie wieder zu hören. Ondrej stand auf und drehte den Rollstuhl so, dass sie der alte Mann sehen konnte. Ein helles Leuchten vertrieb in diesen Sekunden die Schatten aus seinen Augen. Sie erinnerten sich an diese Momente, die immer seltener geworden waren, bis sie eines Tages endgültig Vergangenheit zu sein schienen. Jene Momente, da die Nebel im Kopf des Mannes den Strahlen der Erinnerung wichen.

Die Frau nahm die Hände des Mannes und lächelte ihn an. »Hallo, Papa!«

In diesem Augenblick vergaß Ondrej den Tumor, der seine Lunge zerfraß. Er vergaß die Schmerzen und das nahe Ende. Er war hier bei seiner Familie. Der alte Mann, der sein Vater war, und die Frau, die nicht seine Schwester war und doch so viel mehr. Sie knieten vor dem Rollstuhl und bildeten ein Dreieck. Die Luft zwischen ihnen flimmerte. Ondrej spürte es und er wusste, dass es Liebe war.

Liebe bis in den Tod.

SIEBEN MONATE SPÄTER – SONNTAG, 01. JULI

ONDREJ

Der Anfall kam wenige Kilometer vor der Grenze. Ondrej kannte die Zeichen. Das Stechen in der Brust. Das beklemmende Gefühl des nahen Ringens um Luft. Vor ihm zweigte im Licht der Scheinwerfer ein Forstweg ab. Bevor der Husten ihn schütteln konnte, gelang es ihm, die Straße zu verlassen und den Wagen im Schutz der Bäume abzustellen. Die nächsten Minuten waren Angst, Schmerzen und Blut. Er beugte sich nach vorn und schlug im Takt seiner Atemzüge mit dem Kopf auf das Lenkrad. So rasch der Anfall gekommen war, so langsam ging er wieder. Das Röcheln wich einem Ziehen und Pfeifen und schließlich dem ruhigen Atmen eines Überlebenden. Wieder einmal.

Ondrej wusste, dass ihm nicht mehr viel Zeit blieb. Es war ihm gleichgültig. Vielleicht würde er die Vollendung ihres Planes nicht mehr erleben. Aber er musste den unheimlichen Besucher aus der anderen Welt lange genug draußen vor der Tür halten, um seine Rolle in diesem Stück vollenden zu können.

Er griff zum Handschuhfach, nahm eine Packung Taschentücher und wischte das Blut von seinem Mund. Dann griff er zu der Flasche, die er immer im Wagen hatte, und stieg aus. Er nahm einen Schluck, gurgelte und spuckte das rot gefärbte Wasser auf den Waldboden. Ein Blick in den Seitenspiegel zeigte ihm, dass alle Spuren seines Anfalls beseitigt waren.

Wenn doch auch der Übeltäter selbst so leicht zu entfernen wäre, dachte er. Doch das war er nicht, und so musste er mit ihm leben und sterben.

Noch einmal sah er in den Spiegel und fuhr auf die Straße zurück. Nicht auffallen! Das war das Motto dieser Nacht.

Schließlich hatte er einen guten Grund, hinüber nach Bayern zu fahren. Dieser lag im Kofferraum seines Wagens und war tot. Nichts wäre also ungelegener gekommen als eine Kontrolle durch die Grenzpolizei. Eine Gefahr für die gesamte Unternehmung, wenngleich eine geringe. Unter normalen Umständen hatten Reisende keine Kontrollen an der Grenze zum westlichen Nachbarland zu fürchten. Solange sie unauffällig waren.

Und das war Ondrej in den letzten Monaten gewesen. Keiner seiner Kollegen hatte Verdacht geschöpft, wenn er sich einige Tage freigenommen hatte. Natürlich war ihnen sein Zustand nicht verborgen geblieben. Da war es nur zu verständlich, dass er diese Pausen brauchte. Keiner hatte ihn darauf angesprochen.

Keiner außer Nikola. Sie war in den zwei Jahren, die sie nun in seiner Einheit war, mehr als eine Kollegin geworden. Obwohl Ondrej immer alles getan hatte, das Verhältnis zu seinen Mitarbeitern distanziert auf das Dienstliche zu beschränken. Nikola hatte das nicht verstanden. Wie auch? Sie kannte seine Gründe nicht und sie sollte sie auch nie erfahren. Niemand sollte sie erfahren. Vielleicht waren es auch nur die ungezählten Stunden, die sie miteinander auf der Jagd gewesen waren. Und die Gefahr, der sie sich ausgesetzt hatten. Lebensgefährliche Situationen sind die

Grundlage für besondere Beziehungen! Wer hatte das noch gesagt? Ach ja! Sandra Bullock. »Speed« hatte ihr Kinohit geheißen, wenn er sich nicht täuschte.

Aber auch Nikola wusste nichts von seinen Ausflügen nach Bayern. Und in Deutschland? Dort gehörten die Zeiten, in denen ein Auto mit tschechischem Kennzeichen als Exot auf den Straßen galt, der Vergangenheit an.

Angst, dachte er. Ja, Papa, du hast recht. Wir müssen sie an dieses Gefühl erinnern. Wir werden sie dazu bringen, sich gegenseitig zu verdächtigen, sich gegenseitig zu beschuldigen, sich gegenseitig zu hassen.

Ondrej nahm einen weiteren Schluck aus der Wasserflasche. Er hatte die Grenze erreicht. Verfolgt von den Lichtern der Bars und Casinos, die der Grund dafür waren, dass die Menschen den Grenzübergang bei Furth im Wald als »Klein Las Vegas« bezeichneten, fuhr er hinüber in den Westen. Das Ziel seiner Fahrt war ungewiss. Es galt, auf die passende Gelegenheit zu warten.

Sie hatten Möglichkeiten und Unwägbarkeiten gegeneinander abgewogen. Sie hatten versucht, das Verhalten der Druiden vorherzusehen. Und das der Polizei. Sie hatten Pläne ent- und wieder verworfen. Immer mit dem einen Ziel vor Augen. Ondrej wusste, dass es neben allen Planungen am Ende doch einzig und allein auf ihn ankam. Auf seine Stärke. Auf seinen Willen.

Dabei stand es außer Frage, dass kein Unschuldiger Opfer ihres Vorhabens werden durfte. Und so hatten sie gewartet. Wochen, in denen sich Ondrejs Zustand ebenso verschlechtert hatte wie der von Papa. Der Nebel der Demenz hatte seit jenem Treffen im letzten Dezember fast vollständig von seinem Geist Besitz ergriffen. Damals aber war sein Blick so klar gewesen wie sein Verstand. Für wenige Minuten nur, aber lang genug. Papa hatte ihnen die DVD gegeben. Die Aufnahmen, heimlich gefilmt und für Jahre versteckt. Im richtigen Augenblick offenbart, würden sie der deutschen Polizei die Augen öffnen.

Der Lichtstrahl der Erinnerung hatte es Papa gestattet, ihnen auch von allem anderen zu erzählen. Vom Schloss in Tschechien, in dem die Mädchen gefangen gehalten worden waren. Von den verborgenen Plätzen drüben in Bayern, an denen die Druiden ihre Rituale gefeiert hatten. Bevor er wieder im Dunkel des Vergessens versunken war, hatte er sie zu den Orten geführt. Papa war dort gewesen. Papa war einer von ihnen gewesen. Bis zu jenem Tag, als er das Mädchen mit dem weißen Kleid gesehen hatte.

Auch Ondrej war dort gewesen. An den Orten, die noch den Schrecken der Vergangenheit atmeten. Bei den keltischen Opferstätten. Verborgen in den Wäldern und auf den Höhen des Bayerischen Waldes. Nach Jahrhunderten von den Druiden des Ordens wiedererweckt zu ihrem einstigen Zweck.

Er war auch im Schloss gewesen, aus dem die »Kleinen Brüder« ein Gefängnis ohne Wiederkehr gemacht hatten.

Das Wappen der einstigen Herren hing noch über der Tür. Es würde der Schlüssel zu ihrer Rache werden. Das Wappen und die tote Frau im Kofferraum seines Wagens.

Er fühlte die Müdigkeit in sich wachsen. Ohne konkretes Ziel folgte er einem Lkw mit slowakischer Autonummer. Dieser führte ihn über die Bundesstraße 20 vorbei an Cham und Straubing bis zu einer Autobahn. Dort überholte er seinen Leithund und fuhr in Richtung Passau. Bald darauf reckte sich der markante Pfeiler einer Brücke in den Nachthimmel. Vorbei an den Lichtern Deggendorfs überquerte er die Donau. Ein Schild wies auf einen Autobahnparkplatz hin. Er entschied, dass dies der Ort sein sollte.

Er nahm den Fuß vom Gas und rollte von der Straße. Vorbei an einer Handvoll Lkws und deren schlafenden Fahrern fuhr er bis zum Ende des Parkplatzgeländes. Dort schaltete er den Motor und die Lichter aus und wartete. Die Uhr an seinem Handgelenk zeigte 3.25 Uhr, als er ausstieg und die Reihe der Lastwagen abging. Die Scheiben aller Kabinen waren verhangen. Die Fahrer stellten keine Gefahr dar. Ondrej kehrte zu seinem Wagen zurück und öffnete den Kofferraum.

Ihre Augen standen offen. In einer Mischung aus Entsetzen und Angst erzählten sie von ihrem verzweifelten Kampf gegen den Tod, der sie an der Schwelle vom Mädchen zur erwachsenen Frau aus dem Leben gerissen hatte.

Als Ondrej sie gefunden hatte, hatte sie den Kampf gegen ihn bereits verloren. Es war kaum 24 Stunden her, als Vitaly ihn angerufen hatte. Das Drogendezernat hatte eine Gruppe Ecstasy-Dealer im Visier. In einem Club unten in Litice wollten Vitaly und seine Leute die Bande hochgehen lassen. Und da er eine Verbindung zu den »Kleinen Brüdern« vermutete, hatte er es für angebracht gehalten, Ondrej mit ins Boot zu holen.

Der Einsatz hatte kurz vor Mitternacht stattgefunden und er war ein voller Erfolg gewesen. Vitalys Männer hatten nicht nur sieben Dealern die Handschellen angelegt. Im Keller des Gebäudes hatten sie ein Ecstasy-Labor ausgehoben, das nicht nur den gesamten Westen Tschechiens bis hinein nach Prag mit der Designerdroge versorgt hatte. Die bunten Pillen made in Pilsen waren auch auf so manchem Pausenhof einer deutschen Schule gelandet.

Ondrej hatte den Zugriff eher unbeteiligt beobachtet. Schnell war ihm klar gewesen, dass diese Drogenbande nichts mit den Brüdern gemein hatte. Nachdem das Einsatzkommando unter dem Geschrei der ahnungslosen Gäste den Club gestürmt hatte, war er durch eine rostige Tür in den Hinterhof des Gebäudes gegangen. Dies war die Angelegenheit der Drogenfahnder und er wollte Vitalys Erfolg nicht im Weg stehen. Die Betreiber des Clubs hatten diesen in der Lagerhalle einer ehemaligen Spedition untergebracht. Dahinter hatten sich früher ein Parkplatz, die Verladerampen und mehrere Garagen befunden. Ondrej wollte bereits wieder in den Club zurückgehen, als ihm der verfallene Holzschuppen auffiel. Nein, nicht der Schuppen, sondern die junge Frau, die dort lag. Das Warten hatte ein Ende. Er zog sie tiefer in den Schuppen, versteckte sie vor den anderen. Dann gratulierte er Vitaly und fuhr nach Hause.

Dort legte er sich hin, ohne die Augen zu schließen. Er war müde, aber er wusste, dass der Augenblick gekommen war. Drei Stunden später fuhr er noch einmal hinaus nach Litice. Er ließ seinen Wagen abseits stehen und schlich sich von der Rückseite in den Schuppen. An den Zugängen zum Club waren die Autos der Spurensicherung postiert. Sie bemerkten ihn nicht. Und wenn, dann hätte sein Dienstausweis ihre Fragen beantwortet.

Unbemerkt trug er die Tote zu seinem Wagen und fuhr mit ihr davon. Nicht zurück zu seiner Wohnung und auch nicht ins Präsidium. Ondrej fuhr nach Süden, hinaus aus der Stadt zu den Ruinen der ehemaligen Zementfabrik. Er kannte den Ort von einem seiner Einsätze. Er besaß nicht mehr die Kraft, die Frau in den Kellerraum zu bringen, der sein Geheimnis bewahrte. Also holte er den Gasbrenner und das Brandeisen von dort. Im Schutz der letzten Nachtstunden hob er die Frau aus dem Kofferraum und legte sie auf den Boden. Sie war zierlich und leicht. Ondrej war kein

Mediziner. Aber er hatte genügend Tote gesehen, um zu erkennen, dass sie erstickt war. An ihrem eigenen Erbrochenen. Alkohol und die bunten Pillen waren für sie zu einer tödlichen Mixtur geworden. Er hatte sie durchsucht, aber weder Ausweis noch Führerschein gefunden.

Ondrej hatte den linken Ärmel ihres T-Shirts nach oben gerollt und ihre Schulter freigelegt. Dann hatte er den Gasbrenner entzündet. Während er gewartet hatte, bis das Eisen zu glühen begann, hatte er mit ihr gesprochen.

»Woher kommst du?«, hatte er sich und sie gefragt. »Wer vermisst dich jetzt? Gibt es jemanden, der um dich trauert?«

Er hatte ihr das blonde Haar aus dem Gesicht gestrichen und bemerkt, dass sie schön war. Spucke und Schleim klebten an ihrem Mund und Kinn. Gerne hätte er es abgewischt und ihr Gesicht so gesehen, wie es wirklich war.

»Das geht nicht«, hatte er ihr erklärt. »Du bist zu uns gekommen. Du bist der erste Schritt auf unserem Weg.«

Inzwischen hatte das Eisen die rotglühende Farbe angenommen, die er brauchte.

*

Ondrej sah sich um. Er war allein. Noch einmal nahm er alle ihm verbliebene Kraft zusammen und hob die Frau aus dem Kofferraum. Auf den Armen trug er sie in die Dunkelheit.

Er ging an dem Zaun entlang, der den Parkplatz umgab, bis zu einem Durchgang. Er legte sie ab und öffnete die Tür. Als er sie erneut hochheben wollte, verweigerte ihm sein Körper den Dienst. Er packte sie bei den Armen und schleifte sie hinter sich her. Nach einigen Metern ließ er ihre Hände los. Er blickte sich ein weiteres Mal um. Da war eine kleine Kapelle, daneben erkannte er eine Bank und Büsche.

Er schob die Frau unter einen der Sträucher. Noch einmal sah er in ihr Gesicht. Dann ging er zurück und setzte sich in seinen Wagen.

Ob die Ärzte feststellen können, dass ihr das Keltenherz post mortem eingebrannt wurde, überlegte er. Zu spät, um sich darüber Gedanken zu machen. Er startete den Wagen und trat die weite Rückfahrt nach Pilsen an.

DIENSTAG, 03. JULI

REBECCA

Als das Flugzeug den Alpenhauptkamm überquerte, griff die Heimat nach ihr. Obwohl sie auch diesen Urlaub allein verbracht hatte, war sie nicht einsam gewesen. Das mochte an Frederik liegen, den sie am zweiten Abend an der Bar kennengelernt hatte. Der Franzose aus Marseille war charmant und gebildet. Ihr erstes Gespräch hatten sie über Kafka und Anton Bruckner geführt. Welch seltene Fügung, einen Mann zu treffen, der, wie sie selbst, den Komponisten verehrte.

Gleich der erste gemeinsame Abend endete in ihrem Bett und fast schon hatte alles darauf hingedeutet, dass aus dem Urlaubsflirt hätte mehr werden können. Nach einem letzten Essen im »Le Refuge« und einer allerletzten leidenschaftlichen Nacht war es ihr schwergefallen, die Liaison als das zu akzeptieren, was sie nun einmal war: vergänglich. Wie auch hätte er ihren Lebensstil zu Hause verstehen sollen? Wie hätte sie ihm ihre selbst gewählte Isolation erklären können?

Am feinsandigen Strand der Insel im Indischen Ozean, weitab der Heimat und ihrer Gefahren, dort, wo sie sich frei und sicher fühlte, war er ihrem Charme und – da machte sie sich nichts vor – ihrem Geld erlegen.

Sie hatte Frederik auf Saint Anne zurückgelassen, wie so viele vor ihm. Das Schicksal erlaubte ihr keine feste Bindung.

Erlaubte es Liebe? Nach allem, was geschehen war? Wohl kaum. Das Gefühl, das für Millionen Menschen die Triebfeder zu allem war, mied sie hartnäckig. Was nicht bedeuten musste, dass man sich nicht amüsieren durfte. Ein Leben im Überfluss konnte für so manches entschädigen.

Ein Blick aus dem Fenster der Businessklasse zeigte ihr, dass die Alpen hinter ihnen lagen. Der Pilot setzte zu einer weiten Schleife an, um von Osten kommend auf den Flughafen einzudrehen. Der aus Wiesen und Feldern gewebte Flickenteppich löste sich in einzelne Parzellen auf, bis sie mit rauchenden Rädern auf der Landebahn aufsetzten. Minuten später stand sie in der Ankunftshalle des zweitgrößten deutschen Flughafens. Während die anderen Passagiere des Air-France-Fluges wie automatisiert ihre Handys zückten, führten ihre ersten Schritte schnurstracks hinaus, dorthin, wo Dietmar bereits auf sie wartete. Der schwarze Mercedes S 600 mit den getönten Scheiben war das Gegenteil von unauffällig, und doch bot er ihr die Sicherheit, auf die sie nicht verzichten wollte.

Als Dietmar sie kommen sah, stieg er aus, eilte ihr entgegen, nahm ihr den Koffer ab und öffnete die Tür. Sie sah sich in alle Richtungen um, dann ließ sie sich in den bequemen Rücksitz der Limousine fallen. Wenige Minuten später steuerte ihr Chauffeur, Leibwächter und engster Vertrauter den Wagen auf die Autobahn.

Dietmar fragte sie nicht, wie der Urlaub gewesen war und wie es ihr gefallen hatte. Stattdessen griff er zum Beifahrersitz und reichte ihr wortlos die Zeitung, die dort lag.

Sie zögerte kurz, dann begann sie zu lesen. Zuerst wunderte sie sich, dass die Redaktion dem Artikel eine ganze Seite zugestanden hatte. Schließlich ging es nur um ein weiteres Opfer von Drogen und Gewalt. Schlimm, aber kaum eine Schlagzeile wert. Eine junge Frau, die man an einem Autobahnrastplatz in der Nähe Deggendorfs gefunden hatte. Erstickt an ihrem Erbrochenen. Kein außergewöhnliches Schicksal, wäre da nicht das Brandmal auf ihrer Schulter gewesen. Irgendwie war die Presse an die Bilder der Spurensicherung gekommen. Ein Skandal, der sicher ein Nachspiel haben würde. Die Aufnahmen waren von bestechender Qualität und das geheimnisvolle Zeichen forderte geradezu die Fantasie des Journalisten und seiner Leser heraus. Bei ihnen weckten sie jedoch keine tief versteckten Erinnerungen, wie das bei ihr der Fall war. Fast vermeinte sie, das entsetzte Kreischen der jungen Frau zu hören, als sich das glühende Eisen in ihre Haut gebrannt hatte. Fast glaubte sie, den Geruch verkohlten Fleisches zu riechen. Fast dachte sie, die Hitze des Feuers zu spüren.

So wie damals!

Für die Kriminalpolizei war die Tote Grund genug, eine Sonderkommission zu gründen. Magdalena nannten sie das Mädchen in Ermangelung ihres wahren Namens. Ob sie die Bedeutung des Brandmals bereits herausgefunden hatten? Wenn nicht, dann würde es nicht mehr lange dauern.

Langsam ließ sie die Zeitung sinken. Draußen vor den dunklen Scheiben des Wagens hieß sie die Sonne in ihrer bayerischen Heimat willkommen. Wenn auch nicht in dieser unvergleichlichen Intensität, die sie über dem Blau des Meeres vor der Küste von Saint Anne entfaltete.

Warum komme ich immer wieder zurück, dachte sie nicht zum ersten Mal. Es gab viele Orte auf der Welt, die schön und sicher zugleich waren. Wenn man sie sich denn leisten konnte. Und das konnte sie. Warum also?

Es sind die Träume, die dich immer wieder nach Hause zwingen, antwortete dann die Stimme in ihr, die sie nicht entkommen ließ. Die Träume und die Erinnerungen an den Schrecken. Außerdem ist da noch diese Sache, die erledigt werden muss. Erst dann wirst du frei sein.

DIE DRUIDEN

Theodor Hauser gab ein jämmerliches Bild ab. Mühsam quälte er sich aus seinem Mercedes. Wenigstens weigerten sich seine Beine heute nicht, ihn zu tragen. Zwei Krücken fingen die Last seines Körpers ab. Der Rollstuhl musste im Kofferraum der Oberklassenlimousine bleiben.

David wusste, wie wichtig es für seinen Schicksalsgefährten war, ihm aufrecht gegenüberzutreten. Das kommende Gespräch ließ sich nicht aus der demütigenden Position eines an den Stuhl Gefesselten führen.

Ein Auto fuhr auf den Parkplatz. Ein älteres Paar stieg aus, sah den Mann, der sich die kurze Auffahrt zu dem Ferienhaus hinaufschleppte, vor dem ein anderer Mann auf ihn wartete, und wandte dann seine Aufmerksamkeit dem Turm der ehemaligen Burg zu.

Eine Mischung aus Verachtung und Bewunderung presste Davids Lippen zu zwei schmalen Strichen zusammen. Verachtung über das, was die Multiple Sklerose aus Aedan gemacht hatte. Bewunderung für dessen verzweifelten Kampf, die ehemalige Macht noch einmal heraufzubeschwören. Er war allein

34

gekommen. Ohne Fahrer, ohne Hilfe, nach der sein geschundener Körper so laut schrie, war er zur Burgruine von Neunußberg gefahren.

Warum, fragte sich David. Er hätte doch am Telefon alles abstreiten können. Leugnen, dass er etwas mit Magdalenas Tod zu tun hatte. Behaupten, dass er nicht mehr Aedan sei, so wie ich nicht mehr Dorell bin. Oder ist alles anders? Ist er gekommen, um mich in den Kreis der Druiden zurückzuholen? Will er mich deshalb von Angesicht zu Angesicht sprechen?

»Hier oben versteckst du dich also.«

Theodors Atem ging schwer. Sein Gesicht glänzte vor Schweiß. Ohne eine Antwort abzuwarten, musterte er die beiden Häuser des Anwesens. An die Burgruine geschmiegt hielten Verbotsschilder und Absperrungen Neugierige fern. Die meisten kamen ohnehin nur auf den Berg, um die fantastische Aussicht von der Spitze des Burgfrieds zu suchen.

»Ich bin nicht du.« David musterte den ehemaligen Landtagsabgeordneten mit gerunzelter Stirn. »Wie ich gehört habe, verkriechst du dich in deiner Villa.«

Welche Reaktion hatte er erwartet? Theodor ignorierte seine Worte. »Gehen wir hinein?«

David drehte sich um und führte seinen Gast in die Stube.

»Ein Cognac vielleicht?« Theodor rang sich ein Lächeln ab, während er sich in einen der Ledersessel sinken ließ. David ging zum Schrank und füllte zwei Kristallgläser zur Hälfte mit dem Courvoisier XO. Theodor nippte daran und lächelte erneut. »Mir scheint, auch du hast nicht alle Brücken zu damals abgebrochen.«

David starrte auf die goldbraune Flüssigkeit in seinem Glas. Hatte Theodor recht?

Damals, das waren die Nächte in den Wäldern, auf den Bergen, bei den Keltensteinen.

Damals, das war, als der Edelcognac die aufgewühlten Wellen ihrer Seelen nach dem Ritual geglättet hatte.

Damals, das war die Zeit der Druiden.

Ein Kapitel im Buch seines Lebens, in dem er nie wieder lesen wollte. Warum also der Courvoisier?

»Du kannst es nicht auslöschen«, beantwortete Theodor die unausgesprochene Frage. »Hast du gedacht, du kannst alles ungeschehen machen, indem du dein Leben deiner Firma schenkst? Du hast sie ja ganz nach oben gebracht. Bestimmt beherrschen Absatz- und Umsatzzahlen deinen Kopf. Beherrschen sie auch deine Seele? Dorells Seele?«

Davids Mundwinkel zuckten. Dorell!

»Was machst du hier, David? Warum kommst du immer wieder hier hinauf zu dieser Burg? Wovon träumst du? Von Vollmondnächten im Wald? Vom Altar unter den Bäumen? Du kannst es nicht vergessen. Wir können es nicht vergessen. Wir waren Druiden. Und wir werden es für immer sein.«

Theodors Stimme war nicht mehr als ein heiseres Krächzen. Seine Worte aber waren Pfeile, die David durchbohrten.

»Ich sagte es schon. Ich bin nicht du.« Der klägliche Versuch einer Rechtfertigung. David nahm einen tiefen Schluck. »Ich weiß von deinem Keller. Es interessiert mich nicht, was dort geschieht. Was ich wissen will, ist, was mit Magdalena geschehen ist.«

Theodor beugte sich nach vorne. »Du denkst, ich …? Hast du mich deshalb hierher bestellt?«

»Sie hatte ein Brandmal auf der Schulter! Unser Brandmal!«

Theodor ließ sich wieder nach hinten sinken. »Und da dachtest du an Aedan.« Das Zittern war aus seiner Stimme gewichen. »So wie ich an Dorell.«

David musterte das Gesicht des Mannes, der seine Verabredung mit dem Tod nicht mehr lange hinausschieben konnte.

Wollte er seine Lebensuhr noch einmal zurückdrehen? Hatte er die schrecklichsten und doch auch berauschendsten Tage seines Lebens noch einmal heraufbeschworen?

»Nehmen wir an, es war keiner von uns beiden. Wer von den Übrigen war es dann?«

»Das ist die Frage, die mich nicht mehr schlafen lässt«, antwortete Theodor. »Vielleicht ist die Antwort eine ganz andere. Vielleicht gibt es einen neuen Orden.«

David nippte nachdenklich an seinem Glas. »Du denkst an die ›Kleinen Brüder‹.«

»Sie haben mit uns gute Geschäfte gemacht. Warum sollten sie das nicht auch mit anderen tun?«

Gute Geschäfte, dachte David. Was für verharmlosende Worte dafür, junge Frauen dem Wahnsinn der Druiden auszuliefern. Aber Theodor hatte recht. Für die »Kleinen Brüder« war es nicht mehr als ein Geschäft gewesen. Es ging um Geld, das der Orden reichlich bezahlt hatte. Für die Frauen, für die Verschwiegenheit über die Verbrechen, die die »Kleinen Brüder« begangen hatten. Bis ihnen dieser Fehler unterlaufen war. Tamaras Flucht hatte alles beendet. Sie würden diesen Fehler nicht noch einmal machen. Warum also kein neuer Orden? Warum nicht noch einmal das Brandmal?

»Was aber hat das mit Magdalena zu tun?«

Theodor wischte sich mit einer müden Handbewegung über die Augen. »Vielleicht hat auch sie das Ritual nicht überlebt«, flüsterte er kaum vernehmlich.

Davids Hände begannen zu zittern. Die Erinnerung bohrte sich in seine Seele. Die Erinnerung an die Dinge, die sie getan hatten. Erregende und großartige Dinge. Sie waren in Welten eingetaucht, die normalen Menschen für immer verwehrt bleiben mussten. Welten, in denen Lust und Qual, Ekstase und Schmerz, Freude und Leid so untrennbar verbunden waren wie nirgendwo sonst. Aber es waren Welten, die ihn in Albträumen zurückgelassen hatten. Die Erinnerung an das, was nie hätte geschehen dürfen.

Er schloss die Augen, öffnete sie wieder und atmete tief ein. Auch Theodor war in diesem Augenblick ein Gefangener seiner Gedanken. Auch er sah die tote Frau auf dem Opferstein. Im bleichen Licht des Mondes war sie gestorben und hatte damit die eine Grenze überschritten, die sie nie überschreiten wollten.

»Wenn es keinen neuen Orden gibt, muss es einer von uns gewesen sein. Dieser eine bringt uns alle in Gefahr.«

Theodor erwachte wie aus einem Traum. Versonnen betrachtete er das Glas in seiner Hand. Mit einem leisen Seufzen leerte er es in einem Schluck. »Ja, wir müssen die anderen fragen.«

»Das werde ich«, sagte David.

»Du hast mit mir angefangen.«

»Es schien mir sinnvoll.«

»Ich verstehe.«

»Ich sehe keinen Grund, dir zu vertrauen.«

Theodor nickte. Er stellte das Glas auf den Tisch und versuchte aufzustehen. Regungslos beobachtete David Aedans Bemühungen und Qualen. Endlich ruhte Theodors Körper auf seinen Gehstützen.

An der Tür drehte er sich noch einmal um. »Hast du dich je gefragt, ob Jans Tod wirklich ein Unfall war?«

»Wie meinst du das?«

»Wenn sein Auto nicht von selbst Feuer gefangen hat? Wenn jemand nachgeholfen hat? Jemand, der von Evan wusste? Jemand, der auch von Aedan und Dorell weiß!«

»Wer sollte das sein?« David folgte Theodor zur Tür. Draußen hatte der Tag den Morgen abgelöst. Das Haus lag im Schatten der Burg. Die ersten Sonnenstrahlen streiften die Gipfel der umliegenden Bäume. Er wusste, dass sie sein Herz an diesem Tag nicht erreichen würden.

Theodor schlurfte langsam zu seinem Auto. Noch einmal drehte er sich um. »Dieses Mädchen. Tamara. Sie hätte nie entkommen dürfen.« Dann warf er die Gehstützen auf den Rücksitz, mühte sich in das Auto und fuhr davon. Der Name blieb hier: Tamara!

Ja, sie hätte nicht entkommen dürfen. So, wie das andere Mädchen nicht hätte sterben dürfen. Wie lange hätten wir dann noch weitergemacht? Wie lange hätte es den Orden noch gegeben? Tamaras Flucht hatte all das beendet. Und jetzt? War sie zurückgekommen?

Und Theodor? Aedan? Durfte er ihm vertrauen? Nein, entschied er. Aedan würde nie von seiner Vergangenheit loskommen. Bis zu seinem Tod.

Bis zu seinem Tod!

REBECCA

Puppengleich stand Rebecca am Fenster und starrte in die Nacht hinaus. Endlich kehrte das Leben in sie zurück. Als sie sich umdrehte, stand Dietmar hinter ihr. Sie hatte ihn nicht bemerkt.

So wie immer, dachte sie. Lautlos, unauffällig, verborgen, geheimnisvoll. Es gab viele Adjektive, mit denen sie den Mann mit dem markanten Kinn, den kurzen braunen Haaren und dem muskulösen Körper beschreiben würde.

»Loyal« war das wichtigste von allen. Der ehemalige Fremdenlegionär stand für Zuverlässigkeit und Treue. Auch dann noch, als ihm ihr dunkles Geheimnis offenbar geworden war. Sie vertraute ihm blind. Natürlich hatte sie ihm inzwischen angeboten, ihr Verhältnis auf eine vertraute Ebene zu hieven. Dietmar hatte das abgelehnt. Eine seiner Eigenheiten, dachte sie. Auch wenn er längst mehr als ein Freund war, wahrte er den Respekt ihr gegenüber in seinem Gebaren und seiner Sprache.

Und das, obwohl er alles von mir weiß, dachte sie.

Nein, nicht alles!

Es war eine der Bedingungen gewesen, die er gestellt hatte, als er den Dienst bei ihr angetreten hatte. Keine Geheimnisse! Das bedeutete Kameras und Abhörgeräte im ganzen Haus. Als Gegenleistung hatte er ihr im Ernstfall sein Leben versprochen. Eine akzeptable Vereinbarung.

Die sie nicht einhielt. Noch bewahrte sie das eine oder andere Geheimnis vor ihm. Das größte von allen aber kannte er seit jener Nacht, da er sie im Keller gefunden hatte. Auf dem Altar. Nackt und zitternd.

Sie konnte sich bis heute nicht erklären, warum er bei ihr geblieben war. Sie hatte ihn nie danach gefragt. Irgendwann hatte sie aufgehört, darüber nachzudenken. Dietmar und sein Versprechen waren da. Und nur das zählte.

Sie ging zum Getränkeschrank, füllte das Glas, das sie bereits einmal geleert hatte, und ließ sich in ihren Sessel fallen. Er nahm dies als Aufforderung, es ihr gleichzutun. Es wäre sinnlos gewesen, Dietmar von dem Sherry anzubieten. Sie hatte ihn noch nie Alkohol trinken sehen.

»Sie sind zurück.«

Dietmar war kein Freund vieler Worte.

»Ja«, meinte sie, ohne den Blick von der Flüssigkeit in ihrem Glas zu nehmen. »Es scheint, die ›Kleinen Brüder‹ haben erneut einen Fehler gemacht.«

»Nur, dass ihnen diesmal kein Mädchen entkommen ist. Es ist gestorben.«

»Ja«, sagte sie erneut. »Aber warum taucht ihre Leiche auf einem Parkplatz in Deutschland auf? Das würde ihnen nie passieren. Die Brüder hätten sie irgendwo verschwinden lassen, wo sie nie wieder gefunden wird.«

»Sie denken an Absicht. Eine Falle?«

»Eine Spur!«

»Zu wem? Den Druiden?«

»Aus welchem Grund? Jan Lichtinger ist tot. Und die anderen? Oder sollte der Orden wiederauferstanden sein?«

»Dann wäre Magdalena sein Opfer. Was noch nicht erklärt, warum sie dort gefunden wurde, wo sie gefunden wurde.«

»Vielleicht war es nur einer von ihnen. Hauser kann den Atem des Todes bereits in seinem Nacken spüren. Will er sich ein letztes Mal dem Wahnsinn hingeben?« Sie nahm einen Schluck und schloss die Augen.

»Denkbar«, überlegte Dietmar. »Ihm wäre es zuzutrauen, die Leiche auf diese Weise zu entsorgen.«

»Sehr unprofessionell.« Rebecca stellte das Glas auf den dunklen Holztisch und lehnte sich zurück. »Es könnte aber auch ein neuer Orden sein, der die Dienste der ›Kleinen Brüder‹ in Anspruch nimmt.«

»Und dem alten Orden ein Zeichen schickt?« Dietmar wiegte ungläubig den Kopf hin und her. Rebecca wickelte spielerisch eine Strähne ihres Haares um den rechten Zeigefinger. Eine Angewohnheit aus frühen Kindheitstagen, die sie glaubte, abgelegt zu haben, und die sie dennoch dann und wann einholte. Sie wusste, dass sie vorsichtig sein musste. Dietmar genoss ihr Vertrauen wie niemand sonst. Er wusste von den Druiden und den keltischen Opfersteinen, vom Feuer und den glühenden Eisen. Und dennoch musste sie ihm den Blick auf die dunkelsten Seiten im Buch ihres Lebens verwehren. Magdalenas Schicksal durfte dieses Kapitel nicht aufschlagen. Zu klug und gerissen war ihr Leibwächter, als dass er den Sinn der dort geschriebenen Worte nicht erkannt und verstanden hätte.

»Sie sind noch am Leben. Hauser, Beckmann und Andersson.«

Rebecca suchte seinen Blick. Lag da ein Vorwurf in seinen Augen? Oder in seiner Stimme? Ja, die Druiden waren noch am Leben, dachte sie. Hatten sie es verdient? Und Dietmar? Würde er sie beseitigen? Und mit ihnen die letzte Verbindung zwischen Rebecca und dem Orden.

Sie wusste, dass der Tod während Dietmars Zeit als Fremdenlegionär zu dessen Alltag gehört hatte wie für sie ein Arbeitstreffen in der Firma. Keine Regung verriet die Absichten dieses Mannes. Sie wollte etwas sagen, hielt sich aber zurück.

»Ich werde die Angelegenheit für Sie bereinigen.«

Er las ihre Gedanken.

»Das kann ich nicht zulassen.«

Er sah sie fragend an. Sie beugte sich vor und legte ihre Hand auf seine. Es war das erste Mal, dass sie ihn berührte, seit er sie aus dem Keller nach oben in ihr Schlafzimmer getragen hatte. »Sie sind zu wichtig.«

Rebecca stand auf und ging zu einem der Bücherregale an der Wand. Der Tresor versteckte sich hinter den Werken von James Joyce. Nicht, dass sie Ulysses oder gar Finnegans Wake je gelesen hätte. Wenn schon Heerscharen von Literaten erfolglos versucht hatten, den Sinn hinter den Worten des irischen Schriftstellers zu ergründen, wie könnte da eine bayerische Unternehmerin dieses Wagnis eingehen? Als sie den Tresor mit der Zahlenkombination öffnete, die nur sie kannte, stand Dietmar wortlos auf und ging. Die gemeinsamen Jahre hatten ihn die Momente gelehrt, in denen Rebecca allein sein wollte. Das unscheinbare Notizbuch enthielt nicht weniger als ihr Leben. Langsam setzte sie sich wieder in ihren Sessel. Nachdenklich betrachtete sie die goldbraune Flüssigkeit in dem Glas auf dem Tisch. Ohne darüber nachzudenken, nahm sie einen Schluck. Dann wählte sie die Nummer. Nach dreimaligem Läuten hob der Mann ab. Ihr Gespräch dauerte kaum fünf Minuten. Fünf Minuten, die das weitere Schicksal der Druiden bestimmen sollten.

DIENSTAG, 10. JULI

MORITZ

»Ist Buchmann da?«

»Schon wieder weg«, erklärte Erwin Glashuber schulterzuckend. Paul Höpfl runzelte die Stirn – oder in seinem Fall die Halbglatze. »Soll das bedeuten, die Richter ist bereits da?«

Glashuber rollte mit den Augen und warf einen auffälligen Blick auf die Uhr an der Wand. »Seit über einer Stunde. Moritz ist gleich zu ihr gegangen.«

Wieder zeugten Falten von der Gemütsverfassung des Leiters der Kriminalpolizeistation Deggendorf. Der Grund dafür war bekannt. Durch die Büros und Flure der Station wehte eine Melange aus Nervosität, Wut und Angst, von der sich Erwin Glashuber offenbar nicht anstecken ließ. Sein Chef blickte auf ihn herab und schüttelte den Kopf. Woher nahm der Mann nur diese Ruhe? Dabei stand doch das ganze Revier unter Beschuss. Und das nicht nur, weil Buchmann noch keinen Schritt weitergekommen war. Zu allem Überfluss waren auch noch diese Fotos an die Öffentlichkeit gelangt. Nichts, was Erwin Glashuber, den Inbegriff eines Phlegmatikers, zu stören schien.

Kein Wunder, dass er es nicht über einen Kriminaloberinspektor hinausgebracht hat, dachte Höpfl. Wie hat er es überhaupt zur Kripo geschafft? Die Frage lag ihm auf der Zunge und blieb auch dort.

»Sie hat also ihr Büro schon in Beschlag genommen.«

»Ja, die Frau Richter konnte es gar nicht erwarten, sich auf unseren Fall zu stürzen«, bestätigte ihm Glashuber gelangweilt. »Sie will wohl ihrem Ruf gleich am ersten Tag gerecht werden.«

»Ihrem Ruf?« Höpfl ließ sich in den Besucherstuhl fallen.

»Ich habe ein wenig im Internet recherchiert. Zeitungsberichte und so.«

»Tatsächlich?«, meinte Höpfl ehrlich überrascht. Er wirkte immer unglücklicher. Natürlich hatte auch er von Frau Dr. Richter gehört. Ihre Verurteilungsquote und ihre Ermittlungsausdauer waren auch bis ins beschauliche Niederbayern vorgedrungen. Umso mehr widerstrebte es ihm, sie jetzt hier zu wissen.

Was hatte das zu bedeuten? Trauten die hohen Herren in München ihm und seinem Team die Aufklärung des Mordes nicht zu? Hatte er den Einfluss der allgegenwärtigen Medien unterschätzt? Bis heute hatte er nicht herausgefunden, wie dieser Reporter an die Aufnahmen der Spurensicherung gekommen war.

Ein Datenleck, das ihn fast den Stuhl gekostet hätte. Und noch immer kosten konnte. Umso wichtiger war jetzt ein Ermittlungserfolg der Soko Magdalena. Der aber lag in weiter Ferne.

Warum musste sich der Täter der Leiche seines Opfers auch in der Nähe von Deggendorf entledigen? In seinem Zuständigkeitsbereich. Da half es nichts, dass die junge Frau mit ziemlicher Sicherheit nicht dort ermordet worden war, wo sie ein morgendlicher Jogger vor acht Tagen gefunden hatte. Solange ihre Identität im Dunkeln lag, war sie ein Fall für die K 1 der Kripo Straubing und deren Außenstelle in Deggendorf.

»Sie hat ja wirklich eine bemerkenswerte Laufbahn hinter sich«, rissen ihn Glashubers schleppende Worte aus dem Grau seiner Gedanken. Der nahm das Schweigen seines Chefs als Aufforderung, weiterzusprechen. Was für ein seltsamer Tag, dachte Paul Höpfl.

»Jurastudium in Freiburg, Abschluss mit Summa cum laude, Anwaltsbüro, nach zwei Jahren Wechsel zur Staatsanwaltschaft Frankfurt, Expertin für Organisiertes Verbrechen, Anklagen gegen Waffenschieber und Drogenbanden, die alle die Höchststrafen bekamen; vor drei Jahren ein Verfahren gegen einen bekannten Bankier im Zusammenhang mit einer Korruptionsaffäre, der Banker wird verurteilt und ein hochrangiger Politiker gleich mit; das bringt ihre Karriere ins Stocken; ein weiterer Prozess gegen eine Mädchenschieberbande; kurz vor der Verhandlung wird sie auf dem Heimweg überfallen und fast zu Tode geprügelt; die Ärzte haben elf Stunden gebraucht, um ihr wieder ein Gesicht zu geben, vor dem sich die Leute nicht fürchten; ein Jahr außer Dienst, alle raten ihr aufzuhören, aber sie macht weiter; Wechsel zur Staatsanwaltschaft München; ein aufsehenerregender Prozess gegen eine Kinderpornobande, wieder Höchststrafen und wieder prominente Mitglieder der Gesellschaft betroffen; diesmal keine Versetzung, sondern Beförderung zur Oberstaatsanwältin.«

»Da hat wohl jemand mit Einfluss seine schützende Hand über sie gehalten«, unterstrich Höpfl wieder einmal seinen angeborenen Argwohn gegen alles, was nicht in sein Lebensbild passte. »Aber warum ist sie jetzt bei uns? Glaubt München, wir brauchen sie, um den Fall zu lösen?« Höpfls Falten wurden immer tiefer.

Erwin Glashuber stellte keine Frage mehr. Er hatte den Nagel auf den Kopf getroffen. Und irgendwie konnte er den Chef der PI ja auch verstehen. Seit diese Informationen zu den Medien durchgesickert waren, war der Teufel los. Und was hatten sie zu bieten? Wenig war noch viel angesichts der Ergebnisse, die sie vorzuweisen hatten.

Wie auch, dachte er. Wie sollten sie einen Tod aufklären, der mit ziemlicher Sicherheit so nicht geplant gewesen war. Magdalena war erstickt. Ein unglücklicher Unfall, den ihre Peiniger sicher nicht beabsichtigt hatten. Aber es war ja auch nicht der Tod der Frau, deren Alter die Experten der Rechtsmedizin auf 18 bis 19 Jahre datiert hatten, auf den sich die Medien gestürzt hatten. Es war das gewesen, was man ihr angetan hatte, bevor sie unweit eines Autobahnrastplatzes gefunden worden war.

Der Polizeirat stand auf, um den Raum zu verlassen. Sein Gesicht verriet mehr als Unzufriedenheit. Es war die Angst vor den kommenden Ereignissen, die Höpfl mit in sein Büro begleitete. Erwin Glashuber konnte sich ein Grinsen nicht verkneifen. Da hatte man dem Chef doch glatt einen Bluthund vor die Nase gesetzt. Dr. Martina Richter! Star der Staatsanwaltschaft und knallharte Anklägerin. Das konnte nur eines bedeuten: Sollte die Soko Magdalena nicht erfolgreich sein, wäre das das Ende für Höpfls Karriere. Und für die von Moritz Buchmann.

✳

»Warum Magdalena?«

Seit ich das Büro am Ende des Flures im zweiten Stock betreten habe, spüre ich dieses Kribbeln, das sich immer dann meinen Nacken hochzieht, wenn ich mich unwohl fühle. Die erste Begegnung mit Frau Dr. Richter liegt eine halbe Stunde zurück. Noch während sie mich mit einem angedeuteten Nicken aufgefordert hat, mich in den Besucherstuhl an ihrem Schreibtisch zu setzen, habe ich das getan, was ich auf keinen Fall tun wollte. Hat sie es bemerkt? Natürlich hat sie. Sie weiß es. Jeder, der ihre Geschichte kennt, versucht sich vorzustellen, wie sie vor dem Überfall ausgesehen haben mag. Ihre Wangenknochen, bevor sie unter den Tritten der Springerstiefel zermalmt wurden. Ihre Lippen, bevor die Klinge des Messers sie zerteilt hat. Ihr Kinn, bevor es zerschmettert wurde. Die plastische Chirurgie hat an ihr ein Exempel statuiert. Martina Richter ist eine attraktive Frau. Nur ein paar blasse Narben am Ansatz ihrer kurzen braunen Haare und unter dem linken Auge erinnern an ihr ehemals entstelltes Antlitz. Und doch konnte ich nicht umhin, sie zu mustern und meine Fantasie spielen zu lassen. Hat sie mich deshalb zurechtgewiesen? Nein, sie hat es einfach ignoriert. Ihre Aufmerksamkeit gilt anderen Dingen.

»Warum Magdalena?«

»Wir haben sie 50 Meter hinter einem Autobahnparkplatz gefunden.«

»Ich kenne den Bericht.«

Der belehrende Unterton in ihrer Stimme rundet das Bild, das ich mir von ihr gemacht habe, ab. Ich weiß, ich bin ein guter, wenn auch kein Spitzenpolizist. Ich habe keinen Grund, mich zu verstecken. Diese Frau aber ist die personifizierte Autorität. Ich kenne sie nicht, und doch hat sie es in wenigen Minuten und mit zwei Sätzen geschafft, mich von ihrem unbeugsamen Ehrgeiz zu überzeugen.

»Da steht aber nicht, dass sich 20 Meter weiter eine Kapelle befindet.«

»Eine Kapelle?« Sie überlegt kurz. »Der heiligen Magdalena geweiht.«

Beeindruckt nicke ich.

Ohne eine Erklärung steht sie auf. Ich weiß auch so, was sie will.

*

Ich verstehe, warum Martina Richter diesen Ort sehen muss. Am Tatort zu stehen, ist der Anfang von allem. Vordergründig geht es um Spuren und Details. Um eine Vorstellung vom Hergang der Tat. Aber da ist noch mehr. Es geht um Dinge, die sich nicht im Kopf, sondern im Herzen abspielen. Um Mitleid und Trauer. Und um Wut.

Der Schauplatz des Verbrechens ist die erste Brotkrume auf dem Weg zum Täter. Doch wir haben keinen Tatort. Nur das Gebüsch, in dem vor wenigen Tagen die Leiche einer jungen Frau gelegen hat, der wir mangels besseren Wissens den Namen Magdalena gegeben haben. Ich parke den Wagen am Wegesrand. Es sind nur wenige Meter zu gehen. Der Tag und die Nacht versprechen, warm zu werden. Von der Autobahn dringt das Rauschen des nie abreißenden Verkehrs herüber. Rechts an einem Feldweg duckt sich die kleine Kapelle unter zwei uralte Eichen.

Martina Richter sieht sich schweigend um. In einer Hand trägt sie ihr Tablet, mit der anderen schützt sie ihre Augen vor der tief stehenden Sonne. Soll ich etwas sagen? Lieber nicht. Schon auf der Fahrt hierher hat sich unser Gespräch auf Nebensächlichkeiten beschränkt.

Wo sind Sie untergebracht? Hotel zum Löwen.

Sind Sie mit dem Büro zufrieden? Passt schon.

Wie läuft die Arbeit in München? Gut.

Martina Richter beobachtet die Umgebung. Ich beobachte sie. Eine attraktive Frau, die in 39 Lebensjahren mehr Leid erfahren musste, als ein Mensch ertragen sollte. Das Leid anderer und das, das man ihr angetan hat.

»Wo?«

Ihre Frage führt mich zurück zu jenem Tag, als ich mich über den Körper der jungen Frau gebeugt habe. Als ich die mit Kabelbindern hinter dem Rücken gefesselten Hände gesehen habe. Die Augen, aus denen mich das Entsetzen angeschrien hat. Der rote Mund, verzerrt im Ringen nach Luft. Die in den Oberarm eingebrannten Linien.

Es hatte des Berichts der Rechtsmedizin nicht bedurft, um zu wissen, dass Magdalena erstickt war. Die Ärzte haben neben einer beträchtlichen Menge Alkohol Reste von Propofol in ihrem Blut gefunden. Ein Narkosemittel, das auch Michael Jackson in den Olymp der zu früh verschiedenen Rock- und Popgötter befördert hat.

Und Erbrochenes in ihrer Lunge.

»Erzählen Sie mir von den bisherigen Ermittlungen.«

»Sie haben doch die Berichte gelesen.«

»Nicht das, was in den Berichten steht. Das, was Sie darüber denken.«

»Was ich darüber denke? Was meinen Sie?«

»Glauben Sie, dass Magdalena hier in der Gegend ermordet wurde?«

Nein. Ich bin überzeugt davon, dass es weit weg von hier geschehen ist. Vermutlich nicht einmal in Deutschland. Tschechien ist nicht weit und die Länder noch weiter östlich auch nicht. Soll ich ihr meine Meinung offen sagen? Wie schon erwähnt, kenne ich sie nicht.

»Wir haben Aufrufe in der Presse und im Radio geschaltet und wir haben Fotos von ihr verteilt«, versuche ich, die

Klippe, die sie vor mir aufgebaut hat, zu umschiffen. »Niemand kennt sie, niemand vermisst sie. Deutschlandweit nicht und auch das BKA konnte nichts beitragen. Es gab Hinweise aus Österreich, aber die haben sich wieder zerschlagen. Ein Mädchen wurde dort vermisst, ist aber wiederaufgetaucht. Tot, in einem Wald. Wir haben alle unsere Kontakte in die Unterwelt spielen lassen. Und wir stehen noch immer am Anfang. Es ist, als hätte es sie nie gegeben. Der Chef vertritt die These, dass Magdalena irgendwo in dieser Gegend gefangen gehalten wurde und ihr Tod ein Unfall war. Der oder die Täter haben sich ihrer dann entledigt.«

»Und das ziemlich unprofessionell, finden Sie nicht?«

»Mehr als das. Ein Mörder hätte die Leiche besser versteckt oder ganz verschwinden lassen.«

»Kommen Sie.« Sie dreht sich um und geht zu dem kleinen Gebäude, das jemand erbaut hatte, vermutlich um eine Schuld zu begleichen oder seinen Dank auszudrücken. Ich setze mich neben sie auf die Bank, die hier auf Pilger und Wanderer wartet.

»Sie wissen, warum ich hier bin?«

»Ja, ich weiß es. Magdalenas Tod mag spektakulär für die Medien und außergewöhnlich für Polizisten wie mich sein. Aber für eine Frau Dr. Richter? Ich denke, der Tod einer jungen Frau würde es nicht schaffen, Sie in die Provinz zu locken. Sie angeln sich die großen Fische. Wer ist es diesmal? Ein Mädchenhändlerring, vermute ich. Und sein Zeichen ist das Keltenherz.«

Ich spüre ihren erstaunten Blick. Dachte sie, dass ich die Bedeutung des Brandmales nicht kenne? Dass ich mir keine Gedanken darüber mache, warum der zielsicherste Pfeil im Köcher der Staatsanwaltschaft auf meinen Fall abgeschossen wurde? Ich weiß, ich bin lange nicht so gut wie sie. Aber ich bin gut genug, um die richtigen Schlüsse zu ziehen.

»Sie wissen also, was es bedeutet. Oder soll ich sagen, Sie glauben, es zu wissen?«

»Magdalena wurde gebrandmarkt, bevor sie jämmerlich erstickt ist. Jemand hat ihr ein glühendes Eisen in das Fleisch gebrannt. Das ist genug. Mehr muss ich nicht wissen.«

Ich spüre die Spannung, die plötzlich zwischen uns liegt. Vor meinen Augen taucht das Gesicht Magdalenas auf.

Sie war unschuldig! Sie war jung! Sie ist tot!

»Ich muss wissen, was Sie von der Sache halten.« Ihre Blicke klammern sich an mein Gesicht. Es ist an der Zeit, die Karten auf den Tisch zu legen.

»Ich halte nichts von Höpfls Theorie. Ich bin überzeugt davon, dass Magdalena niemals als vermisst gemeldet werden wird.«

»Nein, niemand wird sie vermissen. Sie wurde verkauft. Sie wurde verkauft wie ein Stück Vieh.«

»Also habe ich recht. Das Brandmal ist ein Besitzanspruch.«

»Ja. Ihre Besitzer wollten sie an einen anderen Ort bringen. Vielleicht zu einem neuen Kunden. Vielleicht haben sie sie weiterverkauft.«

Ihre Stimme entbehrt jeder Empathie. Nüchtern, rationell und kalt erklärt sie das Unerklärliche. »Sie ist beim Transport gestorben. Das war nicht geplant. Der Fahrer hat in seiner Angst falsch reagiert. Er wollte seinen Fehler vertuschen und sich des Mädchens entledigen. Ich denke, er hat auf dem Parkplatz dort drüben angehalten, um nach ihr zu sehen. Als er bemerkt hat, dass sie tot ist, wollte er sie in seiner Angst nur noch loswerden. Er war schlau genug, sie nicht einfach dort abzulegen, aber zu wenig, um sie besser zu verstecken.«

Ohne es zu wollen, fühle ich mich mit ihr verbunden. Es ist das tote Mädchen. Es sind Wut und Abscheu. Es ist der ungezügelte Wunsch nach Vergeltung, so unpassend für einen Polizisten und doch unbezähmbar. Es sind all diese Gefühle und das Wissen, dass diese Frau sie mit mir teilt. Überrascht höre ich meine nächsten Worte: »Ich kriege ihn.«

»Ich bin mir sicher, dass er bereits zur Rechenschaft gezogen wurde. Der Fahrer hat einen Fehler gemacht. Seine Auftraggeber gehören nicht zu der Art Menschen, die Fehler verzeihen.«

In meinem Kopf beginnt das Getriebe, das sich Verstand nennt, zu laufen. Ich begreife, dass Magdalenas Tod mehr ist als der Mord an einer jungen Frau. Dass dahinter Schicksale stehen, deren Tragweite sich für mich hinter einem undurchdringlichen Vorhang verbirgt. Es ist Martina Richter, die diesen Vorhang zur Seite ziehen kann. Bedarf es weiterer Worte? Nur zwei.

»Moritz.«

»Martina.«

Ihr Händedruck ist fest und besitzergreifend.

SAMSTAG, 14. JULI

ONDREJ

Es mag viele Gründe geben, Polizist zu werden. Die Idealisten glauben, das Böse bekämpfen zu können. Die Wagemutigen lockt das Abenteuer und die Vorsichtigen bevorzugen die Sicherheit eines staatlichen Arbeitsplatzes.

Für Ondrej hatte all das nie eine Rolle gespielt. Der Ursprung seiner Entscheidung, den Sicherheitskräften seines Landes beizutreten, lag viele Jahre zurück. Es war ein Versprechen. Ein Versprechen, das er seinem Vater und ihr gegeben hatte. Und nicht zuletzt sich selbst. Diesem Versprechen hatte er sein Leben verschrieben. Um es einzulösen, hatte er sich nach der Schule bei der Polizei beworben. Nicht unter dem Familiennamen, der an seinem Kinderbett in der Entbindungsstation des Krankenhauses von Nemocnice geschrieben stand, als er vor 32 Jahren das Licht der Welt erblickt hatte.

Papa war ein talentierter Fälscher gewesen, bevor die Demenz alle Talente in ihm gelöscht hatte. Er hatte die Pässe selbst angefertigt, welche die Linie der Procházka aus Olešník in Südböhmen beendet hatten. Nemec war der Name, der jede Spur zu ihm und seinen beiden Kindern verwischen sollte und unter dem Ondrej es in wenigen Jahren zum Leutnant gebracht hatte. Dabei hatte er sich mehr durch Loyalität denn durch außergewöhnliche Ermittlungserfolge hervorgetan. Außerdem war er für keine Form von Korruption zugänglich. Ondrej wollte nicht im Rampenlicht stehen. Zuverlässig, aber unauffällig hatte er sich der Möglichkeiten des Sicherheitsapparats bedient, um Informationen zu sammeln.

Seine an Fanatismus grenzende Verbissenheit hatte keine Frau und keine Familie neben der Polizei zugelassen. Die Ermittlungen, die er außerhalb seines Aufgabenbereichs durchgeführt hatte, waren schwierig und langwierig gewesen. Aber sie hatten ihm Zugang zu Dokumenten und Unterlagen des Geheimdienstes verschafft. Und dort hatte er gefunden, wonach er gesucht hatte.

Die Druiden hatten alles getan, um ihre Spuren zu verwischen. Aber sie hatten nicht mit ihm gerechnet.

Ondrej war, wie man so sagt, in der Blüte seines Lebens, und wenn seine Ärzte ihn nicht belogen hatten – und warum sollten sie das tun? –, würde dies sein letztes Jahr sein.

Er wusste, er würde allein sterben. Er erinnerte sich gut an den Moment, als er die winzigen roten Tropfen zum ersten Mal in das Waschbecken seiner kleinen Wohnung gehustet hatte. Ihre Bedeutung war ihm klar gewesen, noch bevor es ihm der Arzt der Universitätsklinik gesagt hatte. Das war vor zwei Jahren, wenige Tage vor seinem 30. Geburtstag, gewesen.

Anfangs waren sie und die Aufnahmen aus dem CT die einzigen Vorboten des Todes gewesen. Seit einigen Wochen aber spürte er dessen kalten Hauch immer häufiger in seinem Nacken.

Er bewegte sich langsam und atmete schwer. Das Taschentuch, das er stets bei sich trug, um es sich beim Husten vor den Mund zu halten, hatte am Morgen irgendeine Farbe, am Abend war es rot. Es würde nicht mehr lange dauern.

Zuerst hatte ihn die Unabänderlichkeit des Kommenden schockiert, dann geärgert. Am Ende hatte er sich damit arrangiert. Es war nicht schlimm, zu sterben. Sein Leben war nicht umsonst gewesen. Der Plan, so gewagt wie unsicher, und doch stand er kurz davor, vollendet zu werden.

Jan Lichtinger hatte ihm die Namen verraten. Angst und Schmerzen! Wie es Papa vorhergesagt hatte. Feuer konnte ein sehr überzeugendes Argument sein.

Dabei waren es Zufall und ein kurzer Augenblick der Sorglosigkeit vor vielen Jahren gewesen, die Jan Lichtingers Tod besiegelt hatten. Und nicht zuletzt sein Beruf als Intendant eines Staatstheaters drüben in Deutschland. Eine Stellung, die es ihm unmöglich gemacht hatte, sich auf Dauer im Schatten der Anonymität zu verbergen.

Vielleicht wollte er das auch gar nicht, dachte Ondrej. Vielleicht hat er die Gefahr, in der er sich befand, nicht erkannt. Als ihm dann Ondrej die Mündung seiner Pistole an die Schläfe gedrückt hatte, war es zu spät für Evan gewesen. Unbemerkt waren sie aus der Tiefgarage des Theaters zu dem abgelegenen Steinbruch gefahren. Natürlich hatte Lichtinger seine Vergangenheit geleugnet. Er hatte sich geweigert, seine Taten zu gestehen. Erst der beißende Geruch des Benzins hatte seine Zunge gelöst. Zu spät, um seinem Schicksal zu entgehen.

Das Feuer hatte Evan und die Spuren des Verhörs verbrannt, unter dem er Ondrej die Namen der anderen Druiden verraten hatte.

Monate waren seither vergangen. Monate, in denen sie die anderen Druiden beobachtet hatten. Und in denen sie erkennen mussten, dass ihnen Aedan, Dorell und Robena nicht entkommen konnten, wohl aber Morven. Der Weg zu ihr führte über den Tod der anderen.

Aedan sollte der Erste sein. Theodor Hauser!

Es war an der Zeit zu handeln. Die Krankheit hatte das

letzte Kapitel seines Lebens aufgeschlagen. Der Tumor, der ihn auffraß, hatte sich über den letzten Gang des Menüs hergemacht.

Ondrej erinnerte sich an die ersten Wochen, als das große Fressen mit der Vorspeise begonnen hatte.

Ein wenig noch, flehte er den Tod an. Ein wenig musst du dich noch gedulden!

DIE DRUIDEN

Die Zeitung lag aufgeschlagen auf dem Tisch aus dunklem Mahagoni. Theodor saß in seinem Fernsehsessel, dessen Motor die Arbeit übernahm, die ihm sein Körper verweigerte. Schmerzhaft musste er sich eingestehen, dass er in den letzten Wochen immer öfter auf die Hilfe des Stuhles angewiesen war.

Er wusste nicht, wie oft er den Artikel gelesen hatte. Und die Fotos studiert.

Magdalena! Sie hatte die Tür zur Vergangenheit geöffnet. War sie je verschlossen gewesen? Oder nur angelehnt? Immer einen Spalt für ihn bereithaltend, durch den er sich zurück zwängen konnte? Theodor kannte die Antwort. Und nur er kannte sie.

Er war anders als der Rest der Menschen. Anders als die Druiden. Er hatte sie auf einem dieser geheimen Treffen kennengelernt. Lange hatte er gedacht, dass Zeremonien wie diese der Fantasie von Filmen und Büchern vorbehalten waren. Er hatte die »Traumnovelle« gelesen und Stanley Kubricks Verfilmung gesehen. Selbst Teil der Handlung zu sein, hatte er sich nie erträumen lassen. David Beckmann und Jan Lichtinger wahrscheinlich auch nicht. Bei beiden waren es synthetische Drogen gewesen, die ihre Hemmschwelle ausgeschaltet hatten und sie das tun ließen, was sie getan hatten. Bei ihm war das nicht nötig gewesen. Das, was die Drogen bei den beiden ausgelöst hatten, war seit seiner Geburt Teil seiner Seele. Nein, er hatte als Kind keine Hunde und Katzen vergiftet und auch keinen Schmetterlingen die Flügel ausgerissen. Weder hatte er Kindern vor der

Schule aufgelauert noch ihnen im Internet nachgestellt. All das brauchte er nicht. Er hatte Geld und mit Geld konnte man sich alles kaufen. Als Abgeordneter hatte er Zugang zu einschlägigen Etablissements, in deren Betriebsbeschreibung »Diskretion« fett gedruckt stand. Bald aber hatte seine kranke Seele nach mehr verlangt. Da war der Tipp eines Parteifreundes gerade recht gekommen. Die Party war mehr als feuchtfröhlich gewesen. Am Ende waren Dr. Bernhard Millstetter und er die Letzten gewesen. Prahlerei und Alkohol hatten Bernhards Zunge gelöst. Wie Jan und David Zugang zu dem abgelegenen Anwesen bekommen hatten, wusste und interessierte ihn nicht. So wenig wie Lauras Geschichte. Sie war der Funke gewesen, der das Feuer entzündet hatte. Auch die Idee mit den Kelten war von ihr gekommen. Sie war besessen von den Altvorderen. Und sie war verrückt. Jan, David und ihn selbst hatte eine Mischung aus Gier, Lust und Neugier am Leid anderer Menschen in den Orden getrieben. Laura aber war wahnsinnig. Robena war keine Figur, die sie gespielt hatte. Keine Identität auf Zeit. Laura war Robena.

Sie hatte die Namen ausgesucht. Evan, Aedan, Robena, Dorell und Morven, die Jüngste von ihnen kaum älter als ihre Opfer. Sie war als Letzte zu ihnen gestoßen. Woher sich Laura und sie kannten, wusste er nicht. Nur, dass es Morven gewesen war, die nach der Flucht des Mädchens darauf bestanden hatte, den Orden aufzulösen und allem ein Ende zu setzen. David und Jan hatten ihr beigepflichtet. Und damit ihn und Robena überstimmt. Er wusste nicht, ob die anderen ihren Dämonen entkommen waren. Bei Laura hatte er da so seine Zweifel. Und er selbst? Er hatte seinen Keller. Er hatte Geld. Und Frauen konnte man noch immer kaufen. Für alles. Er brauchte die anderen nicht mehr. Der Orden war für ihn Geschichte.

Jetzt aber waren da Magdalena und das Keltenherz.

Die Türglocke holte ihn in die Gegenwart zurück. Ich bin, wie ich bin, dachte er, während er den Fernsehsessel in die aufrechte Position fahren ließ. Keine Fragen nach dem Warum. Keine Erklärungen. Er griff nach der Fernbedienung für den Türöffner. Als Gehen für ihn zum Erklimmen eines Berges geworden war und jede kontrollierte Bewegung ein unerschwinglicher Luxus, hatte er sein Zuhause an seine Gesundheit angepasst. Dazu gehörte es auch, Besucher von jedem Zimmer seiner Villa empfangen zu können und ihnen Zutritt zu gewähren oder auch nicht.

Das Gesicht vor der Türkamera war ihm fremd. Wer war der Mann, der seine Einsamkeit am Samstagabend störte?

»Wer sind Sie?«

»Guten Tag, Herr Hauser. Mein Name ist Buchmann. Kripo Straubing.«

»Und was kann ich für die Kripo Straubing tun?« Der Fremde sprach mit fremdem Akzent. Aber der Name war ihm bekannt. Er beugte sich vorsichtig über die Zeitung. Natürlich. Moritz Buchmann. Ermittelte im Fall Magdalena. Der Presse war auch dieses Detail nicht verborgen geblieben.

»Ich gehöre zur Soko Magdalena. Sie haben sicher von dem Mädchen gehört.«

»Gehört und gelesen. Ich wüsste nicht, was ich zu Ihren Ermittlungen beitragen könnte«, bemühte er sich, das Zittern seiner Stimme unter Höflichkeit zu verbergen.

»Es geht um Ihre Verbindungen zur ReDonBau. Ich weiß, Sie wollen davon nichts mehr hören. Und ich bin mir sicher, die alte Geschichte hat nichts mit unserem Fall zu tun. Aber meine Vorgesetzten wollen jeder noch so kleinen Spur nachgehen. Und sei es nur, um sie ausschließen zu können. Da hat man mich nach Regensburg geschickt. Völlig unnötigerweise, wenn Sie mich fragen. Ich denke, die Altstadt Regensburgs ist wesentlich interessanter. Ein paar Fragen, damit die Chefs zufrieden sind. Und dann ein Bierchen in einem Biergarten. Sofern Sie mich nicht verraten.«

Theodor überlegte. So hatte er sich einen Polizisten nicht vorgestellt. Schon gar keinen von der Mordkommission. Sollte der Kerl da draußen so sein, wie er redete, war er keine Gefahr. Was aber, wenn er sich nur verstellte? Oder wenn es ein Journalist war? Einer, der die alte Geschichte noch einmal aufwärmen wollte?

Na, mal sehen. Er mühte sich auf seine Beine und zu seinen Krücken. Wenn immer möglich, vermied er in seinen eigenen vier Wänden den Rollstuhl. So schnell wollte er sich nicht geschlagen geben. Und die Tür mit der Fernbedienung öffnen? Dann würde der Kerl, der eventuell von der Presse war, sein Haus betreten. Einmal hier drin, würde er sich so schnell nicht wieder vertreiben lassen. Theodor wankte in den Flur, klammerte sich an einen der Wandgriffe, die ihm überall im Haus Halt gaben, und öffnete die Tür.

Der Mann lächelte ihn freundlich an. War das Buchmann? Er versuchte, sich das Zeitungsfoto in Erinnerung zu holen. Der Fotograf hatte die ermittelnden Polizisten auf dem Weg zu ihren Autos erwischt. Männer und Frauen. Einer davon Moritz Buchmann. »Als Erstes möchte ich Ihren Dienstausweis sehen.« Vorsicht konnte nie schaden.

»Aber natürlich«, antwortete der Fremde und griff in seine Jackentasche. Eine Sekunde später starrte Theodor in die Mündung einer Pistole.

SONNTAG, 15. JULI

SEPP

Der Tag war wie gemalt für die heutige Unternehmung. Die Nachrichten versprachen 25 Grad und der Wettergott sorgte dafür, dass die Trefferquote der Meteorologen stieg. Die Sonne stand noch nicht hoch am Himmel, doch schon saugten ihre Strahlen das Nass der nächtlichen Regenschauer auf. Vor ihnen erwartete sie ein Labyrinth aus Bäumen und Felsen.

Sepp war zufrieden. Nur seine Gruppe bereitete ihm etwas Sorgen. Nicht die beiden älteren Schwestern, die aus Straubing in den Bayerischen Wald gefahren waren, um hier Nahrung für ihre Traumwelt zu finden. Auch nicht das Ehepaar, das schon am Treffpunkt unten beim Parkplatz still und ehrfürchtig der Dinge geharrt hatte, die da kommen sollten.

Nein, um die brauchte er sich keine Gedanken zu machen. Aber da war noch dieser professionell ausgestattete Nürnberger, der in seinen Wanderschuhen, seiner Funktionswäsche und mit dem teuren Rucksack aussah, als erwarte er die 30-Kilometer-Kammwanderung vom Kaitersberg bis zum Arber. Dabei ging es doch nur hinauf zur Kesselbodenkapelle und dem nahen Felsen mit der flachen Mulde.

Die fast schon peinliche Aufmachung des Franken wurde nur von der offenen Skepsis in seinem Gesicht überboten. Sepp wusste, dass er sich auf unangenehme Fragen einstellen musste. Aber dies war nicht seine erste Führung. Er hatte schon schwierigere Gäste zu weniger interessanten Plätzen geführt, und am Ende waren alle zufrieden wieder nach Hause gefahren. Na ja, fast alle.

Die größte Gefahr versprühte heute das Linzer Ehepaar mit seinen beiden Kindern. Nicht die Alten, die alle Versuche, ihre beiden Sprösslinge zu bändigen, offensichtlich vor langer Zeit aufgegeben hatten. Es waren Kai und Sabrina, die den heutigen Tag vermiesen konnten. Internetgebildet und videospielgestählt würden der 14-Jährige und seine ein Jahr ältere Schwester durch die schaurigen und unheimlichen Geschichten, die er auf Lager hatte, nicht zu beeindrucken sein. Auch wenn die Natur ihr Bestes gab und die kleine Gruppe in zarte Nebelschleier hüllte, seit sie den Wald betreten hatten.

Wie gewöhnlich versuchte Sepp, seine Begleiter schon auf dem Weg in die Welt der Sagen und Mythen zu entführen. Doch während sich die Erwachsenen sichtlich gefangen nehmen ließen von seinen Erklärungen und Geschichten, empfanden die beiden Gören das alles nur als eines: furchtbar langweilig. Und anstrengend noch dazu. Dieser Tag entsprach so ganz den schlimmsten Erwartungen einer Woche im Bayerischen Wald. Warum nur mussten ihre Eltern hierher fahren? Natürlich hatten sie sich gesträubt, gemault und am Ende sogar gebettelt. Vergeblich. Wenigstens sollte es ein tolles Hotel werden mit Wellness und Pferden und allem Drum und Dran. Das war es dann auch geworden, da gab es nichts zu meckern.

Aber nach drei Tagen hatte es seinen Reiz verloren, so ohne Kumpels und Freundinnen. Da halfen nicht mal Facebook und WhatsApp, zumal die anderen ihre weltbewegenden Nachrichten aus Kroatien, Dubai oder von irgendeinem Kreuzfahrtschiff schickten. Und wo waren sie? Im hintersten Bayern. Da schämte man sich schon fast, überhaupt im Netz zu sein.

Und jetzt auch noch diese Wanderung, die die verantwortungslose Frau am Empfang des Hotels ihren Eltern empfohlen hatte. Die hatten nichts Besseres zu tun gehabt, als diese sofort zu buchen. Und jetzt mussten sie nicht nur durch den düsteren Wald stapfen, sondern sich auch noch die Märchen dieses seltsamen Mannes anhören. Wie öde!

Vom ersten Augenaufschlag an hatten sich die beiden Geschwister beharkt. Als andere Gäste des Hotels kurz davor standen, sich beim Management des Hauses zu beschweren, hatte Georg Lindenmeier eines seiner seltenen Machtworte gesprochen. Kai und Sabrina hatten einsehen müssen, dass sie den Bogen überspannt hatten. Schlimmstenfalls konnte das zu mehreren Stunden Handyverbot führen. Nicht auszudenken!

Also benahmen sie sich oder versuchten es zumindest. Was sie natürlich nicht daran hinderte, ein mürrisches Gesicht zu ziehen. Die Schlange aber, die Kai soeben unter einem Stein am Wegesrand bemerkt hatte, weckte sogar sein Interesse. Der pubertierende Blondschopf mochte viele Fehler haben, Angst vor Schlangen gehörte nicht dazu. Ganz anders seine Schwester.

Er ließ sich ein paar Schritte zurückfallen, ging in die Knie und packte das Tier, das keine Schlange, sondern eine Blindschleiche war, gleich hinter dem Kopf. Regungslos hing das Reptil von seiner Hand. Seiner Wirkung auf Sabrina tat dies keinen Abbruch. Ihr Kreischen, wie es nur Mädchen in ihrem Alter hervorbrachten, hallte durch den Wald, als sie erkannte, was ihr Bruder unter ihre Nase hielt. Es wurde begleitet von einem Lachen, wie nur Jungen in Kais Alter es hervorbrachten.

Sepps Hoffnung, die Wanderung durch die Begegnung mit einigen Tieren zu bereichern, zerstob spektakulär unter den durchdringenden Teenagerstimmen. Die Blicke der Erwachsenen variierten von pikiert über entrüstet zu entsetzt.

Sepp kratzte sich nachdenklich den grauen Vollbart. Diese Kids würden sich nicht einmal davon beeindrucken lassen, dass beim Schalenstein, zu dem sie wanderten, früher Tiere oder vielleicht sogar Menschen geopfert wurden. Zumindest forderte die Blindschleichenaktion zum zweiten Mal an diesem Tag die Autorität Vater Lindenmeiers, und damit öfter als im ganzen letzten Monat zusammen.

Kai winkte die Zurechtweisung durch seine Erzeuger missmutig ab und ging mit zornig erhobenem Kopf an der Gruppe vorbei voran.

»Wo ist denn nun dieser Opferstein?«, jammerte er. Die anderen sahen Sepp erwartungsvoll an. Wie fast immer war es ihm gelungen, seine Zuhörer zu fesseln. Beinahe alle, jedenfalls. Sepp rang sich ein Lächeln ab. Der Tag war zu perfekt und er hatte nicht vor, sich und seiner Gruppe von den beiden Schwererziehbaren diesen vermiesen zu lassen.

Sie waren fast am Ziel, als erneut Kais Stimme die Vögel des Waldes hochschreckte: »Oh Mann, das ist ja voll cool! Krass ey! Brina, das musst du dir ansehen!«

Nanu? Sollte er doch der Magie des Keltensteins erlegen sein? Nach einer Sekunde des Erstaunens rannte seine Schwester los.

»Igitt! Das ist ja megaekelig! Ich glaube, mir wird schlecht!«

Noch ehe sich die Erwachsenen fragen konnten, was da vor sich ging, erreichten sie den Opferstein von Igleinsberg. Und sahen sofort, was die beiden Teenager, die mit großen Augen dastanden – Kai grinsend, Sabrina die Hände vor den Mund geschlagen–, meinten.

Sepp packte die beiden bei der Schulter und zog sie zurück.

Sieht verflixt echt aus, war sein erster Gedanke. Ganz schön heftig, sein zweiter.

Das fanden auch die anderen der Gruppe. »Also ich muss schon sagen, ich halte das für maßlos übertrieben«, meinte eine der beiden Schwestern.

»Absolut geschmacklos«, sagte der weibliche Teil des jungen Ehepaares.

»Unverantwortlich«, bestätigte ihr Mann.

»Vor allem, wo doch Kinder dabei sind«, meldete sich Beate Lindenmeier zu Wort. Und da sie jetzt schon mal angefangen hatte, fügte sie noch hinzu: »Meinen Sie nicht auch, Herr Probst?«

»Sepp«, meinte dieser irritiert, hatte er doch allen heute Morgen das Du angeboten, wie es unter Wanderfreunden üblich war. Vorsichtig näherte er sich dem Felsbrocken mit der perfekt geformten Mulde. Irgendjemand hatte einige Runenzeichen in den Stein geschlagen. Doch die waren im Augenblick völlig belanglos.

Wie auch sollten sie mit dem ungewöhnlich frisch und ungewöhnlich realistisch aussehenden Herzen konkurrieren, das in einer Lache geronnenen Blutes in der Vertiefung des Opfersteins lag?

Sepp schloss kurz die Augen und öffnete sie wieder. Das Herz war noch da. Fast vermeinte er, es pulsieren zu sehen. Er schüttelte sich, bevor er Kai auf die Hand schlug, der neugierig das blutige Organ anfassen wollte.

»Aua«, schimpfte der Junge und sah Sepp entrüstet an.

»Ich habe keine Ahnung, wer das war«, murmelte der. Und dann noch mal lauter, damit es auch alle anderen verstehen konnten: »Ich weiß nicht, wie das da hineinkommt.« Er sah die Mitglieder seiner Gruppe der Reihe nach an. »Das«, seine

Hand deutete auf den Stein, »gehört nicht hierher. Das ist ein ganz, ganz schlechter Scherz. Das habe ich nicht nötig.«

»Willst du damit sagen, dass nicht du dieses Schweineherz oder was auch immer da hineingelegt hast?« Diesmal die andere der beiden Schwestern.

»Mit Verlaub.«

Alle drehten sich zu dem Profiwanderer aus der fränkischen Metropole um. Völlig überraschend für Sepp hatte er sich bisher von allen Diskussionen und Fragen ferngehalten. »Schweineherzen weisen tatsächlich große Ähnlichkeiten mit dem eines Menschen auf, aber ich versichere Ihnen, das da«, er trat ganz nahe an den Schalenstein heran, neigte sich weit hinab und wieder zurück, »ist ein Menschenherz. Ich würde sagen, das eines Mannes.«

»Ach was? Woher wollen Sie das denn wissen? Sind Sie vielleicht Arzt oder so was?«

»Professor Doktor Weninger. Herzchirurg.«

Sepp Probst sah erst den Professor, dann den Schalenstein mit dem Menschenherz darin an. Er wusste, was zu tun war.

»Schaugts, dasd's vo do weg kemmts!«, verfiel er in den Dialekt seiner Ahnen. Auch wenn die Gruppe nicht jedes Wort verstand, duldeten seine Stimme und sein auf einmal gar nicht mehr so freundliches Gesicht keinen Widerspruch. Gehorsam wichen sie zurück. Die einen langsam, um noch so viel wie möglich von dem unheimlichen Szenario einzusaugen, die anderen rasch, froh, den Ort des Schreckens verlassen zu können. Sie alle hatten sich einen geheimnisvollen und vielleicht auch etwas gruseligen Ausflug gewünscht. Das jedoch war dann doch zu viel des Guten.

Sepp griff zu seinem Handy, um die 112 zu rufen. Er konnte nicht verhindern, dass auch Kai und Sabrina ihre Smartphones zückten. Ein offenbar angeborener Reflex

ihrer Generation. In wenigen Minuten würden der Keltenstein und das Herz auf Facebook und Instagram um Klicks
und Likes buhlen. Und die würde es hageln. Ganz sicher.
Sepp schauderte angesichts des Gedankens an Horden von
Schaulustigen an dieser Stätte seiner Vorfahren. Und auch
der Gegenwart, lag die Kesselbodenkapelle doch gleich
nebenan. Das Gotteshaus zog Menschen aus allen Dörfern
der Umgebung in den Wald. Dorthin hatten sich inzwischen
die Mitglieder seiner Gruppe verzogen, um aufgeregt über
diese unerwartete Wendung ihres Ausflugs zu diskutieren.

Erst einmal wird aber niemand mehr hierher kommen,
dachte er, während er auf das Freizeichen wartete. Die Polizei wird diesen Ort sicher absperren. Schließlich gehört zu
jedem Herzen auch eine Leiche.

✳

Eine Viertelstunde später schnauften zwei Polizisten den
Weg hinauf. »Servus, Sepp.«

Er nickte den beiden zu. Die Leitstelle hatte die PI Viechtach alarmiert. Und da der Probst Sepp und seine Website
»Mystischer Bayerischer Wald« in der Gegend einen veri-
tablen Berühmtheitsgrad genossen, kannte man sich eben.

»Servus, Kurt, Servus, Max.«

»Was hamma denn da?« Polizeimeister Max und Polizei-
obermeister Kurt bestaunten erst den Grund ihres Kom-
mens, sahen dem Sepp in die Augen und warteten dann auf
eine Erklärung. Ein paar Sätze später wussten sie alles, was
sie wissen mussten. Nämlich, dass das ein Fall für die Kripo
war. Und die war schon unterwegs, erfuhr Max, der noch
einmal die Zentrale informierte.

»Dann wollen wir mal dafür sorgen, dass den Kollegen

nicht alle Spuren abhandenkommen. Geh mal zur Seite!«, machte Kurt den Polizisten und drängte Sepp weg vom Keltenstein. Der ließ es widerstandslos geschehen. Er hatte ja schon so einiges erlebt bei seinen Recherchen und Führungen zu all den mystischen Orten des Bayerwaldes. Das aber war nun doch neu. Was seine Katharina wohl dazu sagen würde?

Das glaubt sie mir nie, dachte er.

✵

Max und Kurt hatten die Mitglieder der heutigen mystischen Wanderung bereits nach Hause geschickt. Zuerst weigerten sie sich noch, diesen Krimi so kurz nach dem Prolog zu verlassen. Dann hatten sie sich darauf besonnen, dass das Erlebte ausreichend Erzählstoff für einige Tage im Wellnessbereich ihres Hotels, beim Kaffeekränzchen zu Hause oder mit den Kollegen in der Arbeit lieferte. Sogar der Herr Doktor war gegangen. »Außer, Sie benötigen noch meine fachliche Expertise«, hatte er angeboten. Man war jedoch zu der allgemeinen Übereinkunft gekommen, das würde die Kriminalmedizin schon schaffen.

Der Mann, der jetzt als Vorhut einer sicher noch folgenden Armada von Beamten und Spezialisten am Fundort eintraf, war jedoch kein Mediziner.

»Buchmann, guten Tag.«

Sepp Probst wusste, mit wem er es zu tun hatte. Schließlich zierte der Kriminaler mit den müden, aber wachsamen Augen, dem dunklen, lichter werdenden Haar und dem kaum sichtbaren Bauchansatz regelmäßig die Schlagzeilen der hiesigen Zeitungen. Buchmann hatte in den letzten Jahren für einiges Aufsehen in der Region gesorgt. Na ja, eigentlich nicht er, sondern die Mörder, die er gefasst hatte. Aber

69

seltsam war es schon. Seit Moritz Buchmann im Bayerischen Wald aufgetaucht war, schien Sepps Heimat Schwerverbrecher anzuziehen wie das blutige Herz die Fliegen.

MORITZ

Dem Anruf der Inspektion folgt ein Stimmungshoch. Falls man die Augenblicke, die nicht von Erinnerungen an die Zeit mit Claudia gefüllt sind, so nennen mag. Es waren Stunden des Glücks und der Liebe, die mich ratlos zurückgelassen haben. Was ist schiefgelaufen? Was habe ich falsch gemacht? Hätte ich um sie kämpfen müssen? Fragen ohne Antworten. Dazu die täglich wachsende Erkenntnis, dass Magdalenas Tod wohl ungesühnt bleiben wird. Mit jedem Tag, an dem wir uns am Morgen voller Hoffnung in der Einsatzzentrale treffen und der uns am Abend enttäuscht entlässt, sinkt die Wahrscheinlichkeit, die Umstände ihres Todes aufzuklären. Das und die ungestillte Sehnsucht nach der Frau, mit der ich den Rest meines Lebens verbringen wollte, hält mich nachts wach und legt sich am Tag wie ein schwerer Mantel über meinen Verstand und meine Seele. Nicht gerade die besten Voraussetzungen für eine erfolgreiche Ermittlungsarbeit.

Ein Zustand, der Melanie und Martina nicht verborgen geblieben ist. Selbst Erwin Glashuber in all seiner Lethargie ist meine sanfte Depression nicht entgangen.

Der heutige Sonntag verspricht nach dem Regen der letzten Nacht ein Sommertag wie aus dem Bilderbuch zu werden. Und dennoch fürchte ich ihn wie all die anderen Tage auch, an denen meine Gedanken nicht vorrangig meiner Arbeit gelten. Und da diese wie gesagt nicht sonderlich erfolgreich verläuft, löst die Aussicht, wieder ein paar Stunden im Bayerischen Wald zu verbringen, ein veritables Glücksgefühl aus. Auch wenn mich die Fahrt nach Prackenbach dem Wohnort von Claudia bedenklich nahe bringt.

Reiß dich endlich zusammen, Moritz! Denk an deinen Vorsatz! Denk an Magdalena! Sie ist die Frau, um die du dich kümmern musst!

Es ist der Augenblick, in dem ich beschließe, Claudia in eine der Schubladen zu stecken, die in meinem Kopf versteckt sind. Auf Claudias Schublade soll »Vergessen« stehen. Wie auf den anderen, die schon dort sind. Da ist die mit dem Mann, dessen Namen ich nie erfahren habe und dessen Kopf in einer sternenklaren Nacht auf der Burgruine Runding von seinem Torso getrennt wurde. Da ist Georg Koller, der im Alter von 84 Jahren vor meinen Augen von der Arberseewand in die Tiefe und in den Tod sprang. Oder Anton Breitmoser. Sein Körper zerschmettert unter einem Heuwagen, den seine Frau Jana in all ihrer Verzweiflung auf ihn stürzen ließ. Jochen Schreiner, der alles für seine blinde Tochter Lisa getan hat und dessen Tod ich nicht verhindern konnte.

Und Samira. Mein Gott, Samira! Was hast du gelitten! Ich hoffe inständig, du hast deinen Frieden gefunden.

Jeden von ihnen habe ich in seine ganz persönliche Schublade gesperrt, in der Hoffnung, sie alle vergessen zu können. Und doch gelingt es ihnen dann und wann, ihr Gefängnis zu verlassen. Dann schlüpfen sie hervor in meine Träume, um mich schweißgebadet aus dem Schlaf zu rufen, und ich weiß, dass es nie enden wird.

Und jetzt Claudia. Kein Opfer. Kein Verbrechen. Kein Mord. Und doch auch sie so schmerzhaft für meine Seele.

Und Magdalena? Muss ich auch sie in eine dieser Schubladen sperren?

Sechs Tage sind vergangen, seit Martina und ich diesen stummen Pakt geschlossen haben. Alles zu tun, um die Hintergründe zu erfahren und die Hintermänner zu fassen. Und während sie dieses Ziel mit aller Kraft verfolgt, habe ich mich mehr mit mir selbst beschäftigt als mit Magdalena.

Doch das ist jetzt vorbei. Ich werde es Martina gleichtun. Ich werde mich nur noch auf unseren Fall konzentrieren.

Und auf ein Herz, das heute in Igleinsberg gefunden wurde. Angeblich das eines Menschen. Was für ein Unsinn, denke ich, während ich durch das Graflinger Tal die ersten Höhen des Vorwaldes erreiche.

*

Obwohl ich die Gegend zwischen Donau und tschechischer Grenze inzwischen ganz gut kenne, hätte ich den heutigen Schauplatz ohne das Navi nicht gefunden. Ich parke unten an der Straße und laufe die letzten Meter über Wurzeln und Steine hinauf zu der imposanten Felsenlandschaft, die die letzten Jahrmillionen hier geformt haben. Noch hoffe ich auf einen Scherz.

Zwischen den Bäumen vor mir tauchen zwei Uniformen auf. Vermutlich die Kollegen von der PI Viechtach. Sie haben dafür gesorgt, dass keine weiteren Schaulustigen ihre Finger- und Schuhabdrücke verteilen. Gelbe Plastikbänder umzäunen den Gipfel der bewaldeten Anhöhe.

Einer der beiden führt mich zu einem Felsen. Auf den ersten Blick ist dort nichts Außergewöhnliches zu sehen. Erst bei genauer Betrachtung erkenne ich die Vertiefung im Fels. Geschickte Hände haben dort eine Mulde in den Stein geschlagen. Glatt und perfekt gearbeitet lässt sie vermuten, dass sie nicht natürlichen Ursprungs ist. Heute würde sie selbst dem unachtsamsten Wanderer nicht entgehen.

»Sieht ziemlich echt aus.«

Ganz weit hinten in meinem Gedächtnis flimmern Bilder von einem geschlachteten Schwein, Kesselfleisch und Blutwürsten und verschwinden wieder. Erinnerungen an meinen ersten Fall im Bayerischen Wald. Wie lange ist das schon her? Damals habe ich Claudia kennengelernt. Aus und vorbei!

»Könnte ein Schweineherz sein«, wühle ich im theoretischen Wissen meiner Ausbildung und meinen praktischen Erfahrungen vom Schlachtfest auf dem Huberhof.

»Ist es aber nicht.« Einer der beiden Viechtacher Kollegen.

»Sagt er.« Er deutet auf den Mann, den ich erst jetzt bemerke.

»Sagt der Fachmann«, meint der.

»Und Sie sind?«

»Josef Probst. Ich bin mit meiner Wandergruppe hier, wegen dem Stein da.«

»Und Sie sind ein Fachmann in Herzensangelegenheiten.«

»Ich nicht, aber einer aus der Gruppe. Ein Herzchirurg sogar. Und der sagt, es ist ein Männerherz.«

Der Mann, den niemand hier im Wald Josef nennen würde, nickt zur Bekräftigung seiner Worte. Ein Zeitungsartikel taucht in meiner Erinnerung auf. Eine Buchlesung. Ein Vortrag über Mythen und Sagen, wenn ich mich nicht täusche.

»›Mystischer Bayerischer Wald‹, richtig?«, zitiere ich die Überschrift des Artikels.

»Stimmt. Deshalb bin ich heute hier. Ich wollte den Leuten die Geschichte des Keltensteins von Igleinsberg näherbringen. Und dann das.«

Sein Blick geht zu dem Stein, in dessen Vertiefung noch immer das Herz ruht, um das sich die ersten Fliegen sammeln. Bald wird der Festbraten die Insekten in Schwärmen anziehen.

»Ein Keltenstein!«

Es dauert keine Sekunde, bis das Wort die richtige Stelle in meinem Kopf erreicht. Das Getriebe dort legt einen Blitzstart hin.

Ein Keltenstein!

Ein Menschenherz!

Ein Keltenherz!

Die Verbindung zum Brandmal auf Magdalenas Schulter steht in riesigen Lettern geschrieben auf dem Felsen mit der flachen Mulde. Ich kann es nicht fassen. Eine Woche der erkaltenden Spuren liegt hinter uns. Die Akte Magdalena ist kurz davor, in den Archiven zu verschwinden.

Und jetzt. Ein Anruf, eine kurze Fahrt in den Bayerischen Wald, und wir sind wieder im Geschäft.

»Eine Opferstätte«, lenkt Sepp Probst meine Aufmerksamkeit wieder dem Tagesgeschehen zu.

»Mit dem Opfer drin.«

»Schaut ganz so aus«, bestätigt er mich.

※

»Na, das nenn ich mal einen Fund.«

Thomas Jobst lässt sich wie immer durch nichts erschüttern. Dafür ist er schon zu lange bei der Spurensicherung. Am Anfang seiner Karriere hat er Tatorte in Leipzig und Umgebung gesichert, Spuren gesucht und gefunden, jedes noch so unbeachtliche Detail ausgewertet und so manchem Ermittler den Weg aus der Sackgasse gezeigt. Eines Tages erinnerte er sich der Urlaube, die er zusammen mit seinen Eltern im Bayerischen Wald verbracht hat. Leider gibt es dort keine Kriminalpolizeiinspektion. Folglich hat er sich für eine der nächstgelegenen Städte beworben. Und das ist nun mal die Stadt an der Donau, in der er inzwischen seit sieben Jahren wohnt und arbeitet. Allen Widrigkeiten, das heißt, seinem sächsischen Dialekt, zum Trotz, traf er hier seine Tanja. Nicht auf dem Gäubodenfest, wie man vermuten könnte, sondern bei einem Eishockeyspiel. Denn das können sie hier auch. Seit Thomas Jobst für die Kripo Straubing Spuren sichert, haben die Tigers einen weiteren Dauerkartenbesitzer.

»Sieht echt aus.«

Thomas wedelt mit der Hand über das Herz, um die Fliegen zu vertreiben. Die denken nicht daran, diesen Leckerbissen kampflos aufzugeben. Inzwischen hat sich das Buffet im Wald herumgesprochen und die Zahl der lästigen Plagegeister zum Schwarm summiert. Sie müssen sich beeilen, denn die ersten Wespen tauchen als Mundräuber auf und werden sicher bald ebenfalls nicht mehr zu zählen sein.

»Ist auch echt«, meint Max von der PI Viechtach.

»Wo ein einsames Herz, da auch ein einsamer Mensch«, philosophiert Thomas.

Ich atme tief durch und versuche mich auf den Tatort zu konzentrieren. Gemächlich öffnet der Mann von der Spurensicherung seinen Koffer, kramt darin herum und zaubert schließlich alle Utensilien hervor, die er benötigt, um das Herz und sonstige Spuren sicher zu verwahren.

»Na, dann wollen wir das Ganze mal sauber zur Gerichtsmedizin bringen. Nicht, dass uns die Frau Doktor noch anpfeift«, murmelt er leise. Und zu uns gewandt: »Jetzt schaut's mal, dass ihr hier verschwindet. Bestimmt habt ihr schon wieder alle Spuren zertrampelt.«

»Die Ergebnisse kriegen wir morgen, oder?«, ignoriere ich seinen Ärger. »Und ihr, Kollegen, sorgt bitte dafür, dass keiner hier rumschnüffelt, ja?«

Max und Kurt nicken wenig erfreut.

»Und Sie kommen doch bitte noch mit.«

»Klar doch«, meint Sepp Probst schulterzuckend.

»Sie sagten, das ist ein Opferstein?«

»Nun, nach meiner Meinung schon. Die Vertiefung wurde zwar schon vor den Kelten in den Fels geschliffen, aber die haben sie wohl als heilige Stätte genutzt«, bestätigt er knapp.

»Ein keltischer Opferstein also. Und was haben unsere Vorfahren hier geopfert? Menschen?«

»Gut möglich. Auch wenn sie vermutlich nicht so grausam waren, wie wir alle denken. Aber was Genaues weiß man nicht. Das liegt ja schon ein paar Jahre zurück.« Er bleibt stehen und sieht mich aus zusammengekniffenen Augen an. »Denken Sie, das hat was mit dem Herz zu tun? Dass da jemand jemanden geopfert hat? Dann wäre ja jemand ermordet worden.«

Da hat der Probst Sepp verdammt recht.

*

Ich erreiche mein Dienstfahrzeug, der Organisator der so spektakulär verlaufenen Wanderung muss noch ein Stück des Weges gehen.

»Soll ich Sie mitnehmen?«

Sepp Probst schüttelt zaghaft den Kopf. Sein Gesicht, soweit ich dieses zwischen Hutkrause und Vollbart erkennen kann, ist auffallend bleich geworden.

»Danke, ich gehe lieber. Ich muss das erst mal verdauen.«

»Kann ich verstehen. Wenn ich das richtig mitbekommen habe, dann sind Sie so etwas wie ein Experte für diese speziellen Orte.«

»Wenn Sie damit geheimnisvolle Orte meinen, dann schon ein bisschen.«

»Und was verstehen Sie unter diesen mystischen Orten?«

»Ich meine unerklärliche Ereignisse und Phänomene.«

»Sie versuchen die Leute, die mit Ihnen hierher kommen, von diesen Mythen zu überzeugen?«

»Nein. Sie sehen das falsch. Die Teilnehmer meiner Wanderungen und Vorträge müssen nicht überzeugt werden. Sie kommen, weil sie selbst daran glauben, dass es Dinge zwischen Himmel und Erde gibt, die nicht immer zu erklären sind. Ich sammle lediglich Geschichten und Orte, die ich den Leuten erzähle und zeige. Was sie dann daraus machen, überlasse ich jedem Einzelnen selbst.«

»Wo sind eigentlich die anderen? Die Teilnehmer Ihrer heutigen Führung?«

»Die Viechtacher haben sie nach Hause geschickt.«

»Na prima. Ich hoffe, Sie können uns die Adressen geben.«

»Eher nicht. Aber die Telefonnummern hat meine Frau bestimmt. Die Leute melden sich meist übers Telefon an.«

»Sehr gut. Könnte Ihre Frau uns die Nummern durchgeben?«

»Kann sie.«

Ich nicke ihm aufmunternd zu. Der Mann, der heute Morgen nicht ahnen konnte, dass an diesem Sonntag den Sagen um den Keltenstein von Igleinsberg eine weitere Geschichte hinzugefügt wird, ist mir auf Anhieb sympathisch. Ich schaue ihm noch nach, bis er hinter einem Stapel Langholz verschwindet. Und was mache ich? Ein Herz lässt nur auf eines schließen: eine Leiche!

Männlich. Was noch lange nicht heißen muss, dass es sich um Mord handelt. Der Eigentümer des lebenswichtigen Organes kann genauso gut bereits tot gewesen sein, als es ihm aus der Brust geschnitten wurde. Makaber zwar, aber kein Tötungsdelikt. Und damit ich außen vor. Ein Gefühl sagt mir, dass es nicht so war.

Alles nur Vermutungen, die mich nicht weiterbringen.

Ich fahre zurück nach Deggendorf. Obwohl Sonntag ist, wartet mein Büro in der Außenstelle der Kripo Straubing auf mich. Schließlich muss ich einen Bericht verfassen und eine Akte will auch noch angelegt werden. Auch wenn beide noch sehr dünn sein werden.

DAS MÄDCHEN MIT DEM WEISSEN KLEID

Irgendwann bin ich eingeschlafen. Ein Schlagloch, das Matej übersehen hat, weckt mich wieder auf. Meine rechte Wange klebt kalt an der Seitenscheibe seines Wagens. Ich richte mich auf und reibe mir die Augen. Draußen kämpfen sich die Scheinwerfer durch Nebel und Dunkelheit.

»Wo sind wir?«

»Gleich da«, meint Matej nur. Und sagt die Wahrheit. Die Straße endet an einer Mauer und einem Eisentor, das sich auf wundersame Weise öffnet und uns Einlass gewährt. Hinter der Mauer verbirgt sich ein großer Garten und darin ein

Haus. Nein, mehr ein Schloss. Auch Matej scheint zum ersten Mal hier zu sein. Langsam fährt er den Kiesweg entlang bis zu einer breiten Treppe. In der Vorahnung kommender Ereignisse mustert mein Bewusstsein das Gebäude. An manchen Stellen bröckelt der Putz von den Wänden und die Dachrinnen hängen schief. Die Scheiben der Fenster sind noch heil. Dicke Vorhänge dahinter halten das Licht drinnen gefangen.

Oben an der Treppe wartet ein Mann. Er ist nicht groß, fast schon ungewöhnlich klein. Seine stechenden Augen durchbohren mich durch das Glas der Autoscheiben hindurch.

Ein anderer Mann. Riesig und bedrohlich. Tätowierungen auf seinen mächtigen Oberarmen und im Gesicht.

Eine Frau. Kurze Haare, schmale Lippen, verhärmter Blick.

Die Angst, die in mir wächst, seit ich erwacht bin, erstickt mein Herz. Ich weiß, sie wird ab heute mein ständiger Begleiter sein.

Wir halten am Fuß der Treppe. Matej steigt aus, ich folge ihm schweigend. Er nickt den dreien zu. Ohne seinen Gruß zu erwidern, drehen sie sich um und gehen in das Haus. Matej packt mich beim Arm und schiebt mich vor sich her hinein. Eine große Halle mit einem langen Tisch, von Stühlen umgeben. Gemälde an den Wänden. Jagdszenen, Männer auf Pferden und Frauen beim Picknick an einem See. Statuen längst verstorbener Menschen. Eine Treppe führt nach oben, ein langer Gang mit Türen zu versteckten Räumen.

Matej spricht mit dem Kleinen und geht mit ihm in eines der Zimmer. Ich warte zitternd. Der Atem des Riesen in meinem Nacken.

Matej und der Kleine kommen zurück.

»Wo sind wir hier? Das ist doch nicht Prag, oder?«

»Wir bleiben heute hier. Du wirst oben schlafen. Deinen Koffer bringen sie dir hoch. Morgen sehen wir dann weiter.« Er kommt zu mir und streicht über mein Haar. Ein Lächeln. Seltsam gequält. Dann geht er hinaus. Ich werde ihn nie wiedersehen.

⁑

Die Frau zeigt mir den Weg zu meinem Zimmer. Ein Bett, ein Schrank, Tisch und Stuhl, ein Badezimmer, vergitterte Fenster. Ich sitze zitternd auf meinem Bett. Der Riese bringt meinen Koffer.

»Leg dich schlafen!«, befiehlt die Frau, dreht sich um und geht. Der Riese sagt kein Wort.

⁑

Die Nacht kommt und geht. Die Angst bleibt. Ich finde keinen Schlaf. Am Morgen ruft mich die Sonne aus meinem Bett. Ich wage es kaum aufzustehen. Aber ich muss!

Ich wasche mich, ziehe ein Sweatshirt und eine Jeans aus meinem Koffer an und warte. Als die Frau endlich kommt, fühle ich Hoffnung und Schrecken zugleich. Sie führt mich nach unten. Die Worte, die sie sagt, werden mein weiteres Leben bestimmen: »Sprich nicht! Sag kein Wort, wenn du nicht gefragt wirst! Sag kein Wort, wenn es dir nicht erlaubt wird!«

»Aber …«

Noch nie hat mich jemand mit der flachen Hand ins Gesicht geschlagen. Mama nicht und Papa nicht. Gleich, was ich angestellt habe. Der Schlag dieser Frau trifft mich unvorbereitet und hart. Mein Kopf fliegt zur Seite und ich komme ins Wanken. Die Überraschung und der Schmerz treiben Tränen in meine Augen.

»Kein Wort! Verstanden?«

»Ja«, will ich sagen, nicke aber nur.

»Siehst du die Mauer?«

Wieder Nicken.

»Sie ist die Grenze deiner Welt. Du kannst bis dorthin gehen. Berühre sie nicht, wenn du deine Hände behalten willst. Dieses Haus ist dein Haus. Du wirst hier essen und trinken und schlafen.«

Warum? Matej? Wo bist du?

Ich muss es wissen. Nur ein Wort: »Bitte!«

Die Frau schüttelt mitleidig den Kopf. Ahnungslos drehe ich mich um. Noch ehe ich weiß, wie mir geschieht, bohrt sich die Faust des Riesen in meinen Bauch. Um mich herum explodiert die Welt. In diesem Augenblick blicke ich zum ersten Mal in das Angesicht des Todes. Der Riese nimmt mich wie eine kaputte Puppe auf seine Arme und trägt mich hinauf in das Zimmer, das nun meines sein soll. Dort legt er mich auf das Bett und deckt mich beinahe zärtlich zu. Durch einen Schleier aus Schmerz und Übelkeit sehe ich seine Hand, die eben noch als Faust meine Eingeweide zu Brei geschlagen hat und die jetzt die Bettdecke über meinen gekrümmten Körper zieht. Mit fast bedauernder Stimme wiederholt er die Regeln meines künftigen Lebens: »Nicht sprechen! Nicht fliehen! Tu alles, was wir dir sagen, sonst darf ich dir wehtun. Und das willst du nicht!«

Es ist nur ein Wort, das sich einen Weg in die Welt aus Schmerzen bahnt: darf! Ich *darf* dir wehtun! Nicht muss, sondern darf!

Nie wieder werde ich ohne Erlaubnis auch nur ein Wort sprechen.

Aber ich weiß, etwas anderes wird meine Lippen verlassen. Schreie!

Ja, Tamara! Sie werden dich zum Schreien bringen!

MORITZ

Noch weiß ich nicht, was ich von der Sache halten soll. War der Mensch, dem das Herz gehört hat, schon tot? Lange bevor jemand seinen Brustkorb geöffnet und Hand an ihn gelegt hat? Oder …?

Der feine Unterschied zwischen Leichenschändung und Tötungsdelikt wird den Ablauf meiner nächsten Tage bestimmen. Und eine erste Antwort darauf liefern, ob das Herz von Igleinsberg tatsächlich etwas mit dem toten Mädchen, das wir Magdalena genannt haben, zu tun hat. Da mir im Augenblick nichts anderes bleibt, als auf den Anruf der Pathologie zu warten, entschließe ich mich, zur Donau hinabzugehen. Die Grünflächen zwischen Fachhochschule und dem europäischen Strom sind seit der Landesgartenschau 2014 nicht nur bei mir ein beliebter Ort, um die Freizeit zu genießen. Jetzt sitze ich hier und versuche, meine Gedanken von den Ereignissen des Tages abzukoppeln.

Ein Paar Schwäne hält Kurs hinaus in den Gäuboden, Seemöwen begleiten einen Schubverband mit österreichischer Flagge. Am Ufer füttern Kinder einige Enten. Ein fast schon kitschiges Idyll am Rande der Stadt.

Mein Telefon beendet es. Ein Blick auf die Nummer. Ich bin überrascht und erfreut zugleich. Wie lange schon habe ich nichts mehr von ihr gehört?

»Hallo, Mel. Na, Sonntagsdienst?«

»Das Verbrechen kennt keine Wochentage«, belehrt sie mich. Als Leiterin der Kommission Tötungsdelikte und Suizide der Kripoinspektion Regensburg hatte sie es bereits in ihrem ersten Jahr mit einem Dutzend Opfern zu tun. Und mit deren Mördern natürlich. Zehn davon hat sie mit ihrem Team überführt. Keine schlechte Quote.

Obwohl uns beide eine tiefe Freundschaft verbindet, ist es letztendlich doch immer wieder unser Beruf, der uns zueinanderführt. Nach unserem gemeinsamen Abenteuer auf der Burgruine in Runding haben wir uns versprochen, uns öfter zu treffen. Eine Vereinbarung, die wir mehr schlecht als recht einhalten. Grillabende bei Karl und Jana, ein Theaterbesuch in Regensburg, eine gemeinsame Wanderung zum Rachel. Alles nette Begegnungen, die zuletzt seltener wurden, je mehr der Alltag uns wieder im Griff hatte.

Sie weiß das genauso gut wie ich.

Auch ein Grund, warum sie ohne lange Vorrede zum Thema kommt: »Du hast etwas, was ich vermisse.«

Na bitte. Es ist wieder so weit. Die Nachricht vom Keltenherz von Igleinsberg hat Regensburg erreicht.

»Lass mich raten: Du hast einen Mann, der sein Herz verloren hat.«

Keine Antwort. Ich stelle mir vor, wie ihr Blick zu ihren beiden Kollegen geht.

»Wann?«

»Heute Abend.«

❊

Regensburg gleicht an diesem Sonntagabend einem Sommernachtstraum. Tausende Menschen ziehen durch die engen Gassen der Stadt, bevölkern Parks und Plätze gleichermaßen. In Biergärten und Cafés geben sich vorwiegend junge Menschen dem südlichen Flair und der milden Nachtluft hin. Fast wähne ich mich in einer der oberitalienischen Städte, die man aus dem Urlaub so gut kennt und nach denen man sich an trüben Herbsttagen manchmal sehnt.

All das steht im krassen Gegensatz zu den Bildern auf Peters Tablet. Wir haben uns nicht in der Dienststelle der K 1 verabredet, sondern in einer der zahllosen Kneipen der Domstadt. Die »Bodega« ist nicht nur für ihre Tapas berühmt. Sie verwöhnt ihre Gäste auch mit Tischen und Stühlen im Freien.

Mel, Daniela und Peter beobachten mich stumm, während ich versuche, die Fotos zu verstehen.

»Während er im Rollstuhl saß?« Ich bemühe mich, leise zu sprechen. Schließlich will ich nicht, dass dieser wundervolle Abend für die Gruppe junger Mädchen am Nebentisch und das fast genauso junge Ehepaar hinter uns in Albträumen endet.

»Multiple Sklerose. Ein Bekannter kam vorbei, um ihn abzuholen. Traditioneller Sonntagsfrühschoppen beim Kneitinger. Davon hat sich Hauser auch von seiner Krankheit nicht abhalten lassen. Als niemand die Tür öffnete, hat der Bekannte die Polizei informiert. Die Streife hat ihn dann gefunden.«

Melanie nippt an ihrem Wein.

»Und niemand hat etwas davon mitbekommen?«

»Hausers Villa steht in einem großen Garten. Den Rest wird uns Frau Dr. Niebauer morgen erklären.«

»Aha.«

Was für ein banales Wort angesichts dieses Todes. Hände und Beine Hausers waren an den Stuhl gefesselt, der auch so in den letzten Monaten sein Gefängnis auf Rädern gewesen ist.

»Hat ihn das umgebracht?« Ich deute auf das Tablet. Dort, wo eigentlich Hausers Herz sein sollte, zeigt das Foto der Spurensicherung ein klaffendes Loch in der Brust des Toten.

»Muss Frau Niebauers Bericht noch zeigen. Jedenfalls haben wir keine Hinweise darauf, dass er bereits tot war, als das da passiert ist.«

Renate Niebauer. Unsere Bekanntschaft war so kurz wie heftig. Jetzt sind es Leichen, die uns immer wieder zusammenführen.

»Was für eine kranke Seele tötet jemanden auf diese Weise?« Ich verstehe es wirklich nicht.

»Ich vermute, es geht um das Herz. Der Täter brauchte es.«

»Als Opfergabe?« Ich betrachte die Gesichter der anderen am Tisch und finde nur Ratlosigkeit.

»Morgen sind wir schlauer. Dann ist der DNA-Abgleich da. Die Ergebnisse der Pathologie werden nach Straubing durchgegeben.«

»Bezweifelt irgendjemand, dass es Hausers Herz ist?« Peter winkt der hübschen Kellnerin und bestellt sich ein zweites Bier.

»Theodor Hauser.« Mein Blick schweift über die anderen Menschen, die diese laue Sommernacht genießen. »Warum diese Art des Todes? Ein Ritualmord?«

Melanie lehnt sich zurück und sieht mich an. »Hauser war 63 Jahre alt. Bis zu seinem 57. Lebensjahr war er Landtagsabgeordneter.«

»Verstehe. Du denkst, die Sache wird jetzt ganz groß aufgehängt.«

»Ich fürchte, ja. Ein ehemaliger Abgeordneter bestialisch ermordet. Ich sehe schon die Schlagzeilen.«

»Und ich Probleme. Wenn erst einmal die Politik mitmischt, und bei einem verdienten Parteifreund und Abgeordneten wird sie das bestimmt, dann wird man uns sicher auf die Finger sehen«, meint Daniela.

Wieder gleiten meine Gedanken davon. Mel erkennt das und versucht, sie wieder einzufangen. »Moritz?«

Auch Daniela und Peter beobachten mich fragend.

»Wir müssen herausfinden, was Hausers Tod mit Magdalena zu tun hat.«

Ein kurzes Atemholen. Dann verstehen sie. »Ihr habt noch keine neuen Erkenntnisse?«

»Nein, wir stecken in einer Sackgasse.«

Peter hält sich an seinem Weizenglas fest und nickt bedächtig. Er hat verstanden. Seine Gedanken fahren auf dem gleichen Gleis wie meine. »Das Brandmal. Ein keltischer Knoten. Manche sagen Keltenherz dazu.«

Mel und Daniela sehen erst ihn, dann mich an.

»Sieht so aus, als würden wir wieder einmal zusammenarbeiten«, meint Peter ohne jedes Gefühl in der Stimme.

»Das sehe ich genauso«, bemüht sich auch Melanie um Sachlichkeit, kann sich dabei aber ein leises Lächeln nicht verkneifen.

»Morgen um 9 Uhr bei euch?«

»Nimm alles mit, was mit dem Herzen zu tun hat«, ermahnt mich Peter.

»Darauf kannst du dich verlassen.« Ich sage ihm nicht, dass dazu auch Martina Richter gehört.

MONTAG, 16. JULI

MORITZ

Wie jeden Morgen empfängt mich der Duft von frischem Kaffee. Wie jeden Morgen ist Claudia vor mir aufgestanden. Sie liest die Zeitung, während ich zwei Eier in die Pfanne schlage.

»Da hast du ja wieder was am Hals«, meint sie, ohne von ihrer Lektüre aufzublicken.

»Die Zeitung ist mal wieder schneller als die Forensik«, grummle ich zurück.

»Eine Leiche in Regensburg und das dazugehörige Herz in Prackenbach«, fährt sie ungerührt fort.

»Sag ich doch. Schneller als die Polizei. Es ist noch nicht erwiesen, dass beides zusammengehört.«

Jetzt bin ich ihr doch einen Blick wert. »Aber bitte. So einen Zufall gibt's doch gar nicht. Das sieht doch jeder.«

»Na ja, ich bin Polizist, und damit zählen nur Fakten. Heute Mittag wissen wir mehr.«

Auch Claudia will mehr wissen. Sie steht auf, kommt zu mir und legt ihre Arme um meinen Hals. Mein Widerstand beginnt sich in Rauch aufzulösen. Sie küsst mich sanft auf die Lippen. Eine Berührung, die länger dauert und länger. Sie stellt sich auf die Zehenspitzen, ich ziehe sie zu mir her …

Alvin Lees Solo, das ihn 1969 auf einer Wiese bei Woodstock in den Olymp der Gitarrengötter erhob, verhindert Weiteres.

Ich taste nach meinem Handy.

»Was ist los?«

»Was los ist?« Erwin Glashuber. »Du hast verschlafen! Schau mal auf die Uhr. Aber nur ganz kurz. Und dann komm schneller, als die Polizei erlaubt, ins Büro. Der Chef wartet auf dich.«

Erwin vor mir im Büro! Was für Zeiten! Ich wälze mich aus dem Bett und zwinge mich, die Augen zu öffnen.

7.30 Uhr! Die Nacht ist vorbei und mit ihr mein Traum. Im Licht der ersten Sonnenstrahlen verblasst Claudias Gesicht. Sie ist genauso wenig hier wie der Duft nach Kaffee und frischen Brötchen. Dafür muss ich schon selbst sorgen. Ich werfe die Kaffeemaschine an, dann wanke ich ins Bad. Wie jeden Morgen und jeden Abend, den ich allein bin, wird mir bewusst, dass ich die Gemütlichkeit des Hauses Schedlbauer gegen die Kälte einer Zweizimmerwohnung getauscht habe.

Nicht so schlimm, muss ich zugeben. Schließlich ist das nur eine der Veränderungen, die mein Leben gerade aus der Bahn werfen. Und wahrlich nicht die gravierendste.

Einen Vorteil haben die 50 Quadratmeter, die ich seit zwei Monaten am Stadtrand von Deggendorf bewohne. Ich kann kaum eine halbe Stunde nach dem Anruf meines Kollegen in das wütende Gesicht meines Chefs blicken. Oder besser gesagt auf die Zeitung, hinter der er sich versteckt und mich erst einmal keines Blickes würdigt. Ich muss ihn nicht sehen, um zu wissen, dass es in ihm brodelt. Die dünne Wand aus Papier ist kaum geeignet, mich vor dem Ausbruch, der unmittelbar bevorsteht, zu bewahren.

»Setzen Sie sich!«

Wieder widmet er sich der Schlagzeile des Tages. Ich ziehe mir den Stuhl vor seinem Schreibtisch heran und mache es mir bequem. Soweit das in dieser Situation möglich ist.

Paul Höpfl ist ein alter Fuchs und hat es nicht aus Zufall zum Dienststellenleiter gebracht. Auch wenn ihm der ganz große Wurf, die Leitung der Inspektion in Straubing, verwehrt geblieben ist. Ich habe den Eindruck, er hat sich mit seinen 61 Jahren damit abgefunden, sein Polizistenleben in Deggendorf zu beenden. Keine schlechte Entscheidung, ist er hier doch die unangetastete Autorität.

»Wie weit sind Sie im Fall Magdalena?«, wiederholt er die Frage, die uns alle nicht ruhen lässt.

»Ich arbeite daran.«

»Offensichtlich nicht! Oder können Sie mir erklären, warum Sie sich hinten im Wald herumtreiben?«

»Nicht ganz freiwillig«, gebe ich ihm Kontra. Die Zeitung sinkt auf den Tisch und gibt den Blick auf Polizeirat Höpfl frei.

Er sieht alt aus, denke ich. Erst das Datenleck. Und dann die schleppenden Ermittlungen. Paul Höpfls Stern ist am Sinken.

»Das Herz. Stammt es tatsächlich von diesem Abgeordneten?« Höpfl deutet auf ein Foto in der Zeitung, die zwischen uns auf seinem Schreibtisch liegt. Theodor Hauser bei der Eröffnung der Deggendorfer Landesgartenschau. Schon einige Jahre alt, aber eine aktuellere Aufnahme hat der Reporter wohl nicht gefunden.

Erleichtert registriere ich, dass ihn die Tatsache, dass ich um Längen zu spät zum Dienst erschienen bin, nur zweitrangig zu interessieren scheint.

»Der Bericht der Forensik liegt noch nicht vor«, erkläre ich. »Sollte es aber so sein, so ist es ein Fall für die Regensburger Kollegen.«

»Ach? Ist es das? Das ist dann ja wohl auch der Grund, warum Sie sich bereits mit denen getroffen haben.«

Weiß er denn alles?

»So! Und jetzt hoffe ich für Sie, Sie können mir erklären, was dieses Herz und sein Besitzer mit Ihrem Fall zu tun haben. Mit Ihrem bisher ernüchternd erfolglosen Fall, darf ich noch hinzufügen.«

Er richtet sich in seinem Stuhl auf und verschränkt die Arme vor der Brust. Seine Lippen sind zwei dünne Striche und seine Stirn eine Landschaft aus Hügeln und Tälern. Ich habe keine Wahl. Warum auch sollte ich meinem Chef etwas vorenthalten?

»Das Keltenherz.«

»Ich kenne das Brandzeichen. Alle kennen es.« Die Verbitterung darüber, dass selbst die Presse die Bedeutung des Zeichens herausgefunden hat, ist aus jedem seiner Worte zu hören.

»Theodor Hausers Herz, und ich zweifle nicht daran, dass es seines ist, lag auf einem Opferstein. Einem keltischen Opferstein.«

Die Falten graben sich noch tiefer in seine Stirn. Seine Hände landen auf dem Schreibtisch, wo sie leise zu trommeln beginnen. Paul Höpfls Konzentrationshaltung.

»Keltenherz! Buchmann, da steckt mehr dahinter, als Sie bisher geahnt haben.«

Tatsächlich?

»Ich hoffe, Ihnen ist klar, was das bedeutet?«

Ich gebe mich unwissend.

»Sie machen das zusammen mit den Regensburger Kollegen. Wir dürfen nicht zulassen, dass die das dort ohne uns weiterverfolgen. Keine Sorge, ich regle das. Zuständigkeiten hin oder her. Bevor sich da das LKA einschaltet, müssen wir die Kompetenzen klar abgesteckt haben.«

»Deshalb war ich gestern auch dort.«

Er nickt mir zu. Jetzt anerkennend. »Sie bleiben da dran!«

»Ich denke an nichts anderes.«

Ich stehe auf, um zu gehen, als er mich noch einmal zurückhält. »Und die Richter?«

»Was ist mit ihr?«

»Das möchte ich von Ihnen wissen.«

»Sie denken, sie wurde uns als Aufsicht geschickt. Weil wir alleine nicht weiterkommen.«

»Wurde sie?«

Ich zucke mit den Schultern. »Keine Ahnung. Aber eines weiß ich. Frau Dr. Richter wird ohne den Täter nicht wieder gehen.«

Zwei Minuten später sitze ich vor meinem PC. Ich logge mich ein, und schon habe ich den Bericht der KTU auf dem Bildschirm. Dr. Amberger will es sich nicht nehmen lassen, mir zu beweisen, dass er mir um eine Nasenlänge voraus ist. Auch wenn ihn das einige Stunden Nachtarbeit gekostet hat. Der Bericht ist kurz, aber aufschlussreich.

Ich gehe zum Fenster und werfe einen Blick auf den Parkplatz hinab. Unten zwängt sich ein grauer Audi zwischen einen Golf und einen SUV von Ford. Die Frau, die ihm entsteigt, hat eine sportliche Figur und eine auch auf diese Entfernung spürbare Ausstrahlung. Jede ihrer Bewegungen verrät Entschlossenheit und Tatkraft. Martina Richter betritt die Polizeistation, ohne nach links oder rechts zu schauen. Warum fühle ich mich trotzdem beobachtet?

Langsam gehe ich zurück zu meinem Schreibtisch. Ich lasse mich in meinen Stuhl fallen und verschränke die Arme hinter dem Kopf. Ich weiß, heute werde ich von Dingen erfahren, die ich bisher nicht für möglich gehalten habe. Wie ich auf das komme? Das Keltenherz! Theodor Hausers Herz! Es wird Martina dazu bringen, mich in ihre Welt mitzunehmen. Ich muss nur darauf warten. Und das nicht lange.

Ein kurzes Klopfen, und sie steht in meinem Büro. Die personifizierte Autorität und Kompetenz. Erneut ertappe ich mich dabei, mir vorzustellen, wie sie früher ausgesehen haben mag. Vor dem Überfall.

Ein kurzer Blick durch das Zimmer, ein Nicken als Ersatz für ein »Guten Morgen«. In ihren Augen blitzen Elan und Tatendrang.

»Guten Morgen«, versuche ich die gesellschaftlichen Konventionen zu beachten.

»Für Sie bestimmt.«

»Wie darf ich das verstehen?«

»Bis gestern sah es so aus, als würde der Fall Magdalena ungelöst bleiben. Dann fahren Sie mal kurz in den Bayerischen Wald, und siehe da: Die Spur ist wieder heiß. Ich war mir nicht sicher, ob Sie der Richtige sind, aber wie es scheint, haben Sie das Glück, das wir brauchen.«

»Vielen Dank auch.« Ich bin also nur ein Glücksbringer. Zu mehr nicht zu gebrauchen. Von wegen kriminalistisches Gespür und so. Meine Verärgerung prallt an ihr ab wie der Schuss aus einer Wasserpistole an einer mittelalterlichen Rüstung. Ohne Regung hält sie mir ihr Handy unter die Nase. Ich widerstehe der Versuchung zu lesen, was auf dem Display steht.

»Ein Herz in einer keltischen Opferstätte.«

»Ein Abgeordnetenherz«, antworte ich so gleichgültig wie nur möglich.

»Sie sehen doch hoffentlich den Zusammenhang.« Sie legt den hübschen Kopf schief und sieht mich zweifelnd an.

»Ich bin mir nicht sicher, ob wir den gleichen meinen. Dazu fehlt mir das Hintergrundwissen.«

»Das ich Ihnen geben kann. Aber zuerst muss ich alles über Ihren Fund erfahren.«

»Klar doch. Unterwegs.« Ich stehe auf, greife zu meiner Jacke und deute an zu gehen.

Martina zuckt mit den Schultern und folgt mir, ohne auch nur eine Frage zu stellen. Will sie mir damit ihr Vertrauen beweisen? Will sie unsere Partnerschaft bekräftigen? Die Antworten auf diese Fragen werden die nächsten Tage geben.

DAS MÄDCHEN MIT DEM WEISSEN KLEID

Was ich bisher nur befürchtet habe, ist heute zur Gewissheit geworden. Ich werde hier sterben. Woher ich das weiß? Weil eine andere gestorben ist. Eine, die ich nie gesehen habe. Ich kenne nur ihren Namen: Natalie! Dabei dürfte ich ihn nicht kennen. Wenn sie es herausfinden, werde ich erneut vor Schmerzen gekrümmt in meinem Bett liegen.

Ich bin im Garten. Ich bin schon oft dort gewesen. Manchmal sind auch andere Frauen da. Es gibt keine Einschränkungen innerhalb der Mauer. Nur die des absoluten Schweigens. Soweit ich erkennen kann, sind die anderen in meinem Alter.

Alle sind schön.

Alle sind stumm.

Wie ich.

Heute bin ich allein unter den Bäumen. Ich verspüre den Wunsch, hinaufzuklettern. Auf den einen an der Mauer. Wie leicht es doch wäre. Und wie töricht. Und doch tue ich es. Nicht, um über die Mauer zu springen. Was soll ich dort draußen? Verloren im Wald?

Ich klettere auf diesen Baum, weil er wie der in unserem Garten zu Hause ist. Seine weit ausladenden Äste tragen mich. Seine dichten Blätter verbergen mich vor dem Bösen der Welt da unten. Vor ihren Augen.

Es sind der Kleine und die Frau. Sie sind in den Garten gegangen. Sie stehen unter meinem Baum. Der Kleine hat sich eine Zigarette angezündet. Ich versuche, nicht zu atmen. Sie sehen nicht nach oben. Sie unterhalten sich.

Über Natalie. Die Frau, die so jung war, wie ich es bin, und die tot ist. Ich verstehe nicht, warum. Es waren nicht der Kleine oder der Riese, die sie getötet haben. Auch nicht die Frau.

Ganz im Gegenteil. Sie sind besorgt wegen Natalies Tod. Sie haben Angst, die Bosse könnten sie für den Verlust zur Rechenschaft ziehen. Schließlich haben sie in Natalie investiert. Sie gekauft, wie sie auch mich gekauft haben. Die Frau erklärt, dass es nicht ihre Schuld gewesen ist. Der Kleine hofft, dass die Bosse das auch so sehen.

Es waren doch diese Verrückten, meint die Frau. Die von drüben. Natalies Tod sei nicht Teil des Geschäfts gewesen. »Unsinn«, antwortet der Mann. »Sie bezahlen ein kleines Vermögen für die Frauen. Sie können mit ihnen machen, was sie wollen.«

»Du denkst, sie haben sie absichtlich getötet?«

Der Kleine schüttelt den Kopf und steckt sich eine neue Zigarette in den Mund. »Das nicht. So sind sie nicht. Nicht wie manche der anderen. Du weißt, was ich meine. Es ist einfach passiert. Da kann man nichts machen.«

»Und jetzt? Wer geht anstelle von Natalie?«

»Das ist nicht unsere Entscheidung. Sie werden kommen und sich eine aussuchen.«

»Es ist nicht unsere Schuld«, sagt die Frau noch einmal.

Der Kleine drückt seine Zigarette am Stamm des Baumes aus. »Nein, ist es nicht. Es waren die Druiden.«

MORITZ

Das Großraumbüro der K 1 ist bereits gut gefüllt. Neben Mels Truppe wartet auch Frau Dr. Niebauer auf den Beginn der Lagebesprechung.

»Servus, Renate.«

»Moritz.« Mehr nicht. Unsere Affäre ist für sie Geschichte. Heute geht es um Theodor Hauser und die Fakten, die sein toter Körper der Chefpathologin verraten hat.

Daniela nickt mir zu. »Hallo, Moritz.« Ihre Augen verengen sich zu Schlitzen. Peter bemerkt ihre Überraschung. Seine Aufmerksamkeit verlässt seinen Laptop und widmet sich Martina.

Mel sieht mich fragend an. Es ist Zeit für eine Erklärung.

»Leute, das ist Dr. Martina Richter. Oberstaatsanwältin und …«

Es ist Peter, der mich unterbricht. »… die Expertin für organisierten Menschenhandel. Zuletzt der Isarauenprozess. Benannt nach dem Fundort der Leiche eines rumänischen Mädchens. Nachdem die Kripo den Fall nach einigen Wochen erfolgloser Ermittlung zu den Akten legen wollte, hat Frau Dr. Richter …«, alle Augen wenden sich Martina zu, »… den Fall übernommen. Es stellte sich heraus, dass das Mädchen das Opfer einer Vereinigung einflussreicher Männer aus Adel, Politik und der Finanzwelt war. Trotz massiver Einflussnahme von oben wurden einige bekannte Persönlichkeiten des öffentlichen Lebens zu langjährigen Haftstrafen verurteilt.«

Peter lässt den Überfall auf Martina unerwähnt. Ich frage mich, warum.

»Und womit verdienen wir die Ehre?«, richtet sich Mel an Martina.

Die zuckt kaum erkennbar mit den Schultern und sieht von einem zum andern. »Danke für die Zusammenfassung der Pressemitteilungen über den Isarauenfall.« Sie mustert Peter abschätzig. »Sehr aufschlussreich.«

Ich kann die Gedanken der anderen lesen. Am Ende ist es das in vier gemeinsamen Mordfällen geborene Vertrauen, das Mel nicken lässt. »Also gut«, reißt sie das Heft des Handelns an sich. Ein kurzer Blick zu mir, den ich mit einem unauffälligen Nicken beantworte, und dann zu Peter. Der drückt ein paar Tasten seines Laptops. Eine Sekunde später starren wir alle auf den Großbildmonitor an der Wand. Ich kann nicht behaupten, dass mir die Bilder dort gefallen. Die meisten habe ich schon gestern gesehen. Hochauflösend bahnen sie sich noch einmal ihren Weg in mein Bewusstsein. Die gewaltsam auseinandergebrochenen Rippen. Der an den Rollstuhl gefesselte Körper.

Renate lenkt meine Aufmerksamkeit auf die Fakten. »Theodor Hauser hatte eine hohe Dosis Ketamin im Blut. Injiziert in die Halsschlagader. Sein Brustkorb wurde mit einem scharfen Werkzeug geöffnet. Ein Keil oder eine Axt, würde ich sagen. Das Herz wurde unfachmännisch entfernt.«

»Unfachmännisch?«, unterbricht sie Mel.

»Herausgerissen!«

»Verstehe.«

Melanies Blick geht zu Martina Richter. Die zeigt keine Reaktion. »Ich hätte gerne eine Biografie Hausers.«

Peter nickt. Wieder einige Tasten und wieder ein neuer Bericht. »Ich habe sie schon gelesen«, erklärt er. »Ihr bekommt natürlich noch die Langform. Sie auch«, meint er an Martina gerichtet. »In kurzen Worten: Theodor Hauser, geboren am 23.05.1955 in Regenstauf als zweites Kind von Lydia und Jürgen Hauser. Die wohlhabenden Eltern schicken ihn zu den Domspatzen, wo er seine Schulzeit im Internat verbringt. Dann Wirtschaftsstudium und Übernahme der Apothekenkette der Eltern. Er tritt im zarten Alter von 16 Jahren in die Politik ein. Schneller Aufstieg. 1986 mit gerade einmal 31 Jahren in den Landtag gewählt. Auch bei den nächsten vier Wahlen ging er als Direktkandidat ins Parlament. Dort Verkehrsausschuss und später Finanzausschuss. Privat läuft es nicht so gut. Seine Frau verlässt ihn 1991. Die Ehe bleibt kinderlos.«

Alles normal, denke ich. Eine typische Politikerkarriere. Diese ändert sich mit Peters nächsten Worten. »2012 schließlich wurde Hauser als stellvertretender Parteivorsitzender gehandelt. Doch dazu ist es nicht mehr gekommen. Im April des Jahres erklärte er völlig überraschend seinen Rückzug aus der Politik. Er legte alle Ämter nieder und zog sich aus der Öffentlichkeit zurück.«

»Für die er seit gestern wieder interessant ist«, fügt Daniela hinzu.

»Das war's?« Melanie wirft Peter einen fragenden Blick zu.

»Das ist sein offizieller Lebenslauf. Aber ich hab mich gefragt, warum er den Abgeordnetenjob an den Nagel gehängt hat. Immerhin war er einer der alteingesessenen Parlamentarier und stand parteiintern vor dem Durchbruch. Da hab ich mich mal ein wenig umgesehen. Ihr wisst ja, das Netz vergisst nichts. Theodor Hauser hatte als Mitglied des Verkehrsausschusses einiges zu sagen bei der Entscheidung und Vergabe von Staatsaufträgen. Ihm wurden Verbindungen zu einer Regensburger Tiefbaufirma nachgesagt. Die Rebecca Donhauser BauGmbH, kurz ReDonBau, bis dahin ein regionales Unternehmen, erhielt um die Jahrtausendwende auffallend viele Aufträge bei Straßenbaumaßnahmen des Freistaats. Außerdem Hochwasserfreilegung und so weiter. Die Firma hat ihren Umsatz binnen drei Jahren verdreifacht, und das in der Zeit der Finanzkrise. Als Hauser vor vier Jahren seinen Hut nahm, zählte die ReDonBau zu den größten Bauunternehmen Süddeutschlands.«

»Du willst damit sagen, dass er nicht freiwillig gegangen ist?«, meint Melanie.

»So kurz vor dem Höhepunkt seiner Karriere? Stellvertretender Vorsitzender ist schon was«, überlegt Peter.

»Wäre nicht das erste Mal, dass die Partei einem der ihren nahelegt, unauffällig zu verschwinden, bevor er einen Skandal hervorruft, der allen schaden würde.« Schweigend stimmen die anderen meiner Überlegung zu.

»Also, wenn Hauser korrupt war, aufgeflogen ist und sich deshalb aus dem Geschäft verabschiedet hat, dann muss damals jemand die Geschichte vertuscht haben«, erklärt Daniela.

»Wir müssen uns diese Firma mal genauer ansehen.« Melanie blickt mich an. Sie erwartet meine Zustimmung, doch mich beschäftigen andere Fragen. »Was hat das mit seinem gewaltsamen Ableben zu tun?« Mein Blick sucht Martina. Obwohl ich ihr während der Fahrt alles über den Fund des Herzens erzählt habe, meine eigene Einschätzung der Sache inklusive, hat sie mich ein weiteres Mal mit der Preisgabe ihres Wissens vertröstet.

Ohne mich eines Blickes zu würdigen, geht sie zu Peter und drückt ihm einen USB-Stick in die Hand. Der versteht. Wenige Sekunden später ändern sich die Bilder an der Wand.

»Herr Buchmann ermittelt im Fall eines toten Mädchens.«

»Magdalena, wir wissen Bescheid.« Daniela lehnt sich erwartungsvoll zurück.

»Magdalena, ja.« Martina lässt sich nicht aus der Fassung bringen. »Jeder weiß, dass sie tot ist. Und durch eine bedauerliche Geheimhaltungspanne auch von ihrem Brandmal.« Sie dreht sich kurz zu mir um. Ich versuche, gelassen zu wirken. Innerlich bebe ich vor Spannung. Es ist so weit. Martina ist bereit, ihr Wissen preiszugeben. Und dabei die Führung zu übernehmen. »Ich gehe davon aus, dass ihr Martyrium weitaus länger gedauert hat als bisher angenommen. Und sie ist nicht dort gestorben, wo sie gefunden wurde. Magdalena wurde das Opfer einer Gruppe von Menschen, die andere Menschen kaufen, sie zu ihrem Eigentum machen und sie beseitigen, wenn sie keinen Nutzen mehr in ihnen sehen.«

Martina lässt ihren Blick über uns schweifen. Ich kann die Gedanken dahinter lesen. Sie hat meinen Bericht über Sepp Probsts Fund und die bisher vorliegenden Fakten über Magdalenas Tod mit ihren Erfahrungen verknüpft. Ganz gleich, welche Schlüsse sie daraus gezogen hat. Wir müssen ihnen nachgehen. Martina weiß viel mehr über die Sache als wir alle zusammen.

Es ist Daniela, die das Schweigen bricht: »Eine Gruppe Menschen? Was meinen Sie damit?«

»Eine Loge. Ein Geheimbund. Eine Sekte. Ein Orden. Nennen Sie es, wie Sie wollen. Am Ende sind es einfach nur Sadisten, die ihre kranken Triebe an wehrlosen Frauen und manchmal auch an Männern ausleben.« Ihre Stimme beschreibt das Grauen kühl und emotionslos.

Auch wenn sie mich soeben ignoriert hat. Ich zwinge sie, mich zu beachten: »Theodor Hauser und Magdalena. Die Verbindung ist das Herz.«

Anstatt einer Antwort beugt sich Martina über Peters Laptop. Auf dem Bildschirm erscheint ein einzelnes Foto. Haut. Darin eingebrannt verschlungene Linien. Ein weiteres Bild. Wieder das Muster, diesmal als kaum mehr erkennbare Narben.

Und noch einmal. Feuerroten Schlangen gleich, an den Rändern verkohlte Haut. Offenbar erst wenige Tage alt. Seit Magdalena kennen alle die Bedeutung des Zeichens. Das letzte Foto zeigt ihr Leiden.

»Magdalena!« Es ist nicht der Name. Es ist meine Stimme. Sie verrät mehr von meinen Gefühlen, als ich preisgeben will.

Magdalena! Nicht das Mädchen, nicht das Opfer. Nicht die Tote. Magdalena! Ich kann es weder anderen noch mir selbst erklären. Dieser Tod ist kein gewöhnlicher. Auch wenn es kein Mord war, sondern ein Versehen. Sie ist tot. Und es gibt einen Schuldigen dafür. Ich bin Ermittler und sollte jeden Fall mit Logik und Sachlichkeit angehen. Ich sollte einen Panzer um mich legen, der Opfer und Täter von mir fernhält und mich vor falschen Schlussfolgerungen schützt. Manchmal aber hat dieser Panzer Risse und Löcher. Durch sie haben sich in den letzten Jahren ein blindes Mädchen mit Namen Lisa, ein zitterndes Bündel, das Samira hieß, und Julia, die eigentlich nur Geschichten schreiben wollte, in mein Herz geschlichen. Und jetzt Magdalena.

Ich spüre die Blicke der anderen. Verwunderung bei den einen, Besorgnis bei Melanie. Ist meine emotionale Nähe zum Opfer unseres Falles so offensichtlich? In jedem Fall wäre sie einer konzentrierten und sachlichen Ermittlung nicht zuträglich. Diese verlangt jene Distanz, die der Logik keine Gefühle und Emotionen in den Weg legt. Aber während Daniela, Peter und Martina Richter in mir eine Gefahr für unseren Fall sehen, vermeine ich bei Melanie Sorge um mich zu erkennen. Wieder einmal wird mir bewusst, dass sie mehr als eine Kollegin ist. Eine Freundin? Kann ich auf einen Freundeskreis blicken wie die meisten anderen Menschen? Melanie, wie gesagt. Sven Straubmann, mein Ohr in den heiligen Hallen des LKA, vielleicht, und Marcel, ganz sicher. Karl Loibl und Jana. Uns verbindet das Geheimnis um den Tod von Janas erstem Mann. Anton, der sie töten wollte, und dem sie zuvorgekommen ist. Freundschaft? Ja! Karl Loibl ist ein Freund. Und sonst? Kollegen und Bekannte. Vor allem in Deggendorf, der Stadt an der Donau, in der ich lebe und arbeite, aber noch nicht Fuß gefasst habe. Kein Vergleich zu Kirchbach und den Menschen dort.

Im Augenblick aber sollte ich mir weniger Gedanken um mögliche Freunde machen. Es gilt, die anderen im Raum davon zu überzeugen, dass ich der vor uns liegenden Aufgabe gewachsen bin.

»Also gut. Das Keltenherz ist die Verbindung zwischen Hauser und Magdalena. Aber wie sieht diese Verbindung genau aus?«

»Das Brandmal ist ein Besitzanspruch«, beginnt Martina mit ihrer Erklärung.

»Wie bei einem Rind oder Pferd?« Daniela kann ihre Empörung nicht verbergen.

»Auf einen Menschen?«, schließe ich mich ihr an.

»Auf eine Investition. Junge Frauen aus Osteuropa, Asien und Afrika, die an Bordelle und Zuhälter verkauft werden.«

»Organisierter Menschenhandel. Ist uns nicht neu«, unterbricht sie Peter. »Wir sind bei der Kripo und kennen die Zahlen, auch wenn wir nur in Regensburg und nicht in München unseren Dienst tun.«

Oha, denke ich. Da kann einer nicht gut mit der Frau Oberstaatsanwältin. Die scheint das zu ignorieren.

»Dann wissen Sie auch von den anderen, nehme ich an. Von denen, die an exklusive Kunden vermittelt werden. Denen, die auf privaten Partys den Gelüsten ihrer Käufer ausgeliefert sind. Die auf einem abgelegenen Gutshof eines Unternehmers, hinter den Mauern eines herrschaftlichen Schlosses eines Adelshauses oder …«, sie erhöht die Spannung durch eine kurze Pause, »… in der Villa eines Politikers als Sklaven missbraucht werden und manchmal auch dort enden.«

Ich versuche, meine Fantasie im Zaum zu halten. Martina macht mir das nicht leicht. Ihre Stimme hat die Temperatur eines Eismeteoriten im All. »In jedem sogenannten zivilisierten Land dieser Erde gibt es geheime Zirkel. Reiche und einflussreiche Männer und Frauen, aber auch Menschen wie Sie und ich. Es spielt keine Rolle, welcher Gesellschaftsschicht oder Religion sie angehören. Die Mitglieder dieser Verbindungen eint nur das Verlangen, ihre sadistisch perversen Gelüste zu stillen. Viele von ihnen sehen nicht einmal das Abscheuliche in ihrem Tun. In ihrer Gedankenwelt schaffen sie sich eine Rechtfertigung für ihr Handeln.«

»Eine Rechtfertigung dafür, Frauen zu missbrauchen und zu töten?« Daniela schüttelt den Kopf.

»Wie gesagt. In ihren Gedanken. Sie versetzen sich in andere Zeiten, tragen Masken und tauchen in andere Welten ein. Für Stunden oder auch für Tage verlassen sie die Realität und nehmen andere Identitäten an.«

»Die Traumnovelle!«

Alle wenden sich Daniela zu.

»Arthur Schnitzler. Die Traumnovelle. Verfilmt mit Tom Cruise und Nicole Kidman.«

»Ja, in der Art«, bestätigt Martina. »Es gibt Inkazirkel und Römer, mittelalterliche Orden und religiöse Gruppen, Nazisekten und Teufelsanbeter. Und es gibt Kelten. Die Männer und auch Frauen schlüpfen für ein Wochenende in die Gestalt der Altvorderen. Sie feiern Rituale und Opferzeremonien, die in einer Orgie aus Sex und Gewalt enden. Dann kehren sie zurück in ihre Büros, ihre Fabriken, Anwaltskanzleien und Arztpraxen, zu ihren Frauen und Kindern und leben weiter, als sei nichts geschehen. Magdalena war das Opfer eines solchen Ordens. Oder von jemandem, der die Vergangenheit noch einmal aufleben lassen wollte.«

Martinas letzte Worte hängen schwer in der Luft. Es dauert einige Sekunden, bis alle sie aufgefangen und verarbeitet haben.

»Wollen Sie damit behaupten, Hauser?«

»Ja!« Peter drückt eine Taste auf seinem Laptop. Auf dem Bildschirm erscheint ein Auszug des Berichts der Spurensicherung. »Im Keller von Hausers Villa gibt es einen Raum, der schalldicht gebaut ist. Verkleidungen an den Innenwänden, entsprechende Fenster, und auch die Tür gleicht der eines Tresors.«

Es ist Renate Niebauer, die das Unglaubliche in eine Frage fasst: »Magdalena war in Hausers Keller? Dann war er es, der für ihren Tod verantwortlich ist?«

»Möglich. Oder auch nicht. Noch gibt es keine Hinweise darauf, dass sie tatsächlich dort war. Wir wissen nicht, woher sie kommt, wo sie gewohnt hat und wer ihre Eltern waren. Ihren Tod haben ihre Entführer sicher nicht geplant. Magdalena war eine Investition. Verlorenes Geld. Sie sind es, die wir finden müssen. Die Menschenhändler und ihre Kunden.«

In diesem Augenblick bewundere ich sie. Sie verfolgt eine Mission, der sie das eigene Leben unterordnet. Nein, noch mehr. Der sie das eigene Leben zu opfern bereit ist. Jeder andere hätte nach dem Überfall das Handtuch geworfen. Die Männer, die sie fast zu Tode getreten haben, wurden nie gefasst. Die Gefahr ist noch da draußen. Und was macht sie? Versteckt sie sich? Gibt sie auf? Nicht Martina Richter! Ich würde mich gerne länger mit ihr unterhalten. Nicht nur dienstlich, muss ich feststellen.

Ich stehe auf und gehe zum Fenster. Martina sieht mir erstaunt nach. »Moritz? Haben Sie uns etwas zu sagen?«

»Nehmen wir an, Hauser hatte mit Magdalenas Tod zu tun. Wer aber hat dann ihn getötet? Und warum?«

»Jemand, der unserem Wissen voraus ist und Magdalenas Tod rächen wollte?« Melanie schüttelt skeptisch den Kopf. »Eine gewagte Theorie.«

»Und unsere beste Spur«, meint Daniela.

»Die wir weiterverfolgen sollten«, bestätigt Peter.

Melanie lässt ihren Blick über die Zimmerdecke wandern. Wir geben ihr die Zeit. »Also gut. Kommen wir noch einmal zu Hauser zurück. Wozu das Ketamin?«

Die Frage ist an Renate gerichtet.

»Ketamin ist ein Narkosemittel. Es ist schmerzhemmend und führt zu Bewusstlosigkeit. In höheren Dosen verabreicht kommt es zu Nahtoderlebnissen. Es versetzt den Konsumenten in Zustände, die dem Sterben ähnlich sein sollen.

Es entsteht das Gefühl, den eigenen Körper zu verlassen oder mit der Umwelt zusammenzufließen. Man nennt diesen Zustand auch K-Hole. Aber Ketamin ist nicht unmittelbar tödlich. Hauser ist gestorben, als ihm das Herz entfernt wurde. Ich gehe jedoch davon aus, dass er den Eingriff nicht mehr bewusst miterlebt hat.«

»Der Täter hat ihn also ruhiggestellt. Wie ist er in das Haus gekommen? Es gibt keine Einbruchspuren. Hauser hat ihn also selbst hineingelassen. Das deutet darauf hin, dass er seinen Mörder kannte.«

»Nicht unbedingt. Der Täter könnte Hauser auch längere Zeit beobachtet haben. Auf jeden Fall wusste er, dass sein Opfer allein war. Er hat sich als jemand anders ausgegeben. Hat Hauser Besuch erwartet? Einen Arzt? Einen Pflegedienst? Vielleicht brauchte er regelmäßige medizinische Betreuung.«

Mel wirft Daniela einen Blick zu. Die nickt. Wird geprüft, soll das wohl heißen.

»Also gut«, führe ich meinen Gedanken weiter. »Der Täter ist im Haus. Er fesselt Hauser mit Kabelbindern an den Rollstuhl und verabreicht ihm das Ketamin, bevor er ihn tötet. Er entfernt sein Herz und fährt damit in den Bayerischen Wald, um es dort in einen keltischen Schalenstein zu legen. Er macht sich sogar die Mühe, Ticlopidin zu verwenden, um die Blutgerinnung hinauszuzögern. Warum?«

»Weil es ein Hinweis ist.« Es ist Martina, die meine Frage beantwortet.

»Ein Hinweis? Worauf?«

»Theodor Hauser war nicht das einzige Opfer. Er war nur der Erste.«

DAS MÄDCHEN MIT DEM WEISSEN KLEID

Das Wasser ist heiß. Es prasselt auf mein Gesicht und auf meinen nackten Körper. Ich wünschte, es würde nie enden. Doch es wird gleich vorbei sein.

Warum bin ich hier?

Die Frau hat gesagt, ich müsse mich waschen. Sie hat mich in diese Dusche gestellt. Fünf Minuten, hat sie gesagt.

Dann soll ich das Kleid anziehen, das auf dem Stuhl dort liegt. Ich habe es mir schon angesehen. Es ist weiß und reicht bis zu meinen Knien. Sonst nichts. Keine Schuhe, keine Socken, keine Unterwäsche. Wenn sie wiederkommt, werde ich nur das Kleid tragen.

Was hat sie mit mir vor? Ich bin müde. Ich fühle mich krank. Wie lange habe ich geschlafen?

Ich lehne mich an die Wand und drehe das Wasser noch heißer. Die fünf Minuten sind vorbei. Ich muss hinaus. Ich muss das Kleid anziehen. Sie wird bald kommen. Ich drehe das Wasser ab und wanke aus der Dusche. Ich trockne mich ab, doch mein Haar ist nass. Das macht nichts, hat sie gesagt. Ich soll es so lassen. Ich schlüpfe in das Kleid. Es ist weich. Es passt genau. Ich weiß nicht, wie ich darin aussehe. Es gibt keinen Spiegel. Es ist warm in diesem Raum. Kein Grund zu frieren.

Dennoch zittere ich.

DIE DRUIDEN

»Auf Wiedersehen, David. Genieß die paar Tage. Du hast es dir verdient.«

»Danke. Ich werde es versuchen. Und wie gesagt: keine Anrufe, es sei denn, die Firma brennt.«

»Auch dann versuchen wir zuerst, das Feuer ohne dich zu löschen.«

David Beckmann zauberte ein Lächeln auf sein müdes Gesicht. Er nickte Carolina noch einmal zu, bevor sie die sich schließende Tür des Fahrstuhls vor seinen Augen verbarg. Schade eigentlich, war doch die junge Frau am Empfang der BeDaMobil eine wahre Schönheit. Deshalb und wegen ihres einnehmenden Wesens hatte er sie eingestellt. Damals, als er und seine Softwarefirma noch an der untersten Sprosse der Erfolgsleiter standen. Zielstrebig hatte er diese Leiter erklommen und ein Ende war nicht abzusehen. Immer weiter hatte er den Wirkungsbereich seines Unternehmens ausgedehnt. 500 Mitarbeiter lasen der Kundschaft aus der Automobilindustrie nicht nur jeden Wunsch von den Lippen ab. Das allein reichte bei Weitem nicht, um die Konkurrenz in Schach zu halten. Es waren seine Ideen, die er den Großen der Branche vorgestellt hatte, noch ehe diese wussten, dass all die kleinen Helfer, die heute in nahezu jedem Auto ihren Dienst taten, überhaupt nötig waren. Immer einen Schritt voraus. Das war das Credo der BeDaMobil und ihres Firmengründers und Alleininhabers David Beckmann.

Carolina zählte zur Urbelegschaft der Firma. Wie mit ihren 499 Kollegen auch war David mit ihr auf Du und Du. Das vertrauliche Verhältnis untereinander war nicht nur hip in diesen Zeiten, es förderte auch die Leistungsbereitschaft seiner Leute.

In Carolinas Personalakte stand die Mitarbeiternummer acht, und natürlich war sie seine Geliebte gewesen. Nur für wenige Wochen, aber immerhin.

Dennoch war nicht sie der Grund gewesen für die Trennung von Sylvia. Die Ehe mit der Frau, die er irgendwann einmal geliebt hatte, war ein Opfer der Firma geworden. Nun gut, auch der Affären, die dem Erfolg gefolgt waren wie der morgendliche Kater dem Saufgelage. In erster Linie aber waren es die Termine und Geschäftsreisen gewesen, die die Liebe zwischen David und Sylvia aufgefressen hatten.

Dabei war er in den Jahren vor der Jahrtausendwende nicht nur im Namen der Firma unterwegs gewesen. Doch das wusste niemand. Nicht Sylvia, nicht Carolina, niemand.

Niemand, außer Aedan, Morven und Robena. Auch Evan hatte es gewusst, doch Evan war tot.

Bis heute hatte er keine Erklärung für das Warum gefunden. Waren es die Drogen gewesen? Hatten sie einen tief verborgenen Teil von ihm freigelegt, der ohne sie für immer eingeschlossen geblieben wäre? Ein Teil, der vielleicht in jedem Menschen schlummerte? Nur, dass er bei den anderen nicht zum Vorschein kam, solange sie lebten. Ethik, Menschlichkeit und Empathie bildeten die Mauer zwischen Normalität und Wahnsinn. Bei ihm hatte die Mauer einen Riss bekommen.

Nach der Auflösung des Ordens war es ihm gelungen, diesen wieder zu verschließen. Was er nicht verhindern konnte, war, dass die Mauer zu bröckeln begann. Er konnte diese Zeit nicht vergessen, sosehr er sich das auch wünschte. Wie auch sollte man das Entsetzen und die Angst in den Gesichtern und den Stimmen der Opfer vergessen? Wie die Lust und die Gier in seiner Seele? Das Verlangen und die Befriedigung?

Er hatte es versucht. Versucht, aus seinem Kopf zu verbannen, was nicht verbannt werden konnte.

Und jetzt Magdalena. So unerwartet wie erregend. Urplötzlich war alles wieder da. Die Träume waren wieder da. Wie damals raubten sie ihm den Schlaf. Wie damals forderten sie Tränen und Verlangen zugleich.

Er erinnerte sich an den kalten Schweiß auf seiner Haut, an das Ziehen in seinem Magen und das Zittern seiner Hände, als ihn der Traum der letzten Nacht durch das Dunkel des Waldes geführt hatte. Dort, wo die Bäume auseinanderwichen, hatten die Sterne und der Mond seinen Weg hinauf zu der Felsengruppe begleitet. Zu dem Stein mit der flachen Mulde. Vor Jahrtausenden hatte er das Blut der Geopferten geschmeckt. Nach endlos scheinenden Jahren der Ruhe hatten ihn David und die anderen zu neuem Leben erweckt. Wie viel Zeit war vergangen, seit der Schrecken an diesem Ort gewohnt hatte?

Er erinnerte sich des Streits, damals, als der jungen Frau die Flucht geglückt war. Sie hatte ein weißes Kleid getragen.

Es war einer der »Kleinen Brüder« gewesen, der ihr geholfen hatte. Das Syndikat hatte wie erwartet auf den Verrat eines der ihren reagiert. Sie hatten die Frau und deren Fluchthelfer gesucht, aber nie gefunden. Der Tod als unausweichliche Konsequenz hatte sie nicht ereilt.

Es war das Ende des Ordens gewesen.

Aber es war nicht das Ende der Dämonen, die Davids Herz und Seele verstümmelt hatten.

Und die anderen? Hatten sie diesen Kampf gewonnen? Oder waren auch sie wieder da? Hatten sie Magdalena auf dem Gewissen?

Es war sein erster Gedanke gewesen, als er die Zeitung aufgeschlagen hatte. Ein Verdacht, dem er nur nachgehen konnte, indem er die anderen damit konfrontierte. Theodor Hauser war der Erste gewesen, mit dem er gesprochen hatte. Und der bisher Einzige.

Hausers Antworten auf seine Fragen konnten David nicht von dessen Unschuld überzeugen. Sein Tod schon.

Für morgen hatte er sich mit Laura verabredet. Nicht in seinem Wochenendhaus, zu dem er unterwegs war. Das Runenzeichen war ihre Idee gewesen. Sie war es auch, die das erste Mädchen damit gebrandmarkt hatte. Sie hatte es bei dem großen Opferstein getan, dessen Vertiefung so groß war wie eine Wanne, die einen Menschen aufnehmen konnte und nicht nur dessen Herz und Blut.

Mit dem Ende des Ordens war auch dessen Zeichen verschwunden. Jetzt war es mit Magdalena wiederaufgetaucht. Und noch jemand. Jemand, der das Keltenherz und dessen Bedeutung kannte. Jemand, der Jagd auf die Druiden machte.

Aedan war tot. Das Geheimnis war keines mehr. Jemand erinnerte sich ihrer Taten. Hatte sich ein neuer Orden gebildet? Neue Druiden?

Oder steckten die »Kleinen Brüder« dahinter? Sie konnten, wie Morven einmal gesagt hatte, für Geld alles besorgen. Der Orden hatte ihnen Unsummen für die Mädchen bezahlt. Aber auch, um die Treffen vorzubereiten, um das Ritual geheim zu halten vor den Augen der Welt. Und um die Spuren zu beseitigen. Und damit auch die Opfergaben. David wusste nicht, woher die Frauen gekommen waren. Sie waren einfach da gewesen und wieder verschwunden. Er hatte sich nie nach dem Wohin und Wie gefragt. Irgendwann, wenn sie gebrochen waren, wenn sie allen Glauben an Menschlichkeit und Liebe verloren hatten, wenn sie verkrüppelt an Leib und Seele waren, dann hatten sie die »Kleinen Brüder« fortgebracht.

Oder wenn sie starben, so wie dieses eine Mädchen, dessen Herz aufgehört hatte zu schlagen, als sie des glühenden Eisens gewahr wurde. Ein Unfall. Ein Missgeschick. Mehr nicht.

Und was war mit Evan? Im Licht der neuen Ereignisse bezweifelte David, dass auch sein Tod ein Unfall gewesen war.

Der Fahrstuhl erreichte die Tiefgarage. Die meisten seiner Mitarbeiter waren bereits nach Hause gefahren. Auch er wollte noch kurz in die Villa am Rande von Essenbach. Seine Sachen warteten dort, die er bereits gestern gepackt hatte. Nicht viel. Der Zauber der Tage auf Neunußberg lag auch im schlichten Leben. Kein Fernseher, kein Handy, keine Zeitung. Ein gutes Buch, vielleicht für einige Stunden. Die meiste Zeit dort aber schenkte er der Hoffnung auf Vergessen. Es war der Blick auf die Berge und Wälder in den ersten Morgenstunden und dann, wenn der Horizont die Sonne verschluckte, der diese Hoffnung am Leben hielt. Am besten aber gelang ihm die Flucht in die Traumwelt unter dem Dach der Sterne. Gründe genug, sich die Auszeit auch unter der Woche zu gönnen.

David atmete tief durch. Er wischte mit dem Ärmel seiner Jacke über seine feuchte Stirn, dann fuhr er langsam aus der Tiefgarage. Sein Kopf schmerzte und seine Lunge brannte. Seine Zukunft stand wie ein undurchdringlicher Nebel vor ihm. Die Polizei würde den Zusammenhang zwischen Hausers Tod und dem Magdalenas sehen. Würde sie auch die Spur zu David Beckmann finden? Und wenn nicht?

Irgendjemand hatte sie bereits gefunden. Er hatte Theodor Hauser ermordet. Auch Jan Lichtinger?

Woher kennt der Täter unsere Namen? Woher weiß er, was uns verbindet? Bin ich der Nächste? Wird auch mein Herz in einem keltischen Schalenstein liegen?

Er könnte fliehen. Weit fort. Und dann? Eines Tages musste er zurückkommen. David entschied sich, nicht so lange zu warten. Falls der Mörder Theodor Hausers auch sein Mörder sein sollte, so würde er sich ihm stellen. Ihm und den Taten, die er begangen hatte.

David erreichte sein Zuhause. Im Radio wurden die Hits der 8oer von den Nachrichten abgelöst. Der Tod des Mädchens und der des Politikers teilten sich die Schlagzeilen. Es würde nicht mehr lange dauern, bis irgendein findiger Reporter den Zusammenhang zwischen beiden sah.

Er packte seine Sachen in den Wagen und machte sich auf den Weg nach Neunußberg.

MORITZ

Ich weiß genau, was die nächsten Stunden bringen werden. Aktenstudium, Computerrecherchen und Tatortanalysen zählen nicht zu meinen bevorzugten Beschäftigungen. Dieses Feld überlasse ich bereitwillig den jüngeren Kollegen. Mein Interesse gilt Martina, die draußen auf dem Parkplatz steht und mich warten lässt. Ein Anruf hat mich in ihrer Prioritätenliste auf den zweiten Platz geschoben. Vielleicht aber auch noch weiter nach hinten. Es kommt nicht jeden Tag vor, dass sich die Staatsanwaltschaft in die laufenden Ermittlungen einer Mord- oder Sonderkommission einschaltet. Noch dazu, wo die Frau Doktor weit außerhalb ihres Zuständigkeitsbereichs agiert. Ich kann ja verstehen, dass die um sich greifende Hysterie das Innenministerium auf den Plan gerufen hat. Und wenn Martina eine ausgemachte Expertin in solchen Sachen ist, dann kann uns ihre Hilfe nur recht sein. Ich bin der Letzte, der sich dagegen verwehren würde. Zumal sie alles andere als uninteressant ist. Als Kollegin natürlich.

Und auch als Frau, fügt der Teil des Mannes in mir hinzu, der sich nach der Trennung von Claudia vorgenommen hat, Beziehungen in nächster Zeit zu meiden. Mit einem Kopfschütteln weise ich ihn in die Schranken.

Ich nutze die Pause, um mir aus der Kantine der Polizeiinspektion einen Becher Kaffee zu holen. Während ich der freundlichen Dame am Ausschank zulächle, sind meine Gedanken bei Theodor Hauser. Warum hat er alle Ämter niedergelegt? Eine Korruptionsaffäre? Aber bitte! So etwas ist doch heute an der Tagesordnung und zwingt keinen Politiker weg vom Futternapf der Diäten und sonstigen Vergünstigungen. Der schalldichte Kellerraum? Sein ungewöhnlicher Tod?

Es ist wieder einmal an der Zeit, Sven Straubmanns Kontakte anzuzapfen. Mein Kollege beim LKA, dessen Laufbahn von der Nervensäge zum Freund etwas vom Besten ist, was mir das Leben bisher geschenkt hat. In einer Hand die heiße Tasse, in der anderen mein Handy, setze ich mich an einen leeren Kantinentisch.

Svens Stimme erklingt nach dreimaligem Läuten. »Servus, Moritz. Lass mich raten. Ein herzloser Politiker und das dazu gehörende Organ. Und jetzt willst du wissen, warum Theodor Hauser seinerzeit die Segel gestrichen und sich aus der großen Politik zurückgezogen hat.«

»Danke, mir geht's auch gut«, lüge ich. Wie könnte es mir gut gehen, ohne Claudia und allein in einer leeren Zweizimmerwohnung im dritten Stock? Aber das kann er ja nicht ahnen. Alles weiß Sven dann auch wieder nicht.

Über die aktuelle Sicherheitslage im Freistaat ist er jedoch bestens informiert. Ob das Teil seiner Aufgabe beim Landeskriminalamt ist oder darüber hinausgehendes Interesse, kann ich nicht sagen. Jedenfalls scheint er Melanie und mich immer im Auge zu behalten. Und nicht nur das. Er hat den Grund meines Anrufs messerscharf erfasst. Ganz offensichtlich hat er sich meines Falles bereits angenommen. Also gut. Reden wir über Theodor Hauser.

»Und? Warum hat er?«

»Es gab da einige ungeklärte Verbindungen zur ReDonBau. Eine der größten Baufirmen Bayerns. Während Hausers Zeit im Verkehrsausschuss hat die ReDonBau etliche lukrative Aufträge bekommen. Sehr zum Ärger der Konkurrenz und der Opposition im Landtag. Irgendwann haben es beide tatsächlich geschafft, dass gegen diese Firma ein Ermittlungsverfahren eingeleitet wurde. Dabei ist auch der Name Theodor Hauser öfter gefallen, als ihm und seinen Parteikollegen lieb sein konnte. Bevor die Sache bei einem Untersuchungsausschuss landen konnte, hat er den Hut genommen.«

Svens Überlegungen sind die aller anderen. Nicht aber die meinen. »Ich weiß nicht recht. Wegen so etwas tritt heutzutage doch keiner mehr zurück. Das gibt die Politmoral nicht mehr her.«

»Was dann?«

In knappen Sätzen fasse ich das Gespräch bei der K 1 zusammen. »Hauser als Mitglied eines Ordens, der geheime Treffen an geheimen Orten abhält und dabei bizarre Opferrituale durchführt? Sehr gewagt.«

»Aber denkbar. Mit so einer Geschichte im Hintergrund hat natürlich eine Untersuchung durch einen Landtagsausschuss ein ganz anderes Gewicht. Und eine juristische sowieso. Vielleicht hatte Hauser einfach Angst, sein Doppelleben würde auffliegen.«

»Hm. Und jetzt, Jahre danach, hat er wieder angefangen?«

»Er oder andere. Magdalena ist der Beweis.«

»Tja, aber vergiss nicht, Hauser ist das Opfer. Er ist tot.«

»Und sein Herz lag in einem keltischen Schalenstein. Ich muss alles über ihn wissen.«

»Hm. In den offiziellen Akten werden wir da kaum etwas finden. Da werde ich mich mal unter den Kollegen umhören, die damals bei der Sitte waren. Ich kenne da einige ganz gut.«

»Warum nur wundert mich das nicht?«

»Wie immer gern«, meint Sven.

Ich habe seinen Jagdtrieb geweckt. Schon während der letzten Morde im Bayerischen Wald hat ihn der zu freiwilligen Überstunden und mich zur Lösung meiner Fälle geführt.

»Ich melde mich.«

»Bis dann. Und danke schon mal.«

Fünf Minuten später chauffiere ich Martina Richter zurück nach Deggendorf. Soll ich ihr von Sven erzählen? Warum? Sie sagt mir ja auch nicht, mit wem sie gerade telefoniert hat.

Und so erreichen wir und unsere kleinen Geheimnisse die Dienststelle.

»Ich hab da noch einige Fragen zu klären.« Auch eine Art, mir zu zeigen, dass sie ihre Ruhe will.

»Und ich ein paar Akten zu studieren«, mache ich es ihr leicht. Damit verschwinden wir beide in unseren Büros. Das von mir groß angekündigte Aktenstudium beschränkt sich darauf, die mir bereits bekannten Fakten noch einmal durchzugehen. Mehr ist heute nicht möglich. Die eigentliche Arbeit wird jetzt in Regensburg und in München erledigt.

٭

Ein Hornissennest und ein Schmetterlingsstrauch. Ich wüsste keinen passenderen Vergleich zwischen der Polizeiinspektion Straubing und der Polizeistation Deggendorf. Die donauabwärts gelegene Außenstelle kommt nur selten in die Verlegenheit eines Schwerverbrechens.

Vielleicht gar erst, seit ich hier stationiert bin? Ein verwegener Gedanke, den ich gleich wieder von mir schiebe. Ich fahre meinen Laptop hoch und öffne die Datei »Magdalena«. Ich weiß, was mich erwartet, und dennoch verkrampft sich mein Magen. Neben dem schon bekannten Brandmal auf Magdalenas Oberarm ist ihr Körper übersät von winzigen Stichen und fast schon verheilten Hämatomen. Die Erklärung hierfür sind zwei Worte: Drogen und Gewalt.

Was für ein Leben liegt hinter dir? Wo ist es passiert? Eingesperrt in einem Keller, einem abgelegenen Haus oder einer Wohnung in der Stadt?

Fragen, die mir nicht aus dem Kopf gehen, seit Martina uns mit auf ihren Weg genommen hat. Die Antworten liegen am Ende der Straße.

Hat Martina recht? Ist Magdalena während eines Transports gestorben? Wollte man sie zu neuen Kunden bringen? Zu einem neuen Ort, an dem ihr Leiden seinen Fortgang genommen hätte?

Ich bin Polizist. Als solcher kenne ich die Abgründe menschlicher Seelen. Und dennoch kann ich nicht umhin, mich zu fragen, wer zu solchen Taten fähig ist.

Ich öffne die Datei mit den Ermittlungsergebnissen der Regensburger Kollegen. Irgendwie erinnern sie mich an die Berichte der Forensik vom Tatort in Igleinsberg. Keine Spuren, keine Fingerabdrücke, keine Zeugen. Der Mörder muss eine Tasche oder einen Rucksack bei sich getragen haben. Die Werkzeuge, mit denen Hausers Verletzungen herbeigeführt wurden, hat er mitgebracht und wieder mitgenommen. Alles deutet auf Rache und Vergeltung hin. Warum hat Hauser jemandem die Tür geöffnet, der sich an ihm rächen wollte?

Weil er ihn nicht kannte! Ein Auftragskiller?

Ich lehne mich zurück und starre auf die weiße Zimmerdecke, bis mich das Telefon aus meinem ganz privaten Gefängnis reißt.

Es ist Thomas Jobst. »Servus, Moritz. Hab mir schon gedacht, dass ich dich hier erreiche.«

»Was gibt's Neues?«

»Wollte ich auch fragen.«

»Scheint, als graben wir in den Tiefen der organisierten Kriminalität. Zumindest wenn es nach Frau Richter geht.«

»Menschenhandel also. Deshalb das Brandmal.«

»Was meinst du?«

»Magdalena. Sie gehörte jemandem. Zumindest hat das dieser Jemand so gesehen. Er oder die haben sie als ihr Eigentum markiert.«

»Du weißt davon?«

»Eine Vermutung. Mit der ich glatt ins Schwarze getroffen habe, was?«

»Wenn es nach Frau Richter geht, dann ja.«

»Weißt du, was ich denke, Moritz? Ich denke, wir werden noch froh sein, dass sie da ist.«

»Hm. Kann sein.« Ich habe kaum aufgelegt, als es erneut klingelt. Sven Straubmann lässt die Suche nach Antworten nicht ruhen.

»Sven! Was gibt's?«

»Nichts Handfestes, muss ich zugeben. Aber wenn man so zwischen den Zeilen liest …«

»Na, dann lass mal die Zeilen weg und lies das, was dazwischen steht.«

»Tja, wenn es um Theodor Hauser geht, ist die Aktenlage etwas dünn. Immerhin zählte er zu seinen besten Zeiten zur Riege einflussreicher Politiker des Freistaats.«

»Und? Warum hat er diese komfortable und hart erarbeitete Position aufgegeben?«

»Na ja, es ist wohl schon so, wie wir beide vermuten. Aber beweisen lässt sich das nicht. Ich gehe davon aus, dass Rebecca Donhauser, die Eigentümerin der ReDonBau, und Theodor Hauser ein besonderes Verhältnis pflegten. Es gibt da einen Artikel im Spiegel. Der Reporter skizziert einen Zusammenhang zwischen Hausers Kandidatur zum stellvertretenden Parteivorsitzenden und einem Auftrag für den Ausbau der A 94 für die ReDonBau. Letztendlich fehlten ihm aber die Beweise.«

»Und was wurde aus der ReDonBau, nachdem Hauser abgedankt hat?«

»Da brauchte sie ihn nicht mehr. Zu diesem Zeitpunkt zählte die Firma bereits zu den größten im Segment und konnte bei Ausschreibungen die meisten Konkurrenten unterbieten.«

»Aber?«

»Zwischen den Zeilen! Schon vergessen?«

Die ihm eigene Kunstpause erhöht die Spannung.

»Du weißt doch, dass ich meine LKA-Karriere in einem einsamen Kämmerlein begonnen habe. Damals war die Arbeit als Datenanalyst alles andere als lustig. Aber um in Hausers Vergangenheit zu wühlen, sind die alten Kontakte ganz nützlich.«

»Soll das heißen, du hast mehr gefunden, als in den Ermittlungsakten steht?«

»Hm. Kommt drauf an, was du davon hältst. Der Korruptionsfall mit der ReDonBau gibt nicht viel her. Über einen Anfangsverdacht gingen die Ermittlungen kaum hinaus. Die Presse hat damals mehr aus der Sache gemacht, als die Kollegen tatsächlich nachweisen konnten. Bevor die Ermittlungen dann richtig losgingen, wurden sie auch schon wieder eingestellt. Die Dateien wurden alle gelöscht. Also habe ich mich mit einem Kollegen unterhalten.«

»Einem Kollegen, aha.« Ich kann ein Schmunzeln nicht unterdrücken. Sven ist in seinem Element. Einmal auf eine Spur angesetzt, entwickelt er sich zum Jagdhund.

»Einem alten Kollegen aus meiner Anfangszeit. Während ich den Katakomben entkommen bin, hat Rüdiger sein Dienstleben dort ausgehaucht. Aber davor hat er unzählige Akten digitalisiert und analysiert. Und zwar die Buchstaben G und H. Klar? G und H.«

»Hauser. Schon klar.«

»Jetzt wohnt er alleine in einer Zweizimmerwohnung in Pasing und verbringt seine Zeit mit Radfahren und Angeln.«

»Und du bist dir sicher, dass dein Kollege nicht Moritz heißt?«

»Jedenfalls war er ziemlich überrascht, mich vor seiner Tür zu sehen. Und noch mehr, als ich ihm den Grund meines Besuchs erklärt habe. Natürlich wollte er nichts mehr von der Arbeit wissen. ›Schweigepflicht‹ und ›Geheimhaltung‹ war alles, was er sagte. Aber er war Polizist. Das legt man nicht so einfach ab. Natürlich verfolgt er die aktuellen Ereignisse. Als er hörte, dass es um Magdalena geht, hat er zugegeben, dass er Hausers Akte gesehen hat, bevor Dateien daraus gelöscht wurden. Und zwar die wirklich wichtigen Dateien.«

»Jetzt aber keine Pause, ja. Rück schon raus.«

»Im Zuge der Ermittlungen wurden auf einer Festplatte aus Hausers Abgeordnetenbüro kinderpornografische Fotos und Filme gefunden. Der Kollege meinte, er habe sie sogar gesehen. Er sagte, sie waren von der übelsten Sorte, wenn du verstehst.«

»Hm. Wie ist Hauser da rausgekommen? So etwas hätten die Kollegen doch nie unter den Teppich gekehrt?«

»Es gab ein Bauernopfer. Hausers Büroleiter übernahm die Verantwortung. Sven Niedermeier wurde zu zwei Jahren auf Bewährung verurteilt.«

»Warum sollte er seinen Ruf und seine Karriere für Hauser aufgegeben haben? Das scheint mir ziemlich unwahrscheinlich. Es ist doch gut möglich, dass die Festplatte wirklich ihm gehörte.«

»Herrn Niedermeier hat die Sache jedenfalls nicht geschadet. Er hat seine politische Karriere gegen einen lukrativen Job in der Wirtschaft getauscht.«

»Weiß man auch, bei welcher Firma?«

»Weiß man. Eine Softwarefirma im Umfeld der Autoindustrie. BeDaMobil aus Landshut. Der Alleineigentümer heißt David Beckmann.«

»Sven, du bist ein Ass. Auch wenn wir das nicht als Beweismittel aufführen können. Vielen Dank wieder einmal.«

»Immer wieder gerne. Ich hoffe, nicht zum letzten Mal.«

»Ganz bestimmt nicht.« Mit diesem Versprechen lege ich auf.

Von der übelsten Sorte! Magdalena und ihre Verletzungen! Theodor Hausers schalldichter Kellerraum!

Was hat er dort unten getan?

Was ist dort passiert?

*

Eine Stunde später und 70 Kilometer weiter nordwestlich parke ich meinen Wagen zum zweiten Mal vor der Polizeiinspektion Regensburg. Melanie hat uns zu einer Lagebesprechung gebeten. Schräg gegenüber steigt Martina aus ihrem Wagen. Ihr Äußeres verrät, dass sie in ihrem Hotelzimmer war. Sie hat sich umgezogen, trägt jetzt eine aufregend enge Jeans und eine weiße Bluse.

»Moritz.«

Ich erwidere die Begrüßung mit einem Nicken. Sie mustert mich kurz. »Sie sehen müde aus.«

»Alles gut«, lüge ich. Bis zu Mels Büro ersparen wir uns weitere Floskeln.

Die anderen sind schon da. Nach dem üblichen Begrüßungsritual eröffnet Melanie die zweite Lagebesprechung an diesem Tag.

»Nachdem uns die KTU wenig Hilfreiches liefern konnte, haben wir uns mit Hausers Vergangenheit beschäftigt.«

Sie sieht von einem zum anderen. Alle außer Martina nicken. »Hauser war kein unbeschriebenes Blatt. Denken wir nur an die Korruptionsgeschichte. Aber wir reden hier von einer ganz anderen Hausnummer. Mord, und noch dazu auf diese Weise. Da sind wir nach unserem Ermittlungsstand noch weit davon entfernt.«

Daniela hat recht. Und auch wieder nicht.

»Es gibt da noch ein Kapitel in seiner Geschichte, das nie offiziell geschrieben wurde.« Alle Blicke wenden sich mir zu. »Die Information ist nicht gerichtsverwertbar. Ich habe sie von einer Quelle, die nicht genannt werden will. Auch, weil damals die Ermittlungen im Anfangsstadium eingestellt wurden. Aber nach ihrer Aussage ist Hauser nicht nur wegen seiner Verbindungen zur ReDonBau zurückgetreten. Im Zuge dieser Affäre wurden nach einer Untersuchung pornografische Bilder und Filme auf seinem PC gefunden.«

Meine Kollegen halten den Atem an.

»Welcher Art?«, will Melanie wissen.

»Stell dir das Schlimmste vor.«

Es bedarf keiner weiteren Erklärung. Sie verstehen auch so.

»Das untermauert unsere Theorie von heute Morgen«, meint Daniela.

Peter ist sichtbar aufgewühlt. Er steht auf, irrt einmal zum Fenster und wieder zurück und bleibt vor Martina stehen. »Das ist doch genau Ihr Ding.«

»Mein Ding?« Sie tritt so nahe an ihn heran, dass sich ihre Nasen fast berühren. »Denken Sie, ich genieße meinen Job? Denken Sie, es macht mir Spaß, diese Welt zu verlassen und in die dieser Monster einzudringen?«

Ich sehe Peter zurückweichen. Und nicht nur ihn.

Monster!

Es ist dieses eine Wort. Noch nie habe ich es auf diese Weise gehört. Noch nie hat es jemand so ausgesprochen wie Martina Richter.

Wer auch immer Magdalena auf dem Gewissen hat. Wer auch immer hinter den Taten steckt, von denen nur sie etwas weiß. Welches andere Wort könnte sie treffender beschreiben?

In dieser Sekunde, in diesem Augenblick gewährt uns

Martina einen Blick in ihre Seele. Es hat nichts mit ihrem Beruf zu tun. Es hat nichts mit Gerechtigkeit zu tun. Es hat nichts mit Polizei und Justiz zu tun.

Wir alle spüren es. Wir alle stehen auf ihrer Seite.

Martina blickt nachdenklich zur Decke. Wir beobachten sie schweigend. Sie wendet ihren Blick wieder uns zu. »Wie ich Ihnen heute schon gesagt habe, wissen wir von Sekten, Orden oder Zirkeln, die für uns unbegreifliche Feste veranstalten. Rituale und dunkle Messen ebenso wie primitive Orgien.«

»Dazu würde auch die Geschichte mit den Keltensteinen passen«, meint Peter. »Ich hab mich mal ein wenig informiert. Keltische Riten und Anschauungen haben mehr Anhänger, als man für möglich hält. Im angelsächsischen Raum gibt es sogar eine europäische keltische Gemeinschaft. Die ›Gemeinde vom Alten Volk‹ in Deutschland hat es sich zur Aufgabe gemacht, Kultur und Religion der Kelten aufzugreifen. Noch extremer sind da einige Geheimbünde. Sie nennen sich ›Bruderschaft vom alten Volk‹, ›der Orden der Kraft‹, ›Armanen-Orden‹ oder ›Avalon-Schwesternschaft‹. Da geht es schon mal um keltische Zeremonien, Mondriten und Rituale. Der ›Raben-clan‹ schließlich engagiert sich für Strömungen des neuen Heidentums in Deutschland. Er vereint Germanen, Hexen, Zauberer, Kelten und Druiden. Keiner dieser Orden ist aber bisher im Zusammenhang mit schweren Verbrechen auffällig geworden. Wenn ihr mich fragt, muss das nichts heißen. Keltische Zeremonien und Rituale! Aber hallo! Wer weiß schon, ob es nicht einigen dieser neuen Heiden zu langweilig geworden ist, nur auf den Vollmond zu warten und Met und Früchte zu opfern. Wenn dann noch ein paar Typen mit ausgeprägten sadistischen Neigungen dazukommen.«

»Ja, das könnte passen«, meint Mel.

Vor allem, weil wir sonst nichts haben, denke ich.

»Das alles ist sehr, sehr gewagt. Wenn wir in diese Richtung weiterermitteln, darf niemand außer uns davon erfahren.« Mel mustert jeden Einzelnen von uns.

»Womit wir wieder bei Hauser wären«, stellt Peter fest.

»Wie sieht es mit seinem Telefon aus? Irgendwelche interessanten Gespräche?«, will Daniela wissen.

»Die Auswertung der Handydaten und des Festnetzes haben nicht viel ergeben«, antwortet Peter. »Die Kollegen von der KTU meinten, Hauser sei in dieser Beziehung enorm rückständig gewesen. Er hat sein Handy nur selten benutzt und es nicht einmal mit einem Zugangscode gesichert. Die wenigen Gespräche von dort hat er mit unverdächtigen Nummern geführt. Auch die gespeicherten Kontakte beinhalten nur Alltagsnummern. Ärzte, Verwandte, Versicherungen und so.«

»Dann stimmt es wohl, dass er sich nach seinem Rücktritt aus der aktiven Politik auch aus dem sonstigen öffentlichen Leben verabschiedet hat«, meint Daniela.

»Das macht es nicht leichter«, bemerkt Mel. »Also gut. Wir stellen sein Haus auf den Kopf. Nicht nur das Standardprozedere. Wir drehen jeden Stein um. Irgendeinen Hinweis auf das, was in diesem Keller geschehen ist, muss es doch geben.«

»Die Technik soll sich Hausers Handy, Telefon, E-Mail-Konto und was weiß ich noch vornehmen. Ich möchte wissen, ob er in letzter Zeit zu Rebecca Donhauser und ihrer Firma Kontakt hatte.« Ich sehe Mel bei diesen Worten an. Sie nickt. »Geht klar. Ich kümmere mich darum.«

»Und jetzt sollten wir los.«

Keiner fragt mich, wohin. Alle wissen es.

15 Minuten später stehen wir vor Theodor Hausers Villa.

✳

Das Anwesen wirkt verlassen, ist ein Spiegel des Lebens seines Bewohners seit dessen Rückzug aus der Öffentlichkeit. Haus und Garten verstecken sich hinter einer hohen Hecke und sind für Unbefugte nicht zugänglich. Das Gebäude verspricht einen Hauch von Luxus, ohne aufdringlich zu wirken.

Acht Autoreifen knirschen über die schmale Kiesauffahrt. Ich vermute, dieses Haus hat schon seit Langem nicht mehr so viele Besucher empfangen. Früher, als hier noch ein Abgeordneter Freunde, Gönner und Bittsteller empfangen hat, gaben sich die Leute wahrscheinlich die Türklinke in die Hand.

Welche Besucher hat er seither eingeladen? Die Erinnerungen an den Keller sind ein Hieb in meinen Magen.

Das Haus wurde an Theodor Hausers Krankheit angepasst. Eine Rampe überbrückt die Stufen zur Tür. Im Innern wurden Absätze und Treppen entfernt, soweit es die Bausubstanz zugelassen hat. Auch die Küche wurde rollstuhlgerecht umgebaut.

»Hatte er eine Haushälterin?« Die Frage drängt sich auf.

»Nein«, beantwortet sie Daniela. »Einmal in der Woche kam jemand für den Garten, aber den Haushalt hat er selbst erledigt.«

»Vom Rollstuhl aus?«

»Das hat sein Körper anscheinend noch zugelassen.« Sie deutet auf Griffe und Haltestangen an den Wänden. »Damit hat er sich wohl durch das Haus gehangelt.«

»Um nach oben zu kommen, hat er sich den Fahrstuhl einbauen lassen.«

Oder nach unten, denke ich. Peter führt mich zum Ende des Flures, der von einer Schiebetür begrenzt wird. »Wir gehen lieber«, meint er. Ich folge ihm durch ein enges Treppenhaus in den Keller. Vorbei an einem Heizraum, dem Öllager und weiteren Kellerräumen erreichen wir eine Tür. Zögernd folge ich Peter. Die Bilder, die meine Fantasie mir vorgegaukelt hat, verblassen. Was habe ich erwartet? Folterwerkzeug? Eine Streckbank? Daumenschrauben und Peitschen? Nichts von alldem befindet sich in dem Zimmer. Sicher, der Raum hat keine Fenster. Das Mobiliar beschränkt sich auf einen lang gezogenen Tisch, einige Regale und eine Neonröhre, in deren kaltem Licht ich mich umsehe. Die Regale sind leer. Der Raum ist auffällig unauffällig. Er verweigert uns die erhofften Hinweise. Was bleibt, ist unsere Vorstellung.

*

Für mich gibt es hier unten nichts mehr zu sehen. Ich gehe hinauf ins Büro. Das Arbeitszimmer des ehemaligen Abgeordneten gleicht dem Tausender anderer Politiker und Manager. Ein Jugendstilschreibtisch, Stühle der gleichen Epoche, der Boden Holzparkett, Bücherregale und Bilder an den Wänden.

Halt, keine Bilder! Nur helle Flecken zeugen von ihrer einstigen Existenz. Sie wurden abgenommen. Warum? Ich setze mich an den Schreibtisch. Der Bildschirm dort ist nutzlos. Seine Kabel enden im Nichts. Der zugehörige Computer wird in den Labors der Kriminaltechnik durchforstet. Ohne große Hoffnung öffne ich die Schubladen des Tisches. Wie erwartet finde ich dort nichts, was nicht schon der Spurensicherung aufgefallen wäre. Ich drehe den Bürostuhl herum und betrachte das Bücherregal, das die gesamte Rückwand des Raumes einnimmt. Werke über Politik und Weltgeschichte. Biografien berühmter und weniger bekannter Persönlichkeiten.

Ob Hauser die alle gelesen hat, frage ich mich. Wohl kaum. Die kleine Privatbibliothek macht sich einfach gut. Ich stehe auf und lege den Kopf schief. Barack Obama steht hier zwischen Franz Josef Strauß und Helmut Kohl. Für Interessierte eine gut sortierte Sammlung. Ich will mich schon wieder dem Rest des Zimmers zuwenden, als mein Blick auf einen dünnen, schmuckvollen Buchrücken fällt. Ich ziehe das zugehörige Buch heraus, und hoppla: Ein Foto fällt zu Boden. Ich bücke mich und hebe es auf.

»Na, was gefunden?« Ich habe Mels Kommen nicht bemerkt. Ich betrachte das Buch und gebe es ihr.

»Edda!«

»Nie gehört.«

Sie zückt ihr Handy und tippt den Namen in die Suchleiste. Mit gespitzten Lippen liest sie leise und dann laut.

»›Snorra-Edda. Eine Sammlung altnordischer Überlieferungen aus dem 13. Jahrhundert‹.«

»Aha.«

»Und das Foto?«, lenkt sie meine Aufmerksamkeit auf das Bild.

»Hm. Sagt alles und nichts.«

Ich reiche es Mel. Sie betrachtet die Aufnahme, dann mich, dann wieder die Szene. Nacht; ein Weg, der in den Wald führt, eine Gruppe Menschen, fünf von ihnen tragen lange Mäntel oder Umhänge; Kapuzen hängen über ihre Schultern; eine trägt ein weißes Kleid. Sie wenden sich vom Fotografen ab. Er hat sie von hinten aufgenommen. Ihre Gesichter bleiben im Verborgenen.

»Das ist merkwürdig«, meint Mel endlich. »Es sind wohl Martinas Druiden. Mit einem ihrer Opfer. Aber es sieht fast so aus, als wüssten sie nicht, dass sie fotografiert werden.«

Ich nehme ihr das Foto aus der Hand. »Nein, sie wussten es nicht. Wer auch immer diese Aufnahme gemacht hat, er tat es heimlich. Irgendjemand hat Hauser und seine Gefährten beobachtet, als sie zu einem ihrer Rituale gegangen sind.«

»Aber wie kommt dann das Foto in seinen Besitz?«

»Vielleicht wurde Hauser damit erpresst!«

∗

Eine halbe Stunde später sitze ich mit Mel, Peter und Daniela wieder im Büro der K 1. Martina ist mit dem Versprechen, morgen wieder zurückzukommen, auf dem Weg nach München.

Mel lehnt sich zurück und betrachtet die Zimmerdecke.

»Ein Erpresser? Der hätte aber kaum die Kuh geschlachtet, die er gemolken hat.« Daniela ist von unserer Theorie wenig beeindruckt.

»Außer, diese Kuh wollte keine Milch mehr geben«, erkennt Peter.

»Hauser war nicht der Einzige, der bezahlen musste. Sein Tod war eine Warnung an die anderen, sich nicht in Sicherheit zu wiegen.«

»Das ist es«, stimmt Peter seiner Chefin zu. »Wäre Hauser einfach erschossen worden oder so, hätten die anderen Druiden den Zusammenhang nicht erkannt. Die Sache mit der keltischen Opferstätte und dem Herz ist eine klare Ansage. Und auch Magdalena könnte eine Warnung sein. Zahlt fleißig weiter, oder es ergeht euch wie eurem Ordensbruder!«

»Damit hätten wir jetzt zwei Szenarien«, wendet sich Mel an mich. »Vergeltung und Erpressung.«

»Das macht die Sache nicht leichter«, stelle ich fest. »Handelt es sich um Rache, dann suchen wir unseren Täter im

Umkreis der Druiden. Ein Erpresser kann jeder x-Beliebige sein.«

»Da fällt mir unser Professor von der mystischen Wanderung wieder ein. Wäre gut möglich, dass er sicherstellen wollte, dass das Herz auch gefunden wird, und deshalb mit Herrn Probst nach Igleinsberg gegangen ist«, meint Daniela.

»Ein vager Verdacht, aber wir sollten ihm nachgehen. Ihr nehmt ihn euch mal genauer vor, ja?«

Peter und Daniela nicken.

Wir haben eine Kreuzung erreicht und die Blinker schon gesetzt. Ich befürchte, die Straße, in die wir abbiegen, endet in einer Sackgasse. Natürlich hat die Erpressertheorie einiges für sich. Aber ein Gefühl sagt mir, dass Hausers Tod eine Seite in einem anderen Buch ist. Ein Buch, dessen erstes Kapitel von der Vergangenheit erzählt und das wir noch nicht gelesen haben. Ich muss dafür sorgen, dass wir auch dieses Buch aufgeschlagen lassen.

»Um noch mal auf Hauser zu kommen«, sage ich deshalb. »Falls er dort unten das getan hat, was wir alle befürchten, stellt sich die Frage, ob er es allein getan hat.«

»Womit wir bei Martina Richter wären.«

»Genau, Peter. Wenn es eine Verbindung zwischen Hauser und Magdalena gibt, dann auch zwischen dem Tod der beiden.«

Es klopft an der Tür. Thomas Jobst grinst herein.

»Die SpuSi. Auch schon da.«

»Und sie gibt Entwarnung. Zumindest, was den Tisch in Hausers Keller betrifft. Was immer auch dort geschehen ist. Wir haben keine Anzeichen von Blut oder sonstige Hinweise auf eine Gewalttat gefunden. Keine Hautzellen und keine Stoffpartikel.«

»Was kein Beweis dafür ist, dass niemand auf diesem Tisch gefoltert oder getötet wurde«, beendet Melanie das kollektive Aufatmen. »Ein sorgfältiger Täter hätte den Tisch abgedeckt. Außerdem gibt es Methoden, Menschen zu quälen, die keine sichtbaren Spuren hinterlassen.«

»Aber keine, die von den Kelten angewandt worden wäre. Sie hätten Blut hinterlassen.« Peter hat sich offensichtlich in die Welt unserer Vorfahren eingelesen.

Damit sind wir wieder am Anfang. In Hausers Keller könnte stattgefunden haben, was ich befürchte. Oder es ist nur ein zufällig abgeschirmter Raum, in dem nichts von all dem, das wir vermuten, geschehen ist.

»Und jetzt?«, meint Daniela ernüchtert.

»Ihr beide nehmt euch Hausers Villa vor. Wann wurde sie umgebaut? Welche Firma hat das gemacht? Ich wüsste doch zu gerne, was die sich dabei gedacht haben. Wie hat Hauser einen schalldichten Raum begründet? Haben die Nachbarn etwas mitbekommen? Nicht in den letzten Tagen. Dazu haben wir die Aussagen ja schon. Nein, ich will wissen, ob jemand etwas im Zusammenhang mit den Frauen bemerkt hat. Irgendwelche Partys? Unbekannte Besucher? Lieferwägen? Irgendetwas!«

Mel klingt ungewohnt hart. Ein Detail, das auch Daniela und Peter nicht entgeht.

Sie sieht demonstrativ auf ihre Uhr. »Mal sehen, ob Frau Donhauser heute noch für uns zu sprechen ist. Wenn es um Korruption ging, dann ist die Sache ganz oben abgelaufen. Da macht es keinen Sinn, die Angestellten der ReDonBau zu befragen.«

Ich nicke und folge ihr, ohne weitere Fragen zu stellen.

*

Wenn die Donau die natürliche Grenze zwischen den Ebenen Zentralbayerns und den Ausläufern des Bayerischen Waldes ist, dann hat der Mensch mit der A 3 dieser eine künstliche hinzugefügt. Im Winter hätte sich die Sonne bereits hinter den Hügeln im Osten verborgen. Jetzt aber ermöglichen uns die längsten Tage des Jahres weitere Stunden Ermittlungsarbeit. Wir verlassen die Autobahn bei Wörth an der Donau. Unmittelbar nach der Kleinstadt beginnt die Straße ihren Aufstieg auf die Höhen des Vorwaldes.

»Was wissen wir über diese Donhauser? Ich muss zugeben, dass sie für mich ein unbeschriebenes Blatt ist.«

»Das Netz gibt nicht viel über sie her«, erklärt Mel. »Sie scheint etwas schrullig zu sein. Wenn es stimmt, was hier steht, dann lebt sie ziemlich zurückgezogen dort oben. Sie hat sich die ReDonBau erheiratet. Die Firma nach ihr zu benennen, war wohl ein Hochzeitsgeschenk des glücklichen Gatten. Eduard Donhauser ist beim Heliskiing in Kanada ums Leben gekommen. Hubschrauberabsturz. Rebecca hat die Leitung der Firma von ihrem Ehemann übernommen. Sie hat die ReDonBau zu einer der größten Baufirmen südlich des Mains gemacht.«

»Wir wissen auch, wie.«

»Ja, mit besten Kontakten zur Politik. Zumindest zu Theodor Hauser.«

Mel wirft mir einen kurzen Blick zu, dann fährt sie fort.

»Gesellschaftlich tritt sie kaum in Erscheinung. Rebecca Donhauser verlässt ihr Anwesen selten, und wenn, dann nur aus geschäftlichen Gründen. In der Regensburger Szene gilt sie als Phantom, das zu niemandem Kontakt sucht.«

»Aber mit uns muss sie reden. Ob sie will oder nicht.«

»Na, da bin ich mal gespannt«, meint Mel mit einem Lächeln auf den Lippen.

Wenig später verrät ein Verkehrsschild den Weg nach Aumbach.

Wir durchqueren den Ort in weniger als einer Minute. Gebremst von einem Traktor umfahren wir ein kleines Waldstück. Der Bauer biegt auf sein Feld ab und gibt den Blick auf einen Hügel frei, dessen Fuß von einer hohen Hecke umrundet wird. Eine baumgesäumte Allee führt von der Straße weg zu einem Eisentor und dahinter in ein parkähnliches Anwesen. Irgendwo darin versteckt sich Rebecca Donhausers Villa.

Im Blickfeld einer Kamera halte ich neben einer Sprechanlage, lasse das Fenster herunter und drücke auf die Taste. Einem leisen Knacken folgt die unvermeidliche Frage: »Sie wünschen?«

»Melanie Güßbacher und Moritz Buchmann von der Kripo Regensburg. Wir möchten gerne Frau Donhauser sprechen.«

Was, wenn sie nicht da ist? Ganz schön leichtsinnig, ohne Voranmeldung reinzuplatzen.

»In welcher Angelegenheit?«, will die unverbindlich freundliche Stimme wissen.

»Wir ermitteln in der Mordsache Theodor Hauser.«

»Einen Augenblick bitte.«

Fast drei Minuten gespannten Wartens werden von einem leisen Summen beendet. Lautlos gleitet das Tor zur Seite. Ich lasse meinen Wagen langsam einen bergan führenden Weg rollen. Auch hier weitere Kameras. Ich bin mir sicher, dass sie jeden Quadratmeter des Anwesens erfassen.

Etwa hundert Meter weiter erwartet uns ein Mann. Seine zivile Kleidung kann den Soldaten darunter nicht verbergen. Es ist der Blick, die Körperhaltung, einfach alles. Ich biege auf einen der zahlreichen Parkplätze ein und stelle den Motor ab. Also los, denke ich. Wir haben das Auto kaum verlassen, als er schon hinter uns steht. »Dürfte ich Ihre Ausweise sehen, bitte?«

Überrascht blicken wir uns kurz an. Warum nicht? Auch wenn die meisten unserer Kunden keine Legitimation von uns verlangen, so steht sie ihnen doch zu. Melanie und ich halten ihm unsere Dienstausweise unter die Nase. Aufmerksam studiert er sie.

»Danke. Bitte folgen Sie mir.« Mit einem Achselzucken steigen wir hinter ihm die breite Treppe zum Eingang des wahrlich herrschaftlichen Hauses hinauf. Umgebung und Prozedere erinnern mich an höfisches Zeremoniell. Der Mann, dessen Schultern und Rücken auf regelmäßige Besuche im Fitnessstudio schließen lassen, führt uns durch eine kleine Eingangshalle in ein repräsentatives Kaminzimmer.

»Frau Donhauser kommt gleich«, verspricht er, dreht sich um und geht. Ich nutze die Gelegenheit, um mich umzusehen. Die Wände sind voll von Büchern, was den Raum wie eine Bibliothek wirken lässt. Bevor ich mir die Schriften genauer ansehen kann, beehrt uns deren Besitzerin mit ihrer Anwesenheit.

»Herr Buchmann und Frau Güßbacher. Guten Tag. Wie man mir sagte, sind Sie wegen eines Mordes hier? Theodor Hauser, richtig?«

Mel wirft mir einen unauffälligen Blick zu. »Vorsicht!«, sagt er. Ich nicke genauso unauffällig zurück. Frau Donhauser lädt uns mit einer Handbewegung ein, uns zu setzen. »Darf ich Ihnen etwas zu trinken anbieten?«

Wir schütteln beide den Kopf. »Vielen Dank, aber nein«, sagt Mel. »Sie haben recht. Wir ermitteln im Fall des Todes von Theodor Hauser. Sie haben davon gehört?«

»Gehört und gelesen. Radio und Zeitungen überschlagen sich ja geradezu in ihrer Berichterstattung.«

Ja, leider, denke ich.

»Ein Herz in einem Schalenstein und ein toter Politiker. Wenn das keine Schlagzeilen sind.«

Ihre Stimme ist eindringlich, aber nicht aufdringlich. Sie passt damit zu ihrem Äußeren. Und dieses erinnert mich an Martina Richter. Auch Rebecca Donhauser ist eine attraktive Frau. Hohe Wangenknochen, schmale Augenbrauen, kurzes braunes Haar. Ihr Gesicht ist dezent geschminkt, ihre Finger perfekt manikürt. Extravagante Markenkleidung und eine gewisse herablassende Art tragen zu ihrer imposanten Erscheinung bei. Die Ähnlichkeit mit Martina besteht nicht nur äußerlich.

Rebecca setzt sich auf einen der Lederstühle und fixiert uns mit ihren dunklen Augen. Ein erster Machtkampf zwischen ihr und uns.

Melanie ist für solche Spielchen weniger anfällig als ich. »Ich möchte mich erst einmal dafür bedanken, dass Sie uns ohne Anmeldung empfangen. Sie können sich sicher denken, warum wir hier sind.«

»Ich gestehe, Ihr Besuch kommt nicht überraschend. Es hätte mich doch verwundert, hätten Sie nicht diese alte Geschichte aus Ihrem Archiv gezogen.«

Na sieh mal an. Frau Donhauser spielt keine Spielchen.

»Es gehört zum Standardprozedere, das Leben eines Mordopfers zu durchleuchten. Und Sie sind nun mal ein Teil von Herrn Hausers Leben.«

»War«, berichtigt sie Melanie. »Ich war ein Teil seines Lebens, wollten Sie sagen. Für mich ein eher unbedeutender Teil.«

»Für ihn aber alles andere als das. Immerhin hat seine Bekanntschaft mit Ihnen seine politische Karriere beendet.«

»Was ich bis heute nicht verstehe. Sein Rücktritt kam

für mich völlig überraschend. All die Vorwürfe, die damals durch die Medien geisterten, waren aus der Luft gegriffen. Theodor Hauser hat sich nichts zuschulden kommen lassen. Zumindest nichts, was mit der ReDonBau in Verbindung gestanden hätte. Nicht ohne Grund wurde das Verfahren eingestellt. Aber auch das steht ja sicher in Ihren Akten.«

Rebecca Donhauser ist die Ruhe selbst. Hat sie wirklich ein reines Gewissen? Oder ist sie nur eine begnadete Schauspielerin? Mit übergeschlagenen Beinen, die Hände auf das Knie gelegt, wirkt sie wie in einem Fernsehinterview. Auch Melanie erkennt, dass es wenig Sinn macht, sie mit dem vermeintlichen Korruptionsskandal zu konfrontieren. Hierzu ist alles gesagt. Ohne neue Erkenntnisse und Fakten ist die Frau, die im Verdacht steht, ihre Firma mit der Hilfe eines seit Kurzem toten Abgeordneten an die Spitze geführt zu haben, kaum bereit, das Thema nochmals aufzurollen.

»Sie haben ihn seit seinem Rückzug aus der Politik nicht mehr getroffen?«

»Privat? Nein. Wissen Sie, mein Kontakt mit Herrn Hauser beruhte damals auf gewissen gesellschaftlichen Zwängen. Ich hatte eine Firma übernommen, der es nicht gut ging, und er befand sich auf dem Weg nach oben. Wir beide sahen uns deshalb gezwungen, Leute zu treffen, die uns behilflich sein konnten.«

»Behilflich? Wie meinen Sie das?«

»Es geht um Netzwerke. Ohne die nötigen Kontakte bleibt man auf der Strecke. Das gilt für die Wirtschaft ebenso wie für die Politik. Sie werden keine Verbindungen knüpfen, indem Sie zu Hause sitzen. Also ging ich zu Partys, Empfängen und Vernissagen. Hauser war nur eine der Persönlichkeiten, die ich dort getroffen habe. Hätten die Sensationsreporter und auch einige Ihrer Kollegen das früher bemerkt, wäre es nicht zu diesen unsäglichen Anschuldigungen gekommen.«

Sie lässt ihren Blick an uns vorbei zu einem der Panoramafenster schweifen. Ich vermute, ihre Gedanken reisen zurück zu jenen Tagen, als das Gefängnis eine durchaus reale Option für ihr weiteres Leben war. Bis jemand dafür gesorgt hat, dass die Ermittlungen eingestellt wurden, noch ehe sie richtig aufgenommen worden waren. Es dauert nur wenige Sekunden, dann ist sie wieder bei uns.

»Sie werden sich sicher fragen, warum ich zurückgezogen hinter diesen Mauern lebe. Der Grund ist weitaus weniger spektakulär, als es der Regenbogenpresse lieb sein kann. Ich hatte einfach genug von den Spielchen der höheren Gesellschaft. Also habe ich mich mit der Aura der Unnahbaren umgeben, hinter der ich mich verstecken kann. Es reicht mir, mein Leben meiner Firma zu widmen. Sie ist Herausforderung genug.«

Klingt plausibel, denke ich. Irgendetwas aber hindert mich daran, ihr zu glauben.

»Man könnte aber auch denken, Sie suchen hier drinnen Schutz.« Es sind meine ersten Worte an sie. Bisher habe ich Melanie den Vortritt gelassen.

»So? Könnte man das? Wovor bitte sollte ich mich schützen wollen?«

Sie klingt weder erbost noch belustigt.

»Nun, es ist durchaus möglich, dass Hausers Tod kein Einzelfall ist. Wir haben Grund zur Annahme, dass der Mörder noch weitere Personen aus seinem Umfeld im Visier hat.«

»Wie ich Ihnen schon sagte, gehöre ich nicht zu Hausers Umfeld.«

»Die Frage ist nur, ob der Täter das auch so sieht«, meint Mel. »Immerhin haben Sie sich erst letzten Monat getroffen.«

»Sie haben dieses Foto gesehen.«

»War nicht schwer. Es reicht, Ihren Namen in Google einzugeben.«

»Offensichtlich war die Einweihung der neuen Lackierstraße bei BMW dem Provinzboulevard ein Foto wert.« Frau Donhauser zwingt ein eisiges Lächeln auf ihre Lippen.

»Der Fotograf hat sich wohl an die alte Geschichte mit der ReDonBau und dem Abgeordneten erinnert. Als er Sie beide dann vor der Linse hatte, hat er eins und eins zusammengezählt.«

»Um zu welchem Ergebnis zu kommen?«

Oje! Mel hat den Bogen überspannt. Rebecca mit ihrer vermeintlich korrupten Vergangenheit zu konfrontieren, mag ja ein geschickter Schachzug gewesen sein. Ihr unverblümt zu unterstellen, dass sich an ihren Geschäftspraktiken nichts geändert habe, hat aber eine Tür zugeschlagen, die ohnehin nur einen Spalt offen stand. Auch Mel erkennt den Stimmungsumschwung bei unserer Gastgeberin.

»Wer weiß das bei der Presse schon?«, kratzt sie gerade noch die Kurve. »Mich würde nur interessieren, wer der andere Mann auf dem Foto ist.« Sie hält Rebecca den Zeitungsartikel hin.

»David Beckmann.« Rebecca Donhauser wirft nur einen flüchtigen Blick auf das Foto.

So langsam fühle ich mich zwischen den beiden Frauen wie das fünfte Rad am Wagen. Es ist höchste Zeit, wieder etwas zu dem Gespräch beizutragen. »Kennen Sie ihn schon länger?«

»Beckmann gehört eine Firma, die Software für die Autoindustrie entwickelt. Ihn in Dingolfing bei BMW anzutreffen, ist wahrlich kein Zufall.«

»Also haben Sie ihn bei dieser Eröffnung zum ersten Mal gesehen?«, hake ich nach.

»Nein. Wir hatten schon früher miteinander zu tun. Geschäftlich natürlich.« Hat sie kurz mit ihrer Antwort gezögert? Oder bilde ich mir das nur ein?

»Kannten sich auch Beckmann und Hauser?«

»Ich vermute, ja. Aber da müssen Sie ihn schon selbst fragen.«

»Das werden wir«, meint Mel.

REBECCA

»Warum Hauser? Warum auf diese Weise?«

Dietmar ging zum Getränkeschrank. Es war keiner der edlen Tropfen, die dort standen, nach dem er griff. Es war die Wasserflasche. Noch nie hatte er in ihrer Gegenwart Alkohol getrunken. Rebecca nippte an ihrem Cognac. Ihr Leibwächter sah sie mit gerunzelter Stirn an.

»Weil er ein Druide war.«

»Magdalena?«

»Ja.«

Sie nahm einen tiefen Schluck des goldbraunen Getränks.

»Das Keltenherz. Es hat ihn verraten.«

Sie sah den Mann an, der mehr über sie wusste als alle anderen. Und doch gab es da dieses eine Geheimnis, das sie auch vor ihm verbarg. Der Kontakt nach drüben, von dem auch er nichts wusste. Jahrelang hatte sie gewartet. Immer war sie sich gewahr gewesen, dass der Augenblick der Rache kommen würde. Sie hatte sich auf diesen Tag vorbereitet. Jetzt war es so weit.

Dietmar hätte sich sicher bereit erklärt, die Aufgabe zu übernehmen. Rebecca wollte das nicht. Er war zu wichtig für sie, für ihr Leben. Dietmar sollte sie beschützen. Für alles andere hatte sie die Handynummer.

Aber da war noch etwas. Die beiden Polizisten.

»Buchmann und Güßbacher. Sie dürfen das Haus nicht durchsuchen. Wir dürfen ihnen keinen Anlass dazu geben.«

»Sie hätten den Kontakt zu Hauser abbrechen sollen.«

»Es waren nur Geschäfte«, versuchte sie eine Rechtfertigung. Aber sie wusste, dass er recht hatte. Hausers Tod war unabwendbar gewesen. Dass sein Sterben die Polizei in ihr Haus geschickt hatte, auch.

Dietmar beobachtete sie durch das Wasser hindurch. Sie wusste, was er dachte. Schweigend leerte er sein Glas, stand auf und ging hinaus. Rebecca schloss die Augen.

Ihre Gedanken flossen zäh wie Lava.

Vermummte Gestalten tauchten auf und verschwanden wieder.

Frauen in weißen Kleidern tauchten auf und verschwanden wieder.

Gequälte Körper und verletzte Seelen tauchten auf und verschwanden wieder.

Der Geruch verbrannten Fleisches tauchte auf und verwehte.

Endlich kehrte ihr Bewusstsein zurück in die Sicherheit ihres Hauses.

Sie wusste, was sie zu tun hatte.

MORITZ

Wir lassen die Ausläufer des Vorwaldes hinter uns. Unter uns füllt die Donauebene das Panorama bis zum Horizont. Im Südwesten steigt die Nebelsäule des Kernkraftwerks Ohu in den Himmel. Mels Handy läutet. Es ist Thomas Jobst. »Theodor Hauser hatte seit Monaten keinen Kontakt mehr zu Rebecca Donhauser. Und auch zu ihrer Firma nicht. Das letzte registrierte Gespräch hat er mit einem David Beckmann geführt.«

David Beckmann! Svens Informationen werden immer heißer.

Ein kurzer Blickkontakt reicht, und wir wissen, was wir zu tun haben.

»Hast du die Adresse von Beckmann?«

Natürlich hat er.

*

20 Minuten später stehen wir vor Beckmanns Villa. Wie die anderen Anwesen in dieser Straße verrät auch sie Wohlstand und Reichtum.

Keine Hecke oder Mauer versperrt den Blick auf den Eingangsbereich.

Ungeniert fährt Mel in die Auffahrt. Unauffällig die Umgebung inspizierend gehen wir zur Tür. Das Haus dahinter bleibt stumm, auch nachdem wir dreimal geklingelt haben. Eine Frau auf dem Grundstück nebenan beobachtet uns neugierig.

Ich presse meine Nase an die große Scheibe neben der Eingangstür. Ein Atrium, weitläufig wie eine kleine Turnhalle.

Aber leer. Ich mache mich daran, das Haus zu umrunden. Vorbei an der Dreifachgarage erreiche ich einen parkähnlichen Garten. Natürlich mit Swimmingpool.

In dem keine Leiche schwimmt.

Möbel der exklusiven Art, ein Grill von Weber. Die Gartenanlage verrät die Hand eines Landschaftsarchitekten. Alles wie erwartet.

Wieder schiele ich durch die Tür. Geschmackvolle Möbel, moderne Bilder und Skulpturen. Eine Stereoanlage von Bang & Olufsen.

Aber kein David Beckmann.

Weder tot noch lebendig.

Ich gehe zurück zur Vorderfront des Hauses. Ich zucke mit den Schultern. Für heute bleibt unsere Neugier ungestillt.

ONDREJ

Wie so oft war er einer der Letzten, die an diesem Abend die Räume der Abteilung »Organisierte Kriminalität« verließen. Die Wache am Eingang des Präsidiums salutierte vorschriftsmäßig. Er hob die Hand kurz an die Schläfe, dann trat er auf die Straße hinaus. Die frische Luft reizte den Tumor in seiner Lunge. Der Hustenanfall kam unverhofft, aber nicht überraschend. Er beeilte sich, das Blickfeld des Wachpostens zu verlassen. Niemand sollte sehen, wie er sich nach Luft ringend an die Wand des grauen Gebäudes lehnte. Langsam beruhigte er sich wieder. Ein paar Tage noch, dachte er. Gib mir noch ein paar Tage.

Obwohl die meisten Geschäfte bereits geschlossen hatten, waren die Straßen der Stadt nicht leer. Die Nachtschwärmer machten sich daran, die Kneipen und Bars zum Leben zu erwecken. Am Platz der Republik stieg er in die Straßenbahn, um hinaus nach Sokolovská zu fahren. Dort, im Norden der viertgrößten Stadt des Landes, teilte er sich einen schmucklosen Wohnblock mit 400 weiteren Bewohnern.

Nicht, dass er sich beschweren wollte. Die Dreizimmerwohnung im vierten Stock verwöhnte ihn mit einem Südbalkon, der ihm Sonne und den Blick auf das Stadtzentrum Pilsens schenkte. Außerdem bot Sokolovská Anonymität. Und die war wichtiger als feine Gastwirtschaften und gepflegte Parkanlagen.

Bei seinen Nachbarn liefen Fernseher, Streit und Liebe gleichermaßen. Geräusche des Alltags. Er hängte seine Jacke an die Garderobe, zog seine Schuhe aus und setzte sich auf die Couch.

Neben ihm lag das Handy. Ihr Anruf würde es bald klingeln lassen. Wie gut sie das alles vorhergesehen hat, dachte er. Jahrelang hatten sie sich auf diesen Augenblick vorbereitet. Jan Lichtinger hatte ihnen die Namen geliefert. Nicht freiwillig. Natürlich nicht.

Auch Dorell und Robena würden bald ihre Bekanntschaft mit dem glühenden Eisen machen. Und Morven? Noch nicht, aber bald. Auch sie würde ihrer gerechten Strafe nicht entgehen.

Heute Nacht aber würde die Rache Dorell heimsuchen. Den smarten Unternehmer, dem niemand ansah, dass es für ihn ein Leichtes gewesen war, alles Menschliche unter der

Kapuze einer Druidenkleidung zu verstecken. Dass er sich, sobald die Drogen David Beckmann aus seinem Bewusstsein verdrängt hatten, an glühenden Eisen und Blut erfreut hatte.

Hatte er all das hinter sich gelassen? Waren mit dem Aufstieg seiner Firma im gleichen Maße die Dämonen in ihm verschwunden? Oder hatten diese nur neue Begierden in ihm geweckt?

Für Ondrej spielten diese Fragen keine Rolle. Beckmann war Dorell. Das war alles, was zählte. Ihn zu töten, würde einfacher werden, als es bei Theodor Hauser gewesen war. Dessen Villa inmitten der Stadt hatte einiges an Vorsicht erfordert.

Beckmann dagegen war in die Einsamkeit des Bayerischen Waldes geflohen. Sein Anwesen auf der Spitze einer Bergkuppe lag neben der Ruine einer Burg, von deren einstiger Bedeutung nur noch der mächtige Burgfried zeugte. Verbotsschilder und ein Zaun schützten ihn vor den Besuchern des alten Gemäuers und den Gästen eines nahen Hotels.

Obwohl die Firma sicher nach seiner Anwesenheit lechzte, nahm er sich regelmäßig die Zeit, die er brauchte. Wofür? Ondrej schüttelte den Kopf. Was spielte das jetzt noch für eine Rolle?

*

David Beckmann war allein. Ondrejs Plan sah vor, in das Haus einzudringen und ihn im Schlaf zu überraschen. Auch Dorell sollte nicht sterben, ohne den Grund dafür zu erfahren.

Ondrej hatte sich darauf eingestellt, bis zur zweiten Stunde des neuen Tages zu warten. Vorsichtig schlich er wieder hinab in den Wald, dorthin, wo er sein Auto versteckt hatte. Eine niedrige Mauer trennte die Bäume von der Wiese. Er setzte sich auf einen der Steine. Beckmanns Haus lag wenige Meter vor ihm. Zu seiner Rechten warteten die Tribüne und die Gebäude der Theatergruppe Neunußberg auf die nächste Vorstellung.

Er blickte auf seine Uhr. Drei Stunden, dachte er. Es wurden nur zehn Minuten. Oben schob sich eine Lichtzunge in die Dunkelheit und zog sich wieder zurück. Beckmann verließ sein Haus.

Ondrej hielt den Atem an. Was war geschehen? Musste er doch bereits heute zurückfahren? Drohte sein Plan zu scheitern?

Nein! Er atmete auf. Der dunkle Schatten ging nicht zum Parkplatz hinter der Kapelle. Er näherte sich dem Eingang des Turmes. Auf der Steintreppe davor verharrte er noch einmal. Dann verschwand er im Innern des Burgfrieds.

✳

Ondrej zog aus einer der Seitentaschen seines Rucksacks ein Plastikröhrchen. Geübt schraubte er den Deckel ab und nahm die Spritze heraus. Wie der Faden einer Spinnwebe glitzerte die Nadel im Licht des Mondes. Nur wenige hatten Zugang zum Inhalt der Kanüle, deren Wirkung er erstmals bei Hauser beobachtet hatte. Wessen sich auch immer die Druiden schuldig gemacht hatten, sie zu quälen, war nie der Plan gewesen. Das Ketamin vereinigte einige Vorteile in sich. Es hatte Hauser nicht nur hilflos, sondern auch immun gegen den Schmerz gemacht. Der Tod hatte ihn im Zustand der Bewusstlosigkeit umarmt. Auch Beckmann sollte dieses Privileg genießen. Die Antwort auf die Frage nach dem Grund seines Sterbens war genug.

Er nahm die Spritze in eine Hand, den Rucksack mit dem Meißel, Hammer und dem Behälter für das Herz in die andere und verließ sein Versteck. Aufmerksam die Umgebung beobachtend ging er an der Kapelle vorbei zum Eingang des Burgfrieds. Er beeilte sich, in den Schutz der Mauern zu gelangen. Die Tür stand offen. Vorsichtig trat er ein.

Die meterdicken Mauern ragten über ihm auf. Oben umrahmten sie den schwarzen Samt des nächtlichen Sternenhimmels. Einst hatten Balken und Bretter den Turm in mehrere Geschosse unterteilt, die von einem Ziegeldach vor Regen und Schnee beschützt wurden. Die Jahrhunderte hatten das Holz gefressen und nur die Steine zurückgelassen. Rechts von ihm führte eine überdachte Treppe hinauf auf den Wehrgang, der einen Rundgang um die vier Mauern ermöglichte. Bemüht, den hölzernen Stufen kein Knarzen zu entlocken, machte er sich an den Aufstieg.

DIE DRUIDEN

Wie oft schon hatte er hier oben gestanden? Die dunklen Wogen der bewaldeten Hügel unter ihm. Die endlose Weite des Alls über ihm. Wie oft schon war er als David Beckmann hier heraufgestiegen, um als Dorell in die Vergangenheit zu reisen?

Es war der gleiche Nachthimmel, der wenige Kilometer weiter und zwei Jahrzehnte zurück über dem Ritual gewacht hatte. Das gleiche fahle Licht des Mondes, das auf die Felsen gefallen war. Und auf die Körper der jungen Frauen, die ihm dort hilflos ausgeliefert gewesen waren.

Heute war es die Erinnerung an das Mädchen mit dem weißen Kleid. Alle Frauen, die das Ritual mit ihnen feiern durften, waren schön gewesen. Mehr als das. Sie waren perfekt.

Diese eine aber war anders gewesen. Ihr Gesicht, ihre Augen, ihr Haar, ihr Körper, so zerbrechlich und doch so begehrenswert. All das hatte durch das Kleid Vollkommenheit erlangt.

Er stand neben ihr und sah, wie die anderen drei, auf sie hinab. Ihre Hände lagen gefaltet unter ihrer Brust. Ihre Augenlider flatterten und ihre Lippen zitterten lautlos. Ihr Atem ging stoßweise. Das Verlangen, sie zu berühren, wurde übermächtig. Noch konnte er es bezähmen.

Seine Augen wanderten über ihren Körper. Dort, wo die linke Hand in den Unterarm überging, unterbrach eine frische Narbe die Perfektion ihrer Haut. Ein Zeichen, das sie für den Rest ihres Lebens an ihr erstes Ritual erinnern würde. Kaum zwei Wochen waren vergangen, seit das Blut des Mädchens mit dem weißen Kleid in den Schalenstein von Igleinsberg getropft war. Heute sollte Robena sie zum Eigentum der Götter machen.

Ihm gegenüber stand Aedan. Morven hatte den monotonen Singsang angestimmt, mit dem das Ritual seinen Anfang nahm. Robena legte ihre Hände auf die Stirn der Frau, die unter der Berührung zusammenzuckte, und strich über ihre Wangen, ihren Hals und ihre Brüste. Dann nahm sie einen Kranz aus geflochtenen Zweigen und setzte ihn auf das blonde Haar, während sie in den Gesang Morvens einstimmte.

Robena begann zu zittern. Bald würde ihr Körper von Ekstase geschüttelt zu Boden fallen und ihr Gesang in Stöhnen übergehen. Für sie war das Ritual Teil ihres Lebens. Er selbst würde danach in die Welt jenseits des Wahnsinns zurückkehren. Er fragte sich, ob Robena das auch gelingen würde. Wollte sie das überhaupt?

Das Mädchen auf dem Opferstein wusste nicht, was es erwartete.

Das Ritual nahm seinen Lauf. Etwas abseits, versteckt hinter einem der Felsen, hielt Evan das Eisen in die Glut. Kein ungebetener Gast durfte das Ritual stören. Es war die dritte Stunde des Tages. Kein Mensch war um diese Zeit im Wald. Dennoch bewachten die »Kleinen Brüder« den Schauplatz des Geschehens. Unsichtbar im Dunkel zwischen den Bäumen sorgten sie dafür, dass die Druiden unerkannt blieben.

Noch bedeckte das weiße Kleid die helle Haut des Mädchens. Bald schon, bald würden sie es ihm vom Körper reißen.

Und dann …

Und dann …

ONDREJ

Die Treppe endete an einer Holztür, die mit einem einfachen Riegel gesichert war. Ondrej stützte sich an der Wand ab. Sein Atem ging schwer, Schweiß tropfte von seiner Stirn. Was früher ein Spaziergang gewesen wäre, hatte der Krebs zu einer Qual gemacht. Langsam beruhigte sich sein Atem wieder.

Was sollte er tun? Wenn Beckmann auf der anderen Seite stand, würde er ihn sehen, bevor er ihm das Ketamin injizieren konnte. Und wenn er mit dem Gesicht zum Treppenaufgang stand, würde das Gleiche passieren. Er stellte den Rucksack vorsichtig auf die letzte Stufe. Erleichtert stellte er fest, dass die Burgfreunde die Scharniere gut geölt hatten. Lautlos schwang die Tür nach außen. Mit einem Blick erfasste er den Wehrgang.

Und David Beckmann.

Nein, nicht Beckmann. Es war Dorell, der mit erhobenem Kopf zu den Sternen aufsah! Mit dem Rücken zu ihm.

Ondrej hielt die Luft an. Der Brustkorb des Mannes, der gleich sterben würde, hob und senkte sich in rasendem Rhythmus. Sein Keuchen und Stöhnen wehte durch die Nacht.

Mit lautlosen Schritten näherte sich Ondrej.

DIE DRUIDEN

Eine Biene! Seine Hand fuhr zu seiner Halsschlagader, spürte die Nadel und die Kanüle. Er wirbelte herum. Zu der Spritze gehörte eine Hand und zu der Hand ein Mann. Er lächelte. David durchsuchte sein Gedächtnis, fand das Gesicht aber nicht.

»Wer …?«

Die Sterne begannen über ihm zu kreisen. Die Sichel des Mondes tanzte über dem Horizont. David taumelte in die Ecke des Wehrgangs und sank zu Boden.

ONDREJ

Hatte er bei Theodor Hauser noch zwei Versuche benötigt, um die Halsschlagader zu treffen, so fand die dünne Nadel nun routiniert ihr Ziel. Dorell wirbelte herum. Seine Augen, die eben noch Dinge gesehen hatten, die Ondrej nur erahnen konnte, klarten auf. Fragend sahen sie ihn an. Dorell war verschwunden. Es war David Beckmann, der Sekunden später zu Boden fiel.

*

Ondrej legte das Herz sorgfältig in den Plastikbehälter, der zur Grundausstattung jeder Spurensicherung gehörte. Jetzt schützte er das Organ, das noch vor wenigen Augenblicken Blut durch David Beckmanns Adern gepumpt hatte. Dann steckte er die Spritze zurück in das Röhrchen, nahm einen Lappen und wischte Blut und Knochen von Hammer und Meißel. Die gründliche Reinigung der Tatwaffen musste warten, bis er wieder in seinem Versteck in der Zementfa-

brik war. Sorgfältig packte er alle Utensilien in den Rucksack, nahm diesen beim Tragegriff und verließ den Burgfried
Neunußberg, ohne sich noch einmal zu David Beckmann
umzudrehen.

Ondrejs Konzentration galt den Aufgaben, die diese
Nacht noch für ihn bereithielt. Erneut um Stille bemüht
stieg er die Treppe hinab und verließ den Turm. Er schlich
zu Beckmanns Haus. Die Tür war nicht versperrt. Er zog die
Vorhänge zu und machte das Licht an. Fünf Minuten später
wusste er, dass Dorell hier keine Verbrechen begangen hatte.

Im Wohnzimmer des Hauses sorgten ein Holzofen,
bequeme Möbel und ein Bücherregal, das sich über eine
ganze Wand zog, für eine behagliche Atmosphäre. Diese
wurde weder durch ein Radio noch durch ein Fernsehgerät
gestört. Es war so ganz anders, als Ondrej es erwartet hatte.

Zu normal, dachte er. Beckmann hatte sich hier einen
Fluchtort der Normalität geschaffen. Die Wände zierten
moderne Bilder und Fotografien. Ondrej öffnete eine Seitentasche des Rucksacks und holte das Buch heraus. Diesmal stellte er es nicht zwischen die anderen. In einer Ecke
des Zimmers stand ein Ofen mit einer Eisentür. Ein großes
Glasfenster darin gab den Blick auf brennbereit aufgerich-
tetes Holz frei. Einmal entzündet verwöhnte es den Raum
mit Wärme, Licht und Gemütlichkeit. Daneben stand ein
hoher Ohrensessel. Auf ihm lag ein Buch. Ohne auf den
Titel zu achten, tauschte er es gegen die Edda aus.

Als er Beckmanns Haus wieder verließ, läutete irgendwo
eine Kirchturmuhr den neuen Tag ein. Noch war die Nacht
für ihn nicht beendet.

Eine kurze Fahrt und ein etwas längerer Fußmarsch lagen
vor ihm.

REBECCA

Weit unten zerschnitt die Donau die Landschaft. Der europäische Strom trennte die fruchtbaren Äcker des Gäubodens von den Hügelausläufern des Bayerischen Waldes. In vergangenen Zeiten hatte er Reichtum von Armut getrennt. Im Nordwesten wusste sie die Domstadt, die sie nicht losließ. Dort befand sich die Zentrale ihrer Firma. Die ReDonBau zeichnete für die Hälfte der Autobahnen und sonstigen Straßen des östlichen Bayerns verantwortlich. Und nicht zuletzt für den Ausbau der Donau zur europäischen Schifffahrtsstraße. Noch hatte sie den Zuschlag für die nächste Ausbaustufe zwischen Straubing und Vilshofen nicht erhalten. Sollte es ihr aber wieder einmal gelingen, die Politik davon zu überzeugen, dass einzig und allein ihre ReDonBau in der Lage war, dieses Großprojekt zu stemmen, dann waren die Einkünfte der Firma für weitere Jahrzehnte gesichert. Der Fluss würde Rebecca Donhauser weitere Millionen in die Kasse spülen.

Der Blick hinab auf ihre Einnahmequelle war jedoch nicht der Grund gewesen, warum sie sich hier oben niedergelassen hatte. Der Ort war winzig. Kaum drei Dutzend Häuser. Umgeben von Wäldern und grünen Hügeln war es eine dieser Erhebungen, die sich ihr geradezu aufgedrängt hatte. Es hatte ihres ganzen Einflusses und ihres weitgespannten Netzwerks bedurft, um die Genehmigung für den Bau der mondänen Villa zu erhalten. Zumal diese von einem weitläufigen Garten und einer undurchdringlichen Hecke umgeben war. Abgeschieden und doch auf halber Strecke zwischen Regensburg und Straubing gelegen war das Anwesen

Versteck und Firmenzentrale gleichermaßen. Bewacht von Sicherheitselektronik und Männern, die nicht zögern würden, ihre Waffen zu gebrauchen, hatte Rebecca den größten Teil der letzten 20 Jahre hier oben verbracht. Der Grund dafür lag weit zurück und weit entfernt.

Der Orden! Die Druiden! Die »Kleinen Brüder«!

Und da war noch mehr.

Blut! Feuer! Verbranntes Fleisch! Begierde! Wahnsinn!

In schlaflosen Nächten fragte sie sich noch heute, warum gerade sie die Bekanntschaft mit all dem machen musste. War es ihre Kindheit gewesen? Die Jahre ohne Eltern, die sie drüben in ihrer einstigen Heimat verbracht hatte? Die Erfahrungen, die sie gemacht hatte, bevor sie mit gefälschten Papieren nach Bayern geflohen war, um dort ein neues Leben zu beginnen?

Und dieses neue Leben hatte es gut mit ihr gemeint. Natürlich war es ein Zufall gewesen, dass Eduard sie auf jener Geschäftsparty bemerkt hatte. Auch hätte sie es nie für möglich gehalten, dass sich der smarte Unternehmer in die kleine Angestellte eines Cateringservices, für den sie damals gejobbt hatte, verlieben würde. So heftig, dass er sie nur zwei Jahre später geheiratet hatte. Zu dieser Zeit war es um seine Firma, die jetzt die ihre war, nicht gut bestellt gewesen. Bis sie gekommen war. Sie hatte ihr Talent, mehrere Sprachen zu sprechen, ihren Willen, nach oben zu kommen, und all ihre Energie auf die Firma konzentriert. Dann war Eduard verunglückt. Er war in jeder Hinsicht ein perfekter Ehemann für sie gewesen. Einer, der die meiste Zeit auf Messen und Geschäftsreisen verbracht hatte. Und damit seiner Frau den Freiraum gelassen hatte, den diese brauchte, um ihr eigenes Lebensgemälde zu malen. Ein Bild, das niemals jemand sehen durfte.

Nachdem Eduard mit vier anderen Skifahrern und dem Piloten an einer Felswand in den Rocky Mountains zerschellt war, hatte sie sich von ihrer Regensburger Villa hierher auf die Höhen des Falkensteiner Vorwaldes zurückgezogen.

Nachdenklich betrachtete sie die Schatten, die draußen vor dem Fenster vorbeizogen. Es war eine Nacht wie jene in den Wäldern. Zwischen Bäumen und Felsen war alles vorbei gewesen, als ein Mann beschlossen hatte, dass das Mädchen im weißen Kleid kein Opfer der Druiden sein sollte.

Danach hatten sie den Orden aufgelöst. Aber hatten sie auch die Dämonen in ihren Seelen besiegt? Gaben sich diese geschlagen? Oder konnte man sie nur vernichten, indem man die Menschen, die sie beherrschten, vernichtete?

Sollte das die einzige Möglichkeit sein, die Schrecken der Vergangenheit aus ihren Träumen zu verdammen, dann musste es geschehen. Jetzt!

Sie starrte hinaus in die Nacht. Sie vermeinte, dort etwas zu erkennen. Lag es an der mitternächtlichen Stunde? Gestalten huschten durch den Park. Fackeln loderten auf und zwangen die Finsternis zurück in dunkle Ecken und unter die Bäume. Ein glühendes Eisen raste heran, gleich einem Meteor. Entsetzt schlug sie die Hände vors Gesicht und wankte zurück. Sie sank in den Ledersessel neben dem Kamin. Dann war der Wachtraum vorbei. Das Brandeisen! Sie wusste, wer von den Druiden der Herr des Feuers gewesen war. Wer das Zeichen des Ordens in die Haut der jungen Frauen gebrannt hatte. Die anderen hatten sich am Blut der Frauen berauscht.

Nicht aber Laura. Für sie gab es kein Leben außerhalb des Ordens. Laura war Robena und Robena war eine Druidin. Ihr bürgerliches Leben war ein Theaterstück. Ein Mittel zum Zweck.

Wenn jemand den Kampf gegen die Dämonen verloren hatte, dann Laura Andersson.

Hat sie diesen Kampf je geführt? Hat sie je versucht, davon loszukommen?

Ein Blick auf die Uhr zeigte ihr, dass der nächste Tag bereits begonnen hatte.

Laura ist die Nächste, dachte Rebecca.

DIENSTAG, 17. JULI

PETER UND DANIELA

Peter ließ den Audi langsam auf einen der Besucherparkplätze der BeDaMobil rollen. Obwohl die achte Stunde dieses Tages noch nicht begonnen hatte, wimmelte das Firmengelände bereits vor Leben.

»Zeit ist Geld«, murmelte Daniela.

»Wer schläft, bleibt zurück«, antwortete ihr Partner. »Besonders in diesem Geschäft.«

Durch eine Schiebetür betraten sie die transparente und luftige Empfangshalle der Softwarefirma. Hinter einem gläsernen Tresen wartete eine bezaubernd schöne Frau auf Besucher.

»Guten Tag.«

Ihr Lächeln war professionell strahlend.

»Guten Tag. Was kann ich für Sie tun?«

»Wir suchen Herrn Beckmann. Ist er zu sprechen?«

»Tut mir leid. Herr Beckmann ist nicht hier. Wenn Sie möchten, kann ich Ihnen einen Termin buchen. Oder Sie rufen später noch mal an. Herr Beckmann ist ein sehr beschäftigter Mann, müssen Sie wissen.«

»Wir sind nicht geschäftlich hier. Wissen Sie denn, wo Ihr Chef sich zurzeit aufhält?«

Daniela quittierte ihren fragenden Blick mit ihrem Dienstausweis. Kurz wirkte die Frau irritiert. »Polizei? Ist David zu schnell gefahren?«

David also. Bedeutete es das, was Peter meinte? Warum nicht fragen?

»Sie scheinen Ihrem Chef ziemlich nahe zu stehen.«

Sie lächelte verstehend: »Nicht mehr oder weniger als die anderen auch. Hier in der Firma duzen sich alle. Auch mit dem Chef.«

»Moderne Unternehmensführung«, bemerkte Daniela. »Also. Wissen Sie, wo wir David finden?« Sie versuchte ihr gewinnendstes Lächeln. Vergeblich.

»Tut mir leid. David hat sich ein paar Tage freigenommen. Die letzten Wochen waren ziemlich stressig für uns alle. Besonders für den Chef. Er ist verreist.«

»Und Sie wissen natürlich nicht, wohin?«

Wenig überzeugend schüttelte sie den Kopf. Peter entschied sich, schwerere Geschütze aufzufahren.

»Sehen Sie, Frau …«

»Willer.«

»… Frau Willer. Sie lesen doch auch Zeitung. Und Sie hören Radio und sehen fern.«

»Ich verstehe nicht. Aber ja, natürlich.«

»Dann haben Sie sicher von dem Menschenherzen gehört, das gefunden wurde.«

»Klar doch. Die Leute reden über nichts anderes. Über das tote Mädchen vielleicht noch.«

»Wir wollen nicht, dass noch weitere Herzen gefunden werden.«

»Sie denken, David hat etwas damit zu tun?«

»Wie lange ist er denn schon fort?«

»Seit … seit gestern. Aber er …«

»Es wäre wirklich hilfreich, Sie könnten uns sagen, wohin er gefahren ist.«

»Aber wie kommen Sie darauf, dass David …?«

»Also wissen Sie jetzt, wo sich Herr Beckmann befindet, oder nicht?«, platzte Daniela der Kragen. »Ich muss Sie wohl kaum darauf hinweisen, dass Sie dabei sind, polizeiliche Ermittlungen zu behindern. Wollen Sie wissen, was das bedeutet?«

»Nein, nein.« Verwirrt schüttelte sie ihren blonden Kopf. »Aber er hat gesagt, ich darf auf keinen Fall irgendjemandem verraten, wo er ist.«

»Also wissen Sie es.«

Sie presste die roten Lippen zu dünnen Strichen zusammen. Frau Willer verband wohl doch mehr mit ihrem Chef als nur das monatliche Gehalt auf ihrem Konto.

Mit einem Seufzen beendete sie ihren inneren Kampf. Dann erklärte sie den beiden Polizisten, wo ihr Chef seine Freizeit verbrachte.

Allein. Ohne sie.

MORITZ

Und wieder fahren wir in den Bayerischen Wald. Und wieder kenne ich unser Ziel. Die Burgruine Neunußberg liegt pittoresk auf einem Berg bei Viechtach und bietet von ihrem Wehrturm traumhafte Aussichten auf die umliegenden Wälder. Ein Genuss, den ich mir schon mehrmals gegönnt habe.

Heute führen uns Danielas Anruf und die Hoffnung, David Beckmann zu finden, dorthin.

Melanie sitzt ungewohnt nervös auf dem Beifahrersitz.

»So klein ist die Welt«, versuche ich die Spannung von ihr zu nehmen.

»Du kennst den Ort?«

»Fahrradtouren. Neunußberg. Burgruine mit Aussichtsturm«, erkläre ich im Telegrammstil.

»Einsam?«

»Nicht so sehr, wie es sich anhört.«

»Abgelegen genug, um jemandem ungestört das Herz herauszureißen?«

Es ist unsere letzte Konversation für die nächste halbe Stunde.

*

Den Niedergang der einst mächtigen Burganlage besiegelte Konrad von Neunußberg, der sich mit anderen Adelsleuten gegen seinen Herzog erhob. Albrecht IV zeigte im Jahre 1468 den aufständischen Waidlern, wer das Sagen unter dem weiß-blauen Himmel hat. Seither zeugen nur noch die Reste eines Schalenturms, die Burgkapelle und natürlich der mächtige Wohnturm von längst vergangener Macht.

Die Straße endet an einer Schranke, die den für Normalsterbliche zugänglichen Bereich vom Privateigentum David Beckmanns trennt. Ich halte zwischen der Kapelle und der Festspieltribüne der Burgfreunde.

Noch sind das Zwitschern der Vögel und das Zirpen der Grillen die einzigen Geräusche. Sobald die morgendliche Stunde aber in den Tag übergeht, werden die Gäste des nahe gelegenen Hotels, Einheimische und Touristen diesen Ort aufsuchen.

Es ist der Turm, der sie hierher lockt.

Ich habe den Motor noch nicht abgestellt, als ich im Rückspiegel eine aufgeregt winkende Frau erkenne. Noch bevor wir ausgestiegen sind, ist sie schon da.

Was wir uns wohl einbilden, faucht sie uns an, und ob wir nicht lesen können. Ihre in die Hüften gestemmten Hände und wütend funkelnden Augen sollen ihr Respekt verschaffen. Wie schon so oft erübrigen unsere Dienstausweise weitschweifende Erklärungen.

»Polizei?« Die Lautstärke ihrer Stimme hat sich einige Dezibel gesenkt. Die Wut in ihren Augen weicht Neugier.

»Ist etwas passiert? Mit dem Herrn Beckmann vielleicht?«

Aha. »Sie wissen also von Herrn Beckmann?«

»Natürlich. Dem gehörn doch die beiden Häuser da.«

»Und Sie?«

»Ich kümmere mich darum und hab auch die Schlüssel. Ich wohn gleich da vorne.« Sie lässt ihren Blick zwischen Mel und mir hin- und herwandern.

»Haben Sie Herrn Beckmann heute schon gesehen?«

»Heute?« Sie überlegt. »Nein. Der Herr Beckmann will das auch nicht. Wenn er da ist, dann möchte er nicht gestört werden. Nur, wenn er in der Arbeit ist, schau ich nach dem Rechten.«

»Hat Sie das nie gewundert? So viele Zimmer für einen Mann alleine?«

Die Frau sieht Mel an, als habe ihr diese soeben erklärt, dass der Tag 24 Stunden hat.

»Herr Beckmann ist ein reicher Unternehmer, der gerne mal alleine ist. Hier oben kann er am besten abschalten, hat er mir mal erklärt. Von dem ganzen Stress in der Arbeit und so. Das kann ich gut verstehn. Der Herr Beckmann ist ein ganz ein feiner Mensch, müssen Sie wissen. Nicht frech, nicht aufdringlich oder arrogant. Könnte er ja sein, oder? Wo er doch ein so erfolgreicher Geschäftsmann ist. Aber nein. Immer höflich. Ich bring ihm manchmal was zum Essen. Schwammerl und Äpfel und Birnen und Heidelbeeren. Was man so im Wald und im Garten findet und nicht im Geschäft kaufen kann.«

»Und er war immer alleine hier?«, unterbreche ich den Redeschwall der Frau.

»Soweit ich weiß, ja. Nur vor ein paar Tagen. Da war ein Besucher hier. Ein Mann. Sah ziemlich krank aus. Jedenfalls ist er auf Krücken gegangen.«

Mel sieht mich an, ich sehe sie an. In unseren Köpfen formt sich ein Name: Theodor Hauser!

Wir kommen zu spät!

»Ist etwas mit Herrn Beckmann?«, kehrt die Frau wieder an den Anfang unseres Gesprächs zurück.

»Wir müssen hinein. Welches Haus?«

»Das rechte.« Sie deutet auf eines der beiden blumengeschmückten Häuser. Ein traumhafter Ort für ein paar Tage Urlaub. »Sie müssen nur läuten. Der Herr Beckmann ist bestimmt schon auf.«

Das tun wir dann auch. Keine Reaktion. Das flaue Gefühl in meinem Magen wächst von einer Murmel zur Größe einer Kegelkugel.

Vor meinen Augen taucht ein Bild auf. David Beckmann mit eingeschlagener Brust und herausgerissenem Herzen auf dem Teppichboden seines feudalen Wohnzimmers.

»Könnten Sie die Schlüssel für das Haus holen? Wir müssen hinein.«

Triumphierend klimpert sie mit einem Schlüsselbund vor Mels Gesicht. »Dürfn Sie das eigentlich? So ohne Durchsuchungsbeschluss oder so?«

»Gefahr im Verzug«, sagt Mel nur und zieht demonstrativ ihre Pistole aus dem Halfter. Das reicht. Ohne weitere Fragen eilt uns die Frau voraus.

Als sie den Schlüssel in das Schloss stecken will, dreht sie sich überrascht zu uns um. »Nanu! Offen!«

Noch bevor ich sie wegschicken kann, ist sie schon im Haus. Dessen Inneres hält, was die Fassade verspricht. Urige Gemütlichkeit gepaart mit moderner Ausstattung. Aber kein David Beckmann.

Er wohnt hier, ohne Zweifel. Hemden und Hosen im Schlafzimmerschrank, Zahnbürste und Rasierapparat im Bad, ein aufgeschlagenes Buch im Wohnzimmer, benutztes Geschirr in der Spüle.

»Keine Spuren einer Auseinandersetzung«, stellt Mel fest. Vorsichtig gehe ich von einem Zimmer zum anderen. Er hat nur die Räume im Erdgeschoss bewohnt. Die Türen im Obergeschoss führen zu unbenutzten Zimmern.

In meinem Kopf formt sich ein Bild.

Der Turm!

»Haben Sie auch den Schlüssel für den Turm?«

Anstelle einer Antwort hält sie mir das klirrende Bündel vors Gesicht.

*

Wieder braucht es ihrer Schlüsselgewalt nicht. Auch die roh gehauene Holztür zum Bergfried steht offen. Vorsichtig nehmen wir Stufe um Stufe. Obwohl ich um die Sinnlosigkeit dieser Maßnahme weiß, halte auch ich inzwischen meine

Pistole in der Hand. Wir werden dort oben niemanden finden. Niemanden, der noch am Leben ist, füge ich still hinzu.

Der Burgturm zu Neunußberg diente in seinen besten Tagen der Herrschaft nicht nur als Schutz vor Feinden, sondern auch als Wohnung. Eine Nutzung, die kaum mehr zu erahnen ist. Das aus massiven Steinen erbaute Quadrat mit einer Seitenlänge von 20 Metern umfasst heute einen leeren Raum, in dessen Innerem sich nur die überdachte Treppe hinauf auf den Turm befindet. An die Wand gelehnt bringt sie uns der Leiche David Beckmanns mit jeder Treppenstufe näher. Denn er liegt dort oben. Ich kann es nicht erklären, aber die Ahnung ist dicht am Wissen.

Dennoch halte ich den Atem an, als ich durch die knarrende Holztür hinaus auf den Wehrgang des Turmes trete. Wie oft bin ich schon hier oben gestanden und habe den Blick über die Hügel und Täler des Waldes genossen? Hinüber zum Schwesterturm in Altnußberg, auf die Berge des unteren Bayerischen Waldes? Heute würdige ich sie keines Blickes.

Heute gehört meine ganze Aufmerksamkeit David Beckmann. Oder dem, was noch von ihm übrig ist.

Die Leiche lehnt in der Ecke zu meiner Linken. Hinter ihr geht der Blick hinab nach Viechtach. Kein Mensch würde das in diesem Augenblick bemerken. Jeder würde nur auf die Brust des Toten starren. Wieder hat sich der Mörder keine Mühe gemacht, das Herz chirurgisch sauber zu entfernen. Wieder hat er das Brustbein und die Rippen mit einem groben Werkzeug zertrümmert, Gewebe und Sehnen einfach zerrissen und zur Seite geschoben und – oh Gott, hoffentlich nicht das – das pochende Herz aus dem Brustkorb des Mannes gerissen. Ich drehe mich zu Mel um. Ist mein Gesicht genauso grau wie ihres? David Beckmann ist nicht die erste Leiche, die wir zu Gesicht bekommen. Vielleicht nicht einmal die am grauenvollsten entstellte. Aber wir werden uns nie daran gewöhnen.

Mel zwängt sich an mir vorbei und kniet sich zu dem Toten hinunter.

»Scheiße!«

Das Wort passt nicht zu ihr. Aber was könnte unsere Situation besser beschreiben?

TONI

Toni Roßbauer war anders als die anderen. Er lebte anders, er wohnte anders und er dachte anders.

Das war nicht immer so gewesen. Früher, da hatte er als Gärtner dafür gesorgt, dass Blumen und Kräuter die Menschen erfreuten. Er hatte bei seinen Eltern in Bischofsmais gewohnt und sich mit Vater und Mutter genauso gut vertragen wie mit Oma Berta, die den überwiegenden Teil ihrer letzten Jahre in ihrem Zimmer, das gleich neben seinem lag, verbracht hatte.

Oma Berta war ein Teil seines Lebens gewesen. Nie hatte sie sich über Iron Maiden beschwert oder über Motörhead. Nicht über seine Freunde und sein Motorrad. Toni war zufrieden gewesen mit seinem Leben.

Dann war sein 24. Geburtstag gekommen und mit ihm

das Jahr, das alles verändert hatte. Oma Bertas altes Herz hatte eines Tages aufgehört zu schlagen, und er war es gewesen, der sie in ihrem Fernsehsessel sitzend gefunden hatte. Ganz friedlich, während Frank Elstner »Top! Die Wette gilt« gesagt hatte.

Ein paar Monate später hatte er Mona kennengelernt. Extrovertiert und voll ungezügelter Wildheit war sie das genaue Gegenteil von Toni. Das rothaarige Mädchen schien von einem anderen Planeten zu kommen. Sie hatte den Jungen aus dem Bayerischen Wald zuerst in die Welt der Liebe und später in die der Drogen entführt. Marihuana am Anfang ihrer gemeinsamen Zeit und Heroin am Ende ihrer Beziehung.

Nach zwei Jahren war Mona wieder aus seinem Leben verschwunden. Zu irgendeinem anderen Dummkopf in irgendeiner anderen Stadt.

Zu diesem Zeitpunkt war das Zerwürfnis mit seinen Eltern, das seiner Beziehung mit Mona so unaufhaltsam gefolgt war wie die Nacht der Dämmerung, endgültig und unwiderruflich geworden.

Dann war die Gärtnerei, in der er seine Brötchen verdient hatte, pleitegegangen. Eines Nachts, als er allein und verzweifelt im Garten gesessen und den Mond beobachtet hatte, der hinter dem Teufelstisch aufging, da hatte er entschieden, sein Leben zu ändern. So radikal wie selten jemand vor ihm. Schon gar nicht in Bischofsmais, aus dem er sich vollends verabschiedete.

Toni Roßbauer hatte diesem Leben entsagt. Er hatte nicht wie so viele andere in Indien, Thailand oder Neuseeland nach einem Sinn gesucht. So weit wollte Toni nicht gehen. Sein Weg hatte ihn in den Wald vor den Toren seines Heimatdorfes geführt.

Bald schon erzählten sich die Menschen dort von dem wundersamen Gesellen, der sich droben am Teufelstisch aufhielt und nur noch selten den Weg zu ihnen suchte. Dann, wenn er von dem wenigen Geld, das der Staat zur Verfügung stellte, Lebensmittel und etwas Kleidung kaufte. Denn mehr benötigte er jetzt nicht mehr. Aus Brettern und Bäumen hatte er sich eine Hütte gezimmert, eine Matratze zu seinem Bett gemacht und eine alte Blechtrommel im Bach zu seiner Waschmaschine. Die Menschen drunten mieden ihn, so wie er ihre Gegenwart mied. Jeden Winter wurden Wetten darauf abgeschlossen, ob Toni dort oben schon erfroren war oder ob er, dem winzigen Holzofen und den löchrigen Wänden seiner Hütte trotzend, eine weitere kalte Waldnacht überlebt hatte.

Zuerst hatten sie über Toni gelacht. Dann hatten sie ihn bedauert und irgendwann hatten sie ihn vergessen. Er war der Mann, der oben auf dem Berg wohnte. Von den Menschen gemieden, von den Behörden übersehen. Er tat niemandem etwas zuleide, und so ließ man ihn in Ruhe. Irgendwann, sagten sich die Leute hinter vorgehaltener Hand, würde sich das Problem von selbst erledigen. Also war Toni einsam und allein alt geworden. Und seltsam.

Heute war er frühmorgens aufgebrochen. Nicht ins Dorf wollte er gehen, sondern zu seinem kleinen Kartoffelfeld. Dort unten, auf einem Grundstück neben der Straße, das niemandem zu gehören schien, hatte er sie angebaut. Die Zeit der Ernte war gekommen. Auch wenn sie nicht groß ausfallen würde, hatte er seinen Leiterwagen mitgenommen. Vier Plastiktüten mit der Erdfrucht zog er hinter sich die steile Straße und dann den noch steileren Weg hinauf zu seiner Hütte. Er wusste, dass die Kinder in den Autos, die an ihm vorbeirasten, ihre Eltern fragten, was der alte, gebückte Mann da tue. Und auch, dass sie keine Antwort bekamen, da auch Mama und Papa noch nie von Toni Roßbauer gehört hatten.

Der Vormittag war bereits zur Hälfte vorüber, als er den Waldsaum oben am Berg erreichte. Die Sonne trieb ihm den Schweiß aus den Poren. Schwer atmend blieb er stehen.

Der kleine Leiterwagen wurde jedes Jahr schwerer. Eines Tages würde er ihm seinen Dienst verweigern, so wie seine Arme, Schultern und Beine. Und dann? Altersheim?

Oder der Tod auf dem Berg, so wie es die Leute drunten im Dorf vorhersagten?

Toni setzte sich auf einen der Felsen und ließ seinen Blick ins Tal schweifen. Er liebte die Hügel und die Berge, den Wald und die Täler. Nirgendwo anders wollte er sein.

Er rappelte sich wieder hoch und machte sich auf, die letzten Meter zu seiner Hütte zu gehen. Von vorne näherten sich Stimmen. Laut, schrill, unangenehm. Eine Gruppe Wanderer kam den Forstweg hinauf.

Gefährlich nahe. Ihr Weg kreuzte den seinen. Dem Lärm nach zu urteilen handelte es sich um eine Schulklasse. So viele Kinder, die ihn anstarren und ihre Witze über ihn machen würden.

Toni entschied sich für das einzig Richtige: die Flucht. Er verließ den Weg. Links von ihm türmten sich im Unterholz Granitblöcke zu märchenhaften Formationen. Vor einigen Jahren hatte man dort auf einem der Felsen eine Mulde entdeckt. Toni verstand nicht, was daran interessant sein sollte. Er wusste nur, dass seither mehr Menschen in die Nähe seiner Hütte gekommen waren als zuvor. Ein Umstand, der ihn nicht glücklich machte.

Die Stimmen hinter ihm drängten ihn, sich zu beeilen. Er beschleunigte seine Schritte, und als die ersten Jungen und Mädchen auf dem Forstweg erschienen, verschwanden Toni und der Leiterwagen im Unterholz. Schwer atmend ließ er sich auf den Boden sinken. Obwohl seiner letzten Kräfte beraubt lächelte er. So schnell erwischt ihr den Toni nicht, dachte er. Er blieb liegen, bis das Gelächter und Geschrei in der Ferne verstummten. Ein wenig noch, entschied er. Dann schlief er ein.

*

Als Toni wieder erwachte, wusste er nicht, wie lange er im Gestrüpp gelegen hatte. Dem Diktat einer Uhr an seinem Arm hatte er schon lange entsagt. Der Sonne nach saßen die Menschen unten im Tal noch nicht über ihrem Mittagessen.

Er stützte sich auf seine Arme und stand auf. Orientierungslos sah er sich um. Obwohl er hier oben die letzten Jahre verbracht hatte, war er noch nie in diesem Teil des Waldes gewesen. Warum auch? Das Unterholz war dicht und der Untergrund felsig.

Aber die Granitblöcke. Waren sie nicht wunderschön? So wie die oben am Teufelstisch, wo sie sich hoch in den Himmel erhoben. Nicht so hier. Die Steine lagen nebeneinander und übereinander. Toni ließ den Leiterwagen stehen und ging auf die Felsen zu. Er zwängte sich durch das Dickicht, bis er eine Stelle erreichte, an der die Steine aus dem Waldboden wuchsen wie mächtige Pilze. Hier hatten sie den Kampf gegen Sträucher und Wurzeln noch nicht verloren. Wie es wohl von dort oben aussieht, überlegte er.

Die Felsblöcke erwiesen sich als uneinnehmbar für ihn. Zu hoch und zu glatt waren sie. Nur auf einen schien eine Art natürliche Treppe zu führen. Nachdenklich kratzte er sich den Bart. Da war er doch tatsächlich bei diesem seltsamen Stein gelandet. Irgendetwas mit den Kelten, erinnerte er sich. Toni stützte sich mit der Hand an den Fels und kletterte nach oben. Als er die dritte Stufe betrat, bemerkte er, dass etwas nicht stimmte. Er rieb sich die Augen, sah noch einmal hin. Da war die flache Mulde, die angeblich vor Jahrhunderten die Vorfahren der Waidler in den Stein geschlagen hatten. Über ihr schwebte eine Wolke summender Fliegen. Er trat näher heran. In der Vertiefung lag etwas, das unter einer Decke Fliegen verborgen war. Mit der Hand wedelnd verscheuchte er die Insekten.

Nanu? War das …? Zögernd tippte er mit einem Finger das Stück Fleisch an und drehte es hin und her. Noch bevor sich die ersten Fliegen wieder auf ihrer Beute niederließen, wusste er, dass es mit seiner Ruhe erst einmal vorbei sein würde.

*

Toni saß in seiner Hütte und überlegte. Die Behausung, die einigermaßen vor Wind und Wetter und kaum vor Kälte schützte, duckte sich zwischen zwei Bäume und einen Felsen, der als Rückwand des einzigen Raumes diente. Neben der Matratze, dem Ofen und einer Kleiderkiste verrieten nur das Geschirr auf einem Regal und der Tisch mit Stuhl, dass es sich um eine menschliche Behausung handelte.

Auf dem Tisch lag eine Plastiktüte und darauf das Herz. Toni mochte Plastiktüten. Sie waren eine der praktischsten Erfindungen, die der Mensch je hervorgebracht hatte, fand er. Er lehnte sich in seinen Stuhl zurück und überlegte. Wie kam ein Herz hierher auf den Teufelstisch? Waren es die Kinder oder die Leute im Dorf? Wollten sie ihm einen Streich spielen? Natürlich hatte er noch nie ein echtes Herz gesehen. Aber es gab ja das Fernsehen. Damals in seinem früheren Leben. Er überlegte. Der Größe nach könnte es sich um das Organ eines Menschen handeln.

Toni stand auf und ging hinaus. Er schüttete die Kartoffeln aus den Tüten und trug sie zu dem kleinen Bach, der sich unweit seiner Hütte einen Weg durch den Wald bahnte. Dort wusch er sein karges Essen im eiskalten Wasser. Dann brachte er die Knollen in seine Hütte, legte sie in einen Korb, den er unten im Dorf neben einer Mülltonne gefunden hatte, und setzte sich wieder an den Tisch. Er betrachtete das Herz und überlegte.

Drunten im Tal, dort, wo das Leben der Menschen den Zeigern ihrer Uhren folgte, war es halb eins, als Toni eine Entscheidung traf. Er wollte nicht mit dem Herzen in einem Raum schlafen. Nicht in seiner Hütte. Und auch nicht auf seinem Berg.

Ich muss noch einmal hinab ins Dorf, entschied er.

MORITZ

»David Beckmann ist tot.« Vier Worte, mit denen Melanie die neueste Entwicklung Peter und Daniela mitteilt und ich Martina Richter auf den Stand der Dinge bringe. In knappen Sätzen schildere ich ihr den Ablauf dieses Morgens. Beckmanns Ableben scheint sie nicht zu überraschen. »Ich bin auf der Autobahn bei Landshut. Wir treffen uns in Ihrem Büro. Die Regensburger Kollegen sollen auch da sein.« Klare Anweisungen, die keine Fragen offen lassen.

Melanie winkt mich zu sich. »Wir müssen nach Deggendorf«, erkläre ich ihr.

»Frau Richter?«

»Sie wünscht unsere Anwesenheit.«

»Nicht, bevor die Spurensicherung hier ist.«

Ich lasse meine Augen über die Hügel ringsum wandern. Ein vergeblicher Versuch, das Bild der aufgebrochenen Brust des Toten aus meinem Kopf zu verbannen. Wenigstens konnten wir verhindern, dass die Schlüsselfrau auf den Turm steigt. Jetzt wartet sie unten auf die Einsatzfahrzeuge der Kripo, die ich aus Straubing angefordert habe. Durchdrungen von der Wichtigkeit ihrer Aufgabe, diesen den Weg zu weisen, hat sie ihre Neugier hinten angestellt.

»Wo wohl sein Herz ist?« Melanie sieht mich überrascht an.

»Na wo schon. In einem keltischen Schalenstein.«

*

Die nüchterne Sachlichkeit, mit der Daniela und Peter den Leichnam David Beckmanns betrachten, ist fast schon erschreckend. Schaffen es die jungen Kollegen tatsächlich, ihre Emotionen vollständig auszuklammern und sich nur auf die Fakten zu konzentrieren? Eine Eigenschaft, die ich mir trotz meiner langen Berufskarriere nicht aneignen konnte. Vielleicht ganz gut so, denke ich. Kann ja manchmal auch nützlich sein, mit den Opfern zu fühlen.

Auch mit David Beckmann? Das Mitglied eines von Martina beschriebenen Ordens? Ein Druide? Wie selbstverständlich hat sich der Begriff in meinem Kopf verankert.

Aber dieser Tod? Welche Art von Verbrechen kann ihn rechtfertigen?

Ich entschließe mich, den Wehrgang des Turmes zu verlassen. Dieser wimmelt von Menschen in weißen Plastikanzügen, die ich nur bei der Arbeit behindere. Da es keinen Grund mehr gibt, leise zu sein, poltere ich die Holztreppe hinab. Am Fuße des Bergfrieds angekommen wende ich mich noch mal Beckmanns Fluchtdomizil zu, bevor es die Spurensicherung unter die Lupe nimmt. Um Schwierigkeiten mit den Kollegen zu vermeiden, bemühe ich mich, nichts anzufassen. Ohne zu wissen, wonach ich suche, gehe ich von einem Zimmer zum nächsten. Einrichtung und Mobiliar der Räume lassen schwer erkennen, ob Beckmann diese beim Kauf des Hauses erworben oder das Haus nach seinem Geschmack gestaltet hat. Das Bücherregal im Wohnzimmer stammt sicher von ihm, vermute ich. Es schmückt eine ganze Wand und ist wohlsortiert. Den dazu passenden Leseplatz hat er sich vor einem gemütlichen Kaminofen eingerichtet. Ein Ohrensessel. Und ein aufgeschlagenes Buch. Dessen Cover ich seit gestern kenne. Ich streife ein Paar Einweghandschuhe über und hebe es auf. Ich warte auf ein Foto, das herausfällt. Nichts dergleichen. Dafür eine Opferszene. Menschen in langen Mänteln. Einige halten Fackeln in den Händen, andere Messer und Äxte. Sie stehen unter Bäumen und zwischen Felsblöcken. Ihre Opfergabe ist ein Mensch. Er liegt auf einem Steinblock. Mann oder Frau? Nicht zu erkennen. Alles in Schwarz auf Weiß gemalt.

»Und?« Mel blickt über meine Schulter. Ich zeige ihr das Bild. Eine Erklärung erübrigt sich.

Beckmann war ein Druide!

*

Draußen nähern sich Stimmen. Es ist an der Zeit, das Feld für die Experten zu räumen. Mit einer kurzen Erklärung drücke ich einer Kollegin das Buch in die Hand.

Wir gehen hinunter zum Parkplatz hinter der Kapelle. Blauer Himmel, Sonnenschein und das Gezwitscher der Vögel begleiten uns. Dazu streichelt uns ein sanfter Wind. Der Turm wirft seinen Schatten auf uns wie Beckmanns Tod auf diesen perfekten Tag.

»Wir sollten fahren«, meint Mel.

In diesem Augenblick meldet sich mein Handy. Es ist aber nicht Martina, die mich an unser Treffen erinnern will, sondern mein Kollege Erwin. »Chef, ein Anruf von der PI Regen. Ich stell dich durch.« Noch ehe ich antworten kann, ist er wieder weg.

Die Stimme des Kollegen aus dem Bayerischen Wald verrät Nervosität. Kein Wunder, hat er doch das Herz eines Menschen gefunden.

David Beckmanns Herz, fügen meine Gedanken seinen Worten hinzu.

✲

20 Minuten später sitzen wir einem der seltsamsten Menschen gegenüber, den man sich vorstellen kann.

Martina muss wohl oder übel auf unsere Gesellschaft verzichten. Ich hoffe, sie gibt sich mit Daniela und Peter zufrieden. Vorläufig jedenfalls.

Melanie ist mindestens so verdutzt, wie ich es bin. Toni Roßbauer scheint einer der Sagen entsprungen, die Sepp Probst so gerne sammelt. Ungekämmtes pechschwarzes Haar, das ihm bis zu den Schultern reicht, und ein verfilzter Vollbart verbergen ein wettergegerbtes Gesicht. Den verwegenen Eindruck vervollständigen dunkle Augen, die mehr gesehen zu haben scheinen, als ein Mensch erzählen kann. Der Mann steckt in ausgewaschenen Jeans, einem karierten Hemd und abgewetzten Schuhen. Das alles sieht zerlumpt aus und riecht auch so.

»Sie haben also das Herz oben auf dem Teufelstisch gefunden.«

Auch ohne medizinische Untersuchung besteht kein Zweifel am Eigentümer des Organs. Die Auswahl ist ja auch arg eingeschränkt.

Ein weiterer Gedanke drängt an die Oberfläche meines Bewusstseins. Hat Martina vielleicht recht? Fallen mir Hinweise und Beweise förmlich in den Schoß? Während meine Freunde fast schon verzweifelt nach Spuren suchen, werden mir diese von Typen wie dem Toni auf dem goldenen Tablett serviert.

»Nicht auf dem Teufelstisch«, erklärt der mit einem genervten Kopfschütteln. »Da komm ich doch nicht rauf. Auf einem Felsen. In so einer Vertiefung dort.«

»Und wo ist dieser Felsen?«

»Im Gebüsch. Ganz versteckt.«

»Was haben Sie dort gesucht? Waren Sie Pilze sammeln?« Es gelingt Mel nicht, die Skepsis in ihrer Stimme zu verbergen.

»Nein doch. Es warn die Kinder. Die habn mich reingetrieben. Ich will bloß in Ruhe glassn werdn. Aber den Kindern ist das egal. Also hab ich mich versteckt. Und dabei das Herz gfundn. Hab mir gedacht, das muss doch jemandem gehörn. Da hab ich's zum Bürgermeister gebracht. Und der had gesagt, ich muss mit zur Polizei kommen und denen sagn, wo ich's gefundn hab. Das hab ich jetzt und nun will ich wieder heim.«

Ich gebe zu, ich kann ihm nicht folgen. Einer der Kollegen nickt mir zu, ihn nach draußen zu begleiten.

»Komme gleich zurück«, erkläre ich und stehe auf. Polizeihauptmeister Jakob Greil führt mich in ein anderes Büro. »Ich denke, ich muss Ihnen einiges erklären«, meint er. Das wäre sicher hilfreich, denke ich und nicke.

»Toni Roßbauer hat sich vor fast 20 Jahren aus unserer Gesellschaft verabschiedet.«

»Wie das denn?«

»Das Leben hat es nicht gut mit ihm gemeint. Und die Leute wahrscheinlich auch nicht. Da hat er sein Säckchen gepackt und ist auf den Teufelstisch gezogen. Er hat sich da eine Hütte gezimmert und wohnt seither dort oben.«

»Tatsächlich? Ein Einsiedler also. Ist das denn erlaubt?«

»Toni ist ein Faktotum und die Behörden schauen großzügig zur Seite, wenn es um ihn geht. Wohl auch, weil sie den Stress mit ihm nicht mehr haben wollen. Er hat die Gemeinde ziemlich auf Trab gehalten mit seinen Anträgen und Wünschen. Und das Sozialamt wohl auch. Das war früher. Jetzt geht er allen aus dem Weg. Er tut niemandem etwas und will nur in Ruhe gelassen werden. Es ist nicht verwunderlich, dass Toni das Herz gefunden hat. Er lebt ja seit Jahren dort oben. Was uns nervös macht, ist die Frage, wie es dort hingekommen ist. Schon wieder. Das zweite Herz in zwei Tagen!«

»Ich fürchte, mit Tonis Ruhe ist es erst einmal vorbei. Er muss uns zum Fundort bringen.«

Bei diesen Worten zücke ich mein Handy. Fünf Minuten später packen die Kollegen von der Forensik in Straubing ihre Koffer.

»Wo ist das Herz?«, wende ich mich Jakob Greil zu. Er deutet in die Ecke. »Wir haben es in den Kühlschrank gelegt. Ich hoffe, das war richtig so. Wir bekommen nicht jeden Tag ein menschliches Organ ins Haus.«

»Ich denke, das passt schon. Kommen Sie. Wir holen Toni. Wir brauchen noch zwei weitere Kollegen. Der Fundort muss abgesperrt werden.«

✺

Die Sonne steht hoch am Himmel, als wir den Forstweg hinauf zum Teufelstisch fahren. Ich weise die Kollegen im zweiten Wagen an, am Waldrand zu warten. Ihre Ortskenntnisse werden der Spurensicherung den Weg zum Fundort erleichtern. Jakob Greil macht sich bei mir beliebt, indem er so weit wie nur möglich den Berg hinauffährt. Irgendwann aber will auch er den Stoßdämpfern seines Wagens die Wasserrinnen und Felsbrocken auf dem Weg nicht mehr zumuten.

»Noch ein paar Meter«, meint Toni, als wir aussteigen. Es werden 15 Minuten steil bergauf. Vor einigen Jahren hätte mich der kurze Anstieg außer Atem gebracht. Vier Jahre an Claudias Seite und etliche Hundert Wanderkilometer durch den Bayerischen Wald später empfinde ich den kurzen Weg mehr als Spaziergang denn als Herausforderung. Ob ich mich auch in Zukunft auf den Bergen herumtreiben werde? Ohne den Antrieb der Frau, die ich noch immer liebe?

Markierungen an einem Baum weisen den Weg zum Teufelstisch, einer bizarren Felsformation, die dem Berg den Namen gibt. Toni aber führt uns weg von den ausgetretenen Pfaden direkt hinein in das Unterholz. Gebückt schlüpfen wir durch Äste und Büsche, bis sich diese plötzlich lichten und den Blick hinüber auf die Berge des Bayerischen Waldes freigeben. Weit hinten erhebt sich der Arber in den frühabendlichen Himmel. Was für ein wunderbares Fleckchen Erde. Aber ich bin nicht hier, um die Aussicht zu genießen.

»Dort!« Toni deutet auf einen Felsblock. »Obendrauf.«

»Gut. Ich sehe mir das mal an. Und Sie sperren den ganzen Bereich ab!«

Jakob Greil nickt. Zusammen mit einem Kollegen macht er sich daran, gelbe Bänder um Bäume zu wickeln. Habe ich mir noch eben den Kopf zerbrochen, wie ich auf den Felsen klettern soll, so erübrigen sich meine Überlegungen. Zu einer groben Treppe angeordnete Steine erleichtern nicht nur mir den Aufstieg. Auch Beckmanns Mörder hatte keine Mühe, sein zweites makabres Zeichen hier oben zu setzen. Es besteht kein Zweifel. Die Vertiefung im Fels beträgt kaum fünf Zentimeter und hat knapp 20 Zentimeter Durchmesser. An normalen Tagen kann man den glatt geschliffenen Stein bewundern.

Ich versuche, keine Spuren zu vernichten, obwohl ich davon ausgehe, dass es keine gibt. Auch für einen unvorsichtigen Täter sollte es kein Problem sein, ein Herz hierher zu bringen und in die Vertiefung zu legen, ohne eine Schneise von der Breite einer Autobahn zu hinterlassen. Und unser Mann ist nicht unvorsichtig. Davon bin ich überzeugt. Zudem ist der Platz einsam genug, um nicht auf frischer Tat ertappt zu werden.

»Die SpuSi ist schon unten in Bischofsmais. Sie werden bald da sein.« Einer der Kollegen winkt mit dem Handy zur Bestätigung zu mir hinauf.

»Ja, danke.« Ich winke zurück.

»Kann ich jetzt gehn? Wenn da noch mehr Leute kommen. Da muss ich nicht dabei sein.«

Toni sieht erst Mel, dann mich aus müden Augen an. Erst jetzt bemerke ich, dass der Mann alt ist. Seine Schultern sind eingesunken, sein Gang gebeugt.

Wohin er wohl geht, frage ich mich. Er wohnt tatsächlich

hier oben im Wald. Wind, Wetter, Schnee und Kälte trotzend. Und der Einsamkeit, nicht zu vergessen.

»Geht klar. Falls wir noch Fragen haben, sagen wir Ihnen Bescheid. Sie müssen dann noch mal mitkommen. Wegen dem Protokoll und so.« Ich sehe kurz zu Melanie. Sie nickt kaum merklich. Ob auch sie von Tonis ungewöhnlicher Lebensgeschichte beeindruckt ist?

Toni überlegt kurz. Dann dreht er sich wortlos um, streift durch das Dickicht und ist verschwunden.

Während sich die Spurensicherung den Weg hinaufkämpft und die Kollegen aus Regen damit beschäftigt sind, den Fundort zu sichern, setze ich mich auf einen der Felsen und versuche, das Getriebe in meinem Kopf in Schwung zu bringen.

In einem 360-Grad-Rundblick erfasse ich den Platz. Auf der einen Seite ein steiler Abgrund, auf der anderen nahezu undurchdringliches Dickicht. In Igleinsberg konnte der Täter davon ausgehen, dass das Herz noch am gleichen Tag gefunden wird. Aber hier? Wollte er das? Oder sollte es noch einige Zeit unbemerkt bleiben? Mit Toni Roßbauer hat er sicher nicht gerechnet.

Ich werde durch Stimmen von unten abgelenkt. Es ist nicht die Spurensicherung, die sich lautstark mit Polizeihauptmeister Greil unterhält. Der Mann ist mir bekannt. Und natürlich mit der Polizei auf Du und Du.

»Servus, Jakob. Was ist denn da los? Ist was mit dem Toni passiert?«

»Servus, Sepp. Dem Toni geht's gut. Der hat nur was gefunden. Und jetzt kannst du mit deinen Gästen nicht da hinauf.«

»Auweia! Ich ahne da was.«

Sepp Probst hat mich gesehen. Ich gehe zu ihm. Hinter ihm wartet eine Handvoll erwartungsvoller Gesichter.

»Guten Tag, Herr Probst. Ich habe nicht erwartet, Sie so schnell wiederzusehen.« Ich bedeute ihm, mir zu folgen, weg von den anderen. Ich winke Mel zu uns.

»Melanie Güßbacher. Kripo Regensburg«, stelle ich sie vor.

»Sepp Probst. ›Mystischer Bayerischer Wald‹«, kommt er mir zuvor.

»Wieder eine Wanderung zu mystischen Orten?« Ich nicke in Richtung Opferstein.

»Hier oben gibt es einige davon. Sogar ganz oben auf dem Teufelstisch hat man einen Schalenstein entdeckt.«

»Und die hier? Sie ist doch ziemlich verborgen.«

»Die wurde auch erst 2014 gefunden.« Ein Hauch von Stolz schwingt in seiner Stimme mit.

Ich ahne es. »Von Ihnen, nicht wahr? Das heißt dann wohl, sie ist noch nicht so bekannt wie die anderen. Und damit auch nicht das Ziel von so vielen Schaulustigen.«

»Hm. Gut möglich. Obwohl es ein sehr schöner Stein ist. Und ein außergewöhnlich schöner Ort noch dazu. Wir wollen heute Abend einige der Opfersteine besichtigen. Wie gesagt. Es gibt hier mehrere davon.«

»Sie sind ja ganz schön ausgebucht, wie mir scheint.«

»Ja«, seufzt er. »Das Interesse nimmt mehr und mehr zu. Seit Igleinsberg steht das Telefon nicht mehr still. Ich werde da bald die Bremse ziehen müssen. Sonst bleibt meine Familie noch auf der Strecke. Und die kommt für mich an erster Stelle.«

Ich sehe mich um.

»Also wieder ein Herz«, meint Sepp Probst. »Mann oh Mann, Herr Buchmann. Sie sind aber auch immer da, wo's so richtig brennt.«

»Sie aber auch. Und ich frage mich, warum.«

Sepp Probst sieht erst mich an, dann die Felsen und Bäume, zwischen denen wir stehen. »Er hat mein Buch gelesen. Er weiß, wo die Keltensteine sind. Und er weiß, wann ich wo bin.« Er fährt sich mit der Hand durch das Haar. »Das gefällt mir gar nicht.« Er mustert mich mit gerunzelter Stirn. »Mir scheint, Sie haben da einen Mörder, der Aufsehen erregen will. Er will, dass die Herzen gefunden werden. Und zwar von jemandem, der das dann auch der Polizei meldet. Nicht irgendwelche Raudis, die sich einen Spaß daraus machen, mit ihrem Fund im Netz anzugeben und dann zu verschwinden. Der Täter will, dass ich die Herzen finde.«

Sepp Probst! Der Mann ist nicht nur in Sachen mystische Geschichten und Orte gut unterwegs. Seine Schlussfolgerung strotzt geradezu vor Logik.

»Woher weiß er von Ihrem Marsch nach Igleinsberg und dass Sie heute hier sind?«

»Das ist kein Geheimnis. Meine Touren sind lange geplant. Die Termine finden Sie im Internet genauso wie in den Touristinfos der Gemeinden.«

»Sie wissen also nicht, wer sich über Ihre Führungen informiert hat?«

»Nur, wer direkt bei uns angefragt hat. Und wer gebucht hat, natürlich.«

»Dann brauche ich die Namen aller Teilnehmer des ganzen Jahres.«

»Geht klar. Ich sage meiner Frau Bescheid. Sie bekommen alles, was Sie brauchen. Und wenn ich Ihnen behilflich sein kann, sagen Sie es ruhig. Wenn wir etwas nicht brauchen können in unserer Heimat, dann sind es Menschenopfer.«

Aufgeregte Stimmen verraten die Ankunft der Spurensicherung.

»Servus, Moritz. Melanie. Bist unter die Organsammler gegangen, wie es scheint.«

»Lass nur, Thomas. Das macht er nur, weil er keine Schwammerl findet. Da hat er sich auf Herzen spezialisiert.«

»Ich sehe schon, ich hätte euch von ganz unten heraufgehen lassen sollen. Und jetzt macht mal. Wir sind nicht zum Spaß hier.«

»Gemach, gemach.« Thomas Jobst ist die Ruhe selbst. »Wo ist denn das Prachtstück?«

»Im Kühlschrank. Die Kollegen aus Regen bewahren es für euch auf.«

»Na prima. Da wird es uns nicht mehr viel verraten«, jammert der Mann von der SpuSi. Dabei weiß er noch nicht einmal, dass das Herz auch schon durch Tonis Hände gegangen ist.

»Dann wollen wir mal. Vielversprechend sieht das hier aber nicht aus.«

»Hab ich schon befürchtet.« Ich nicke den Kollegen in den weißen Schutzanzügen zu und gehe zu Sepp Probsts Wandergruppe. Verstört und neugierig wird sie von den Kollegen der PI Regen in Schach gehalten. Die Zusammensetzung der Menschen erinnert mich an Igleinsberg. Eheleute mit Kindern, junge und alte Paare. Ich weise die Kollegen an, ihre Personalien aufzunehmen. Mit an Sicherheit grenzender Wahrscheinlichkeit haben sie alle nichts mit der Opfergabe des heutigen Tages zu tun. Bis auf einen vielleicht. Es ist der Chirurg, der sich schon in Igleinsberg für die Erstdiagnose verantwortlich fühlte.

»Na so was. Sie scheinen immer dort zu sein, wo die Sagen Realität werden.«

Er sieht mich pikiert an. »Das kommt sicher davon, dass ich die Wanderungen von Herrn Probst im Paket gebucht habe. ›Mystische Orte im Bayerischen Wald‹. Haben Sie etwas dagegen?«

»Keineswegs. Aber zweimal sind Sie am Ort eines Verbrechens. Wundern Sie sich nicht, wenn wir noch ein paar Fragen an Sie haben.«

»Ich stehe natürlich zu Ihrer Verfügung. Wenngleich ich nicht verstehe, inwieweit ich Ihnen behilflich sein könnte. Außer natürlich, Sie benötigen meine medizinische Expertise.«

Mit einem stummen Blick gebe ich ihm zu verstehen, dass wir ganz gut ohne seine Hilfe zurechtkommen, und lasse ihn stehen.

Für uns gibt es hier nichts mehr zu tun. Das ist Aufgabe der Spurensicherung. Ihr Bericht wird morgen den weiteren Verlauf der Ermittlungen bestimmen.

»Mel!«

Sie sieht zu mir herüber. Ich deute auf meine Uhr. Sie versteht. Es wird Zeit für Deggendorf. Martina wartet. Diesmal nicht vergebens. Wir haben eine Menge Neuigkeiten für sie in der Tasche. Ich bin gespannt, wie sie auf David Beckmanns Leiche und sein Herz reagieren wird.

Ich verabschiede mich, nicht ohne die Polizisten aus Regen darauf hinzuweisen, dass der Opferstein und seine Umgebung weiterhin Sperrgebiet sind.

Wir lassen den Menschenauflauf hinter uns. Fast kann ich Tonis Sehnsucht nach Einsamkeit verstehen.

»Teufelstisch. Ein passender Name«, meint Mel, während wir zu unserem Wagen gehen.

DAS MÄDCHEN MIT DEM WEISSEN KLEID

Zeit ist etwas nicht Greifbares. Zäh wie Lava umfängt sie mich und fließt durch meine Adern. Stumm begleitet sie mich durch Tag und Nacht. Schlafen, essen, schweigen. Wie lange schon? Ich weiß es nicht.

Heute ist anders. Nebel folgt dem Regen der letzten Tage. Aus dem Wald kriecht er über die Mauer herein. Bäume recken sich Fingern gleich aus dem milchigen Grau in den Himmel. Starr stehen wir zwischen ihnen. Vier Mädchen. Regungslose Statuen. Freigegeben zur Besichtigung.

Ich kenne die Namen der anderen drei nicht. Nur ihre Gesichter. Sie sind jung. Sie sind schön. Jede trägt ein anderes Kleid.

Die Farbe des meinen ist Weiß. Weiß macht mich zu einem Engel.

Ein Mann bewacht uns. Der Riese.

Aus dem Nebel tauchen dunkle Gestalten auf. Auch sie sind vier. Ihre Gesichter verstecken sich unter tiefen Masken. Graue Mäntel bedecken ihre Körper. Männer? Frauen? Schweigend stehen sie vor uns. Ich weiß, sie sind auf der Suche. Sie beobachten uns. Jede Einzelne.

Nacheinander treten sie vor mich. Ich sehe ihren Atem in der kalten Luft. Ich fühle die Gier in ihren verborgenen Augen. Ich spüre ihre Blicke über meinen Körper streichen. Sie tasten über mein Haar, über mein Gesicht, über meine Arme und Beine, über meine Brüste und meine Taille.

Endlich drehen sie sich um. Der Nebel verschluckt sie, wie er sie ausgespuckt hat. Wir bleiben zurück. Die Kälte kriecht unter den dünnen Stoff meines Kleides. Ich zittere.

Sie haben kein Wort gesprochen. Aber ich weiß, sie haben ihre Wahl getroffen. Sie haben sich für das Mädchen mit dem weißen Kleid entschieden.

Für mich!

MORITZ

Funk und Telefon haben uns überholt. Ich weiß nicht, auf welchen Kanälen sich Tonis Fund verbreitet hat. Auf jeden Fall erwarten uns in meinem Büro nicht nur Martina und unsere jungen Regensburger Kollegen. Auch Erwin und Paul Höpfl sehen uns mit erwartungsvollem Blick entgegen. Die Anzahl und die Farbe der Sterne auf seiner Schulter verleihen Letzterem das Recht, auf dem Laufenden gehalten zu werden.

Ich überlasse es Melanie, die Neuigkeiten zu verbreiten. Ohne uns abgesprochen zu haben, sind wir stillschweigend übereingekommen, Toni Roßbauers wunderliches Leben nicht vor unseren Zuhörern auszubreiten. Schließlich tut es nichts zur Sache, wie der Toni seine Tage verbringt. Knapp und auf das Wesentliche beschränkt schildert Mel die Stunden zwischen unserer Abfahrt in Regensburg und der Ankunft in Deggendorf. Ich beobachte Martina. Ihre Miene gleicht der eines professionellen Pokerspielers.

»Ob das Absicht war?«

»Was?«

»Die Reihenfolge wurde geändert. Erst die Leiche, dann das Herz.« Peters Verstand arbeitet anders als meiner. Vielleicht aber sehe ich den Unterschied zu Hausers Tod nicht, weil er unbedeutend ist. Mel ist meiner Meinung. Wieder einmal.

»Ich denke nicht, dass die Reihenfolge eine Rolle spielt. Der Täter konnte unmöglich wissen, ob erst die Herzen oder die Körper gefunden werden.«

»Aber er wusste ziemlich genau, wann Josef Probst mit seinen mystischen Wanderungen bei den Keltensteinen sein würde. Das gab ihm schon mal einiges an Planungssicherheit. Dass ihr Beckmanns Leiche davor findet, konnte er nicht ahnen.«

Ich muss zugeben, Peter hat recht. Etwa doch kein Zufall? Zumindest ein Detail, das beachtet werden muss. Und das ich übersehen habe. Werde ich langsam alt?

»Die Reihenfolge würde nur eine Rolle spielen, wenn es sich um Ritualmorde handelt«, bricht Martina ihr Schweigen.

»Dann hätten wir es mit einer Sekte oder einem Psychopathen zu tun«, meint Daniela. »Beides gefällt mir nicht.«

»An Ersteres glaube ich nicht. Zweiteres ist durchaus möglich.« Martina spricht leise und hochkonzentriert. »Ich war letzte Nacht beim LKA und habe im Archiv der Landes- und Bundesanwaltschaft recherchiert. Ich will Ihnen Einzelheiten ersparen, aber ich kann Ihnen versichern, dass in den Jahren seit der Gründung der Bundesrepublik die Zahl okkulter und ritueller Straftaten ständig zugenommen hat. Aber ich habe nichts über einen Orden oder eine Sekte mit keltischen Wurzeln gefunden. Auch der keltische Knoten, oder das Keltenherz, ist in keiner der Akten aufgetaucht.

Alle Vereinigungen, die uns Peter Teichert letztens so fachkundig aufgezählt hat, sind bei Verbrechen, mit denen wir es zu tun haben, nicht in Erscheinung getreten. Also habe ich bei Europol nachgefragt.«

All das letzte Nacht? Und kein Zeichen von Erschöpfung? Wie macht sie das bloß?

»Und?« Peter lässt nicht locker.

»Nichts! Aber …«

Sechs Augenpaare sind auf sie gerichtet. Anstatt weiterzusprechen, reicht sie Peter einen USB-Stick. Ohne zu fragen, landet dieser im passenden Port seines Laptops. Mein Büro erfreut sich nicht der Ausstattung der K 1 in Regensburg. In Ermangelung eines Großbildschirms warten wir darauf, dass Peter uns einen Blick auf seinen Bildschirm gewährt.

Mach schon, befehle ich stumm. Zögernd lässt er seinen Blick von einem zum andern wandern, verharrt länger bei mir als bei den anderen und dreht dann seinen Laptop so, dass alle das Foto der jungen Frau sehen können.

Sie ist jünger, als ich sie kenne.

Sie ist schöner, als ich sie kenne.

Sie ist glücklicher, als ich sie kenne.

Sie ist am Leben.

Sie ist Magdalena!

✳

»Viktoria Nemecova; tschechische Staatsbürgerin; geboren am 14.08.1999 in Prag; Vater unbekannt; die Mutter Alina Nemecova alkoholabhängig; Viktoria flieht im Alter von 16 Jahren von zu Hause; wird von der Mutter erst nach drei Monaten als vermisst gemeldet; in den folgenden Jahren wird sie immer wieder mal bei der Polizei aktenkundig und in Heime eingewiesen, aus denen sie wieder fortläuft; Drogen und Gelegenheitsprostitution; Jobs gibt sie nach kurzer Zeit auf; vor etwa einem Jahr verschwindet sie endgültig von der Bildfläche, bis ihre Leiche an einer Autobahnraststätte in Deutschland gefunden wird.«

Ein typisches Schicksal eines gescheiterten Lebens, könnte Martina ihrem Bericht hinzufügen, tut es aber nicht. Wofür ich ihr dankbar bin.

»Tschechien. Warum haben wir von dort keine Vermisstenmeldung bekommen?« Daniela sieht mich an. Ich verstehe die Frage zwischen ihren Worten.

»Wir haben dort angefragt. Und in Österreich«, rechtfertige ich mich.

»Viktoria steht auf keiner aktuellen Vermisstenliste«, kommt mir Martina zu Hilfe. »Sie ist eine von vielen jungen Frauen und Männern, die untergetaucht sind. Ohne die technischen Möglichkeiten von Europol hätte ich sie nicht gefunden. Deren Programme konnten mit Magdalenas Fotos einen biometrischen Abgleich aller als gesucht gemeldeten Frauen Europas durchführen. Ohne meine Anfrage wäre das nicht geschehen. Viktoria ist nur eine tote Frau mehr. Niemand vermisst sie.«

Niemand vermisst sie! Sehe ich Magdalena jetzt durch andere Augen? Ein Drogenjunkie? Eine Prostituierte?

Nein!

Sie war eine Frau, die in einem Alter gestorben ist, in dem »Sterben« noch ein Wort ist, das kaum erkennbar am Horizont des Lebens steht. Jemand hat sie gebrandmarkt. Jemand hat sie ersticken lassen.

Oder – der Gedanke lodert auf – war sie schon tot, bevor all das geschehen ist? Er erlischt wieder.

Nein! Nichts hat sich verändert. Ich will diesen jemand!

»Die Spur führt also nach Tschechien. Hilft uns das weiter?« Mel ist schon wieder mitten in unserem Fall.

»Kaum«, meint Peter. »In Deutschland gehen Hunderte Frauen aus dem Osten anschaffen. Vielleicht war Viktoria schon seit Monaten hier. Es ist genauso wahrscheinlich, dass sie hier gestorben ist, wie es in Tschechien geschehen sein kann.«

»Ja, das stimmt. Außerdem fehlt noch immer die Verbindung zu Hauser und Beckmann. Außer dem Keltenherz haben wir da nichts«, stimmt ihm Daniela zu.

»Und doch kann uns Viktoria weiterhelfen.« Wieder hat Martina unsere ungeteilte Aufmerksamkeit. »Die tschechische Polizei hat mir ihre Akte zur Verfügung gestellt.«

Richtig, sie spricht ja Tschechisch. Und was weiß ich noch wie viele andere Sprachen.

»Eine Menge Kleinkriminalität. Ladendiebstahl, Landstreicherei, kleine Drogendelikte und so weiter. Bei ihrer letzten Vernehmung hat sie aber etwas Ungewöhnliches erwähnt. Sie gab an, sie wohne bei einem Mann, der behauptete, ein Mitglied der ›Kleinen Brüder‹ zu sein.«

»Die ›Kleinen Brüder‹?« Paul Höpfl runzelt fragend die Stirn.

»Hört sich nach einer kriminellen Organisation an.« Melanie wippt mit hinter dem Kopf verschränkten Armen auf ihrem Stuhl vor und zurück. »Könnte uns das weiterhelfen?«

»Nur, wenn wir wissen, um welche Vereinigung es sich handelt. Der Name deutet auf einen mafiösen Hintergrund hin.« Peter klappt seinen Laptop auf.

Martina kommt ihm zuvor. »Die ›Kleinen Brüder‹ handeln mit allem, was Geld bringt. Waffen, Drogen, Menschen.«

»Magdalena … Viktoria hat sich also mit einer kriminellen Organisation eingelassen. Ohne zu ahnen, in welche Gefahr sie sich dadurch gebracht hat.«

»In tödliche Gefahr.« Melanie sieht Martina an. »Mehr haben Sie nicht herausgefunden?«

Martina erwidert den Blick, dann nickt sie. »Ich habe mich an die PCR gewandt. Die tschechischen Kollegen waren nicht gerade gesprächig, was die ›Kleinen Brüder‹ betrifft. Schließlich bin ich bei einem Major Navratil vom Polizeipräsidium Pilsen gelandet. Geht es nach ihm, handelt es sich bei den ›Kleinen Brüdern‹ um eine Verbrecherorganisation, die der Kripo in Pilsen und Umgebung einige Jahre Schwierigkeiten bereitet hat. Angeblich habe seine Einheit die Sache jedoch jetzt unter Kontrolle. Die führenden Köpfe der Brüder säßen im Gefängnis und der Rest habe sich in unbedeutende kleinere Banden aufgesplittert.«

»Und?« Ich weiß, meine Frage nimmt die Antwort vorweg.

»Navratil lügt.«

»Offensichtlich.« Peter spitzt die Lippen. Seine Finger streicheln die Tasten seines Laptops. Dahinter verbirgt sich seine Welt. »Diese Brüder sind noch aktiv. Magdalena ist der Beweis dafür. Wenn wir bei unserer Theorie bleiben und Magdalena vor ihrem Tod in Hausers Keller war, stellt sich für mich eine weitere Frage: Woher kannte Hauser die ›Kleinen Brüder‹? So ein Kontakt fliegt einem nicht einfach zu.«

Auch Peter bleibt bei dem Namen, den wir Victoria gegeben haben. Sollte er doch nicht der eiskalte Brocken sein, den er nach außen mimt? Ich schiebe den Gedanken zur Seite und konzentriere mich wieder auf Martina. Hat sie wirklich die ganze Nacht durchgearbeitet?

Und was hast du getan, schimpft mein Gewissen.

Eine Leiche und ein Herz gefunden, antwortet mein Verstand. Das kann sich doch sehen lassen, oder, klopfe ich mir auf die Schulter.

»Er kennt sie von früher. Es waren die Brüder, die den Orden mit Frauen versorgt haben.«

Natürlich hat Martina recht. Hilft uns das weiter? Ja! Es ist ein weiterer Beweis für ihre These. Es gab den Orden, es gab die Druiden, und Hauser war einer von ihnen. Genau wie Beckmann. Wer noch?

Eine Frage, die auch meinen Kollegen Erwin beschäftigt.

*

»Das ist ja alles ganz nett.« Erwin verschafft sich durch einen trockenen Huster Gehör. »Aber wir sollten uns jetzt mal Gedanken darüber machen, wie wir einen weiteren Mord verhindern.«

»Verhindern? Sollte der Täter noch nicht genug haben – Gott bewahre uns davor –, dann wird er sich kaum davon abbringen lassen, jemanden zu töten, wenn wir ihn nicht vorher erwischen.« Ein Hauch von Tadel schwingt in Paul Höpfls Worten mit.

»Na ich weiß nicht.« Erwins Respekt vor seinem Chef sinkt mit jedem Monat, den er sich dem Ruhestand nähert.

»Was meinst du?«, ermuntere ich ihn, was mir einen vernichtenden Blick Höpfls einbringt.

»Tja, wenn unser Mörder sein Schema weiter beibehält, und davon können wir wohl ausgehen, dann wird er auch das nächste Herz in einen dieser Keltensteine legen wollen. Wir müssen ihn also daran hindern, das zu tun.«

»Die Opferstätten bewachen?« Daniela hat verstanden.

»Bingo.«

»Gar nicht mal so dumm«, meint Mel. »Wenn wir das unbemerkt hinbekommen, vielleicht …«

»Ihn dabei erwischen, wie er das Herz in den Schalenstein legt?« Ich schüttle energisch den Kopf. »Ich kann mir nicht vorstellen, dass wir die Opferstätten überwachen können, ohne dass er es bemerkt.«

»Vor allem, weil wir nicht einmal wissen, wie viele es gibt und wo sie sind«, teilt Daniela meine Bedenken.

»Hm. Das lässt sich herausfinden.« Ohne weitere Erklärung zücke ich mein Handy, in dessen Speicher Sepp Probsts Nummer darauf wartet, aktiviert zu werden. Hoffentlich geht er ran, denke ich. Die Zeit läuft uns davon. Oder ist schon so weit vor uns, dass wir sie nicht mehr einholen können.

»Probst.«

»Buchmann hier. Servus, Herr Probst.«

»Ah, Herr Kommissar. Schon was Neues herausgefunden?«

»Ja, nämlich, dass ich Ihre Hilfe brauche.«

»Um was geht's?«

»Ihr Spezialgebiet. Keltische Opfersteine. Wie viele davon gibt es in dieser Gegend?«

»Na, so um die 20 werden es schon sein.«

»Und Sie wissen, wo die alle sind?«

»Zumindest die, die bisher gefunden wurden. Stehen alle in meinen Büchern.«

»Dauert zu lange. Ich brauche eine Liste.«

Ist es der Klang meiner Stimme? Sepp Probst erkennt ohne weitere Erklärung den Ernst der Lage.

»Sie wollen ihn dort erwischen, stimmt's? Wenn er das nächste Herz opfert.«

»Was schon heute Nacht passieren kann.« Also in wenigen Stunden, erklärt mir mein Verstand noch einmal, dass dieser Plan nicht funktionieren kann.

»Geben Sie mir Ihre Faxnummer. In fünf Minuten haben Sie die Namen.«

»Das hilft uns wenig. Ich bräuchte eine Karte, auf der sie eingezeichnet sind.«

»Hm. Eine Karte hab ich nicht.«

Meine Hoffnung, sofern überhaupt vorhanden, erreicht den Nullpunkt.

»Aber die GPS-Daten jedes Standorts.«

Gut, der Mann. Ach, was sage ich. Hervorragend, der Mann.

»Alles klar, ich warte. Und Sepp!«

»Verstehe schon. Top secret! Geht klar.«

Keine langen Erklärungen. Kein Bitten. Ein paar Worte, und alles ist gesagt. Ein Waidler eben. Und ein Waidlerwort. Mehr braucht es nicht, um zu wissen, dass der Probst Sepp niemandem von unserem Plan, den Mörder in dieser Nacht zu stellen, erzählen wird.

DAS MÄDCHEN MIT DEM WEISSEN KLEID

Die Uhr an der Wand zeigt 11 Uhr. Seltsam. Ist es nicht die Pflicht von uns Mädchen, jeden Morgen pünktlich in der großen Halle zusammen mit der Frau und den Männern das

Frühstück einzunehmen? Warum nicht heute? Die Antwort ist der Verband an meinem linken Handgelenk. Der Versuch, mich aufzurichten, wird von einem Schwächeanfall beendet. Stöhnend sinke ich in mein Bett zurück. Ich drehe mich auf die Seite. Auf dem Nachttisch liegt eine Spritze. Die Kanüle ist leer. Mühsam greife ich nach der Schachtel daneben, versuche, die Schrift darauf zu entziffern. Abseamed! Die Erklärung auf der Rückseite. Ein Mittel gegen Blutarmut. Was ist mit mir geschehen? Ich schließe die Augen und zwinge die Finger der Erinnerung, sich zurückzutasten.

Da ist die Fahrt durch die Nacht. Ich trage das weiße Kleid. Am Steuer des Wagens sitzt der Mann mit den traurigen Augen. Neben mir die Frau. Sie hat mir zu trinken gegeben. Die Zeit versinkt in einem dämmrigen Grau. Ich spüre ihre Hand an meinem Arm. Dann einen Stich. Dann nichts mehr. Irgendwann halten wir. Sie zerren mich aus dem Auto. Wir gehen einen Weg entlang. Es ist dunkel. Ich spüre weder den Boden unter meinen Füßen noch den Wind auf meiner Haut. Plötzlich sind da andere. Die mit den Mänteln. Der Mann und die Frau verlassen uns. Die anderen nehmen mich bei der Hand. Im Licht von Mond und Fackeln erkenne ich einen großen Stein. Sie legen mich auf ihn. Meine Hand ertastet eine flache Mulde. Ich schließe die Augen und sinke ins Dunkel. Durch eine unsichtbare Wand dringt ein fremdartiger Gesang in mein Bewusstsein. Ich öffne die Augen. Über mir funkeln winzige Diamanten zwischen den Kronen der Bäume. Der Gesang bricht ab. Ich schwebe. Ein verstohlener Blick zur Seite. Sie sind es, die mich hochheben. Über den Stein. Aus dem Dunkel schält sich eine weitere Gestalt. Sie nimmt meine Hand und hält sie hoch. Funkelnder Stahl blinkt im Mondlicht.

Ein Schnitt! Kein Schmerz. Nur ein kurzes Ziehen. Die Spritze! Sie haben dafür gesorgt, dass ich nichts spüre. Die Gestalt hält meine Hand über die Mulde im Stein. Eine warme Flüssigkeit läuft über meine Finger. Ich fühle, wie mit ihr das Leben meinen Körper verlässt.

ONDREJ

Heute würde er wieder die Grenze überschreiten. Robena wartete auf ihn.

Noch aber war es nicht so weit.

Vor ihm auf dem Tisch lag das Lederetui, das er noch vor Sonnenaufgang aus dem Keller des Zementwerks geholt hatte. Er nahm die Spritzen und Ampullen und legte sie in den Rucksack zu den Kabelbindern und der Pistole. Dann überprüfte er den Gasbrenner. Die Kartusche war klein, sollte aber reichen, um das Eisen zum Glühen zu bringen.

Es war Robena gewesen, die das Keltenherz in die Haut der Frauen gebrannt hatte.

In der Seitentasche des Rucksacks steckte das Buch. Sein Blick ging zur Uhr an der Wand. Er hatte Laura Andersson lange genug beobachtet. Er kannte ihren Tagesablauf und ihre Gewohnheiten. Mit schmerzverzerrtem Gesicht ging er in sein Wohnzimmer. Dort legte er sich auf das Sofa und schloss die Augen. Sein Bemühen, wach zu bleiben, unterlag der Kraft des Tumors.

Mit dem Schlaf kam der Traum. Blut, Leichen, Herzen. Und ein Mädchen im weißen Kleid.

In der Wohnung über ihm schlug eine Tür und weckte ihn. Seine Lunge brannte. Wieder sackte sein Bewusstsein in die trübe Dunkelheit des Schlafes.

Ein neuer Traum. Ein eitriger Klumpen. Lippen. Ein Mund. Er öffnet sich. Zähne, die in das umliegende Gewebe beißen. Der Klumpen frisst ihn auf.

Noch einmal erwachte er. Ruckartig fuhr er auf. Der Hustenanfall packte ihn und zwang ihn zurück auf das Sofa. Als es vorüber war, rannen Blut und Speichel über sein Kinn. Er ging ins Bad und wusch sich. Wie gut, dachte er, dass es jetzt passiert.

Noch vor meinem Tod.

MORITZ

Ich weiß nicht, was ich von der ganzen Sache halten soll. Meinen Einwand hat Paul Höpfl mit einigen Telefonaten vom Tisch gefegt. Entgegen allen Erwartungen hat er es geschafft, eine Hundertschaft der Bereitschaftspolizei zu organisieren. Und nicht nur das. Die Männer und Frauen haben ihre Einsatzziele in Rekordzeit erreicht. Keine zwei Stunden nach Höpfls Anforderung sind die Busse der Abteilung VI der BePo aus Dachau auf den Hof unter meinem Büro gefahren. In dieser Zeit hat Erwin, um den Erfolg seiner Idee kämpfend, 20 Leihautos organisiert. Natürlich konnten die Zweiereinheiten nicht in Blau-Weiß zu den von Sepp Probst durchgegebenen Standorten fahren, ohne Aufmerksamkeit zu erregen. In Zivilkleidung machen die Kollegen und Kolleginnen einen auf Wanderer und Tourist. In ihren Rucksäcken warten jedoch keine Brotzeiten und Fotoapparate auf ihren Einsatz, sondern Funk- und Nachtsichtgeräte, Handschellen und Pistolen.

In diesem Augenblick sollten die Letzten ihren Einsatzort erreichen. Dort werden sie im Wald untertauchen und auf eine Gestalt warten, die ein Herz in den Händen hält.

So weit, so gut. Was ich mir nicht vorstellen kann, ist die Tatsache, dass ein Mörder, der an seinen bisherigen Tatorten keine verwertbaren Spuren hinterlassen hat, in so eine plumpe Falle stolpern wird. Nein, er wird den Schauplatz seiner Taten überlegt ausgesucht haben, ihn noch genauer observieren und überhaupt so vorsichtig agieren, wie es nur ging.

All diese Gedanken beschäftigen mich, während ich an Viechtach vorbei nach Norden fahre. Heute ist es der Einsamkeit meiner Wohnung nicht gelungen, mich dort festzuhalten. Eine nicht zu unterdrückende Sehnsucht zieht mich in den Bayerischen Wald hinein. Ohne mein bewusstes Zutun erreiche ich den kleinen Ort, der zwei Jahre meine Heimat war. Ich parke beim Bahnhof und beginne, ohne ein bestimmtes Ziel loszugehen. Meine Füße führen mich durch die Kirchgasse vorbei am Rathaus hinauf zur Kirche.

Auf dem Friedhof liegt Georg Koller neben seiner Schwester Stefanie. Eine Reihe weiter wartet Dr. Alois Kreitinger auf die ewige Vergebung.

Eine alte Frau nickt mir zu, ich grüße zurück. Den Gottesacker hinter mir lassend gehe ich in Richtung »Haus Sonnenschein«, drehe aber kurz davor wieder um. Rosi Geiger war ein nicht unerheblicher Bestandteil meines Lebens in Kirchbach, aber im Augenblick steht mir der Sinn nicht nach einer wortreichen Unterhaltung mit der Schöpferin des besten Kaffees nördlich der Alpen. Weitere Menschen begegnen mir. Einige kennen mich und sprechen mich mit Namen an. Andere nicken nur höflich. So ist das in diesen Dörfern, wo jeder jeden kennt und der eine am Schicksal des anderen teilnimmt.

Ohne es zu wollen, stehe ich plötzlich vor dem Haus der Familie Schedlbauer. Die Sonne hat sich hinter den Predigtstuhl zurückgezogen. Obwohl die Nacht lau ist, bin ich der Einzige auf der Straße.

Im Erdgeschoss gehen die Lichter in der Stube an. Gisela Schedlbauers Schatten streicht hinter einem der Fenster vorbei. Auch ihre Tochter ist zu Hause. Aus dem Badezimmer im ersten Stock fällt Licht auf den Balkon davor. Ein unwirkliches Gefühl erfasst mich. Die Frau, die ich unzählige Male und doch zu selten im Arm gehalten habe, steht nackt unter der Dusche. Ich sehe sie vor mir und ich weiß, ich werde sie nie mehr berühren, sie nie mehr küssen, nie mehr den Geruch ihres nassen Haares riechen.

Was ist passiert? So oft ich mir diese Frage gestellt habe, so oft war die Antwort da gewesen. Banal und doch nicht zu verstehen. Nichts ist passiert! Ich habe sie geliebt und ich glaube, behaupten zu können, dass sie die gleichen Gefühle für mich empfunden hat. Es gab keinen über das übliche

Maß hinausgehenden Streit und keine außergewöhnlichen Meinungsverschiedenheiten. Und auch die größte Gefahr für eine funktionierende Beziehung lag für uns noch in weiter Ferne. Wir haben uns nie miteinander gelangweilt. Wir konnten miteinander und übereinander lachen, uns miteinander freuen und miteinander weinen.

Und doch! Zuerst habe ich meinem letzten Mordfall die Schuld gegeben. Die Gefahr, in die ich sie gebracht habe. Die Stunden zwischen Leben und Tod hätten ihr gezeigt, dass es an der Seite eines Kripobeamten zu gefährlich ist. Was für eine bequeme Ausrede. Logisch und leicht zu verstehen. Viel einfacher als der andere Grund, der wahre.

Ein anderer Mann!

Wenn ich Claudia eines anrechnen muss, dann ihre Offenheit. Sie hat kein langes Doppelspiel betrieben und mich nicht im Ungewissen gelassen. Sie habe sich verliebt. So, wie in mich. Nur neu. Anders.

Wie anders?

Das kann sie nicht sagen. Anders eben.

Es tue ihr leid und die Zeit sei wunderbar gewesen.

Das Einzige, was mein Gefühlschaos in diesem Augenblick durchdrungen hat, war dieser eine Satz gewesen, so unendlich kitschig und verlogen zugleich, in solchen Situationen schon Millionen Mal gesagt: Lass uns Freunde bleiben!

Was für ein Unsinn, den ich von ihr so nie erwartet hätte.

Habe ich um sie gekämpft? Nein! Moritz Buchmann macht so etwas nicht. Der hat das nicht nötig. Der schläft lieber allein in einer kahlen Zweizimmerwohnung und bekämpft das Verbrechen.

Bravissimo! Applaus für Moritz Buchmann!

Aber warum stehe ich dann jetzt hier vor ihrem Haus

und blicke zu ihrem Fenster hinauf, hinter dem ich sie weiß, und hoffe, sie ist allein, so allein wie ich, obwohl ich ahne, dass sie das nicht ist?

Kurt Mühlbauer, der Nachbar, kommt aus seinem Haus, um seinen Beagle mit dem bescheuerten Namen Odin noch einmal auszuführen.

Ich mache mich auf den Weg zurück zu meinem Auto. Besser nicht gesehen werden.

Du musst das abhaken, nehme ich mir zum tausendsten Mal vor. Du musst Claudia vergessen. Du hast es dir versprochen. Wie macht man das, eine Frau vergessen? Indem man sich in die Arbeit stürzt! Abgemacht! Immerhin jage ich einen Serienkiller! Bravo, Moritz! So wie die im Fernsehen. Genauso machst du das! Wie blöd bin ich eigentlich?

Endlich sitze ich wieder in meinem alten BMW. Wie lange wird er mir noch treu bleiben?

Als ich über die Regenbrücke fahre, ist der sentimentale Aus- und Anflug vorbei. In einem anderen Zeitalter haben sich hier Karl und Norbert beim Versuch, einen fremden Jungen zu retten, in den Tod gestürzt.

Mit leerem Kopf und Herzen fahre ich zurück nach Deggendorf. Über den Bergen im Westen beendet die Sonne ihre heutige Wanderung über den Himmel.

DAS MÄDCHEN MIT DEM WEISSEN KLEID

In meinen Träumen holen sie mich nachts. Ich liege in meinem Bett und starre in die Dunkelheit. Die Stille liegt schwer auf mir. Dennoch finde ich keinen Schlaf.

Es ist die Frau. Sie schaltet das Licht an und verbannt die Mondschatten aus meinem Zimmer. Das weiße Kleid liegt über der Stuhllehne. Sie bedeutet mir, die Sachen anzuziehen, die ich üblicherweise trage. Sie nimmt das Kleid und dreht sich um. Ich folge ihr ins Ungewisse.

Draußen wartet ein Auto. Der Kleine sitzt am Steuer. Die Frau steigt vorne ein, ich hinten. Sie reicht mir etwas zu trinken. Ich will nicht. Ich muss. Wir fahren in die Nacht. Eine zähe Wolke umfängt mein Bewusstsein. Ich schließe die Augen und versuche, alles Empfinden in mir zu töten. Vergeblich. Angst ist unsterblich. Die Fahrt führt uns über die Grenze nach Westen.

Irgendwann erreichen wir unser Ziel. Wir steigen aus. Seltsam gleichgültig sehe ich mich um. In der Nähe verspricht das Licht eines Hauses Geborgenheit und Rettung. Am Waldesrand wacht eine kleine Kapelle über die Menschen. Nicht über mich. Wir lassen sie hinter uns. Ein Mann nähert sich. Er begrüßt den Kleinen. Wir folgen ihm in den Wald. Es geht bergab. Wir sind Schatten in der Nacht. Niemand sieht uns. Im Schutz der Bäume flammt eine Lampe auf. Ich folge ihr. Vor mir noch mehr Licht. Fackeln weisen uns den Weg. Ich fühle mich leicht und müde zugleich. Eine Hand legt sich auf meine Schulter. Sie schiebt mich voran, zeigt mir den Weg.

Felsen tauchen aus dem Dunkel auf. Die Bäume weichen zurück. Ich blicke nach oben. Sterne blinken am Himmel. Die Hand bedeutet mir, stehen zu bleiben. Wo bin ich? Ein großer Stein. Auf einer Seite berührt sein Rand fast die Erde. Auf der anderen reicht er mir bis zur Schulter. Er hat die Form eines Herzens. Unbekannte Hände haben eine kreisrunde Mulde in ihn geschlagen. Anders als die anderen. Groß wie eine Wanne. Steinquader bilden eine kleine Tribüne um ihn. Aus einer Quelle sprudelt Wasser. Was für ein seltsamer Ort, denke ich.

Um ihn herum stehen gesichtslose Schatten.

Sie machen etwas mit ihren Händen, das ich nicht erkennen kann. Sie sagen etwas in einer Sprache, die ich nicht verstehe. Die Frau führt mich zur Seite. Sie reicht mir das weiße Kleid. Ich ziehe es an und gehe zurück.

Sie heben mich hoch und legen mich in die Vertiefung. Meine Haut spürt den kalten Fels.

Einer beginnt zu singen, die anderen stimmen ein. Plötzlich Stille. Kein Laut dringt durch die Nacht. Einer der Gesichtslosen wendet sich ab. Er geht zu einem der Feuerbecken, die den Platz umgeben. Brennende Inseln im Dunkel. Er greift nach etwas. Funken sprühen in die Nacht.

Ich zittere. Sie beugen sich zu mir hinab. Hände greifen nach meinem Kleid. Ich höre das Reißen des Stoffes. Ich zwinge meine Augen, sich zu öffnen. Über mir das glühende Licht einer kleinen Sonne. Sie halten meine Beine und Arme. Die Sonne nähert sich.

DIE DRUIDEN

Laura Andersson saß zu später Stunde wie so oft allein im Büro. In den Räumen ihrer Mitarbeiter und Mitarbeiterinnen war das Licht schon vor zwei Stunden ausgegangen. Jessica, die Fachanwältin für internationales Steuerrecht, war vor ihr als Letzte nach Hause gegangen. Die zahlungskräftige Klientel ihrer Steuerkanzlei sorgte seit fast drei Jahrzehnten dafür, dass Geld nicht zu ihren Sorgen zählte. Es gab eben immer genügend Leute, die möglichst viel ihres üppigen Einkommens am Fiskus vorbeilotsen wollten. Zudem zählte »Andersson und Andersson« zu den renommiertesten Kanzleien Regensburgs und genoss einen ausgezeichneten Ruf. Obwohl es langsam an der Zeit war, ihren Sitz an jemand Jüngeren abzugeben, sah Laura die Notwendigkeit dafür noch nicht gekommen. Schließlich war sie in jeder Hinsicht der Prototyp einer erfolgreichen Frau. Sie bewegte sich in den besten gesellschaftlichen Kreisen genauso eloquent, wie sie sich aufopferungsvoll für die Kinderhilfe und Tiere engagierte.

Laura Andersson war Robena und sie wusste, warum sie so war, wie sie war. Im Gegensatz zu den anderen. Sie wurden von Gier und Verlangen, von Perversion und Sadismus, vom Wahn nach enthemmter Macht getrieben. Zu schwach, um ihrer krankhaften Triebe Herr zu werden. Feiglinge und der Götter nicht wert.

Nur Robena war sich der höheren Ziele ihres Tuns bewusst gewesen. Dann, wenn die Nacht herangekrochen kam durch die Bäume und zu den Felsen. Dann, wenn sich das Licht des Mondes zuerst in den Schalensteinen und dann in den schreckgeweiteten Augen der Frauen gespiegelt hatte. Die anderen hatten die wahre Bedeutung des Rituals nie erkannt. Sie hatten sich der Götter nicht würdig erwiesen. Für sie war es nur Auftakt und Ende, Grund und Rechtfertigung gewesen für alles, was danach gekommen war. Das Ereignis, in dem sich die Strahlen all ihres perversen Tuns wie in einem Brennglas bündelten.

Oh, wie verachtenswert sie doch waren.

Aber sie brauchte sie. Obwohl sie schon damals das gewesen war, was man allgemein als wohlhabend bezeichnete, musste sie einsehen, dass die Summen, mit denen sich die »Kleinen Brüder« ihre Dienste vergelten ließen, ihre Möglichkeiten überstiegen. Außerdem war es Morven gewesen, die den Kontakt zu den Brüdern hergestellt hatte. Auf fünf Schultern verteilt war es kein Problem für sie gewesen, den Geldtransfer so zu verschleiern, dass niemand ihn verfolgen konnte. Ein nützlicher Nebeneffekt ihres Berufs, dem sie es verdankte, dass die anderen sie als Mitglied des Ordens akzeptiert hatten. Laura wusste um deren Abneigung gegen ihre Ansichten. Dabei war nur sie es gewesen, die den wahren Sinn hinter ihren Taten erkannt hatte.

Sie war dabei gewesen, wenn die Druiden eine neue Frau ausgesucht hatten. Denn das war der eigentliche Grund, warum Laura dem Orden beigetreten war. Sie hatte von jeher gespürt, dass es die Götter des alten Volkes waren, die ihr Leben bestimmten. Ihnen galt es zu gefallen, ihnen zu opfern. Und hatten die Götter sie nicht erhört? Hatten sie ihr Leben nicht mit Glück gesegnet? Auch dann noch, als sie keine Opfer mehr bekamen? Damals, als sich der Orden aufgelöst hatte.

Sie hatte das nicht verstanden, aber sie hatte sich der Mehrheit beugen müssen. Die hatte entschieden, dass die

Flucht des Mädchens ein Sicherheitsrisiko darstellte, das man nicht eingehen konnte. Und so waren sie alle verschwunden. Sie waren untergetaucht in den Tiefen ihres bürgerlichen Lebens.

Nicht aber Robena.

Endlich waren die Jahre ohne die Götter vorbei. Sie waren zurückgekehrt und hatten sich aufgemacht, die Druiden zu bestrafen. Aedan und Dorell hatte ihre Strafe bereits ereilt.

Würde Robena die Nächste sein? Und das, obwohl sie den alten Göttern nie abgeschworen hatte? Obwohl sie sich gegen das Ende der Opfer ausgesprochen hatte? War all das nicht genug gewesen, um die Götter zu besänftigen?

Sie sollen sich Morven holen, dachte Laura. Sie war es gewesen, die die Auflösung des Ordens vehement gefordert hatte.

Und Jan, der Evan gewesen war? War sein Tod doch kein Unfall gewesen? Ein Schauer lief über ihren Rücken.

Wie gut, dass wir unser Haus so gründlich gesichert haben, dachte sie. Es war Theobald gewesen, der auf maximalen Schutz bestanden hatte. Bisher hatte sie seine Angst als übertriebenen Anflug von Paranoia abgetan. Seit Hausers und Beckmanns Tod die Medien beherrschten, war sie dankbar für jede Kamera und jeden Bewegungsmelder, der die Villa und den Garten oben auf Kareths Höhen bewachte.

Ließen sich die Götter von Kameras und Bewegungsmeldern abhalten?

Laura fuhr ihren Computer herunter und schaltete das Tischlicht aus. Es war genug für heute. Gewohnheitsgemäß warf sie noch einen Blick in die anderen Büros ihrer Kanzlei, bevor sie in ihren leichten Sommermantel schlüpfte.

In diesem Augenblick läutete ihr Handy. Theobald.

»Hallo.«

»Hallo. Wie läuft's in London?«

Das Ende ihrer Ehe war nicht gleichbedeutend mit dem Ende ihrer Geschäftsbeziehung. Alles zum Wohle der Kanzlei, dachte sie. Und doch auch nicht. Theobald und sie trafen sich fast regelmäßig zu gesellschaftlichen Anlässen, aber auch zu ganz privaten Essen in den besten Restaurants der Gegend.

»Das Meeting war ziemlich erfolgreich. Ich denke, der Auftrag ist in trockenen Tüchern. Einige Einzelheiten noch, aber das kriegen wir hin. Barthels hat das wirklich hervorragend gemacht. Ich werde mich im Aufsichtsrat für ihn verwenden. Es wird Zeit, dass er in den Vorstand berufen wird.«

»Sehr schön.« Sie versuchte, die Nervosität in ihrer Stimme zu verbergen. »Wann landet deine Maschine?«

»7.30 Uhr.«

»Wunderbar. Weißt du was? Ich hole dich ab. Wir machen uns einen schönen Tag. Ein Essen im Allegro? Da waren wir schon seit Jahren nicht mehr.«

»Was ist denn los?« Er klang verdutzt.

»Ich denke, dieser Auftrag ist es wert, gefeiert zu werden. Warum nicht in München?«

»Du hast recht«, antwortete der Mann, den sie für die alten Götter verlassen hatte, nach kurzem Überlegen. »Also dann bis morgen am Flughafen.«

»Ja, bis morgen.«

Laura betrachtete noch einige Sekunden ihr Smartphone. Trotz der Trennung trafen sie sich manchmal zum Essen oder gingen ins Theater. Oder – hin und wieder – für unverbindlichen Sex ohne Liebe und Verpflichtungen. Vielleicht auch morgen?

Und heute Nacht?

Ich schenke sie den Göttern, entschied sie. Sie ging noch einmal zurück in ihr Büro, schob das Regal zur Seite und zog das Buch mit dem kunstvoll gearbeiteten Einband hervor. Die Edda in der Hand ging sie zur Tür. Sie würde nach Hause fahren, die Alarmanlage einschalten und sich in ihren bequemen Lesesessel setzen. Vielleicht noch ein Schluck Courvoisier, und dann würde sie zu Bett gehen.

Zufrieden öffnete sie die Tür ihrer Kanzlei und erstarrte. Die folgenden Sekunden liefen wie ein Film an ihr vorbei. Der Mann war ein Fremder.

Hilfe, dachte sie. Als sie den Mund zum Schrei öffnete, fuhr seine Hand hoch. Sie sah die Spritze nicht, aber sie spürte die Nadel.

MORITZ

Geistesabwesend lasse ich den BMW in die Parklücke rollen. Meine Parklücke, reserviert für meine Wohnung. Auf einer Bank sitzt eine Frau. Ich nehme sie nur aus dem Augenwinkel wahr. Als sie bemerkt, dass ich sie nicht beachte, steht sie auf.

»Moritz! Warten Sie!«

Nanu. Martina Richter. Hat sie etwa auf mich gewartet?

»Ah, Martina. Haben Sie etwa auf mich gewartet?«

»Was sonst sollte ich hier tun? Oder zählt dieser Wohnblock zu Deggendorfs Sehenswürdigkeiten?«

Wohl kaum.

»Was kann ich für Sie tun?« Hoffentlich nicht noch irgendwelche Recherchen. Die Uhr an meiner Hand zeigt zwar bereits 19.30 Uhr, aber die Jahreszeit verheißt noch einige Stunden Helligkeit.

»Ich würde mir gerne die Fundorte der beiden Herzen ansehen.«

»Heute noch?« Ich schaue demonstrativ auf meine Uhr.

Sie antwortet mit einem Blick, der weitere Fragen verbietet.

»Dauert aber eine Weile«, wage ich es dennoch. »Kann spät werden.«

»Dann sollten wir keine Zeit verlieren.« Ohne zu zögern, dreht sie sich um und geht zu meinem Auto. Ich zucke mit den Schultern und folge ihr.

»Werden die beiden auch bewacht?«

Sie schüttelt den Kopf. »Der Täter sucht einen neuen Opferstein. Warum sonst hat er das zweite Herz nicht wieder in Igleinsberg zurückgelassen?«

Fünf Minuten zwängen wir uns durch den Abendverkehr der Donaustadt, bis wir die Straße hinauf auf die Höhen des Bayerischen Waldes erreichen. Die halbe Stunde bis zum Keltenstein von Igleinsberg bringen wir schweigend hinter uns. Martina wischt sich mehrmals über die Augen, die müde aus einem erschöpften Gesicht schauen. Ich halte nicht am unteren Wanderplatz, sondern fahre bis zur Kesselbodenkapelle. Damit erspare ich uns den kurzen Anstieg. Weitere fünf Minuten später stehen wir vor den Blockfelsen und der flachen Mulde, die unbekannte Hände vor Menschengedenken in den Stein geschlagen haben. Daneben, obwohl weit weniger alt, kaum noch sichtbare Runenzeichen.

»Die Nazis hatten ein Faible für das alte Volk«, glaube ich, erklären zu müssen. Sie nickt zustimmend. Ihr Blick sucht die Umgebung ab, findet nichts und wendet sich wieder dem Stein zu. Frische Wiesenblumen, Bilder von Wölfen und Ziegen und eine kleine Drachenfigur zeigen, dass die Absperrbänder, die inzwischen locker zwischen den Bäumen baumeln, vergeblich gegen die Neugier der Schaulustigen ankämpfen. Martina nimmt die Figur und dreht sie zwischen ihren Fingern hin und her.

»Die alten Kultstätten haben ihre Wirkung noch nicht verloren«, sagt sie schließlich.

»Und nicht nur auf die, die hier ihre kleinen Opfergaben bringen.«

»Nein. Auch auf unseren Mörder nicht.« Sie dreht sich zu mir um. Wir stehen uns so nahe gegenüber wie noch nie in diesen wenigen Tagen, die wir uns kennen.

»Was genau hoffen Sie, hier und drüben am Teufelstisch zu finden?«, reiße ich mich von ihren Augen los.

»Ich weiß, was Sie denken. ›Glaubt sie wirklich, dass sie etwas entdeckt, was die SpuSi noch nicht gefunden hat?‹« Sie schüttelt den Kopf. »Nein, wirklich nicht. Es geht um den persönlichen Eindruck. Um das Gefühl, Sie verstehen?«

»Ja, ich kenne das. Und?«

»Und was?«

»Kommen Sie dem Täter näher?«

Sie zuckt mit den Schultern. »Und Sie?«

»Es fällt mir schwer, das gebe ich zu. Ich hatte schon mit einigen Schwerstverbrechern zu tun. Aber das, was Sie hinter der Sache vermuten, ist Neuland für mich. Nein, in dieser Welt habe ich nichts verloren.«

»Und doch müssen Sie sie betreten. Sonst werden Sie Magdalenas Mörder nie finden.«

Sie benutzt den Namen, den wir ihr gegeben haben. Nicht Viktoria. Sie weiß um meine emotionale Bindung zu der jungen Frau. Sie weiß, dass ich alles dafür geben werde, ihren Tod aufzuklären.

Sie spielt mit mir.

»Dieser Fall lässt Sie nicht schlafen«, meint sie schließlich.

»Mich nicht und Sie auch nicht.«

»Nein. Nicht nach allem, was ich in meinem bisherigen Berufsleben gesehen habe.«

In meinen Gedanken tauchen die Bilder der toten Flüchtlinge von der A 3 in Österreich auf. Zwei Jahre ist es nun her, dass Franz Lederer mir und Sven das Grauen ihres Sterbens vor Augen geführt hat. Der Schatten verweht wieder. Ich weiß, Martina hat diesen Teil der menschlichen Seele zu ihrem gemacht. Die Abgründe, in die sie freiwillig hinabsteigt, werde ich nie begreifen.

»Ist das der Grund, warum Sie sie jagen? Warum Sie sich auf die schlimmsten Verbrechen spezialisiert haben? Ich kenne Kollegen, die bei der Sitte waren. Nur wenige haben es länger als fünf Jahre ausgehalten. Die meisten haben nach kurzer Zeit ihre Versetzung beantragt. Sie nicht. Wie verkraften Sie das? Wie gehen Sie mit all diesen Bildern um? Können Sie nachts schlafen oder zerfrisst Sie das Wissen, dass es in jedem Augenblick, dass es genau in diesem Augenblick da draußen passiert?«

Sie sieht mich erstaunt an. Ich bin selbst überrascht. Es ist selten, dass ich so viele Worte auf einmal gebrauche. Aber es ist nicht die Länge meiner Rede, es ist ihr Inhalt, der ihren Blick an mich fesselt. »Ja, Moritz. Sie rufen nach mir, wenn ich die Augen schließe. Sie flehen mich an, ihnen zu helfen. Nur deshalb bin ich Staatsanwältin geworden. Ich hätte auch zur Polizei gehen können, so wie Sie. Aber ich habe erkannt, dass es die Anklage ist, die den letzten Ausschlag für eine Verurteilung gibt. Sie liefern die Fakten, die Beweise und die Täter. Ich sorge dafür, dass kein Anwalt und kein Richter sie vom Tisch wischen kann. Sie an Ihrer Stelle und ich an meiner. Wir sind die Einzigen, die zwischen den Opfern und den Tätern stehen.«

»Dann sollten wir jetzt zum Teufelstisch fahren.«

»Ja, das sollten wir.«

Sie dreht sich um und geht mir voraus. Keine zehn Schritte weiter bleibt sie stehen. Ihre linke Hand stützt sich an einen der Felsen, die rechte hängt schlaff an ihrer Seite. Ohne weitere Vorwarnung sinkt sie lautlos in sich zusammen. Ich mache einen großen Schritt, fast schon einen Sprung, und fange sie auf, bevor sie auf einem der Steine aufschlägt.

Vorsichtig lege ich sie auf den Boden. Ich blicke in ein schneeweißes Gesicht mit geschlossenen Augen. Jetzt wäre etwas Wasser nicht schlecht, denke ich. Drunten bei der Kapelle gibt es eine Quelle. Die Frau, die bewusstlos auf dem Waldboden liegt, ist schlank und nur mittelgroß. Mit einem Seufzer hebe ich sie hoch. Die ersten Meter sind meine Schritte noch fest und sicher. Bald aber fällt es mir schwer, auf dem steinigen Untergrund das Gleichgewicht zu halten. Als die Kapelle vor mir aus den Bäumen auftaucht, atme ich erleichtert auf. Wieder lege ich sie auf den Boden und wische den Schweiß von meiner Stirn. Aus dem Waldboden plätschert das Wasser in eine Steinmulde. Es ist der Grund für die Existenz des Gotteshauses. Heute aber werden seine Heilkräfte nicht gebraucht. Ich bin schon zufrieden, wenn es Martina wieder auf die Beine bringt. Ich forme mit meinen Händen eine flache Schüssel, fange etwas Wasser auf und spritze es ihr ins Gesicht. Mit Erfolg. Ihre Augenlider zucken, dann ihre Lippen. Mit einem tiefen Seufzer schlägt sie die Augen auf.

»Was?«

»Sie sind ohnmächtig geworden. Haben Sie das öfter?«

Sie schüttelt kaum merklich den Kopf. »Ich brauche nur etwas zu essen. Habe seit dem Frühstück nichts mehr gehabt. Ein wenig Zucker wäre nicht schlecht.«

Sie versucht, sich aufzurichten, sinkt aber sogleich wieder zurück. »Langsam«, ermahne ich sie. »Nicht, dass Sie mir noch mal wegkippen.«

Ich greife ihr unter die Arme und ziehe sie hoch. »Wie fühlen Sie sich?«

»Schwindelig und schlapp.«

»Dann tauschen wir den Teufelstisch gegen einen Wirtshaustisch.«

Ich ersticke ihren Widerspruch, indem ich ihr den Arm um die Taille lege und sie mit sanftem Druck zur Straße hinabführe. In erster Linie darauf bedacht, sie nicht stolpern zu lassen, missbrauche ich unbewusst die Situation. Ich gebe zu, es ist ein gutes Gefühl, sie im Arm zu halten. Ich bin in solchen Sachen wahrlich kein Experte, aber ihr Parfum passt zu ihr. Vielleicht sollte ich mich ja dafür schämen, aber ich genieße die Nähe ihres Gesichts an meinem. Warum auch nicht, entschuldige ich mich. Schließlich ist es schon eine geraume Weile her, dass ich einer Frau so nahe war.

Martina hat ihren linken Arm über meine Schultern gelegt. Ihr Atem geht erstaunlich ruhig. Presst sie ihren Körper nur an mich, um nicht zu fallen, oder …?

Wunschfantasien!

Die unwirkliche Situation dauert nur Minuten. Dann sitzen wir wieder in meinem Auto. Noch immer bleich lehnt sie ihren Kopf zurück. »Ich kenne ein Gasthaus in der Nähe. Zehn Minuten. Dort essen Sie erst mal etwas Vernünftiges. Dann sehen wir weiter.«

»Also gut. Ich füge mich in Ihre Hände.«

»Gut so«, antworte ich lächelnd.

Wir erreichen das thailändisch-bayerische Gasthaus mit dem Campingplatz und dem Fluss vor der Tür einige Tempoüberschreitungen später. Schließlich handelt es sich um einen Notfall, sage ich mir. Ich helfe ihr aus dem Auto und auf die Terrasse des modern-urigen Lokals. Obwohl der Abend lau ist, haben wir Glück. Ein Paar macht sich auf den Weg nach Hause und für uns einen Platz frei. Eine junge Frau bringt uns mit einem Lächeln die Speisekarte. »Erst einmal eine Cola. Und für mich ein Wasser.«

Noch immer lächelnd eilt sie davon. Ich öffne die Karte und übernehme die Bestellung. Die Getränke kommen, ich bestelle zwei Portionen Kuay Tiew und proste Martina mit dem Wasser zu. Einige Schlucke des süßen Verkaufsschlagers später atmet sie auf. Der Zucker flutet ihr Blut und ihren Körper.

»Wie geht's?«, frage ich sie zum zweiten Mal an diesem Tag.

»Schon besser. Was haben Sie da bestellt?«

»Kohlenhydrate. Bald sind Sie wieder auf den Beinen. Sie sollten sich nicht übernehmen. Mörder hin oder her, aber noch einmal so eine Nummer und ich bringe Sie auf den Teufelstisch und überlasse Sie dort dem Namensgeber des Steins.«

»Scheint ja ganz so, als hätten Sie sich Sorgen gemacht.«

Das Lächeln, das in diesem Augenblick nicht nur ihre Lippen, sondern auch ihre Augen erreicht, zaubert einen Hauch von Erotik auf ihr Gesicht.

»So viel Aufregung vertrage ich nicht mehr. Stellen Sie sich vor, eine Oberstaatsanwältin driftet in meinen Armen davon. Das wäre alles andere als gut für meine Karriere. Und besonders für meinen Ruf.«

»Sie haben einen Ruf? Wusste ich gar nicht.«

»Natürlich. Frauen fühlen sich in meiner Gegenwart einfach wohl«, lüge ich.

»Auch das wusste ich nicht. Aber es könnte schon so sein. Claudia, nicht wahr?«

»Woher wissen Sie das?«, versuche ich, gelassen zu klingen und mir nichts anmerken zu lassen.

Sie zuckt mit den Schultern.

»Sie haben Erkundigungen über mich eingeholt. Machen Sie das mit allen Leuten, mit denen Sie zusammenarbeiten?«

Sie nimmt einen weiteren Schluck. »Nur bei denen, von denen ich mir etwas erhoffe. Ermittlungstechnisch, Sie verstehen?«

»Hm. Dann kennen Sie auch meine Personalakte.«

»Ziemlich beeindruckend. Auch, dass hier ein Glas Wasser steht und kein Wein. Ich bewundere Willensstärke. Es war sicher nicht einfach für Sie, dem Alkohol zu entsagen.«

»Ist lange her.«

Die junge Kellnerin unterbricht unsere Zeitreise, indem sie uns das Essen serviert. Schalen mit gebratenen Mie-Nudeln, Chili-Dips, Gemüse, Bambussprossen und einem Blattsalat-Mix füllen den Tisch. Für einige Minuten nehmen sie unsere Aufmerksamkeit in Anspruch. Martina beweist trotz ihres Hungers perfekte Tischmanieren. Sie zwingt sich, ohne Hast zu essen, lässt mich nicht aus den Augen. Da ich dem in nichts nachstehen will, zügle ich meine Neugier, bis mein Teller fast leer ist. Ich spüle den letzten Löffel mit einem Schluck Wasser hinunter. Durch das erhobene Glas sehe ich sie an. Ihr Gesicht hat wieder an Farbe gewonnen. Der Schwächeanfall ist vorbei.

»Wie ist das mit Ihnen?«

Wortlos erwartet sie eine Präzisierung meiner Frage.

»Ich weiß, dass Sie nach dem Jurastudium gleich zum Staat und dort zur Staatsanwaltschaft gegangen sind, wo Sie inzwischen eine große Nummer sind. Ich weiß von dem Überfall auf Sie. Und seit eben, dass Sie fast Polizistin geworden wären. Auch, warum Sie sich auf das organisierte Verbrechen im Zusammenhang mit Menschenhandel und Kindesmissbrauch konzentrieren.«

»Das ist doch schon eine ganze Menge.« Sie trinkt ihre Cola aus und ruft das junge Mädchen, um sich ein Pils zu bestellen. Ich winke ab.

»Tja, dienstlich schon. Aber was macht Martina Richter, wenn die Lichter in ihrem Büro aus- und die in ihrer Wohnung angehen? Nicht, dass mich das etwas angehen würde, aber schließlich haben Sie ja auch in meinem Leben gewühlt.«

Ihr Bier kommt, sie nimmt einen Schluck und sieht mich aus Augen an, die in diesem Moment verträumt und verführerisch zugleich wirken. »Da gibt es nicht viel. Die meisten meiner Beziehungen scheiterten an meinem Beruf. Man kann einfach nicht zwei Götzen gleichzeitig dienen. Das musste auch Gerhard einsehen. Dr. Gerhard Vollmer«, beantwortet sie meinen fragenden Blick. »Er ist Apotheker in München und der Mann, der es am längsten mit mir ausgehalten hat. Am Ende hat er mich vor die Wahl gestellt.

Er hat verloren.« Sie beugt sich zu mir. Ohne Vorwarnung liegt plötzlich ihre Hand auf meiner. »Das haben Sie doch auch. Nicht wahr, Moritz? Sie haben sich auch für ein Leben gegen das Verbrechen entschieden. Ich habe Ihre Akte bis zum Schluss gelesen. Diese Mordfälle im Bayerischen Wald. Sie waren kein Job für Sie. Sie waren eine Berufung. Der Kampf gegen das Böse, das sich angemaßt hat, ins Paradies einzuziehen, ist eine Obsession für Sie. Wie war das, herauszufinden, dass fünf Kinder ihr Leben riskiert haben, um einen fremden Jungen zu retten? Wie war das, als Sie nicht verhindern konnten, dass der Vater dieses blinden Mädchens ermordet wurde? Wie war das, als Sie an Samiras Krankenbett standen und ihre Hand hielten? Wie war das, beinahe schuld am Tod der Liebe Ihres Lebens zu sein? Es hat Sie zerfressen, nicht wahr? Genauso, wie es mich zerfrisst, hier sitzen zu müssen, während da draußen Ungeheuer in Menschengestalt unbegreifliche Gräueltaten vollbringen. Sie sind wie ich, Moritz. Für uns ist es kein Job. Es ist unser Leben.«

Ihre Hand streichelt sanft über meine, ihre Blicke scheinen mich zu durchdringen. So habe ich das noch nie gesehen. Ich halte mich für einen einfachen Polizisten, dem das Schicksal einige außergewöhnliche Mordfälle in den Weg gestellt hat. Waren sie überhaupt etwas Besonderes? Ist der gewaltsame Tod eines Menschen nicht immer etwas Außergewöhnliches?

Oder hat sie recht? Sind wir uns wirklich so ähnlich? Vielleicht sieht sie in mir nur jemanden, der ich nicht bin. Kein Kämpfer für Gerechtigkeit, sondern nur ein normaler Mann, der seine Arbeit, so gut es eben geht, erledigen will. Ein Mann, der vor nicht einmal so langer Zeit sitzen gelassen wurde. Weiß sie auch das?

»Ein Leben, mit dem Claudia nichts mehr anfangen konnte.« Was sage ich denn da? Ich habe den ersten Schritt auf einem Weg getan, den ich nicht gehen sollte. Ich ringe mir ein Lächeln ab.

Sie erwidert es. »Ein anderer Mann?«

»Vermutlich ein besserer Mann. Jedenfalls kein Kripobeamter.« Ohne mir dessen ernsthaft bewusst zu sein, halte ich jetzt ihre Hand in meiner.

»Wir sollten gehen.«

Was bedeutet das? Die Gedanken rasen in Mikrosekunden durch meinen Kopf und kommen zu dem Ergebnis, dass es gleichgültig ist. Was immer die drei Worte auch bedeuten. Sie sind ein Versprechen auf eine Nacht ohne ein leeres Bett an meiner Seite. Ein Versprechen auf eine Nacht ohne trübsinnige Erinnerungen. Ein Versprechen auf Nähe und Wärme.

Es ist viel mehr, als ich heute Morgen von diesem Tag erwarten konnte.

LAURA

Laura trieb durch ein Meer aus schwarzem Nebel. Vorsichtig öffnete sie die Augen. Kein Meer, sondern die Couch ihres Büros. Sie wollte sich aufrichten. Ein Schwindelanfall warf sie wieder zurück. Langsam ließ sie ihre Hände über ihren Körper streichen. Sie war nicht gefesselt.

Wer? Der Mann war ihr unbekannt.

Warum? Namen waren die Antwort. Evan, Aedan, Dorell und jetzt ich, Robena.

Irgendwie wusste er von der Alarmanlage in ihrem Haus. Und auch, wie leicht sie zu umgehen war. Er hatte Laura nur hier abfangen müssen, in ihrer Kanzlei. Hier war sie allein! Ohne Schutz!

Wo war er eigentlich? In einem der anderen Büros? Noch einmal versuchte sie, sich umzusehen. Sie hörte ein Geräusch. Es kam von dort, wo sie den alten Sekretär an der Wand wusste. Das Möbelstück im Rokoko-Stil diente als Blickfang in ihrem modernen Büro und war ein Geschenk Theobalds zum 25. Jahrestag der Gründung ihrer Kanzlei gewesen. Sie hörte, wie Schubladen geöffnet und wieder geschlossen wurden.

Dann kam er zu ihr. Er zog einen Stuhl herbei und setzte sich neben sie. Wortlos sah er sie an. Sollte sie ihm die Frage stellen, die ihr Gewissen bereits beantwortet hatte? Nein! Sie wusste, warum.

Aber: »Wer sind Sie?«

Er schüttelte den Kopf. Sie musterte ihn. Müde Augen, fahle Haut. Der Mann war krank. Todkrank.

Er versteckt sein Gesicht nicht, dachte sie. Der letzte Beweis dafür, dass sie in dieser Nacht sterben würde.

»Sie sind Robena.« Ein ausländischer Akzent. Polnisch oder Tschechisch vielleicht. Er sprach leise und mit Bedacht. Weder Wut noch Aggression klangen aus seinen Worten.

»Ja. Der Orden. Theodor Hauser, David Beckmann. Jan? Und jetzt ich?«

Er nickte.

Sie überlegte. »Auch wenn Sie mich jetzt töten. Glauben

Sie nicht, dass ich es bereue. Das Ritual. Es diente einem höheren Ziel.«

Ein kurzes Funkeln blitzte in seinen Augen auf. Als er sie wieder ansah, fand sie darin nur Kälte und eine nicht aufzuhaltende Endgültigkeit. »Wenn Sie das glauben, dann werden Sie sich Ihren Göttern als Opfer nicht verwehren.«

Er zog eine weitere Spritze hervor. Die Nadel bohrte sich in ihren Hals. Mit der Flüssigkeit strömten Müdigkeit und Lethargie in ihren Körper.

»Wir gehen jetzt.«

Gehen? Warum? Wohin? Sie fühlte, wie er sie hochzog. Seine Hand packte sie am Arm und führte sie ins Treppenhaus hinaus. Seine Stimme setzte ihre Beine in Bewegung. Sie konnte es nicht verhindern. Der Fahrstuhl wartete bereits auf sie. Ihr Blick trübte sich ein und ihr war übel. Sie schloss die Augen. Als sie sie wieder öffnete, saß sie neben ihm. Lichter flackerten auf und vergingen wieder. Sie fuhren eine Straße entlang. Wie lange? Sie wusste es nicht. Jeglicher Sinn für Raum und Zeit war ihr verloren gegangen. Sie lehnte den Kopf an die Scheibe der Autotür. Die Kühle auf ihrer Haut tat gut. Draußen war es dunkel. Er stieg aus, ging um das Auto herum und öffnete vorsichtig die Tür.

»Komm!«

Wieder packte er sie am Arm. Willenlos folgte sie ihm. Langsam kehrte ihr Bewusstsein zurück. Wellen gleich brandete die Erinnerung heran und zog sich wieder zurück. Immer wieder stießen ihre Füße an Wurzeln oder Steine, doch der Schmerz blieb aus. Als wieder eine Welle den Strand überspülte, sah sie sich um. Sie waren von hohen Bäumen umgeben, durch die sich das spärliche Licht des Mondes kämpfte. Der Kegel einer Lampe zitterte vor ihr über den Waldboden und wies ihnen den Weg. Sie versuchte, seine Hand abzuschütteln.

»Wir sind gleich da«, sagte er. Vor ihnen riss der Lichtkegel das Grau von Felsen aus der Dunkelheit. Die Erinnerung traf die Gegenwart und zeigte ihr die Zukunft. Sie wusste, auf welche Weise es enden würde.

Er legte die Lampe auf einen der Felsquader und richtete sie so aus, dass ihr Strahl den herzförmigen Stein erfasste. Er griff in einen großen Rucksack, den sie bisher nicht bemerkt hatte, und zog etwas Weißes hervor.

Die Welle flutete wieder hinaus ins Meer des Vergessens. Er befahl ihr, sich auszuziehen. Sie tat es, ohne darüber nachzudenken. Diesmal kam ihr Bewusstsein früher zurück. Die Abstände werden kürzer, dachte sie. Die Wirkung des Betäubungsmittels begann nachzulassen. Sie öffnete vorsichtig die Augen und sah sich um. Er war fort und hatte das Licht mitgenommen. Sie versuchte, sich zu bewegen. Ihre Arme und Beine waren unendlich schwer und müde.

Warum bin ich barfuß? Sie zog die Beine an und krümmte sich zusammen. Ihre Hände tasteten in der Dunkelheit über kalten Stein. Die Opferstätte, erschrak sie. Sie lag in der Wanne aus Stein, in die sie vor 20 Jahren andere Frauen gelegt hatten. Sie wusste, was kommen würde, aber sie verspürte keine Angst. Nur unendliche Neugier.

Waren es die Götter, die ihn geschickt hatten, sie zu sich zu holen? Oder war es die Strafe für ihr Tun? Nein, keine Strafe. Ich habe den alten Göttern gedient. Ich habe nichts Falsches getan.

Ihre Gedanken wanderten zu Aedan und Dorell. Wird er auch mein Herz nehmen?

Ein winziges Licht tauchte in der Dunkelheit auf, um in Sekunden zu einer fauchenden Sonne zu wachsen. Sie kannte das Geräusch. Der Fremde, der gekommen war, um den Willen der Götter zu erfüllen, hielt das Brandeisen in die blaue Flamme. Sein Gesicht glühte im Feuerschein.

Er trat näher heran. Das blaue Licht des Bunsenbrenners fiel auf ihren Körper. Sie blickte an sich herab, sah das Kleid, das sie trug, und verstand.

Das Eisen färbte sich langsam gelb und dann rot. Im Schein der Lampe, die wieder in der Astgabel lag, drehte er den Gashahn zu. Das Feuer erlosch.

Vorsichtig, fast zärtlich schob er den kurzen Ärmel des Kleides nach oben und entblößte ihren rechten Oberarm.

Lauras Augen sogen sich an der roten Glut des Eisens fest. Sie wollte sich abwenden. Es gelang ihr nicht. Das glühende Keltenherz näherte sich ihrem Arm.

Es ist gerecht, dachte ein Teil ihres Verstandes. Der andere aber erinnerte sie an Entsetzen, an Schreie, an blutige Striemen, die die Fesseln in die Arme und Beine der Mädchen getrieben hatten, wenn sich diese in Krämpfen gekrümmt hatten. Dann, wenn ihnen Robena das Keltenherz ins Fleisch gebrannt hatte. Den Medikamenten, die sie den Mädchen verabreicht hatten, war es nicht gelungen, den Schmerz vollständig auszulöschen.

So wie der schützende Mantel des Ketamins auch ihren nicht ganz überdecken würde.

Ein Stöhnen entrang sich ihrer Kehle. Als sich ihre Haut unter dem glühenden Eisen in Feuer und Asche verwandelte, sogen ihre Lungen nach Luft, um ihre Qualen dem Dunkel der Nacht anzuvertrauen. Noch bevor ihr Schrei die Tiere des Waldes aufschrecken konnte, beendete der Mann ihr Leid.

Laura spürte die Nadel in ihrem Hals.

Ein letzter Gedanke. Robena! Dann nichts mehr.

DAS MÄDCHEN MIT DEM WEISSEN KLEID

Beim ersten Mal dachte ich, es sei mein Ende.
Beim zweiten Mal hoffte ich, sterben zu dürfen.
Beim dritten Mal hatte ich Angst, am Leben zu bleiben.

MITTWOCH, 18. JULI

MORITZ

Das Gefühl nackter Haut ist fremd und doch vertraut. Ihr Kopf liegt auf meiner Schulter, ihre Hand auf meiner Brust. Langsam beruhigen sich ihr Atem und mein Herz. Der Digitalwecker neben meinem Bett zeigt viermal die Null. Ich versuche zu ergründen, was ich denken und fühlen soll. Meine Gedanken greifen ins Nichts. Ich ziehe sie wieder zurück und lasse mich in einem Nebel aus Müdigkeit und Schwere treiben. Ob es ihr genauso ergeht? Ich zähle die Minuten nicht, die wir so nebeneinanderliegen. Martinas gleichmäßiger Atem begleitet mich in den Schlaf.

※

Ein bekanntes Geräusch beendet die Nacht. Sekunden vergehen. Meine Hand tastet über mein Bett. Nichts. Martina ist nicht mehr da. Ich habe ihr Gehen nicht einmal bemerkt.

War es das, frage ich mich, während mein Handy unermüdlich versucht, mich zum Abheben zu bewegen. Die Antwort auf meine Frage ist so einfach wie ernüchternd. Ein One-Night-Stand. Nicht mehr und nicht weniger. Eine Nacht, über die Martina nicht mehr sprechen wird und die sie vielleicht schon morgen vergessen hat. Und ich? Vergesse ich sie auch?

Mein Anrufer lässt mir keine Zeit für Antworten. Es ist Sepp Probst.

»Moritz. Sie müssen kommen!«

»Was ist los?« Meine Stimme klingt überraschend wach. Nachwirkungen der Stunden mit Martina?

»Ich … Mir ist ein Fehler unterlaufen«, erklärt er zerknirscht.

»Was für ein Fehler?«

»Ich habe eine Opferstätte vergessen. Nun, eigentlich ist es keiner der üblichen keltischen Schalensteine«, versucht er eine Rechtfertigung. »Es ist, nun ja, er ist ziemlich groß. Nicht wie die anderen. Am besten, Sie kommen und wir fahren dorthin.«

Jetzt gleich?

»Wo?«

»Ramersdorf. In der Nähe von Kollnburg.«

»Kollnburg kenne ich. Wir treffen uns bei der Burg. In einer halben Stunde.«

»Einverstanden.«

Benommen mühe ich mich aus meinem Bett. Irgendetwas sagt mir, dass ich keine Zeit verlieren darf.

*

Wie nicht anders zu erwarten ist Sepp Probst schon da. Nervös seine Hände knetend lehnt er an seinem Auto. Ohne Erklärung steigt er ein und fährt los. Ich folge ihm durch den noch menschenleeren Ort. Fünf Minuten später biegt er von der Hauptstraße ab. Wir lassen das letzte Haus rechts liegen, fahren einen Feldweg hoch bis zu einer Kapelle. Dann sind wir da. Hier oben kämpft das erste Grau des Tages bereits mit dem Schwarz der Nacht. Drinnen im Wald erwartet uns völlige Dunkelheit. Wortlos drückt mir Sepp eine starke Stablampe in die Hand. Ihr

Strahl gräbt einen Tunnel aus Licht zwischen die Bäume vor uns. Mit weit ausholenden Schritten geht er voran. Hinter uns beenden die ersten Vögel mit lautem Gezwitscher ihre kurze Nacht und begrüßen den nächsten Tag ihres arbeitsreichen Lebens.

Ich folge dem Lichtkegel der Lampe. Schweigend hasten wir den Weg entlang. Es geht leicht bergab, dann nach rechts. Nach ein paar Minuten wird Sepp langsamer und bleibt schließlich stehen. Ich schließe zu ihm auf und richte meine Lampe dorthin, wo sich der Strahl der seinen am Granit eines Felsens bricht. Langsam schwenke ich nach oben. Das Grau geht in Weiß über. Es dauert einen Herzschlag, dann erkenne ich die Falten eines Kleides. Eine Frau, in einer Wanne liegend, zusammengekauert wie ein Baby. Und ein Arm, der locker von dem Felsen hängt. Ich lasse mein Licht über den dazugehörenden Körper wandern.

Diese Leiche ist anders. Nicht nur, weil es eine Frau ist. Ihr Brustkorb ist nicht geöffnet. Der Grund ihres Todes ist nicht auf Anhieb zu erkennen. Dafür das Symbol auf ihrer Schulter. Ich weiß, dass das Brandeisen das Muster des Keltenherzens hatte, obwohl es kaum zu erkennen ist. Der Täter hat das glühende Eisen mit aller Kraft in die Haut dieser Frau gedrückt. Das Fleisch darunter ist zu einem Klumpen geschmolzen.

Der Schein von Sepps Lampe folgt meinem und zuckt wieder zurück. Er stolpert in das Gebüsch nebenan. Die Geräusche von dort sagen genug.

Ich versuche, die Situation zu erfassen. Der Keltenstein von Ramersdorf ist riesig. Eine kleine Badewanne. Ohne Wasser. Dafür mit Blut. Und der Frau. Sie trägt ein schneeweißes Kleid. Warum? Ein weiteres Detail, von dem wir nicht wissen, was es uns sagen soll. Die Augen der Frau sind geschlossen. Ich versuche, ihren Gesichtsausdruck zu verstehen. Weder Schmerz noch Angst stehen darin geschrieben. Was ist es dann? Erleichterung? Dankbarkeit? Verzückung?

Ja! Das beschreibt es am besten.

»Moritz!« Sepps erstes Wort. »Ich hätte das verhindern können.« Seine Stimme ist nur ein Flüstern. »Wenn ich diesen Ort nicht vergessen hätte, wäre das nicht passiert.«

Ich wende mich ihm zu und lege ihm die Hand auf die Schulter. »Nein, Sepp. Diese Frau hätte niemand retten können.«

Dann nehme ich mein Handy und setze den Polizeiapparat in Bewegung.

*

Drüben im Osten verkündet die Korona der Morgensonne den neuen Tag. Gleich wird der gelbe Ball unseres Zentralgestirns den Horizont erobern. Vor mir funkeln Millionen Tautropfen im Gras einer Wiese. Für die Vögel und so manch anderes Getier hat der Tag schon vor Stunden begonnen. So wie heute auch für mich. Zwischen den Bäumen des Waldes summt das gedämpfte Stimmengewirr meiner Kollegen und Kolleginnen. Während sie den Tatort nach allen möglichen und unmöglichen Spuren und Hinweisen untersuchen, habe ich mich auf diese Bank am Rande des Waldes zurückgezogen. Ich bin nicht allein. Sepp Probst sitzt neben mir. Seine Augen verlieren sich im Sonnenaufgang, und doch sehen sie ihn nicht. Ich weiß, die Frage quält ihn noch immer. Einige Zeit wird vergehen, bis er erkennt, dass die Frau dort oben auch dann tot wäre, wenn über diesen Opferstein zwei Polizisten gewacht hätten. Der Täter – unser Täter – hätte sich davon nicht von seinem Vorhaben abbringen lassen. Und noch etwas: Wir hätten ihn auch hier nicht gefasst! Dessen bin ich mir absolut sicher. Zu klug, zu vorsichtig hat er sich bisher gezeigt.

Hinter uns nähern sich die Schritte mehrerer Füße. Melanie und ihre Truppe, begleitet von Martina.

»Warum hat sie ihr Herz noch?«, kommt Daniela unverblümt zum Kern der Sache.

»Weil sie die Frau mit dem Feuer war.« Obwohl meine Worte so leise sind, dass sie kaum die Geräusche des erwachenden Tages übertönen, ziehen sie alle Blicke auf mich. Alle warten auf eine Erklärung. »Beckmann und Hauser. Sie waren, wie soll ich sagen, normale Mitglieder des Ordens. Sie aber …«, ich deute in Richtung Wald, »… hatte eine bestimmte Aufgabe. Sie war die Frau mit dem Brandeisen.«

»Also doch Rache? Ein Angehöriger. Eltern eines entführten Mädchens.« Mels Gesichtsfarbe sah auch schon besser aus. Der Fall beginnt, an ihrer Substanz zu zerren. Schon wieder eine Leiche! Die sie sich zurechnet. Ich kenne das. Sie leitet die Ermittlungen. Einen Täter nicht zu finden, ist eine unangenehme Sache. Einen Serienmörder nicht zu stoppen, kann dich brechen.

»Im Augenblick ist doch nur wichtig, ob die Frau die Letzte war.« Überrascht sehen alle zu Sepp. Fast scheint es, als haben sie ihn bisher nicht bemerkt.

»Da haben Sie verdammt recht«, meint Mel. »Und deshalb müssen wir so schnell wie möglich herausfinden, wer sie ist.«

Peter und Daniela verstehen den unausgesprochenen

Befehl. »Schon unterwegs«, murmelt er, nimmt sie beim Arm und zieht sie in die Richtung, wo die Kolonne der Polizeiautos steht.

»Mich würde interessieren, woher unser Täter all diese Opfersteine kennt. Er scheint genau zu wissen, welcher wo zu finden ist.« Martina mustert Sepp. Nanu, das hatten wir doch schon, denke ich.

»Das ist keine Kunst. Es steht genug darüber im Internet und in Büchern.«

»Auch in Ihren?«

»Auch in meinen.«

Martina wird doch nicht den Probst Sepp verdächtigen. Gut, ich gebe zu, er ist immer da, wenn eine Leiche gefunden wird. Er kennt die Opfersteine und ihre Geschichte besser als jeder andere.

Aber der Sepp?

Nein! Da verlasse ich mich ganz auf meine Menschenkenntnis. In solchen Dingen hat sie mich noch nie im Stich gelassen.

✳

»Woran denkst du?«

Martina bleibt stehen und sieht mich mit zusammengekniffenen Augen an. Während sich Melanie mit den Leuten der Spurensicherung unterhält, haben wir uns von der Meute abgesetzt. Ein Polizist in Uniform beobachtet uns neugierig. Seine Aufgabe ist es, die Schaulustigen vom Ort des Geschehens fernzuhalten. Wir haben den Feldweg, der heute dem Parkplatz des Polizeipräsidiums gleicht, erreicht.

Ich sehe ihr in die Augen. Ihre Gedanken gelten unserem Fall. Und nur diesem. Was habe ich erwartet? Ein Wort über unsere gemeinsame Nacht? Die Andeutung eines Gefühls? Ich weiß es nicht. Nur eines: Für Martina hat es diese Stunden nie gegeben. Sie hat sie, so hoffe ich, genossen und als erledigt abgelegt. So wie mich.

»War sie die Letzte?«

Ihr Blick durchdringt meine Pupillen, sucht in meinem Kopf und findet die Frage. »Das ist es nicht, oder? Du fragst dich, ob sie es verdient hat.«

Ich zucke mit den Schultern. »Schon möglich. Aber es steht uns nicht zu, das zu beurteilen. Unsere Aufgabe ist es, den Mörder zu finden. Und das am besten, bevor er erneut zuschlägt.«

»Vielleicht hat er ein Motiv, das ihm keine andere Wahl lässt.«

*

»Laura Andersson. Leitete zusammen mit ihrem Mann eine renommierte Steuer- und Rechtsanwaltskanzlei in Regensburg. Bevor du fragst. Ihr Mann kam heute Morgen von einer Geschäftsreise aus London zurück. Sie hatten vereinbart, dass ihn Laura am Flughafen in München abholt. Als sie nicht dort war, hat er einen Leihwagen genommen, ist sofort nach Hause gefahren und hat die Kanzlei kontaktiert. Und als auch dort niemand wusste, wo die Chefin war, hat er sich an die Polizei gewandt. Durch ein Foto seiner Frau haben sich dann alle weiteren Fragen erübrigt.«

»Danke, Peter. Wo seid ihr jetzt?«

»Auf dem Weg zu ihrem Haus. Die SpuSi ist schon dort.«

»Wir sind unterwegs. Schick mir die Adresse aufs Handy.«

Ich hole meine Waffe und meinen Autoschlüssel aus der Schublade meines Schreibtischs und mache mich auf, Martina die frohe Botschaft zu überbringen. Wer hätte gedacht, dass wir die Identität unserer Toten noch vor dem Mittagessen herausfinden? Manchmal muss man eben auch Glück haben. Ohne anzuklopfen, stürme ich in Martinas Büro. Ihr Handy am Ohr sieht sie mich erst erschrocken, dann tadelnd an.

Egal, denke ich. »Laura Andersson aus Regensburg.«

Sie versteht sofort. Ohne Zögern greift sie zu ihrer Jacke und folgt mir zu meinem Wagen.

✳

»Was haben ein Politiker, ein erfolgreicher Unternehmer und eine Steuerberaterin gemein?«

Wir haben die Domstadt fast erreicht, als ich aus meinen Gedanken endlich Worte werden lasse.

»Außer der Freude am Leid anderer?«

»Irgendwo müssen sie sich kennengelernt haben. Ich glaube nicht, dass das im Internet oder auf einem ähnlichen Weg geschehen ist.«

»Du denkst an eine geschäftliche Beziehung. Ein Meeting, ein Geschäftsessen oder vielleicht auch ein mehrtägiges Treffen. Alkohol, vielleicht sogar Drogen. Kokain. Ein unbedachtes Wort. Eine zufällige Andeutung. Das eine ergibt das andere. Und am Ende die Erkenntnis, dass man den gleichen Dämonen huldigt. So stellst du dir das vor, oder?«

»Ich weiß nicht. Nun ja. Vielleicht ja. Doch.« Ich weiß, wie gewagt meine Überlegungen sind. Und sie sind noch nicht zu Ende. »Da würde doch die Eigentümerin eines der größten Bauunternehmen Bayerns gut dazu passen.«

✳

Die Adresse, die uns Peter durchgegeben hat, führt uns auf Kareths Höhen. Vorbei an Häusern der gehobenen Preiskategorie, die sich hinter hohen Hecken und Zäunen verbergen, erreichen wir das Haus der Anderssons. Es liegt hoch über der Donau und bietet einen atemberaubenden Blick hinab auf die Stadt, die dort steht, wo vor 2.000 Jahren das römische Imperium gegen die Barbaren aus dem Osten verteidigt wurde. Der Architekt des Bungalows hat dessen exklusiver Lage durch eine Wand aus Glas Rechnung getragen. Hinter dieser huschen an diesem Vormittag weiß gekleidete Menschen umher. Etwas orientierungslos wirkende Männer und Frauen in Zivil stehen ihnen im Weg. An einem Tisch sitzen zwei Frauen und ein Mann einem anderen gegenüber. Die drei sind jung und ungeduldig, der deutlich Ältere wirkt gebrochen. Die Weißgekleideten nicken uns rasch zu und widmen sich sofort wieder ihrer Arbeit. Melanie sieht kurz auf. Der mir unbekannte Mann bemerkt es und dreht sich zu uns um.

»Herr Andersson, nehme ich an«, kommt mir Martina zuvor. Der Mann ist mir vom ersten Augenblick an unsympathisch. Manchmal ist es einfach so. Man kann es sich nicht erklären, und doch gibt es diese Aura, die unsere Empfindungen beeinflusst, ob wir es wollen oder nicht. Nach außen unterscheidet er sich in nichts von den anderen gebrochenen Hinterbliebenen, die den Tod eines geliebten Menschen betrauern und die meinen beruflichen

Weg bisher gekreuzt haben. Im Innern aber verbirgt er eine undefinierbare Kälte, die ihren Weg durch seine Augen ins Freie findet und mich frösteln lässt.

Als Melanie uns vorstellt, erstarrt sein Gesicht zu Stein. Mit einem Ruck steht er auf und baut sich vor Martina auf. »Mir wurde gesagt, Sie sind die ermittelnde Staatsanwältin im Fall der Ermordung meiner Frau.«

»Und anderer Mordfälle«, versuche ich, ihm den Wind aus den Segeln zu nehmen. Er wirft einen geringschätzigen Blick auf mich, ignoriert mich und wendet sich wieder Martina zu. »Wie ich erfahren habe, gab es vor Lauras Ermordung bereits zwei Tote. Wie kommt es, dass der Täter nicht gefasst wurde, bevor er …?« Seine Empörung wirkt echt. Seine Bestürzung nicht.

»Die Morde geschahen innerhalb von drei Tagen«, versucht Martina eine Erklärung. »Außerdem ist die Sache weitaus komplizierter …«

»Komplizierter?«, unterbricht er sie. »Verbrechen sind wohl immer kompliziert. Ein Grund, warum wir Leute wie Sie bezahlen. Haben Sie überhaupt eine vernünftige Spur? Muss sich der Täter eigentlich fürchten?«

»Das habe ich Ihnen doch schon erklärt«, mischt sich Melanie ein. »Leider haben Sie meine Fragen noch nicht beantwortet. Sie tragen nicht gerade zur Aufklärung des Mordes an Ihrer Frau bei.«

»Ach, tatsächlich? Und Sie? Wenn Ihnen nichts anderes einfällt als diese Standardfragen aus dem Fernsehen. Hatte meine Frau Feinde? Laura war Steuerberaterin und Anwältin. Nicht jeder hat sie geliebt. Was unterscheidet sie da schon von allen anderen? Oder von Ihnen? Kein Grund, sie zu töten. Und schon gar nicht auf diese Weise. Was haben Sie gesagt? Laura lag auf einem keltischen Opferstein? Sie hatte ein Brandmal auf dem Oberarm? Das spricht doch für einen Wahnsinnigen, oder?«

»Das lässt sich noch nicht sagen«, nehme ich Mel die Antwort aus dem Mund.

Andersson starrt mich missbilligend an. Moritz Buchmann«, komme ich der unvermeidlichen Frage zuvor. »Und ich möchte von Ihnen wissen, ob Ihre Frau, sagen wir, besondere Interessen hatte.«

Ich spüre, wie Melanie und die anderen die Luft anhalten. Also haben sie Herrn Andersson noch nicht mit der Vergangenheit und den Neigungen seiner Frau konfrontiert. Ein gefährlicher Weg, ich weiß, gehe ich ihn doch auf Grundlage von Vermutungen und nicht von Beweisen.

»Besondere Interessen?« Ist es möglich, dass sein Blick noch kälter geworden ist? »Worauf wollen Sie hinaus? Welche Rolle spielen Sie hier eigentlich?«

»Wer ich bin, wissen Sie. Meine Rolle? Ich suche den Mörder Ihrer Frau, der vermutlich auch der Mörder von Theodor Hauser und David Beckmann ist. Sagen Ihnen diese beiden Namen etwas?«

Eine dumme Frage, wäre er die letzten Tage in Deutschland gewesen. In London scheinen es unsere Toten noch nicht ins Fernsehen geschafft zu haben. Oder er hat es einfach nicht mitbekommen. »Diesen Hauser kenne ich nicht. Aber David Beckmann gehört zu unseren Kunden. Wir beraten seine Firma in steuerlichen Dingen. Wie viele andere Firmen im Übrigen auch.« Die Erkenntnis erreicht ihn eine Sekunde später. »Beckmann wurde auch ermordet?« Er lässt seinen Blick von einem zum anderen wandern. »Und Sie sehen da einen Zusammenhang! Und dieser Hauser? Was hat der damit zu tun?«

Thomas Jobst betritt die Szene und erspart mir eine

Antwort. Die Julihitze erobert langsam den Tag. Sie und der Ganzkörperanzug treiben Schweißperlen auf seine Stirn. Und wohl auch die ergebnislose Spurensuche. Sein Gesichtsausdruck verspricht wenig Gutes. Mit Bestimmtheit könne er nur sagen, dass Laura Andersson nicht aus ihrem Haus entführt wurde. Ob er und sein Team noch weitere Teile zum Puzzle unseres Falles hinzufügen können, wird sich erst im Laufe dieses und des nächsten Tages herausstellen.

»Meine Frau wurde ganz sicher nicht aus unserem Haus entführt«, mischt sich Theobald Andersson ein. »Wie Sie …«, er sieht Thomas mit einem spöttischen Grinsen an, »… sicher schon bemerkt haben, schützen wir uns mit einer teuren Alarmanlage, seit vor drei Jahren versucht wurde, bei uns einzubrechen. Niemand wäre in das Haus gelangt, ohne dass Laura es bemerkt hätte.«

»Außer, sie hat ihn hereingelassen.« Der frischgebackene Witwer starrt Daniela an, als käme sie von einem anderen Planeten.

»Wäre es möglich, dass Ihre Frau gestern Abend gar nicht zu Hause war?«, schneide ich seine Antwort ab.

»Wo sollte Laura Ihrer Meinung nach gewesen sein?«

Er fasst sich mit den Händen an den Kopf. »Obwohl, sie war häufig länger im Büro. Unsere Kanzlei war ihr Leben.« Zum ersten Mal zeigt er die Art von Regung, die man von einem Mann erwartet, der soeben erfahren hat, dass seine Frau auf bestialische Weise ermordet wurde. Theobald Andersson lässt sich auf den weißen Lederstuhl fallen, dessen fehlende Abnutzungsspuren darauf hindeuten, dass er mehr Dekoration denn Gebrauchsmöbel ist, und sinkt in sich zusammen. »Ihr Büro gleicht einem Wohnzimmer. Sie hat es mit ihren persönlichsten Erinnerungen ausgestattet. Vermutlich hat sie dort mehr Zeit verbracht als hier.«

Er sagt »als hier« und er denkt »als mit mir«. Aber er hat noch etwas anderes gesagt, und das gräbt eine Erinnerung aus den Tiefen meines Gedächtnisses. Sie sagt mir, dass ich hier nicht fündig werde. Wenn, dann höchstens in der Kanzlei »Andersson und Andersson«.

»Also gut. Dann fahren wir hin. Hier gibt es für uns nichts zu tun, was die SpuSi nicht erledigen könnte.«

Auch Theobald Andersson versteht. »Ich komme mit.«

»Ich denke, das ist nicht nötig«, verpackt Melanie ihr Nein in Höflichkeit.

»Es ist unsere Kanzlei. Niemand wird mich daran hindern, Sie dorthin zu begleiten.«

Mel sieht mich an.

Warum nicht?

*

Die Kanzlei der Anderssons befindet sich in einem modernen Gebäude in der Albertstraße. Die Nähe zum Schloss derer von Thurn und Taxis ist sicher nicht zufällig gewählt. Einen Hauch von Exklusivität vermittelt auch das Eingangsfoyer mit dem Boden aus dunklem Carrara Marmor, gläsernen Trennwänden und den modernen Bildern und Skulpturen in allen Ecken. Die Frau hinter dem schwarz glänzenden Empfangstresen ist mittleren Alters und stark geschminkt. Ihr abweisender Blick angesichts des halben Dutzends ihr unbekannter Menschen, die ohne Termin in ihr Heiligtum stürmen, klärt sich, als sie ihren Chef in der Menge erkennt. Theobald Andersson gibt ihr durch einen kurzen Wink zu verstehen, dass wir, wenn auch nicht willkommen, so doch zumindest geduldet sind, und führt uns zum Aufzug. Eine Etage höher wiederholt sich das Spiel mit einer zweiten, diesmal wesentlich jüngeren Sekretärin. Dann stehen wir in Laura Anderssons Büro. Wenngleich ich mir über meinen eigenen Arbeitsplatz bisher keine Gedanken gemacht habe, muss ich neidvoll erkennen, dass das Zimmer, das mir die PI Deggendorf zur Verfügung stellt, mindestens fünfmal in diesen Palast der Arbeit passt. Dabei bedarf es einer genauen Betrachtung, um zu erkennen, dass es sich um ein Büro handelt. Die verstorbene Hälfte der Kanzlei »Andersson und Andersson« hat den Raum so individuell ausgestattet, wie es dieser zugelassen hat. Dabei durchaus geschmackvoll, muss ich zugeben. Der Schreibtisch steht vor einer großen Glasfront, die den Blick hinaus auf den Schlosspark und das Keplerdenkmal eröffnet. Ein einzelner Computer der Marke mit dem Apfel und keine Aktenschränke, wundere ich mich. Die andere Hälfte des Büros zieren eine aus Sandstein gemauerte Bar, eine Wohngruppe aus dunklem Leder, ein volles Bücherregal, ein Aquarium mit bunten, mir unbekannten Fischen und wieder Gemälde und Skulpturen, mit denen ich nichts anfangen kann.

»Also, was wollen Sie jetzt hier?«, will Theobald Andersson provozierend wissen.

Ohne auf eine Erklärung zu warten, ziehen Peter und Daniela weiße Einweghandschuhe aus ihren Hosentaschen und machen sich daran, Schubladen und Türen zu öffnen. Andersson hebt protestierend die Hände, kommt aber nicht dazu, den obligatorischen Durchsuchungsbeschluss einzufordern.

»Gibt es hier auch eine Treppe?«, will Melanie von ihm wissen.

»Sicher doch. In jedem Gebäude gibt es ein Treppenhaus. Ist so vorgeschrieben. Als Rettungsweg im Brandfall.«

»Und eine Tiefgarage?«

»Ja doch«, antwortet er ärgerlich, während er argwöhnisch Peter und Daniela im Auge behält. Mich hat er anscheinend vergessen. Ein Umstand, den ich nutze, um das Regal mit den Büchern durchzugehen. Melanie wirft mir einen unauffälligen Blick zu. Sie weiß, wonach ich suche.

»Ich nehme an, die Garage ist videoüberwacht?«

Andersson versteht. Sein Gesicht entspannt sich. »Das ganze Gebäude wird von einem privaten Sicherheitsdienst überwacht. Es sollte kein Problem sein, die Aufnahmen zu bekommen.«

»Das wäre doch schon mal was«, meint Peter mit einem kaum merkbaren Kopfschütteln. Auch Daniela bricht ihre Suche erfolglos ab. Den Rest muss die Spurensicherung übernehmen. Auch wenn die beiden im Lauf der Jahre ein geschultes Auge für einen Tatort entwickelt haben, sind ihre Erfahrung und ihre technischen Möglichkeiten mit denen der Experten von der KTU nicht zu vergleichen.

»Sollte Ihre Frau gestern Abend noch hier gewesen sein, so müsste doch zu sehen sein, ob sie alleine in ihr Auto gestiegen ist.« Melanie sieht Andersson herausfordernd an.

»Vielleicht kann uns ja irgendjemand sagen, ob sie gestern überhaupt hier war«, stellt ihm Daniela eine weitere Aufgabe.

»Ihr begleitet ihn.«

Daniela nimmt ihn beim Arm und schiebt ihn vor sich aus dem Büro. Sie hat erkannt, dass ich ungestört sein will. Andersson reißt sich von ihr los und wendet sich mir zu.

»Und Sie? Sie stellen alles hier auf den Kopf? Haben Sie überhaupt die Erlaubnis dazu?«

Es wird Zeit, mich einzuschalten. »Wir suchen den Mörder Ihrer Frau. Und Sie sind nicht auf der Liste unserer Verdächtigen. Bis jetzt stehen wir auf der gleichen Seite. Ich denke, Sie haben allen Grund, uns bei unserer Arbeit zu unterstützen.«

Nachdenklich zieht er die Stirn in Falten. Dann nickt er und folgt Peter und Daniela.

Melanie atmet auf und sieht mich an. »Das Buch!«

Ohne die Bestätigung abzuwarten, macht sie sich daran, mit mir das Regal zu durchsuchen. Sorgfältig ziehen wir jeden Band heraus, blättern einige Seiten durch und stellen ihn wieder an seinen angestammten Platz.

»Alles nur Fachliteratur«, meint Melanie enttäuscht.

»Tja. Steuerrecht und Wirtschaftskram. Hätte mich auch gewundert.«

»Was haben Sie sonst erwartet?« Abgelenkt von den Büchern habe ich Anderssons Rückkehr nicht bemerkt.

»Laura Andersson war gestern länger hier.« David klopft auf seinen obligatorischen Laptop. »Eine Mitarbeiterin der Kanzlei hat als Letzte um halb neun Feierabend gemacht und sich dabei von ihrer Chefin verabschiedet.«

»Video?«, fragt Melanie kurz angebunden.

»Gibt es auch. Zumindest in der Tiefgarage. Die Kamera erfasst auch ihren Stellplatz. Die Aufzeichnungen werden online an die Sicherheitsfirma gesandt, wo sie archiviert werden. Die Firma hat ihren Sitz im Gewerbepark. Daniela ist unterwegs.«

Das Gespräch geht an Andersson vorbei. »Noch einmal: Was haben Sie erwartet?«

Mel sieht mich hilfesuchend an. Ich gehe zu ihm. »Ich habe Sie gefragt, welche besonderen Interessen Ihre Frau hatte.«

»Und ich habe Sie gefragt, was Sie damit meinen.«

»Ich möchte meine Frage umformulieren. Hatte Laura besondere Neigungen?«

Das Wort hängt schwer in der Luft. Andersson lässt seinen Blick von einem zum anderen schweifen.

Er weiß es! Seine Augen und seine Hände verraten es. Sie zittern. In ihm tobt ein Sturm. Seine Ausläufer sind im ganzen Raum zu spüren. Langsam, wie den Widerstand eines Gummibandes überwindend, geht er an uns vorbei. Seine Hand greift hinter eines der Bücher, dann schiebt er die Hälfte des Regals zur Seite. Dahinter erscheinen weitere Bücher.

»Ein Geheimregal?«, meint Peter erstaunt.

»Unsinn! Bei der Ausstattung des Büros ging es um Platz. Der Innenarchitekt meinte, die Bücher dürfen die Kunstgegenstände nicht erdrücken. Also hat er die Regale hintereinander angeordnet. Er hielt das wohl für eine geniale Idee. Natürlich haben wir keines unserer Fachbücher dort versteckt. Die gesamte Gesetzgebung und Rechtsprechung ist inzwischen online verfügbar. Ich wusste nicht, dass Laura …«

Ich zähle mindestens 30 Buchrücken. Melanie nimmt sich die obere der zwei Reihen vor, ich widme mich der unteren. Bereits nach zwei Exemplaren erkenne ich, dass es sich ausnahmslos um Sachbücher handelt. Wissenschaftliche und pseudowissenschaftliche Abhandlungen zu ein und demselben Thema. 300 Seiten über Stonehenge, ein Schmöker über das Leben der Kelten in Schottland, Wales und Irland. Ein archäologisches Buch über die Keltenfunde im Altmühltal ebenso wie über die Pfahlbauten am Bodensee.

»Na da schau her«, meint Melanie und hält mir Sepp Probsts ›Mystische Wanderziele‹ vor die Nase.

»Also hat sich Frau Andersson auch für keltische Opfersteine im Bayerischen Wald interessiert.« Ohne zu ahnen, dass sie in einem selbst als Opfer enden würde, fügt mein Verstand meinen Worten hinzu. Ein Schauer läuft über meinen Rücken. Wir sind auf der richtigen Spur. Martina hat mit ihrer Vermutung recht. Hinter mir sinkt Theobald Andersson stöhnend in einen der Designersessel.

»War das der Grund Ihrer Trennung?« Melanie hält ihm eines der Bücher hin.

»Laura hat sich nur noch für dieses Keltenzeug interessiert. Früher haben wir unseren Urlaub dort verbracht, wo auch andere Menschen hinfahren. Eines Tages wollte sie nach England. Ich habe mir nichts dabei gedacht. Auch nicht, dass es genau zur Mittsommernacht sein musste. Und auch nicht, als wir mehrere Tage in der Gegend von Stonehenge verbracht haben. Eines Abends ist sie unter einem Vorwand alleine losgefahren. Ich habe mir ein Taxi genommen und bin ihr gefolgt. Es war seltsam, nein, es war grotesk. Da waren diese Leute. Sie hielten sich an den Händen und tanzten um ein Feuer. Alle trugen lange Gewänder und versteckten ihr Gesicht unter diesen Kapuzen. Und Laura war eine von ihnen. Ich hielt das Ganze für einen verrückten Spleen von ihr. Als wir wieder zu Hause waren, haben wir unser Leben weitergelebt. Ich habe ihr nie erzählt, dass ich sie dort gesehen habe. Mit der Zeit ist es dann schlimmer geworden. Außer der Arbeit hier und dem Leben unserer Vorfahren, wie sie es nannte, hat sie nichts mehr interessiert. Es ging so weit, dass sie in Vollmondnächten Gebetsrituale aufgeführt hat. Draußen brannten Fackeln und Feuer. Hätten wir keinen so großen Garten, die Nachbarn hätten bestimmt die Polizei gerufen. Zu Hause trug sie nur noch diese Kleidung.« Er deutet auf das Buch in Melanies Hand.

»Sie hatten zu dieser Zeit bereits eine Geliebte?« Eine reine Vermutung, doch Peter trifft damit ins Schwarze.

»Unsere Ehe gab es nur noch auf dem Papier. Schließlich haben wir uns geeinigt, unsere Partnerschaft auf die Kanzlei zu beschränken.«

»Haben Sie nie an psychiatrische Betreuung gedacht?«

»Laura war nicht verrückt, wenn Sie das meinen.« Er schüttelt heftig den Kopf. »Wir haben uns noch immer getroffen. Hier in der Arbeit oder manchmal zum Essen oder im Theater. Unser Arrangement funktionierte. Die Kanzlei läuft besser denn je. Ich habe mein Leben und sie hat das ihre.«

»Hatte«, korrigiert ihn Melanie.

»Ja. Hatte!«

Nichts ist mehr übrig von seiner Arroganz und Überheblichkeit. »Aber was hat das mit ihrem Tod zu tun?«, stellt er kaum hörbar die entscheidende Frage.

Mel wendet sich wieder den Büchern zu. Es ist das vorletzte in der Reihe. Sie muss mir den Titel nicht erst zeigen. Ich sehe es in ihrem Gesicht. Vorsichtig schlägt sie das Buch auf. Überrascht hält sie inne. Auf die Rückseite des Hardcovereinbands ist die Papierhülle einer DVD geklebt. Mit spitzen Fingern zieht sie die silberne Scheibe heraus und zeigt sie Theobald Andersson.

»Vielleicht finden wir darauf die Antwort auf Ihre Frage.«

Ich suche Peters Blick.

»In meiner Tasche. Unten im Auto.« Ohne weitere Erklärung dreht er sich um und eilt davon. Zwei Minuten später stöpselt er einen externen DVD-Player an seinen Laptop.

»Und wenn sie geschützt ist?«, mahnt Melanie zur Vorsicht.

»Darum kümmere ich mich«, meint Peter nur, ohne die Augen vom Bildschirm zu nehmen.

Nach einigen Augenblicken geduldigen Wartens blickt er zu uns auf. »Nur eine Datei. ›Robena‹.«

»Sagt Ihnen das etwas?«

Theobald Andersson beantwortet Mels Frage mit einem Kopfschütteln.

Peter drückt eine Taste. Die nächsten Minuten starren fünf Augenpaare auf das Display von Peters Laptop. Was sie dort sehen, lässt drei Menschen atemlos zurück. Die anderen beiden schwanken zwischen Schock und Verzweiflung. Theobald Andersson und Moritz Buchmann.

DAS MÄDCHEN MIT DEM WEISSEN KLEID

Zwei Männer sind in mein Leben getreten. Noch weiß ich nicht, wer sie sind. Aber ich ahne, sie werden bestimmend für meine Zukunft sein.

Der eine gehört zu ihnen.

Es war ein Tag wie jeder andere, an dem sie mich auserwählt haben. Wie üblich bin ich in dem Raum mit der Dusche aufgewacht. Wie üblich hing das weiße Kleid über dem Stuhl. Wie üblich sind wir hinüber nach Deutschland gefahren. Ich weiß das wegen der Lichterstadt an der Grenze. Diesmal waren es die Frau und der Kleine. Sie ist immer dabei. Der Kleine und der Riese wechseln sich in ihrer Aufgabe, mich zu bewachen, ab.

An den Rest dieses Abends und dieser Nacht kann ich mich nicht erinnern. Es ist meine Art zu überleben. Ich bin Tamara, ein Mensch, bis sie mich über den Opferstein heben. In diesem Augenblick werde ich zu einem Stück Fleisch, einem zuckenden Organismus. Alle Gefühle und Gedanken bleiben zurück.

Die ersten Male habe ich noch gefühlt, gehofft und gezittert. Jetzt sperre ich all diese Schwächen in eine Schublade, die sich erst wieder öffnet, wenn die Druiden mit mir fertig sind.

Heute aber durchdringt ein Riss die Mauer, die ich um mich errichtet habe. Für Sekunden nur, aber lange genug, um ein Bild zu mir hineinzulassen.

Es geschah, als sie mich hochgehoben haben. War es Absicht? Aber nein! Es war ein Missgeschick, das ihm die Kapuze vom Kopf gezogen hat, als das Licht des Mondes auf sein Gesicht fiel. Und es war Zufall, dass meine Augen in dieser Sekunde offen standen. Ich wollte das nicht, wollte nichts sehen, nichts spüren. Aber es ist passiert. Es war wie in einem dieser Automaten auf den Jahrmärkten. Man wirft eine Münze ein und erhascht einen Blick auf ein Tier, eine Landschaft oder sonst irgendetwas. Dann ist die Zeit um, und die Klappe schließt sich wieder. Ich habe sein Gesicht nur für einen Herzschlag gesehen. Lang genug, um es für immer in mein Gedächtnis zu brennen.

Den zweiten Mann kenne ich schon länger. Er gehört zu den Wachen im Schloss. Und er sitzt am Steuer des schwarzen Autos, das mich hinüber und wieder zurückbringt. Er beobachtet mich, seit er mich zum ersten Mal gesehen hat.

Heute ist er mit einem Lieferwagen bis zur rückwärtigen Tür des Schlosses gefahren, während ich unter den Bäumen umherging. Ich war nicht allein. Drei meiner stummen Schwestern schlichen ebenfalls lautlos über das Gelände. Der Mann hob eine Leiter und einen Werkzeugkasten aus dem Wagen. Er lehnte die Leiter an die Wand und kletterte empor. Oben machte er sich an einer der Überwachungskameras zu schaffen. Er war damit fertig, sie gegen ein neues Exemplar auszutauschen, und hatte die unterste Stufe der Leiter erreicht, als er meiner gewahr wurde. Im nächsten Augenblick spürte ich seine Hand auf meiner Schulter. Er zog mich zu sich herum, schob seine Hand unter mein Kinn und hob mein Gesicht an. Seine Blicke bohrten sich in mein Innerstes. Dann schob er mich von sich weg, nahm sein Werkzeug und die Leiter und war kurz darauf wieder verschwunden.

Nicht aber aus meinem Leben. Woher ich das weiß? Es waren seine Augen, die es mir gesagt haben.

Irgendetwas habe ich mit ihm gemacht.

Ist es gut oder schlecht für mich?

Ich weiß es nicht.

MORITZ

Die Aufgaben für den Rest des Tages sind verteilt. Allen ist bewusst, dass uns die Zeit davonläuft. Sollte der kommende Tag ähnlich verlaufen wie der heutige, werden wir nicht nur gegenüber den Medien in Erklärungsnot geraten.

Die Spur nach Nürnberg, falls es sie je gegeben hat, ist keine mehr. Daniela und Peter haben das Leben des Herzprofessors durchleuchtet. Sie haben keinen noch so winzigen Hinweis darauf gefunden, dass der Mann etwas mit unseren Toten zu tun hat. Eine skurrile Person, die zur falschen Zeit am falschen Ort war. Ich hatte ihn ohnehin nie auf meiner Liste.

Sagte ich, alle wissen, was sie jetzt zu tun haben? Nun, so ganz stimmt das nicht. Melanie hat mich bei der Aufgabenverteilung ausgespart. Hat sie meinen Zustand bemerkt? Hat sie gesehen, was Laura Anderssons DVD mit mir gemacht hat?

Natürlich hat sie das. Melanie zählt zu dem überschaubar kleinen Kreis von Menschen, die mich gut genug kennen, um meine Gefühlslage richtig einzuschätzen. Aber ist das der Grund, warum sie es mir freigestellt hat, wie ich meine Ermittlungen fortsetze? Denkt sie, ich lasse mir von ihr keine Vorschriften machen? Nein, auch das nicht. Ich akzeptiere sie als Teamleiterin, und sie weiß das.

Ohne eine Antwort auf meine Fragen fahre ich zurück nach Deggendorf. Das Büro meines Kommissariats ist leer. Auch die anderen Zimmer sind verwaist und selbst der Getränkeautomat auf dem Flur macht den Eindruck, als wäre er heute noch nicht benutzt worden. Ich wage einen Blick in Martinas Büro, aber auch sie ist nicht hier.

Ich ziehe eine DVD-Hülle aus meiner Jackentasche und lege sie auf meinen Schreibtisch. Sie enthält die Kopie, die mir Peter gemacht hat, ohne dass es die anderen bemerkt haben. Dieser Kerl ist immer wieder für Überraschungen gut. Nach außen pedantisch, überkorrekt und technikverliebt, scheut er nicht davor zurück, einem alten Hasen wie mir fast schon blind zu vertrauen. Was soll ich sagen? Ich mag ihn einfach. So wie Daniela und natürlich Melanie. Sie vor allem.

Gedankenverloren wedle ich mit der Datenscheibe vor meinem Gesicht herum, bis mich das Telefon in meinen Alltag zurückholt. Es ist Sven Straubmanns Nummer. Sie entfacht einen Funken Hoffnung.

Zuerst aber ist es an mir, ihn über den aktuellen Sachstand zu informieren. Klar, ich dürfte das nicht tun. Aber es ist Sven. Er gehört dazu. Auch ohne offizielle Zuständigkeit.

Wie üblich dauert es einen Augenblick, bis er meinen Bericht verarbeitet hat.

»Mann, Moritz. Diesmal steckst du so tief im Schlamassel, dass nur noch deine Haarspitzen herausschauen.«

»Die noch weniger werden, wenn du nichts für mich hast.«

»Na ja. Ein wenig schon. Wobei ich nicht weiß, ob dir das weiterhilft.«

»Werden wir sehen. Schieß los.«

»Na ja. Ich hab mir die ReDonBau genauer angesehen. Aktuell schwimmt die Firma auf der Welle staatlicher Baumaßnahmen mit. Unsere Landesregierung und die Kommunen überbieten sich zurzeit ja im Geldausgeben. Gigantische Bauprojekte, wohin man auch sieht. Und die ReDonBau ist meistens mit dabei. Das war aber nicht immer so. Als Rebecca Donhauser die Firma von ihrem Mann übernommen hat, war sie faktisch pleite. Da halfen auch beste politische Kontakte nichts. Ich vermute gravierendes Missmanagement. Ich habe einen Bekannten, dessen Bekannter bei der Anwaltskanzlei arbeitet, die damals den Insolvenzverwalter stellte. Inzwischen ist der gute Mann im Ruhestand. Wohl deshalb hat es ihm nichts ausgemacht, sich mit mir zu unterhalten. Unter dem Mantel der Verschwiegenheit natürlich.« Ich sehe Sven durchs Telefon grinsen. »Na jedenfalls sagte er, dass es um Stunden ging. Die Auflösung der Firma war beschlossene Sache. Rebecca Donhauser hat damals telefonisch einen Aufschub um 24 Stunden erwirkt. Und am nächsten Tag zeigte der Kontostand der ReDonBau genug Geld an, um die dringendsten Schulden zu begleichen. Und dabei handelte es sich um keine einmalige Zahlung. In den nächsten Wochen gingen immer wieder bedeutende Beträge ein, mit denen Frau Donhauser das Fundament ihres heutigen Erfolgs legte.«

»Und niemand hat Fragen gestellt?«

»So richtig hat das auch niemanden interessiert, denke ich. Den Gläubigern war es egal, woher das Geld kam.«

»Schön und gut. Frau Donhauser hat damit ihr Talent der Mittelbeschaffung unter Beweis gestellt. Was aber hat das mit unseren Morden zu tun?«

»Nun, als sie damals diesen Anruf getätigt hat. Sie hielt sich zu der Zeit in Pilsen auf. Und hat nicht deine Frau Richter eine Verbindung eurer Sekte mit der tschechischen Mafia in den Raum gestellt? Wie wir alle wissen, sind in den Jahren nach der Wende in den Ländern des ehemals sozialistischen Ostens viele Staatsfunktionäre und hohe Militärs auf dubiosen Wegen zu Macht und Reichtum gekommen. Ein Kumpel von der Wirtschaftskriminalität hat mir erzählt, dass viele dieser Gelder im Westen angelegt wurden. Da würde sich eine in Schwierigkeiten steckende Baufirma doch glänzend anbieten, oder?«

»Hm, Geldwäsche? Rebecca Donhauser mit Kontakten zur organisierten Kriminalität? Denkbar, aber nur eine Hypothese. Und mit nichts zu beweisen. Und selbst wenn, ohne Verbindung zu unserem Fall. Oder hast du noch mehr?«

Sven dreht durch eine kurze Pause an der Spannungsschraube. Ich kenne diese Eigenart und warte geduldig.

»Bis vor wenigen Minuten hatte ich eine leere Hand. Aber nach deinem Bericht über die tote Frau mit dem Keltenherz auf der Schulter hast du mir noch einen Trumpf gezogen.«

»Na, dann leg ihn mal auf den Tisch«, versuche ich eine nochmalige Unterbrechung zu vermeiden. Mit Erfolg.

»Die Anwaltskanzlei, die damals mit dem Insolvenzverfahren beauftragt war. Sie hieß ›Andersson und Andersson‹.«

»Ach? Rebecca Donhauser kannte also nicht nur Theodor Hauser, sondern auch Laura Andersson. Vielleicht ja auch David Beckmann? Da werde ich mal Peter drauf ansetzen.«

Sven ist bereits einen Gedanken weiter. »Um bei unserer Geldwäschetheorie zu bleiben. Die Andersson gilt als Expertin in Steuerfragen. Und er kennt sich bestens in internationalem Wirtschaftsrecht aus. Hat sogar eine Abhandlung darüber verfasst. So jemand wäre doch in der Lage, auch größere Geldströme so zu verschleiern, dass sie niemand nachverfolgen kann.«

»Hm.«

»Jaja. Ich weiß. Was hat das mit den Morden zu tun? Dazu müssten wir mehr über die Verbindungen der drei zueinander wissen.«

»Kein Problem. Ich werde sie fragen.«

»Wen?«, meint Sven verblüfft.

»Rebecca Donhauser.«

»Wann?«

»Jetzt!«

ONDREJ

Der Mond zauberte fahle Schatten an die Bäume. Vor ihm wuchs die Mauer als schwarzes Band aus dem Grau der Nacht. Er atmete tief ein, schloss leise die Autotür und machte sich auf den Weg. War der Durchgang noch offen? Ein rascher Blick im Schein der mitgebrachten Stablampe. Ja! Niemand hatte die Holztür repariert. Damals, in der ersten Blütezeit des Schlosses, hatten die Dienstboten den schmalen Zugang durch die Mauer genutzt, um auf das Anwesen zu gelangen, ohne die Augen der Herrschaften zu beleidigen. Dann, als die »Kleinen Brüder« das Schloss zu einem Gefängnis umfunktioniert hatten, versperrten sie die Tür durch ein Vorhängeschloss. Die Zeit hatte Tür und Schloss besiegt. Eines der Scharniere war aus der Mauer gebrochen. Der Eingang zum Park war leicht zu übersehen.

Hatten sich die Bewohner des Dorfes jenseits des Waldes jemals gefragt, wer die Menschen waren, die dem toten Gemäuer wieder Leben eingehaucht hatten? Jetzt dämmerte das einst beeindruckende Gebäude endgültig dem Tod entgegen.

Ondrej schlüpfte durch den engen Spalt zwischen Tür und Mauer. Rasch ging er weiter. Sein Ziel lag auf der anderen Seite des weitläufigen Gebäudes. Der Strahl der Lampe huschte über den Boden. In ihrem Schein glitzerten Tautropfen auf dem kniehohen Gras, als hätte es Diamanten geregnet. Er erreichte die breite Treppe hinauf zur Tür, die einst den Bewohnern des Schlosses als Zugang zum Park gedient hatte. Schwer atmend blieb er stehen. Verärgert über seine Schwäche wankte er die Treppe hinauf. Das Licht strich über die breite Tür und folgte dem verzierten Holz nach oben, bis es an dem Wappen darüber hängen blieb. Für die Erbauer des Schlosses war es ein Zeichen ihres Besitzanspruchs gewesen. Für ihn eine weitere Brotkrume auf der Spur, die er legte.

Mehr Brotstückchen waren nötig. Deshalb war er hier. Er drückte gegen die Tür. Sie war nur angelehnt. Einbrecher oder Jugendliche hatten sie aufgebrochen. Sie hatten alle Räume des Schlosses nach Brauchbarem durchsucht und mitgenommen, was sie für wertvoll gehalten hatten. Er vergrößerte den Lichtkegel seiner Lampe. Die Größe der Eingangshalle war imposant. Vor 20 Jahren hatten die »Kleinen Brüder« den alten Glanz in diesem Flügel des Gebäudes noch einmal aufleben lassen.

Am hinteren Ende der Halle stand ein langer Tisch aus dunklem Holz. Er legte den Rucksack darauf und öffnete ihn. Im Licht der Lampe holte er all die Dinge heraus, die er in den letzten Wochen vorbereitet hatte. Hinweisschilder auf der Straße zum letzten Druiden. Ein Blick auf die Uhr. Ich habe genug Zeit, dachte er und machte sich an die Arbeit.

MORITZ

»Haben Sie einen Termin?«, will die unpersönliche Stimme aus der Gegensprechanlage wissen.

»Sagen Sie Frau Donhauser, Moritz Buchmann möchte sie sprechen.«

Geduldig warte ich aufreizend lange fünf Minuten. Dann öffnet sich das Tor ohne weitere Fragen. Langsam rolle ich die Auffahrt hinauf auf einen der Parkplätze. Wie bei meinem ersten Besuch werde ich auf der breiten Treppe zur Haustür empfangen.

»Frau Donhauser erwartet Sie im Garten.« Ohne weitere Erklärung gehe ich dem Mann hinterher durch die geräumige Eingangshalle zu einer offenen Schiebetür. Draußen erstreckt sich ein weitläufiger Garten. Kieswege durchziehen in einem nicht erkennbaren Muster das Gelände. Perfekt geschnittene Büsche und Sträucher verraten die Hand eines Gärtners. »Dort hinten«, meint mein Begleiter nur. Ich folge seiner ausgestreckten Hand bis zu einem Pavillon. Rebecca sitzt dort in einem bequemen Liegesessel und genießt die letzten Sonnenstrahlen dieses Nachmittags. Das Knirschen der Kieselsteine unter meinen Füßen verrät mein Kommen. Mit ausdruckslosem Blick bietet sie mir einen der Stühle an, die dort stehen. Dankend nehme ich ihr Angebot an. »Wirklich ein schönes Fleckchen Erde, das Sie sich da ausgesucht haben«, versuche ich einen lockeren Start in dieses Gespräch. Lange wird es nicht so bleiben, denke ich.

»Sie sind sicher nicht wegen der schönen Aussicht gekommen!«

Na also. Rebecca steht der Sinn nicht nach Smalltalk. Aber sie hat recht. Deshalb bin ich nicht hier. »Nein, bin ich nicht. Es geht noch immer um unsere Mordserie.«

»Serie?« Sosehr sie sich auch um Gelassenheit bemüht, kann sie ihre Neugier doch nicht unterdrücken.

»Theodor Hauser und Jan Beckmann«, halte ich sie ein wenig hin. »Und seit heute eine Frau.« Ich lasse sie nicht aus den Augen. Jedes Zucken der Augenlider, jede Regung ihres Gesichts kann ein Hinweis sein. Noch aber versteckt sie sich hinter einer Maske. »Dabei passt sie nicht ganz in das bisherige Tatschema.«

Sie legt ihren Kopf schief. Aus Neugier oder um diese vorzutäuschen?

»Sie hat ein Brandmal. Auf dem rechten Oberarm. Wie Magdalena.«

Haben sich ihre Pupillen geweitet?

»Ein Keltenherz? Das wollen Sie doch damit sagen, oder, Herr Buchmann?«

»Ja, ein keltischer Knoten, wie man auch sagt.«

»Dann konnten Sie und Ihre Kollegen das nicht verhindern.« Mit einem Satz hat sie den Spieß umgedreht. Jetzt ist sie es, die meine Reaktion beobachtet. Sie hat mich auf den Seziertisch gelegt. Rebecca Donhauser ist eine durch und durch gefährliche Frau.

»Kann es sein, dass Sie noch weitere Morde befürchten?«

Vorsicht, Moritz!

»Nach unserem jetzigen Wissensstand ist das durchaus möglich. Deshalb bin ich bei Ihnen.«

Guter Schachzug. Setz sie unter Druck!

»Sie glauben doch nicht ernsthaft, dass ich etwas mit diesen Anschlägen zu tun habe?« Sie klingt weder empört noch verärgert. Ihre sachliche Ruhe droht mich aus dem Konzept zu bringen. Also leg nach, Moritz!

»Nicht als Täterin.«

Ihr Blick wendet sich von mir ab und geht nach Westen, wo die Sonne langsam den milchigen Schleier am Horizont berührt. Es wird morgen wieder schön werden, schleicht sich ein Gedanke störend in mein Gehirn. Ich verdränge ihn und konzentriere mich wieder auf die Frau.

»Wie kommen Sie darauf, dass es der Täter auch auf mich abgesehen haben könnte?«

»Es gibt eine Verbindung zwischen Ihnen und Theodor Hauser.« Ich unterbinde ihren Einwand mit einer Handbewegung.

»Und Sie kennen auch die tote Frau von heute. Laura Andersson.«

Falls sie die Überlegende spielt, dann macht sie das wirklich hervorragend. Sie kneift die Augen zu zwei Schlitzen zusammen, über ihrer Nasenwurzel bilden sich feine Fältchen. »Die Kanzlei ›Andersson und Andersson‹ hat unsere Steuerangelegenheiten geregelt. Früher. Die der Firma und meine privaten. Aber das ist schon einige Jahre her.«

»Warum haben Sie sich für eine andere Kanzlei entschieden?«

»Geschäftliche Interessen. Nichts Außergewöhnliches.«

Ich bemühe mich nicht, meine Zweifel zu verbergen. »Wie steht es mit Jan Beckmann? Hatten Sie oder die ReDon-Bau auch zu ihm geschäftliche oder private Verbindungen?«

»Das hatte die ReDonBau tatsächlich. Seine Firma hat nicht immer Software für die Autoindustrie entwickelt.«

Jetzt bin ich es, der seinen Blick in die Ferne schweifen lässt. Es ist an der Zeit, ihr etwas zum Überlegen aufzugeben. Angst ist das Zauberwort. Ja, etwas Angst kann jetzt nicht schaden.

»Herr Buchmann!« Ein Hauch unverhohlener Ungeduld lässt ihre Stimme vibrieren. »Sie haben mir noch nicht schlüssig erklären können, warum Sie mich als gefährdet ansehen.«

»Nun, Frau Donhauser. In meinem Job sucht man in solchen Fällen nach Übereinstimmungen. Wir haben drei Opfer. Alle kannten Sie. Mit allen hatten Sie Geschäftsbeziehungen. Hatten, wohlgemerkt. Ich gehe davon aus, dass wir bald nachweisen können, dass sich auch die drei Toten untereinander kannten. Zufall, werden Sie sagen. Meine Erfahrung sagt mir etwas anderes. Vielleicht gemeinsame Geschäfte zum Nachteil eines Dritten? Vielleicht! Irgendjemand hatte einen verdammt guten Grund, Hauser, Beckmann und Laura Andersson zu töten. Und das auf eine ganz spezielle Art und Weise. Und vergessen wir Magdalena nicht. Ich bin mir sicher, die drei hatten etwas mit ihrem Tod zu tun. Noch weiß ich nicht, wie Sie in dieses Bild passen. Aber wir werden es herausfinden.«

Ohne ihre Antwort abzuwarten, stehe ich auf. »Danke für Ihre Zeit. Es wird nicht zum letzten Mal gewesen sein.« Bevor ich noch etwas sagen kann, erscheint ein Mann in der Terrassentür. Bei meinem ersten Besuch hier hat er Mel und mich empfangen. Heute ist seine Aufgabe eine andere. Die mächtigen Arme vor der Brust verschränkt macht er mir wortlos deutlich, dass es an der Zeit ist zu gehen. Ich nicke zum Zeichen, dass ich verstanden habe. Einen Gedanken muss ich Rebecca aber noch hier lassen. »Ich weiß, Sie werden mir nicht erklären, warum Sie sich mit diesen Männern und Mauern umgeben. Vielleicht ist all das hier aber der einzige Grund, warum Sie noch am Leben sind und die anderen drei nicht.«

REBECCA

Rebecca schlang die Arme um ihren zitternden Körper. Wie so oft wanderte sie einsam durch ihren Garten. Die Kälte der Nacht ließ sie erschauern. Im fahlen Licht des Mondes ging sie bis zur Hecke, die das Ende ihres Reiches markierte. Dahinter wohnte die Angst. Nicht hier drinnen. Hier fühlte sie sich sicher. Ihre Männer und ihre Technik bewachten sie. Nicht zu vergessen Dietmar, der nie das Bedürfnis nach Urlaub zu verspüren schien.

Sie ließ ihren Blick über die hell erleuchteten Fenster ihres Hauses schweifen.

Ich kümmere mich darum! Dietmars Versprechen.

Die »Kleinen Brüder« hatten einen Fehler gemacht. Der Orden hatte sich aufgelöst. 20 Jahre waren die Druiden untergetaucht. Um jetzt zu sterben! Das Wissen um die Ereignisse von damals nahmen sie mit ins Grab.

Ich werde mich darum kümmern!

Ja, Dietmar, ich weiß. Das würdest du. Aber das musst du nicht. Es gibt einen anderen. Einen, der sich auch darum kümmert.

Wieder fuhr ein Zittern durch ihren Körper.

Wie im Traum ging sie ins Haus und dort in den Keller.

Wie im Traum öffnete sie die verborgene Tür am Ende des Ganges.

Wie im Traum trat sie an den Steinblock heran und streichelte mit der Hand über die kalte Oberfläche.

Wie im Traum zog sie sich aus und legte sich darauf.

Tränenüberströmt lag sie da, als ein tiefes Schluchzen ihrer Brust entfuhr, in der ihr Herz noch immer schlug.

DONNERSTAG, 19. JULI

MORITZ

Ich werde in dieser Nacht keinen Schlaf finden. Die Anzeige meines Weckers zeigt vier Uhr. Ich wälze mich aus dem Bett und torkle ins Bad. Mit beiden Händen spritze ich kaltes Wasser in mein müdes Gesicht. Die Augen, die mich aus dem Spiegel anstarren, sind mir fremd. Es sind Augen, die den Vater eines blinden Mädchens am Balken einer Scheune hängen sahen. Die mit Samira, die bis zu ihrem Tod alles Leid dieser Welt in ihrem kleinen Körper zu vereinen schien, geweint haben.

Dem Gewissen und dem Herzen hinter diesen Augen gelingt es nicht immer, eine Mauer zwischen mir und den Opfern zu errichten. Ich habe es versucht. Ich auf dieser Seite, sie auf der anderen.

Die Aufnahmen auf der DVD, die auf dem Tisch in meinem Wohnzimmer liegt, haben ein Loch in diese Wand gebrochen. Peters Kopie. Mit dem Original beschäftigt sich die KTU beim Landeskriminalamt. Melanies Befürchtung, die chronische Überlastung der technischen Abteilung dort würde unsere Ermittlungen um Tage verzögern, hat Martina mit einem Anruf beiseitegewischt. Ihr Arm reicht weit.

Noch einmal starre ich in den Spiegel. Die Kälte in meinem Blick erschreckt mich. Ich schlüpfe in meinen Bademantel und gehe ins Wohnzimmer. Da liegt sie. Peter hat sogar den Namen auf die Hülle geschrieben. Robena! Er hätte auch »Laura« schreiben können. Ein und dieselbe Person. Wie lauten die Keltennamen von Theodor Hauser und David Beckmann? Unentschlossen halte ich die glänzende Scheibe in der Hand. Seit ich ihren Inhalt gesehen habe, weiß ich, was mit Magdalena, die von ihren Eltern Viktoria getauft worden war, geschehen ist.

Mit wie vielen anderen noch?

Ich will das nicht, aber ich kann nicht anders.

Wer auch immer die Aufnahmen gemacht und zusammengestellt hat, er war kein Profi. Ohne Einleitung und ohne besondere Übergänge hat er Filmsequenzen unterschiedlicher Länge auf die Scheibe gebrannt. Die Bildqualität zeugt von hochwertigen Geräten, auch wenn die Belichtung der einzelnen Szenen die gesamte Palette von dunkler Nacht bis grellem Sonnenschein umfasst. Spätestens aber die verschiedenen Blickwinkel und die tonlosen Aufnahmen deuten darauf hin, dass es sich dabei um Überwachungskameras und Camcorderaufnahmen handelt.

Ich atme tief ein und drücke die Play-Taste der Fernbedienung.

✷

Einige Sekunden Dunkelheit, dann heller Tag; Blick aus einem Auto; ein Tor öffnet und schließt sich; ein breiter Weg; im Hintergrund Bäume und ein großes Haus; eine breite Treppe; verschwommen zwei Gestalten.

– Schnitt –

Näher am Haus; das Auto hält, die beiden Gestalten kommen die Treppe hinab, ein Mann und eine Frau; der Mann trägt eine Reisetasche; eine zweite Frau in ihrer Mitte;

jung, langes braunes Haar, gesenkter Blick; sie steigen in das Auto.

– Schnitt –

Nacht; der Koffer liegt offen auf der Motorhaube; die junge Frau, nackt; ein Kleid; die junge Frau zieht es an; ein nächtlicher Wald; ein Weg in die Dunkelheit.

– Schnitt –

Das Bild wackelt; Bäume, Felsen, Schatten, Feuer.

– Schnitt –

Ein Felsen; Menschen, drei; Fackeln; die junge Frau; von hinten weitere Gestalten, zwei; lange Mäntel; Kapuzen.

– Schnitt –

Die junge Frau; ein Felsen; ein tiefes Becken, groß, gemeißelt, poliert, glatt, erwartungsvoll; die Vermummten, sie packen die Frau an Armen und Beinen; widerstandslos, geschlossene Augen, hechelnder Atem; sie legen sie in das Felsenbecken; die fünf nehmen sich bei den Händen; stummer Gesang, minutenlang; abseits ein Feuerkessel; vier Kapuzengestalten treten an die Frau heran; zwei halten ihre Hände, zwei ihre Beine; die fünfte geht zum Feuerkessel; ein Brandeisen; gelb glühendes Eisen.

– Schnitt –

Schreckgeweitete Augen; panisches Zucken; stummes Leid.

– Schnitt –

Wieder Blick aus dem Auto; ein Mann; ein Riese; er hält die Frau in seinen Armen; ohnmächtig? Schlafend? Tot? Er trägt sie aus dem Wald; er legt sie ins Auto; er setzt sich auf den Beifahrersitz; das Auto fährt los.

– Ende –

*

Erschöpft lehne ich mich zurück. Automatisch drücke ich die Stopp-Taste. Ich brauche die Bilder nicht mehr. Sie sind in meinem Kopf. Ohne dass ich es verhindern kann, laufen sie dort in einer Endlosschleife ab. Genau wie meine Gedanken. Was haben sie mit den Mädchen gemacht? Irgendetwas sagt mir, dass der Tod zu dieser Party nicht geladen war. Es sind andere Begierden, die die Menschen in den Mänteln angetrieben haben.

Nein, sie ist nicht tot, rede ich mir ein.

Der Film in meinem Kopf springt wieder auf Anfang. Wieder das Haus, wieder die Treppe, wieder der Mann, die Frau und das Mädchen.

Halt! Da ist noch etwas! Ich friere das Bild ein. Meine Gedanken zoomen auf die Tür im Hintergrund. Sie ist breit und wuchtig. Wie ein Eingang zu einer Burg oder einem Schloss. Ein kunstvoller Rundbogen überspannt sie. Links und rechts in Stein gehauene Ornamente. In der Mitte ein Wappen. Ich bemühe die Fernbedienung. Noch einmal von vorne. Dann Stopp. Schemenhaft erkenne ich das Schild. Aber es gelingt mir nicht, die Aufnahme an der Stelle anzuhalten, an der das Wappen über der Tür für einen Wimpernschlag zu erkennen ist.

Ein Name schiebt sich in den Vordergrund. Ohne weiter nachzudenken, greife ich zum Handy und wähle Dr. Ambergers Privatnummer. Obwohl wir alles andere als dicke Freunde sind, kennt jeder die Nummer des anderen. Für unaufschiebbare Fälle. So wie jetzt. Nach nur dreimaligem Läuten meldet sich die vertraute Stimme. Der Chef der Spurensicherung überrascht mich immer wieder. Weder Müdigkeit noch Ärger höre ich heraus, trotz der ungewöhnlichen Stunde meines Anrufs.

»Buchmann! Sie um diese Zeit noch wach? Was könnte in Ihrem Leben so aufregend sein, um Sie von Ihrem Bett fernzuhalten? Oder sollten Sie Besuch in Ihrer luxuriösen Wohnung haben?« Amberger kennt meinen Beziehungsstatus. Leider.

»Ich entschuldige mich für die Störung Ihres Schönheitsschlafs. Niemand hat ihn nötiger als Sie.«

Damit der Sticheleien genug für heute, entscheide ich. Noch bevor Amberger die nächste Runde eröffnen kann, berichte ich ihm von Robenas DVD und meinem Problem.

»Wann?« Jeder Schalk ist aus seiner Stimme gewichen.

»Ich bin um sieben bei Ihnen.«

»Warum nicht um halb sieben?«

»Ja, warum nicht um halb sieben?«

Von mir aus auch gleich, denke ich.

Ich werde in dieser Nacht ohnehin keinen Schlaf mehr finden.

DAS MÄDCHEN MIT DEM WEISSEN KLEID

Für jeden Finger an meinen Händen sind ein Tag und eine Nacht vergangen, in denen nichts geschehen ist. Mehr und mehr gelingt es mir, die Träume, mit denen der Schlaf mich bestraft, zu vergessen. Auch die Zeit zwischen Frühstück und Abendessen gleitet dumpf dahin, kaum wahrgenommen und doch ein weiterer Feind.

Wie lange wird es noch dauern, bis die Druiden meiner überdrüssig sind? Bis sie keinen Gefallen mehr an meinem

Körper finden? Es ist nur noch die Hülle, die mich umgibt, derer sie sich erfreuen können. Alles darin habe ich eingesperrt und vor ihnen in Sicherheit gebracht.

Und so habe ich auch aufgehört, mich zu fragen, was aus mir werden wird. Dann, wenn sie mich nicht mehr brauchen. Und doch wurde heute der Panzer, den ich um mich gelegt habe, durchbrochen.

Es war wieder der Mann, dessen seltsamer Blick mich schon einmal aus der Lethargie der Tage zwischen Leben und Tod gerissen hat. Es geschah beim Frühstück. Zusammen mit unseren Wächtern. Sie redeten, wir schwiegen. Sie waren heute zu fünft, wir zu dritt. Gestern noch zählten wir mehr. Zwei fehlten heute unter uns. Ich kannte weder ihre Namen noch ihre Gesichter. Ich will nicht wissen, wo sie jetzt sind. Normalerweise werden wir von der Frau, dem Kleinen und dem Riesen bewacht. Heute außerdem von zwei weiteren Männern.

Einer davon war er. Der Fahrer. Es ist uns verboten, sie anzusehen. Es ist nicht nötig. Ich weiß, dass er mich angesehen hat.

Es macht mir Angst. Er macht mir Angst.

Er und der andere sind mit uns aufgestanden. Sie sind zu einer Tür gegangen, die einen Raum versperrt, dessen Sinn ich nicht kenne. Bevor er dahinter verschwunden ist, hat er sich noch einmal umgedreht und mir seine Augen gezeigt. Unendliche Traurigkeit. Sie hat meine Angst weggefegt wie der Herbstwind das Laub von den Bäumen im Garten unseres Hauses in dem kleinen Dorf bei Ostrava.

Wie lange ist es her, dass ich auf der Schaukel saß, die mein Vater am Ast eines dieser Bäume für seine einzige Tochter angebracht hat?

Ich kann mich nicht erinnern.

MORITZ

Ich kenne die Gedanken der anderen nicht. Auch weiß ich nicht, was sie in der vergangenen Nacht herausgefunden haben. Aber ich weiß, dass die kommende Besprechung den Durchbruch bringen muss. Warum? Es ist eines dieser Gefühle, das in den Tiefen meines Bauches geboren wird und langsam heranwächst. Ein Gefühl, das mich auf der Fahrt nach Regensburg begleitet hat und mit meiner Ankunft dort zur Gewissheit gereift ist. Sollten wir die Spur heute nicht finden, wird sie der Sturm der Zeit verwehen. Meine Hoffnung steckt in Form eines USB-Sticks in meiner Jackentasche.

Noch bevor ich das Großraumbüro der K 1 erreiche, kreuzt Peter, den unvermeidlichen Laptop in der Hand, meinen Weg.

»Ist das Video da drauf?«

Eine überflüssige Frage, die er mit einem Stirnrunzeln beantwortet. Ich lasse ihm den Vortritt und bin damit der letzte Teilnehmer der Lagebesprechung. Peter setzt sich an seinen angestammten Schreibtisch. Daniela lümmelt mit erwartungsvoll gespitzten Lippen auf ihrem Drehstuhl. Mel knetet nervös ihre Hände. Liegt es an der bevorstehenden Pressekonferenz oder an der Anwesenheit des Polizeidirektors? Obwohl Steffen Eberlein versucht, sich unauffällig im Hintergrund zu halten, sind sich alle seiner Präsenz bewusst. Umso mehr, da seine Augen lauernd von einem zum andern huschen, als erwarteten sie von jedem Einzelnen die Präsentation des Mörders. Am besten gleich jetzt. Ob Eberlein ahnt, dass ich seine Gedanken teile?

Martina lehnt vor einem der Fenster und begrüßt mich mit einem Lächeln, das zu schwach ist, um die Erschöpfung in ihren Augen zu besiegen.

Was macht sie nur den ganzen Tag? Und die ganze Nacht?

Mel wirft einen kurzen Blick zu ihrem Chef, der ihr mit einem Nicken die Erlaubnis gibt, die Besprechung zu eröffnen.

»Guten Morgen miteinander. Ich darf zur heutigen Lagebesprechung auch unseren Chef, Herrn Dr. Eberlein, begrüßen. Sie möchten sich sicher über den Fortgang unserer Ermittlungen informieren.«

Oh, Mel. Kein guter Schachzug. Er will keine Informationen, er will Ergebnisse. Die Medien sitzen ihm im Nacken. Spürst du nicht, dass seine Ungeduld gleich aus ihm herausbricht? Auch wenn er sich bemüht, souverän zu wirken.

»Nun, Frau Güßbacher. Das sehen Sie richtig. Immerhin haben wir inzwischen drei spektakuläre Morde zu verzeichnen.«

Vier, korrigiere ich ihn in Gedanken. Vergesst Magdalena nicht! »Nicht nur ich, sondern auch die Öffentlichkeit fragt sich, ob wir denn noch mehr verstümmelte Leichen finden werden«, fährt er fort, ohne meinen stummen Einwand zur Kenntnis zu nehmen. »Nicht, dass sich die Leute davor fürchten würden. Ganz im Gegenteil. Ich habe gehört, dass die Sensationsgier Scharen von gruselsüchtigen Schaulustigen in die Wälder treibt. Immer in der Hoffnung auf das ultimative Foto.« Er sieht in die Runde. »Werden sie es bekommen?«

Es ist Martina, die das betretene Schweigen bricht. »Es wäre das vierte Foto in der Sammlung ›Tote Druiden‹.«

»Frau Dr. Richter. Da bin ich mal auf eine Erklärung gespannt.«

War das spöttisch oder respektvoll gemeint? Ich entscheide mich für Ersteres.

»Es ist das Keltenherz«, kommt Mel Martina zuvor. »Eingebrannt in Laura Anderssons Haut. Die keltischen Opfersteine und jetzt das Video.«

»Ich kenne die Ermittlungsakten.« Natürlich. Schließlich ist er der Chef dieser Inspektion. Unvorbereitet zu uns zu kommen, wäre ein unverzeihlicher Fehler. »Die drei Toten haben also einer Gruppierung angehört, die als Druiden verkleidet Menschenopfer dargebracht haben?« Seine Worte sind eine einzige Herausforderung, diese ungeheuerliche These zu bestätigen.

Martina fängt seinen Blick ein und hält ihm stand. »Theodor Hauser, David Beckmann und Laura Andersson waren genau das. Und sie waren nicht die Einzigen. Auf dem Video sind fünf Vermummte zu sehen. Das passt zu unseren bisherigen Erkenntnissen. Weniger als fünf ermöglichen kein gelungenes Ritual. Ein Orden aus mehr als zwölf Mitgliedern erschwert die Geheimhaltung. Ob sie ihre Opfer auch getötet haben, kann ich Ihnen nicht sagen. Oft reicht es diesen Menschen, Macht über andere zu haben. Diese Frau auf dem Video. Sie war noch am Leben.«

»Ritual?«

»Das, was Sie auf dem Video gesehen haben. Ein Opferritual, den keltischen Bräuchen nachempfunden.«

»Bei denen auch Menschen geopfert wurden«, unterbricht sie Eberlein. Da hat sich wohl einer vorbereitet, denke ich.

»Was nicht zwangsläufig heißen muss, dass auch unser Orden so weit gegangen ist«, erklärt Martina.

»Aber Sie können es nicht ausschließen!« Eberlein lässt nicht locker.

»Nein, das kann ich nicht«, gibt Martina zu. »Aber dieses Video zeigt keine Opferung. Sie haben diese Frau gebrandmarkt, um sie als Eigentum der Götter zu markieren.«

»Und sie haben es dort getan, wo Laura Andersson ermordet wurde«, fügt Peter hinzu. »Ich habe zusammen mit der SpuSi unsere Aufnahmen vom Tatort mit dem Video verglichen. Es handelt sich jeweils um denselben Opferstein.«

»Dann waren auch die beiden anderen Opfersteine nicht zufällig gewählt.« Melanie betrachtet überlegend ihre Hände. »Nein«, wird sie von Martina bestätigt. »Es waren Schauplätze für das Ritual.«

»Also doch Rache«, meint Peter.

»Würde aber auch zu Erpressung passen. Nach dem Motto ›Ich weiß, was du wo getan hast‹«, erwidert Daniela.

»Woher hatten sie die Mädchen? Woher diese Frau?« Eberleins Frage schwebt im Raum und erreicht Martina. »Menschenhändler. Hervorragend organisiert und international tätig. Die Frau auf dem Video könnte von überall stammen. Ukraine, Russland, Polen, Tschechien, Deutschland. Die Frage ist nur, wie kamen Hauser und die anderen an die nötigen Kontakte?«

»Darknet?«, meint Daniela trocken.

»Kaum«, entgegnet Peter genauso kurz angebunden, um dann doch zu einer Erklärung anzusetzen. »Die KTU hat die DVD genauer untersucht. Es handelt sich in jedem Fall um eine Kopie. Die Auflösung und Pixelanordnung sowie das verwendete Kopierverfahren deuten darauf hin, dass die Aufnahme etwa 20 Jahre alt ist. Das Darknet in der heutigen Form etablierte sich erst im Jahr 2002. Für alle zugänglich wurde der Handel dort mit der Plattform Silk Road. Und die gibt es erst seit 2011.«

»Also hatte vermutlich einer der Druiden persönlich Kontakt zur organisierten Kriminalität.«

»Was zeigen die Aufnahmen der Überwachungskamera in der Tiefgarage?«, wendet sich Dr. Eberlein an Peter.

Die Antwort sehen wir im gleichen Augenblick auf dem Großbildschirm. Ein Mann und eine Frau nähern sich einem dunklen Wagen. »Ein Renault«, erklärt Peter. »Ohne Nummernschilder.« Verborgen wie die Gesichter der beiden. Der Mann hält die Frau am Oberarm gepackt. Er führt sie zur Beifahrertür, öffnet diese, schiebt die Frau hinein und schließt die Tür wieder. Dann geht er zur Fahrerseite. Eine Minute später verlässt das Auto unerkannt die Tiefgarage unter dem Büro »Andersson und Andersson«.

»Er wusste von der Kamera«, stellt Daniela fest.

»Ja. Er hat sich so bewegt, dass sie sein Gesicht nicht erfassen konnte. Er hat die Nummernschilder abgenommen. Das heißt, er hatte genug Zeit, sie wieder anzubringen.«

»Vermutlich auf seiner Fahrt nach Ramersdorf. Irgendwo auf einer Seitenstraße oder einem abgelegenen Parkplatz«, überlegt Mel. »Damit ist er das Risiko eingegangen, von einer Streife angehalten zu werden.«

»Risiko ist für ihn kein Hindernis. Die ganze Aktion war riskant. Was ist mit der Frau? Sie bewegt sich seltsam.« Dr. Eberlein deutet auf den Bildschirm.

»Er hat sie ruhiggestellt. Die Gerichtsmedizin hat mehrere Substanzen in ihrem Blut gefunden. Darunter wieder Ketamin. Und eine tödliche Dosis Botulinumtoxin.«

»Die Kamera in der Tiefgarage bringt uns nicht weiter.« Ohne weitere Erklärung reiche ich Peter den USB-Stick. Ohne zu zögern, steckt er diesen in den Port an seinem Laptop. Seine andere Hand greift zur Fernbedienung für den Großbildschirm an der Wand. Sekunden später erscheint dort das erste Foto. Klaus Amberger hat sich nicht gescheut, seinen Experten für Bildbearbeitung aus dem Bett zu rufen. Markus Schreiner hat aus den groben Aufnahmen einer alten Überwachungskamera herausgeholt, was mit modernster Technik möglich ist. Das Bild, auf das jetzt alle starren, hat zwar keine HD-Qualität, ist von dieser aber nicht weit entfernt. Würde eine der vermummten Gestalten ihr Gesicht zur Seite drehen, eine Identifizierung wäre kein Problem. Doch diesen Gefallen tun sie uns nicht. Ich gehe zu Peters Laptop und drücke die Pfeiltaste für das nächste Bild. Die Kamera scheint sich in Bewegung zu setzen. Der Fotograf geht auf das Geschehen zu. Aber es waren nur Markus Schreiner und die Zoom-Funktion seines Hightechgeräts. Das nächste Bild. Wieder ein paar Schritte. Die Vermummten und das Mädchen scheinen jetzt zum Greifen nahe und rücken mit dem nächsten Foto nach rechts aus dem Sichtfeld. Im Hintergrund erscheint die Front des Hauses. Die große, nach oben geschwungene Tür. Und über ihr das Ziel dieser kurzen Bilderreise. Erst noch ein verwaschener Fleck, aber mit dem nächsten Klick für alle erkennbar: ein Wappen. Die übliche Schildform. Schräg geteilt. Eine Rose und ein ungekrönter Löwe.

»Mann, Moritz!« Mel schüttelt ungläubig den Kopf. Martina lächelt mir anerkennend zu.

Und Peter? »Ich mach mich sofort an die Arbeit.« Nichts anderes habe ich von ihm erwartet.

Der Polizeidirektor hat sich in sein geräumiges Büro zurückgezogen, um sich auf die Pressekonferenz vorzubereiten. Immerhin stellt er sich selbst der neugierigen Meute. Ich habe das auch schon anders erlebt. Das Team der K 1 fahndet nach dem Adelsgeschlecht, das sich hinter Löwe und Baum verbirgt. Martina ist wieder einmal verschwunden, um ihre eigenen Wege zu gehen.

Unschlüssig betrachte ich das Handy in meiner Hand. Ohne weiter darüber nachzudenken, wähle ich Svens Nummer. Er hebt sofort ab. Ich habe mir diese Frage bisher nie gestellt, aber irgendwie scheint er nur auf meinen Anruf zu warten. Immer. Rund um die Uhr.

»Schon wieder ein Herz gefunden? Oder irgendeinen anderen Körperteil?«

»Servus, Sven.« Ohne das Begrüßungsritual ausufern zu lassen, bringe ich ihn auf den aktuellen Stand der Ermittlungen.

»Ein Wappen also, hm? Und du hast es entdeckt?« Schwingt da so etwas wie Bewunderung in seiner Stimme mit? Ich kenne Sven nun schon seit Jahren. Und er kennt mich. Und auch wenn das LKA von der PI Straubing so weit entfernt liegt wie München von Deggendorf, kann das unserer Freundschaft keinen Abbruch tun. Unsere Treffen beschränken sich auf einige Wanderausflüge im Jahr mit Karl und Jana oder eine Tasse Kaffee in München. Und eben auf die gemeinsame Arbeit für die Sicherheit unseres Bayernlandes. Es sind die Toten und die Mörder, die uns regelmäßig zusammenführen. Ich reiße ihn aus der Depression seines Büroalltags. Er bewahrt mich vor der nervenden Recherche in den Tiefen des Internets und der digitalen Akten. Eine Win-win-Situation sozusagen. Auf die ich auch heute baue.

»Ich bin mir sicher, die Donhauser versteckt noch einige Geheimnisse hinter den Mauern ihres Hauses. Irgendetwas stimmt nicht mit ihr.«

»Kopf oder Bauch?«

»Bauch«, gebe ich zu.

»Hm. Also mehr als wahrscheinlich.«

Ich kann ein Grinsen nicht verkneifen und weiß, sein Gesicht sieht im Augenblick genauso aus.

»Dann werde ich mal etwas tiefer in ihrer Vita wühlen.«

»Bis ganz nach unten.«

DAS MÄDCHEN MIT DEM WEISSEN KLEID

Wieder erwache ich aus den Tiefen des Schlafes, der jeder Nacht des Schreckens vorausgeht. Es ist anders als sonst und dieses Andere beweist mir endgültig, dass heute das letzte Mal ist. Der Zeitpunkt, da sie meiner überdrüssig geworden sind, ist gekommen. Ein anderes Mädchen wird mich ersetzen. Ein neues Spielzeug für die Druiden.

Und ich? Wohin werden sie mich bringen? Werden sie mich töten? Werden sie mich verkaufen?

Werden sie es tun? Oder werden es die »Kleinen Brüder« sein?

Wie schon so oft habe ich das weiße Kleid angezogen, bevor sie mich geholt haben. Der Raum, in dem ich mich befinde, erinnert mich an eine Kapelle. An den Wänden flackern Fackeln in spärlichem Licht. Ist es so weit?

Nein, entscheide ich. Das eigentliche Ritual findet draußen unter den Sternen statt. In einem der Wälder, über einem der Felsen. Ratlos horche ich in mich hinein. Obwohl ich mir des Kommenden bewusst bin, empfinde ich keine Angst. Mein Herz schlägt im Gleichklang mit meinem Atem. Ruhig, fast schon neugierig warte ich auf das Unabwendbare.

Wie ist das möglich, frage ich mich. Ist es eine innere, tief vergrabene Freude, dass es vorbei ist? Endlich vorbei! Ist es die Erkenntnis, dass sie das tun werden, wozu ich nicht fähig bin? Dass sie mir zur Flucht verhelfen? Zur Flucht aus diesem Leben in ein anderes?

Oder ist die Antwort viel einfacher, verständlicher? Sind es die Drogen, die sie mir geben, um mich vor den Schmerzen, nicht aber vor der Angst zu bewahren?

Minuten vergehen. Schläfrig dämmere ich vor mich hin. Ein Lufthauch verrät, dass die Tür geöffnet wird.

Ich spüre, wie sich jemand über mich beugt, und öffne meine Augen. Ein halbes Dutzend Herzschläge vergehen, bis ich ihn erkenne. Er ist es. Der Mann mit den traurigen Augen. Ich fühle nichts. Oder doch?

Stumm sieht er mich an. Dann ein einziges Wort: »Komm!«

Ich setze mich auf, wanke wieder zurück. Seine Arme fangen mich. Er hilft mir auf die Beine.

Noch einmal: »Komm! Wenn du leben willst, komm mit mir!«

Er führt mich zur Tür, hinaus in einen dunklen Flur zu einer steilen Treppe. Endlich wird mir bewusst, was er vorhat. »Nein!« Mehr ein Flüstern als ein Schrei. »Sie werden uns fangen. Sie werden uns bestrafen.«

Er hält inne, sieht mich mit diesen traurigen Augen an. Er schüttelt den Kopf und nimmt mich bei der Hand. Willenlos gehe ich ihm nach. Die Treppe mündet in einen Gang, dem wir folgen. Niemand ist hier. Vorsichtig öffnet er eine weitere Tür, späht in den Raum dahinter, zieht mich wieder mit sich. Wir durchqueren einen Vorratsraum. Regale gefüllt mit Dosen, Gläsern und Kisten. Eine Tür ins Freie, verschlossen durch einen Riegel, den er vorsichtig öffnet. Draußen ist es dunkel. Vor der Tür steht ein weißer Lieferwagen. Die Hecktüren sind offen. Mit einem Nicken bedeutet er mir, einzusteigen. Er schiebt mich an die Wand, stellt Kisten vor mich und legt eine Decke über mich. Ich schließe die Augen. Was geschieht da? Ich will das nicht. Ihre Strafe wird schrecklich sein. Ein Ruckeln zeigt mir, dass der Wagen losfährt. Nur wenige Meter, dann hält er wieder an. Ich höre Stimmen. Ein Lachen. Mein Herz rast, mein Atem geht stoßweise. Wieder das Ruckeln. Wir fahren. Die Worte des Riesen drängen sich in meinen Kopf: »Ich darf dir wehtun!« Panik erfasst mich. Dennoch bleibe ich liegen, ohne mich zu bewegen. Wie lange? Eine Stunde? Oder sind es zwei? Endlich halten wir. Die Türen öffnen sich. Er schiebt die Kisten zur Seite.

Und wieder: »Komm!«

Ich mache zwei Schritte, dann knicken meine Beine unter mir weg. Er fängt mich auf und trägt mich zu einem Haus. Dunkelheit und die Schatten von Bäumen. Sonst nichts. Kein Dorf und keine Stadt. Ein Haus inmitten eines Waldes. Er legt mich auf ein schmales Bett und geht. Ich versuche zu verstehen. Vergeblich. Nur eines fällt mir auf. Alles, was er tut, ist geprägt von Zärtlichkeit und Vorsicht. So, als wollte er um jeden Preis verhindern, mich zu verletzen. Er kommt zurück.

»Sie werden uns finden. Und dann werden sie uns töten.«
Es sind die ersten Worte, die ich zu ihm spreche, seit wir
das Haus betreten haben.

Dann endlich die Frage: »Warum?«

Er sieht mich an. Endlose Sekunden. Er geht, kommt
wieder. In seiner Hand ein Bilderrahmen. Wortlos reicht
er ihn mir.

Ich starre auf das Foto.

Ich habe das Mädchen darauf schon einmal gesehen. Es
war der Tag, an dem es ein neues weißes Kleid bekam. Gleich
neben dem Laden gab es einen Fotografen. Ihre Mutter hatte
noch etwas Geld übrig gehabt und sich entschlossen, es in
eine Erinnerung zu investieren. Das Lächeln des Mädchens
war zu schüchtern gewesen, um ihre Augen zu erreichen. Es
war das gleiche Lächeln und es waren die gleichen Augen,
die mich aus dem Foto anblicken. Er nimmt es mir wieder
aus der Hand. Die Trauer in seinen Augen ist Antwort genug.

Ich deute auf das Foto. »Wie war ihr Name?«

»Mila. Meine Tochter hieß Mila.«

DIETMAR

Das Knirschen der Kieselsteine lenkte die Aufmerksamkeit des Gärtners von den Blumenbeeten am Rande der
Auffahrt zu dem schweren Mercedes, der langsam Rich-

tung Tor rollte. Die getönten Scheiben des Wagens verbargen die Insassen vor den Augen der Außenwelt. Der Mann, dessen Aufgabe darin bestand, den Garten um das Haus in einen Park zu verwandeln, brauchte den Blick in das Innere der gepanzerten Limousine nicht. Nicht nur die Männer des Sicherheitsdienstes wussten, dass nur Dietmar hinter dem Steuer dieses Wagens sitzen durfte. Da dieser oben auf der Treppe vor dem Eingang der Villa stand, konnte es nur Rebecca Donhauser selbst sein, die ihr Reich soeben verließ.

Dietmar beobachtete den Gärtner mit einer Mischung aus Neugier und Verachtung. Natürlich wusste er um die Meinung der Bediensteten über ihre Chefin. Das Getuschel und das Gerede, wenn sie sich weitab jedweder Beobachtung wähnten. Über ihre freiwillige Isolation und ihre Paranoia. Einige von ihnen sogar über die Angst, die in mancher Nacht als laute Schreie durch das Haus hallte.

Was, wenn sie den Grund dafür wüssten, dachte Dietmar. Er löste seinen Blick von dem Mann, der dem Wagen nachstarrte, bis sich das Tor hinter ihm schloss. Eine Weile stützte er sich noch nachdenklich auf seinen Spaten. Dann drehte er sich um, bemerkte die hoch aufgerichtete Gestalt des Leibwächters, nickte ihm kurz zu und machte sich wieder an die Arbeit.

Dietmar warf einen Blick auf seine Omega Seamaster. In einer Viertelstunde war es zehn Uhr und der Gärtner würde eine Pause einlegen. Nicht so das Team des Sicherheitspersonals, das dem Leibwächter unterstand. Auch wenn die Person, zu deren Schutz es angestellt war, nicht zu Hause war, wurden die Villa und der sie umgebende Park nie aus den Augen gelassen. Das verlangte Rebecca von Dietmar und das verlangte Dietmar von seinen Leuten.

Es war ungewöhnlich, dass sie ohne ihn gefahren war. Lange Jahre hatte sie auf seinen Schutz nur verzichtet, wenn sie im Ausland oder auf Geschäftsreise war. In den letzten Wochen aber hatten ihre Alleingänge zugenommen. Er wusste, wohin sie fuhr. Auch heute. Er würde sie nicht allein lassen. Noch einmal sah er auf seine Uhr. Ihr Vorsprung war groß genug.

Mit weit ausholenden Schritten ging er zur Garage, in der ein halbes Dutzend Autos jedweder Art wartete. Er wählte den Porsche Macan und machte sich daran, Rebecca zu folgen.

MORITZ

»Nichts!«

Ich warte auf weitere Erklärungen. Vergeblich. Alles, was durch das Telefon bei mir ankommt, ist Wut. Obwohl das Schweigen ein Rückschlag für unsere Ermittlungen ist, kann ich mir ein Grinsen nicht verkneifen. Vom Netz verlassen! Was für eine Wunde für Peter. In die ich noch eine Handvoll Salz streue. »Niemand will sein Wissen über Adelshäuser und Wappen mit der Welt teilen? Kann ich kaum glauben.«

»Ist auch nicht so«, antwortet er gereizt. »Natürlich gibt es diverse Seiten«, zwingt er sich zu einer Entschuldigung,

»aber eben keine, auf der dieses Wappen zu finden ist. Der Abgleich hat nichts gebracht.«

»Also ein eher unbedeutendes Adelsgeschlecht«, überlege ich.

»Vermutlich«, stimmt mir Peter zu. »Ein Fall für die Experten.«

»Kennst du denn welche?«

»Zumindest einen. Hat das Netz ausgespuckt.« Ein Hoffnungsschimmer, der seine Laune kaum verbessern kann. »Dr. Franz Uhlstein. Geschichtsprofessor in Tübingen. Anerkannte Koryphäe auf dem Gebiet.«

»Und?«

»Kann ich noch nicht sagen. Wir müssen ihn erst ausfindig machen. Aber die Kollegen in Tübingen sind da dran.«

»Also warten wir auf Herrn Uhlstein. Hoffentlich ist er wirklich so gut, wie das Internet vorgibt.«

Peter wertet meine Worte als weiteren Angriff auf seine große Liebe. »Werden wir sehen«, antwortet er knapp. Unser kurzes Gespräch ist nicht dazu angetan, seine Stimmung zu verbessern. Ohne auf eine Antwort zu warten, legt er auf.

Oh Mann! Mein junger Kollege mit der ausgeprägten Affinität zu den Geheimnissen der digitalen Welt ist mir ja wirklich sympathisch. Niederlagen einzustecken, muss er aber noch lernen. Wer wüsste das besser als ich?

DIE FAMILIE

»Der Tag ist etwas kühl, denken Sie nicht auch?« Die Frau am Empfangstresen verschwand hinter diesem. Als ihr freundliches Lächeln wieder erschien, hielt sie eine Decke in den Händen.

Die andere Frau nickte ihr dankbar zu und legte den flauschigen Stoff über den Schoß des alten Mannes. Sie packte die Griffe des Rollstuhls und schob ihn vorsichtig aus der breiten Eingangstür. Die Sonne stand hoch über den bewaldeten Bergen im Westen. Die meisten Bewohner des mondänen Gebäudes waren auf dem Weg zum Speisesaal, der seine Vergangenheit als Ballsaal nicht leugnen konnte. Andere spazierten vereinzelt unter den Schatten uralter Bäume.

Die Frau entschied sich für den kleinen Rosengarten am südlichen Ausläufer des Parks. Dort konnte sie sich sicher sein, nicht gestört zu werden. Ohne ersichtliche Eile schob sie den schweigsamen Mann durch die Gartenanlage, das kurze Stück bergauf zu dem Plateau, das ein längst verstorbener Baumeister angelegt hatte.

Äußerlich ungerührt bebte ihr Innerstes vor Nervosität. Das heutige Treffen war riskant. Auf keinen Fall durfte es ihren Plan gefährden. Aber es musste sein. Die Frau zupfte die Decke zurecht, streichelte dem Mann das Haar aus der Stirn und setzte sich neben ihm auf eine der Bänke dort. Schweigend wartete sie. Ihre Geduld wurde wenige Minuten später belohnt.

Der andere Mann setzte sich neben sie. Die Frau machte sich keine Mühe, ihren Schreck zu verbergen.

»Du siehst furchtbar aus.«

»Ja.«

»Wird es gehen?«

»Wann?«

»Heute Nacht.«

Er überlegte kurz, horchte in seinen sterbenden Körper hinein. Dann nickte er kaum erkennbar.

Zaghaft wanderte ihre Hand zu seiner, legte sich schützend auf sie. Ihre Gedanken sprangen in ein anderes Jahrzehnt. Damals, nebeneinander auf einer Schaukel, hatte sie die Kraft eines Jungen unter ihrer Berührung gespürt. Sie sah dem Mann in die gebrochenen Augen. Wieder die Zeitreise. Der Blick, der das Versprechen enthielt, das sie heute hierher geführt hatte. Sie alle drei. Den alten Mann, der nicht ihr Vater und doch so viel mehr war. Den Jüngeren, der nicht ihr Bruder war und doch alles für sie bedeutete.

»Heute Nacht!«

Beide sahen überrascht zu dem alten Mann im Rollstuhl. Dort, wo ein trüber Schleier das unvermeidliche Abgleiten in die Dunkelheit des Vergessens verriet, schimmerte jetzt ein matter Glanz. Der Verstand des Alten kämpfte sich zu einem letzten Gedanken, seine Lippen zu einem letzten Lächeln.

Sie knieten sich neben ihn. Sie hielten seine beiden Hände in den ihren. Tränen trübten den Blick der Frau. Die Augenlider des Mannes zuckten.

Der Alte nickte und sie verstanden.

Der Glanz in seinen Augen verschwand und wich dem stumpfen Starren des nahen Todes.

Die beiden Jüngeren standen auf und sahen einander an. Sie hielten sich an den Händen. Sie waren bereit für den finalen Kampf.

Der Hustenanfall kam und sagte ihnen, dass sie diesen, den anderen Kampf, verlieren würden. Der Körper des Mannes schüttelte sich in einem kurzen Krampf. Er wandte sich ab. Blutbläschen quollen aus seinem Mund. Als es vorbei war, drehte er sich wieder zu ihr um. Er sah sie an und auch er rang um ein letztes Lächeln. Sie trat zu ihm heran und schlang ihre Arme um seinen Hals.

Mit aller Kraft, die sein todgeweihter Körper erlaubte, presste er sie an sich.

Mit aller Liebe, die ihr Herz bereit war zu geben, presste sie ihren Mund auf seine blutigen Lippen. In diesem einen Kuss lagen all die Jahre, die sie zusammen und getrennt gewesen waren, die Jahre des gemeinsamen Glücks und die Jahre der Sehnsucht.

»Ich liebe dich«, flüsterte sie. »Du und Papa. Ihr seid die Einzigen.«

»Ich weiß. Deshalb musst du leben. Wir gehen, aber du musst bleiben.«

Sie löste sich von ihm und nickte.

»Ich danke dir für alles.«

»Ich habe es für dich getan. Für dich und für Papa.«

»Ich werde euch beide nie vergessen.« Sie packte die Griffe des Rollstuhls, und ohne sich noch einmal umzudrehen, schob sie den alten Mann zurück in das Haus. Bevor sie dort ankam, wischte sie das Blut von ihren Lippen und die Tränen von ihren Wangen.

MORITZ

Wann habe ich Karl und Jana zuletzt gesehen? Ich versuche, meine Gedanken zur richtigen Schublade im Gedächtnisschrank meines Kopfes zu lenken. Nach kurzem Suchen finde ich sie. Wir sitzen in gelöster Runde im Garten des Hauses Schedlbauer in Kirchbach. Claudia an meine Schulter gelehnt, Jana händchenhaltend mit Karl. Meine beiden Freunde aus St. Ulrich sind noch zusammen. Claudia und ich sind es nicht! Fast zögere ich, aus dem Auto zu steigen. Dabei kam mir Karls Anruf mehr als gelegen. Ein Einkaufsbummel führt das Paar in die Domstadt.

Wir haben uns im Orphée verabredet. Karl hat in dem französischen Bistro inmitten der Altstadtgassen einen Tisch reserviert. Als ich das Lokal betrete, liegt die Mitte des Tages eine Stunde hinter uns.

Jana winkt mir zu. Ihr Anblick erleichtert mir ein ehrliches Lächeln. Sie steht auf, wir umarmen uns. »Jana, du wirst immer hübscher.« Ein plattes Kompliment. Sie weiß, dass ich es ernst meine. Noch einmal umarmt sie mich. Dann haucht sie einen Kuss auf meine Wange. Karl klopft mir auf die Schulter. Ein übliches Wiedersehen unter Freunden. Niemand, der uns so sieht, ahnt von dem Geheimnis, das uns verbindet. Es ist das Band, das der nach langem Koma verstorbene Anton Breitmoser um uns geschlungen hat und das uns zusammenhält, auch wenn wir uns wochenlang nicht sehen. Janas Tat ist in unseren Köpfen eingesperrt. Und dort wird sie auch bleiben.

»Moritz! Wird Zeit, dass du dich mal wieder sehen lässt!«

Karl sieht erst mir, dann der Frau, die er liebt, in die Augen. Noch immer leuchtet darin die Liebe der ersten Tage. Sie haben bis heute nicht geheiratet.

Auf dem Tisch stehen ein Glas Wasser und eine Traubenschorle. Ihre Rücksicht auf meinen Kampf gegen den Alkohol berührt mich in fast peinlicher Weise.

Ich winke der Kellnerin und bestelle ebenfalls ein Wasser. Die Speisekarte liegt noch ungeöffnet vor uns. Karl nutzt die Gelegenheit, um verstohlen zu Jana zu sehen. Sie zieht eine Augenbraue hoch, verkneift sich aber jede weitere Reaktion. Sie wissen es und wagen doch nicht, es anzusprechen.

»Claudia hat sich von mir getrennt«, nehme ich die Last von ihren Schultern.

»Ja, ich weiß«, meint Karl nur.

»Willst du darüber reden?« Ich sehe Jana an. Wie schön sie doch ist. Alle in St. Ulrich müssen Karl um sie beneiden. Der Polizist von der PI Bad Kötzting, den ich seit dem Mord an Alois Huber vor vier Jahren zu meinem bescheidenen Freundeskreis zählen kann, liebt sie, seit er sie zum ersten Mal gesehen hat. Eine Liebe, der ihr Ehemann Anton im Weg gestanden hatte. Anton, den sie in Notwehr getötet hat. Nur Karl, Jana, Claudia und ich wissen davon.

»Nein!« Ich schüttle den Kopf und stelle das Glas Wasser auf den Tisch. »Es ist vorbei.« Ich zucke mit den Schultern. »Aber ich freue mich darauf, einmal nicht mit Polizisten im Einsatz reden zu müssen.«

Jana sieht mich an. Das Leben hat sie wahrlich nicht auf Händen getragen. Schon in ihrer Jugend in der Ukraine hat es ihr gezeigt, was Menschen einander antun können. Erfahrungen, vor denen sie nach Deutschland geflohen ist, nur um festzustellen, dass es auch hier Menschen gibt, die sie nur als ein Stück Fleisch betrachten.

Und dann reden wir. Nicht über Morde. Nicht über Mörder. Und auch nicht über Claudia.

Wir essen Korsischen Fischtopf mit Fenchel, Oliven, Gremolata und Baguette und vergessen die Zeit. Die beiden haben eine unsichtbare Mauer zwischen mich und herausgerissenen Herzen, gequälten Frauen und perversen Sekten gelegt. Wir sitzen auf dieser Seite der Mauer, Martina Richter, Melanie, Theodor Hauser und Rebecca Donhauser auf der anderen. Es ist, als wäre ich nie mit Sepp Probst nach Igleinsberg gegangen, um dort ein blutiges Herz zu finden. Auch Janas Vergangenheit ist jenseits unserer Gedanken. Es sind belanglose Dinge und Ereignisse, über die wir reden. Und gerade deshalb sind sie so wertvoll.

Und dann passiert es doch. Mein Handy. Peter. Eine kurze Erklärung. Ich antworte genauso knapp: »Ich komme!«

Die Druiden haben mich wieder.

✳

Die kurze Fahrt hinauf ins Polizeipräsidium gestaltet sich als Geduldsprobe. Ich weiß, wir stehen vor dem entscheidenden Wendepunkt unserer Ermittlungen. Ich weiß aber auch, die kommenden Stunden sind unsere letzte Chance. Es ist ein Gefühl, das sich zur Gewissheit manifestiert. Es wird keine weiteren Toten geben. Und die bisherigen haben uns keine Spuren zu ihrem Mörder hinterlassen. Wir müssen mit dem arbeiten, was wir haben. Das Haus auf dem Foto. Und das Wappen, das uns hinführen wird.

Als ich das Präsidium erreiche, ist Martina schon da. Ohne sich umzudrehen, eilt sie dem Eingang entgegen. Hat sie die gleiche Aufregung gepackt? Das Fieber des Jägers beim Anblick der Beute? Bei mir ist es das Versprechen Magdalena gegenüber. Bei ihr eine Lebensaufgabe.

Vor dem Büro der K 1 hole ich sie ein. Ein kurzer Blick, der nichts verrät. Wieder fällt mir auf, wie erschöpft sie aussieht.

Mel und ihr Team sind schon da. Einschließlich des Polizeidirektors.

Ich ersetze die Begrüßung durch eine Frage: »Wo?«

So schlicht will Peter seinen späten Triumph nicht feiern. »Wir haben Professor Uhlstein ausfindig gemacht«, holt er zu einer in seinen Augen angemessenen Erklärung aus. »Er hatte etwas Mühe, das Wappen einer deutschen Adelsfamilie zuzuordnen. Deshalb hat es länger gedauert. Aber letztendlich ist er doch seinem Ruf gerecht geworden.«

»Wo?« Martinas Stimme verrät ihre Ungeduld. Und offensichtlich eine Spur mehr Autorität als meine.

»Schloss Marienhöfen«, antwortet Peter, ohne den Blick von seinem Laptop zu nehmen. Um unsere Unwissenheit wissend, fährt er fort: »Velké Dvorce. Tschechien. Kaum zehn Kilometer hinter der Grenze.« Bevor sich unsere Ungeduld über ihm entladen kann, wirft er das Bild von seinem Laptop auf den Großbildschirm an der Wand. Das vermeintliche Schloss ist nicht mehr als ein dreigeschossiger, ziemlich großer und ziemlich heruntergekommener Kasten, der in seinen besten Jahren einen gewissen herrschaftlichen Glanz versprüht haben mag. Peter wechselt auf Google Earth. Während wir wie Fallschirmspringer der Erde entgegenschweben, füttert er uns mit Informationen: »Das Anwesen liegt in der Nähe der Stadt Přimda. Das Schloss gehörte einem Zweig eines eher kleinen deutschen Adelsgeschlechts. Nach dem Zweiten Weltkrieg wurden auf der

Basis der Beneš-Dekrete die deutschen Bewohner enteignet und vertrieben. Das Anwesen wurde verstaatlicht und während des Sozialismus dem Verfall preisgegeben. Wie dem auch sei, das Wappen über der Tür gehört zu der fränkischen Adelsfamilie der Donndorf. Die hat sich Schloss Marienhöfen irgendwann im Laufe der Jahrhunderte erheiratet.«

Peters Vortrag folgt die klassische Szene. Jeder sucht den Blick des anderen. Direktor Eberlein beendet das Schweigen: »Ich rufe die tschechischen Kollegen an.«

»Nein!« Martinas Stimme duldet keinen Widerspruch. »Dazu haben wir keine Zeit. Wir fahren selbst.«

Vier Menschen im Raum erheben sich. »Unsere Einsatzfahrzeuge werden an der Grenze für Verwirrung sorgen«, meint Daniela.

»Deshalb fahren Sie«, erklärt Martina. »Und Moritz. Privat.«

Ohne weitere Fragen geht Melanie zum Schrank, wirft sich ihre Jacke über und kramt in einer der Taschen. Der Autoschlüssel in ihrer Hand ist das Zeichen zum Aufbruch.

❋

Es ist die seltsamste Fahrt, die ich je erlebt habe. Ist es die Ungewissheit der kommenden Ereignisse, die unsere Lippen verschließt? Oder bringt uns die Angst vor dem Versagen zum Schweigen? Sollte sich die Spur, die uns nach Tschechien führt, als Sackgasse erweisen, nähern sich unsere Hoffnungen, die Mordserie aufzuklären, dem Nullpunkt. Ich weiß das und Martina weiß es auch. Und so hängt jeder seinen Gedanken nach, ohne diese dem anderen offenzulegen.

Wir fahren nach Norden und wechseln bei Wernberg die

Autobahnen. 20 Minuten später verlassen wir am Grenzübergang Waidhaus Deutschland, und als Petra Gerster
in den 19-Uhr-Nachrichten verkündet, dass der rätsel-
hafte Herzmörder noch immer nicht gefasst ist, erreichen
wir Přimda. Wir durchqueren den Ort, mehr ein Dorf
denn eine Stadt. Die nächsten Kilometer schlängelt sich
die Straße durch einen Wald. Die Bäume lichten sich. Wir
sind da. Ein paar Häuser zur Rechten der Straße, eine
zwischen dichten Bäumen versteckte Einfahrt zur Linken. Ich folge Danielas Wagen bis vor eine hohe Mauer.
Martina atmet tief ein und sieht mich herausfordernd an.
»Das ist es.«

Ich frage sie nicht nach dem Grund ihrer Überzeugung.
Manchmal weiß man es einfach. In dieser Beziehung sind
wir uns ähnlicher als in allen anderen. Die Sonne nähert
sich den Gipfeln der Bäume auf den westlich vorgelager-
ten Hügeln, während wir unschlüssig vor dem kunstvoll
geschmiedeten Tor stehen. Das Schloss hat seine Funktion
längst aufgegeben. Diese übernimmt eine mit einem Vorhängeschloss gesicherte Eisenkette. Als Polizisten könnten wir uns gewaltsam Zutritt verschaffen. Aber in diesem
Land sind wir keine Polizisten. Peter ergreift als Erster
die Initiative. Er folgt der Mauer nach rechts. Daniela tut
es ihm auf der linken Seite gleich. Ich überlege noch, was
ich zum Gelingen der Aktion beitragen könnte, als unser
Kollege bereits erfolgreich ist. »Hierher«, lotst er uns zu
einer Öffnung in der Mauer. Ein schmaler Durchgang, einst
durch eine stabile Tür versperrt. Jetzt ein Durchschlupf
ins Innere. Waren es die Zähne der Zeit, Einbrecher oder
Jugendliche, denen das alte Gemäuer ein Abenteuer versprochen hat? Egal!

Peter schlüpft als Erster hindurch. Wir folgen ihm unbemerkt. Niemand ist hier, uns zu hindern. Wie bei Schlössern zu erwarten ist dieses von einem weitläufigen Park umgeben. Je näher wir an das Gebäude herankommen, desto enger schnürt sich eine eiserne Klammer um mein Herz. Wir erreichen den Eingang, der, wenig überraschend, verschlossen ist. Wieder ist es Peter, der die Richtung vorgibt. Ohne zu zögern, beginnt er, das Haus zu umrunden. Wir folgen ihm. Dann sind wir da. Wir alle sehen es. Es ist der Treppenaufgang aus dem Video. Es ist die Tür und über ihr das Wappen.

Ohne eigenes Zutun flackert ein Name durch meinen Kopf: Magdalena! Sie war hier! Dies war ihr Gefängnis!

DAS MÄDCHEN MIT DEM WEISSEN KLEID

Das Gezwitscher der Vögel hat mich geweckt. Ich trage noch immer das weiße Kleid. Ich setze mich auf und sehe mich um. Das Zimmer ist klein und nur spärlich möbliert. Neben dem Bett, auf dem ich sitze, sehe ich einen Schrank, einen Tisch, zwei Stühle und eine Kommode. Altmodische Landschaftsbilder gehen fast nahtlos in ein genauso altes Tapetenmuster über. Im Licht der Sonne schweben winzige Staubflocken durch die Luft. An einer Wand hängt ein Waschbecken aus emailliertem Blech. Ich gehe hin und wasche mein Gesicht mit eiskaltem Wasser. Über einem der

Stühle hängt ein dunkelblaues Kleid. Darüber Strümpfe, Unterwäsche und eine Bluse in zartem Rosa. Ich ziehe das Symbol meiner Unschuld aus und schlüpfe in das andere Kleid. Es passt, als hätte es ein Schneider für mich gemacht. Dann setze ich mich auf den Rand des Bettes und überlege. Meine Gedanken wollen sich auf die Reise machen, werden aber von einem Geräusch an der Tür zurückgehalten.

Es ist ein Junge. Vorsichtig kommt er näher. Mit großen Augen und offenem Mund starrt er mich an. Er nimmt mich bei den Händen und führt mich schweigend hinaus. Der kleine Bauernhof liegt auf einer weitläufigen Lichtung inmitten eines Laubwaldes. Wir gehen um das Haus in einen kleinen Garten. Unter einem Kirschbaum bleiben wir stehen. Er tritt ein paar Schritte zurück, ohne die Augen von mir zu nehmen.

»Du hast Fragen?«

»Ist das ihr Kleid?«

Er sieht mich überrascht an.

»Das Kleid seiner Tochter?«

Er nickt kaum merklich.

»Was ist geschehen?«

Er schlägt die Augen nieder. »Sie ist verschwunden.«

»Entführt?« Die Frage bedarf keiner Antwort. Ich kenne sie auch so.

Er kommt näher, fasst mich bei den Händen. Seine Gesichtsmuskeln zucken. »Ich weiß, was dort mit dir geschehen ist. Ich weiß, was sie dir angetan haben.«

Er ist kaum 13 oder 14 Jahre alt. Aber er spricht die Sprache der Erwachsenen.

»Ihr habt mich da rausgeholt, weil ich …« Ich schaue ihm in die Augen. »Sehe ich ihr wirklich so ähnlich?«

Er nimmt mein Gesicht in beide Hände. Sie sind warm

und weich. Zärtlich streicht er über mein Haar. Er zieht mich zu sich heran, umarmt mich. Ich spüre seine Tränen heiß über meine Wangen laufen.

»Mila. Ihr Name war Mila. Sie war meine Schwester.«

Ein Flüstern bei ihm. Ein Schluchzen bei mir. Meine Tränen vermischen sich mit seinen. Ich beuge mich zu ihm hinab und lege meine Arme um seinen Hals. Von Weinkrämpfen geschüttelt stehen wir eng umschlungen in der morgendlichen Sonne. Ich spüre es. Etwas geschieht. In diesen Minuten wachsen wir zusammen. Eine Verbindung, die unser weiteres Leben bestimmen wird.

Ich weiß nicht, wie lange es dauert. Endlich löst er sich von mir, tritt ein paar Schritte zurück.

Alles Leid und jegliche kindliche Angst sind aus seiner Stimme gewichen. Seine Augen funkeln und sein Gesicht ist hart wie Stein. »Sie kaufen Mädchen und Jungen.«

»Sie haben mich gekauft.«

»Ja, das haben sie.«

MORITZ

Daniela ist die Erste. Während sie die Treppe hinaufsteigt, sehe ich mich um. Der Weg ist kaum noch zu erkennen. Unter Unkraut und wucherndem Gestrüpp führt er in den Garten.

»Moritz! Kommst du?«

Ich nicke und folge den anderen hinein.

In der Halle bleiben wir stehen. Fühlen es die anderen auch oder spüre nur ich den Atem des Schreckens, der einst hier wohnte?

»Und was jetzt?« Peter.

»Weiß jemand, wonach wir suchen?« Daniela.

»Wenn wir es finden, wissen wir es.« Martina.

Sie macht sich auf den Weg in die oberen Geschosse. Mit weichen Knien folge ich ihr. Die Treppe endet auf einer Galerie, die in einen dunklen Flur mündet. Ich finde einen Lichtschalter. Strom? Tatsächlich! Durch den Staub von Jahren tauchen kerzenähnliche Lampen den Gang vor uns in ein schmutziges Dämmerlicht. An beiden Wänden führen Türen zu versteckten Räumen. Ohne zu zögern, drückt Martina eine der Klinken und entschwindet meinem Blick. Ich gehe weiter und mache es ihr an der nächsten Tür nach. Auch hier ein Schalter, auch hier eine Lampe. Und ein Schrank, ein Bett, eine Kommode, eine weitere Tür in ein kleines Bad. Ich öffne alle Schubladen und Türen. Ich sehe sogar unter das Bett. Nichts! Habe ich wirklich erwartet, hier die Lösung aller Rätsel zu finden? In diesem Zimmer? Die Menschen, die dieses Haus mit Leben erfüllt haben, sie haben jeden Hinweis darauf mitgenommen. Wer in diesem Bett geschlafen hat, wer unter dieser Dusche die Hitze des Wassers genossen hat. Sie sind nicht mehr hier.

Ich kehre zurück auf den Flur. Die Tür gegenüber ist offen. Ich erkenne Danielas Gestalt. Auch sie wird nichts finden. Langsam gehe ich zurück zur Treppe. Mein Blick wandert über die stuckverzierte Decke nach unten. Bilder, mit denen ich nichts anfangen kann. Jagdgesellschaften, Männer auf Pferden und Frauen in langen Gewändern. Picknickszenen an einem See und die feine Gesellschaft andächtig Kammermusik lauschend. Schlachtszenen. Doch da ist noch etwas! Neben einem der Bilderrahmen kriecht ein weißes Kabel aus der Wand. Ich beuge mich über das Treppengeländer und versuche, ihm zu folgen. Da! Es endet wenige Meter neben mir in einem Strauß aus bunten Drähten. Jemand hat das elektrische Gerät, das es einst mit Strom versorgt hat, entfernt, sich jedoch keine Mühe gemacht, das Kabel zu verstecken.

Unten in der Eingangshalle erscheint Peter. Entschuldigend hebt er die Hände. Ich winke ihn zu mir herauf. Immer zwei Stufen nehmend folgt er meiner Aufforderung.

Ich lenke seinen Blick auf meine Entdeckung. »Was hältst du davon?«

Als Antwort tut er etwas, was ich mir nie zutrauen würde. Noch bevor ich ihn zurückhalten kann, steigt er über die Treppenbalustrade. Mit einer Hand an eine der säulenartigen Holzstützen geklammert packt er mit der anderen das Kabel.

»Bist du verrückt?«, kommt mir Melanie zuvor. »Komm sofort zurück!«

Obwohl mich der wenig vertrauenerweckende Zustand des Geländers davon abhalten will, lehne ich mich weit vor und greife nach seinem Handgelenk. Peter scheint von alldem wenig beeindruckt zu sein. Mit aller Kraft zieht er an dem Kabel. Eine feine Staubwolke verrät, wo die Stromleitung aus der Wand platzt und der Putz zu Boden rieselt. Es sind nur wenige Meter bis zum nächsten Drahtbündel. Peter nickt zufrieden. »Du kannst mich wieder rüberziehen.«

Ein kleiner Ruck von mir, und schon steht er wieder auf sicherem Boden. Was Melanie nicht davon abhält, mit gerunzelter Stirn den Kopf zu schütteln. »Noch einmal so eine Nummer und …«

»Haben Sie etwas gefunden?«, bewahrt Martina ihn vor mehr. »Die Zimmer geben leider nichts her. Obwohl ich davon überzeugt bin, dass sie hier die Frauen eingesperrt haben.«

»Überwachungskameras. Überall hier. Auch draußen, vermute ich. Die Kameras sind weg, aber die Kabel sind noch da«, erklärt Peter.

»Und wie hilft uns das weiter?«, will Daniela wissen.

»Die Aufnahmen der Kameras werden irgendwo aufgezeichnet. Es muss einen Raum geben, in dem die Technik dafür steht.«

»Dann sollten wir den finden.« Melanie lässt keinen Zweifel daran, dass sie das Haus nicht ohne Ergebnisse verlassen wird. Also machen wir uns auf die Suche. Zehn Minuten später ist es Martinas Stimme, die uns in die Bibliothek und von dort in ein kleines Klavierzimmer ruft. Vier Stühle, ein schwarzes, demoliertes Klavier und ein Türschloss in der Wand.

»Kaum zu erkennen«, meint Daniela anerkennend angesichts der Tür, die sich nahtlos in die getäfelte Wandverkleidung einfügt.

»Ich habe die Wände abgeklopft«, erklärt Martina. Peter hält sich mit derlei Erklärungen nicht lange auf. In Ermangelung eines Schlüssels eilt er zurück in die Empfangshalle, um gleich darauf mit einer schweren Bronzebüste zurückzukehren. Anders als in Hollywood, wo immer klappt, was eigentlich nicht geht, rennt er die Tür nicht mit seiner Schulter ein, sondern öffnet sie dröhnend mit der Nachbildung des Kopfes eines längst verstorbenen Adeligen. Daniela geht voran. Sie tastet die Wand ab. Sekunden später taucht eine

Neonröhre den Raum in weißes Licht. Ich erkenne die Halterungen von Bildschirmen und Computerkonsolen. Leere Halterungen, wohlgemerkt. Natürlich!

An der Wand ein Schrank mit Schubladen. Martina beginnt, einen nach dem anderen herauszuziehen. Die ersten sind leer, der letzte vollgestopft mit CD-Hüllen. Daniela geht in die Knie. Mit zunehmender Resignation öffnet sie die in Zeiten von Netflix und Co. wie Relikte aus einer anderen Zeit anmutenden Plastikgehäuse. Achtlos lässt sie die nutzlosen Hüllen zu Boden fallen. Ein rhythmisches Scheppern, das plötzlich unterbrochen wird.

»Sie haben eine vergessen!«

Eine Sekunde später starren fünf Augenpaare auf die silberne Scheibe in ihrer Hand, auf die eine sorgfältige Hand ein Wort geschrieben hat.

»November«, murmelt Daniela. »Was bedeutet das?«

»Wenn wir jetzt einen DVD-Player hätten«, seufze ich provokativ. Peter sieht mich mit schräg geneigtem Kopf an, dreht sich um, und fort ist er. Wir alle wissen, was jetzt geschieht. Keine fünf Minuten später ist er wieder da. Ein letzter tadelnder Blick zu mir, dann fährt sein Laptop hoch. Peter zieht sich einen Stuhl heran, nimmt Daniela die DVD aus der Hand und startet eines seiner unergründlichen Programme, von dem ich nur hoffe, dass es nicht den Inhalt der Scheibe löscht. Ich wage es nicht, ihn auf diese Möglichkeit hinzuweisen. Nichts dergleichen geschieht.

Auf dem Bildschirm erscheint eine kurze Filmsequenz. Autos halten vor dem Treppenaufgang. Menschen steigen aus. Zwei Männer, eine Frau. Theodor Hauser, David Beckmann, Laura Andersson. 20 Jahre liegen zwischen den Bildern und heute.

Sie gehen ins Haus. Eine andere Kamera. Die Eingangshalle! Frauen warten dort nebeneinander aufgereiht. Sie tragen Kleider. Ihre Köpfe sind zu Boden geneigt. Der Blickwinkel der Kamera versteckt ihre Gesichter. Laura Andersson und die beiden Männer berühren sie mit Augen und Händen.

Wieder eine andere Kamera. Die Treppe ins Obergeschoss. Eine junge Frau kommt herab. Der Mann hinter ihr überragt sie wie der Dom die Regensburger Altstadt. Seine Hand ruht auf ihrer Schulter. Sie trägt ein Kleid. Ihr Blick gesenkt. Ich erkenne sie trotzdem.

Natürlich war sie 20 Jahre älter, als ich sie zum letzten Mal gesehen habe. Ich rufe mir ihr Gesicht in Erinnerung. Einige kaum sichtbare Fältchen unter den Augen. Der Glanz der Lippen nicht mehr so frisch. Das Funkeln der Augen fast erloschen. Das ist aber auch schon alles. Ansonsten hat sich Rebecca Donhauser kaum verändert.

ONDREJ

Es ist das letzte Mal, dachte er. Das letzte Mal, dass ich mir den Rucksack umhänge. Das letzte Mal, dass ich in mein Auto steige und hinüber nach Deutschland fahre.

Das letzte Mal, dass ich sie sehen werde.

Das Ziel seiner Fahrt stand fest. Schon vor langer Zeit hatte er den Ort ausfindig gemacht. Er war wie geschaffen für sein Vorhaben. Eine einsame Straße, eine enge Kurve und Wald.

Es würde der finale Akt in diesem Drama sein. Einmal noch musste er zurückkommen, um die Beweise aus seiner Wohnung zu räumen. Warum habe ich das nicht schon längst gemacht, fragte er sich.

Weil ich einen Grund brauche, um noch einmal nach Hause zu fahren, gab er sich die Antwort selbst. Ein paar Tage noch leben, um zu sehen, ob der Plan aufgegangen ist. Dazu muss ihr die Flucht gelingen. Auf sie darf kein Schatten eines Verdachts fallen. Ich kann nicht sterben, ohne sie in Sicherheit zu wissen.

Er sah auf die Uhr an seinem Handgelenk. Dann steckte er die Pistole in seine Tasche. Wenn alles glattlief, würde sie in dieser Nacht dort bleiben. Aber man konnte ja nie wissen. Leise wie immer schloss er die Tür hinter sich und machte sich auf den Weg.

REBECCA

Der Traum traf sie mit voller Wucht. Sie schwebte über der Szene, die sie schon oft in die Vergangenheit entführt hatte. Unter ihr entrissen Fackeln das Geschehen der Dunkelheit. Vermummte Gestalten, mondhelle Nacht, ein Felsen, der Opferstein.

Rebecca kämpfte sich in die Gegenwart zurück. Sie riss die Augen auf. Im Halbdunkel der Bibliothek erkannte sie, dass sie nicht in ihrem Bett lag. Sie war allein und es war erst neun Uhr. Ihre Hände tasteten nach ihrem Gesicht und griffen in ihre Haare. Sie fühlte Schweiß. Wankend stand sie aus dem Sessel auf, der sie in den Schlaf getragen hatte.

So stand sie minutenlang in der Stille ihres Hauses. Während draußen die Nacht das letzte Licht aufsaugte, krochen in Rebeccas Seele die Schatten aus ihrem Versteck, um sie in die Tiefe zu reißen. Ein Zucken ging durch ihren Körper, erreichte ihr Gesicht und ihre Augen. Ihre nächsten Handlungen wurden nicht von ihrem Verstand gesteuert. Es waren die Dämonen, die sie seit den Tagen der Druiden nicht mehr losließen. Ohne Widerstand ließ sich Rebecca von ihnen in den Kellerraum mit dem Altar führen.

MORITZ

Vor uns tauchen die blau-weißen Audis der bayerischen Polizei auf. Melanie hat die Kollegen aus Regensburg angefordert. Eine Maßnahme, die mir zu voreilig erscheint. Aber meine Kollegen sind sich einig. Rebecca ist eine der jungen Frauen, die den Druiden in die Hände gefallen sind. Sie ist dem Wahnsinn entkommen – die Frage, wie ihr die Flucht gelungen ist, kann nur sie selbst beantworten – und hat in Deutschland die Karriere einer erfolgreichen Unternehmerin geschafft, die nach Jahren Vergeltung übt. Warum jetzt? Ist Magdalena das Zündholz, das in Rebecca das Feuer der Rache entfacht hat? Hat sie die Spur zu Hauser und den anderen gelegt? Und wer ist Rebeccas ausführende Hand? Ich kann mir beim besten Willen nicht vorstellen, dass diese Frau die Morde selbst verübt hat. Nicht diese Morde.

Also Dietmar? Ich rufe mir die Ermittlungsakte in Erinnerung. Natürlich haben Melanie und ihr Team auch Rebeccas Leibwächter unter die Lupe genommen. Und dabei dessen Leben bis zurück in Frankreichs Légion étrangère offengelegt. Der ehemalige Fremdenlegionär. Die Voraussetzungen dafür würde er mitbringen. Aber auch den Willen? Warum sollte er den Racheengel für seine Chefin spielen? Alles Fragen, die ich den beiden stellen werde.

Aber brauchen wir dazu diesen Aufmarsch? 20 Polizisten und die Spurensicherung sind ein Aufgebot, wie ich es nur aus amerikanischen Filmen kenne. Melanie will nichts dem Zufall überlassen. Das Gespräch mit den beiden soll im Verhörraum der Kriminalkommission stattfinden und nicht in Rebecca Donhausers Villa. Und es sollen keine Spuren verwehen oder Beweise verschwinden.

Na gut. Dann eben so.

In diesem Augenblick hält es Sven für angebracht, mich mit neuen Informationen zu versorgen. Martina wirft mir einen fragenden Blick zu. Ich zucke mit den Achseln und nehme das Gespräch entgegen. Wenn Sven anruft, dann ist es wichtig. »Servus, Moritz. Was machst du gerade?«

»Ich stehe vor Rebecca Donhausers Tür«, nehme ich die kommenden Ereignisse vorweg.

»Dann frag sie doch, wie sie wirklich heißt.«

»Was meinst du damit?« Ich schalte den Lautsprecher meines Handys ein.

»Ich habe Maulwurf gespielt, wie du gesagt hast. Gewühlt, du verstehst? Richtig tief. Vor ihrer Hochzeit mit Dr. Eduard Donhauser hieß die gute Frau Lechner. Kann man in all ihren Papieren nachlesen. Immatrikulationsbescheinigung, Schulzeugnisse, Führerschein, Stammbuch, Hochzeitsurkunde, Examen und natürlich auch in ihrer Geburtsurkunde. Geboren am 15.03.1975 als Rebecca Lechner in St. Elisabeth in Straubing. Steht so geschrieben und alle haben es geglaubt. Nur dass in St. Elisabeth am 15.03.1975 kein Mädchen zur Welt gekommen ist. Zwei Jungen, Bernhard und Simon. Aber kein Mädchen.«

»Gefälschte Papiere also. Und eine geheime Identität.«

»Ein weiteres Teil im Puzzle«, meint Melanie.

»Danke, Sven. Ich kann dir jetzt nichts erklären, da wir gleich da sind. Morgen dann, einverstanden?«

»Aber dann alles. Jedes Detail, ja?«

»Natürlich«, verspreche ich.

Fünf Minuten später steht unser Konvoi vor dem Tor zu Rebeccas Anwesen.

DAS MÄDCHEN MIT DEM WEISSEN KLEID

Meine Haare flattern im Wind. Höher und höher. Die Schaukel ist am Ast eines Kirschbaums befestigt. Das Haus liegt inmitten eines Waldes. Der Mann und der Junge sagen, wir seien in Sicherheit. Sie versprechen mir, dass sie mich nicht finden werden. Heute nicht und nie mehr.

Die beiden haben meine Flucht geplant. Und mein Leben danach. Die besondere Gabe des Mannes wird mir dabei helfen. Er ist ein Fälscher. Kein Geld. Aber Ausweise, Führerscheine und amtliche Dokumente. Auch für ihn selbst. Niemand, so sagt er, kenne seinen richtigen Namen.

Natürlich hat er auch einen richtigen Beruf. Nicht den, junge Frauen zu Opferstätten im Wald zu fahren. Ich verstehe nicht, warum er das getan hat. Ich verstehe nur, warum er es nicht mehr machen will. Wegen mir! Weil er mich gesehen hat!

Heute ist er nach Prag gefahren, um dort alles vorzubereiten. Eine große Stadt. Viele Verstecke. Eine Wohnung für uns, Ausweise, ein neuer Name, ein neues Leben.

Und eine deutsche Schule für mich. Ich muss nach Deutschland gehen.

Von dort kommen sie. Dort werde ich sie finden.

Eine Hand legt sich auf meine Schulter. Ich weiß, es ist der Junge. Er gibt mir einen Schubs. Ich schwinge durch die Luft. Es ist wie Schweben. Ich schließe die Augen, spüre den warmen Wind auf meinem Gesicht und in meinem Haar.

»Sei vorsichtig«, ruft er und lacht dabei. Es ist das erste Mal, dass ich ihn so sehe. Ich lasse die Schaukel ausschwingen. Er tritt vor mich, sieht mich an. Das Lächeln ist aus seinem Gesicht verschwunden. Ich stehe auf, lege meine Arme um ihn und küsse ihn auf die Wangen. Seine Augen sind ein unausgesprochenes Versprechen. Ich bin bei dir, sagen sie. Ich passe auf dich auf. Niemand wird dir etwas antun. Nie mehr! Papa und ich werden das nicht zulassen.

DIETMAR

Unschlüssig stand er am Fenster der Bibliothek. Sollte er hinuntergehen? So wie damals? In jener Nacht war er allein mit ihr gewesen. Sie hatte alle fortgeschickt. Alle, außer ihn. Heute wusste er, dass es Angst war, die sie daran gehindert hatte. Angst vor der Leere des Hauses. Angst vor der Welt da draußen. Angst vor sich selbst. War es diese Angst gewesen, die sie gezwungen hatte, die Tür zu dem versteckten Kellerraum nicht zu schließen? Den Raum, von dem bis dahin nicht einmal er gewusst hatte.

Er hatte seine eigene Antwort auf diese Frage gefunden. Rebecca hatte ihr Leben nicht mehr ertragen, ohne ihre Albträume mit jemandem zu teilen. Mit ihm!

Er hatte das Haus inspiziert, wie er es jeden Tag tat. Dabei hatte er die offene Tür entdeckt. Ein weiterer Keller. Einer, von dem sie ihm nichts gesagt hatte. Als Verantwortlicher für die Sicherheit Rebeccas durfte nichts in diesem Haus vor ihm verborgen bleiben. Und so war er die wenigen Stufen in diesen Raum hinabgestiegen.

Er hatte die von kaltem Neonlicht beleuchtete Szenerie in Sekundenbruchteilen erfasst. Und doch nicht verstanden. Da war der Raum. Kahle Betonwände, wie auch die Decke und der Boden. Ein Tisch an der Seitenwand. Darauf Schuhe, Kleidung, ein Slip, ein BH. Ein Steinquader in der Mitte. Grau. Schwer. Massiv. Ohne sein Zutun hatte sein Gedächtnis ein Wort geformt: Altar!

Auf dem sie lag. Nackt! Zitternd! Blutend!

Obwohl während seiner Militärzeit auf Extremsituationen vorbereitet, hatte ihn der Anblick gelähmt. Kleine rote Kugeln tropften von ihrer Hand in eine flache in den Stein geschliffene Schale.

Er hatte ihre Schnittwunden verbunden und dann das zitternde Bündel Fleisch nach oben getragen. Nur er und sie waren da gewesen. Sie, bereit zu sterben. Er, gewillt, das zu verhindern. Er hatte sie ins Leben zurückgeholt. Physisch und psychisch. Das eine war pures Glück gewesen. Das andere ein gemeinsames Geheimnis. Rebeccas Geheimnis. Fürchterlich und unfassbar.

Dietmar lauschte noch einmal in den Keller hinab. Wird sie sich heute etwas antun? Nein! Nie wieder! Sie hatte es ihm versprochen, als sie aus ihrem totenähnlichen Schlaf erwacht war. Damals in jener Nacht, als er sie gefunden hatte. Ein Wesen an der Grenze der menschlichen Existenz.

Es war der Altar, den sie in ihrem Keller versteckt hielt. Er war die Brücke zu den Opfersteinen von damals, deren Erinnerung sie nicht entkommen konnte. Auch wenn er es nicht verstand, er verstand sie.

Noch bevor er in ihre Dienste getreten war, hatte sie dieses Haus gebaut. Eine Festung, die sie nur selten verließ. Nur unaufschiebbare Verpflichtungen zwangen sie hinaus. Nie ohne ihn, ihren Schatten. Manchmal ertrug sie die Mauern um sich nicht mehr. Dann floh sie in die Ferne, suchte Schutz an Orten, von denen niemand außer ihr wusste.

Ein leises Stöhnen von unten zeigte ihm, dass alles so war, wie es sein sollte. Beruhigt drehte er sich um. Er löschte das Licht und flutete den Raum mit Dunkelheit. Draußen tauchten die Lichter eines halben Dutzends Autos aus dem Wald auf. Rasch näherten sie sich dem Tor.

MORITZ

Daniela und Peter fahren vor uns. Ihr Wagen hält neben der Gegensprechanlage. Das Fenster gleitet lautlos nach unten. Peters Profil erscheint und verschwindet wieder. Schneller als erwartet öffnet sich das Tor. Das Knirschen des Kieses unter den Rädern zwingt meine Gedanken auf das Kommende. Nervös knete ich meine Hände. Martina scheint dagegen in sich zu ruhen. Hat sie das erwartet? Wollte sie nicht eine Organisation von Menschenhändlern überführen? Und nicht eines ihrer Opfer? Vielleicht hofft sie ja darauf, mehr von Rebecca zu bekommen als ein bloßes Geständnis der Morde an Hauser und den anderen Druiden.

Wir sind da. Peter und Daniela steigen aus ihrem Wagen. Sie gehen nicht hinauf zur Tür, sondern warten auf uns.

Ich sehe mich um. Die Audis und BMWs spucken Männer und Frauen aus. Die Kiesauffahrt vor dem Haus wimmelt vor Polizisten. Alle warten auf Martinas Signal. Sie lässt ihren Blick über jeden Einzelnen von uns schweifen.

In diesem Augenblick öffnet sich die Tür. Dietmar Reinhard blickt auf uns herab. Und das nicht nur, weil er auf der obersten Stufe der Treppe steht. Keiner der hier Anwesenden kann sich in puncto Körpergröße auch nur annähernd mit ihm messen. Erneut wird mir die Kraft dieses Mannes bewusst. Hemd und Jackett können die Muskeln darunter kaum bändigen. Und dennoch wirkt er geschmeidig und wendig. Auch die elegante Kleidung kann die Aura latenter Gefahr nicht überdecken, die von ihm ausgeht. So auch jetzt, während er uns abschätzend mustert. Sein Blick bleibt an mir hängen. Soll ich mich geschmeichelt fühlen? Wohl eher nicht.

»Ah, Herr Buchmann! Dürfte ich erfahren, was dieser Aufmarsch zu bedeuten hat?« Seine Stimme ist so emotionslos wie seine Mimik. Beiden gelingt es nicht, Martina zu beeindrucken. Sie ist die Königin des Schwarms und nicht bereit, sich mit einem der Soldaten zu begnügen.

»Herr Reinhardt. Wie passend, Sie anzutreffen. Mein Name ist Martina Richter. Ich habe einige Fragen an Frau Donhauser. Ich nehme an, sie ist zu Hause?«

Ich! Nicht wir!

Für Dr. Martina Richter ist die Zeit des Teamplays vorbei. Sie ist die Jägerin. Wir waren nur die Treiber.

»Das Gleiche gilt für Sie. Fragen, die nach Antworten suchen. Antworten, die Sie kennen!«

Aber auch Dietmar Reinhardt ist kein Mann, der sich aus der Ruhe bringen lässt. »Ich wüsste nicht, was ich Ihnen zu sagen hätte, Frau Richter.«

»Nicht jetzt. Später. Jetzt will ich mit Frau Donhauser sprechen. Könnten Sie sie holen? Oder sollen wir mit hineinkommen?«

»Ich nehme an, Sie haben einen richterlichen Beschluss für diesen Überfall?«

»Den liefere ich Ihnen nach. Für den Augenblick gibt uns die Gefahr einer Flucht das Recht, hier zu sein. Lassen Sie uns jetzt hinein, oder müssen wir uns den Zugang mit Gewalt verschaffen? Ich denke doch nicht? Oder sollte ich mich in Ihnen täuschen?«

Ihre Worte wischen für einen Atemzug die Fassade der Gleichgültigkeit aus seinem Gesicht. Wütend blickt er sie an.

»Es gibt nichts, wofür ich mich bei Ihnen rechtfertigen müsste.«

»Nein! Noch sind Sie lediglich ein Zeuge.« Die beiden so ungleichen Menschen bekämpfen sich mit Blicken. Sind sie sich wirklich so ungleich? Nicht in diesem Augenblick. Es ist der Mann, der als Erster zwinkert.

»Also! Wo ist Frau Donhauser?«

»Ich weiß es nicht. Ich bin vor einer halben Stunde hier angekommen. Ich habe meine übliche Runde gedreht. Zu dieser gehört nicht, mich bei ihr anzumelden.«

Aber Lügen gehört wahrscheinlich zum Anforderungsprofil seines Jobs. Ich glaube ihm ebenso wenig wie Martina.

»Was gehört zu Ihrer üblichen Runde?«, bohrt sie nach.

»Ich inspiziere den Zaun, die Fenster und die Kameras. Außerdem lasse ich mir von den eingeteilten Mitarbeitern berichten, ob es etwas Auffälliges gab. Das ist alles.«

»Und es interessiert Sie nicht, ob Ihre Chefin hier ist und was sie tut?«

»Sie sagen es. Sie ist die Chefin. Es ist ihr Haus. Es geht niemanden etwas an, was sie tut.«

»Nun, uns schon. Deshalb werden wir jetzt dieses Haus durchsuchen. Von ganz oben bis ganz unten.«

Ohne weiteres Zögern umrundet sie den Hünen, der keine Anstalten macht, sie daran zu hindern, und betritt das Haus. Wie auf Kommando setzen wir uns in Bewegung. Es bedarf keiner weiteren Anweisungen. Die Kollegen schwärmen aus, um Rebecca zu finden. Sie und Beweise gegen sie. Ich folge Martina in den bibliothekähnlichen Raum zur Linken der Eingangshalle. Hier habe ich vor wenigen Tagen mit Rebecca gesprochen. Ahnte sie unser Kommen? Ist sie uns einen Schritt voraus? Martina spürt meine Unsicherheit.

Ruhig wendet sie sich einem der Regale zu und lässt ihre Finger über die Buchrücken gleiten. »Sie ist hier. Keine Sorge.« Die Gewissheit in ihrer Stimme lässt auch den Leibwächter aufhorchen. Noch ehe er etwas erwidern kann, erscheint einer der Polizisten in der Tür. »Die oberen Zimmer sind alle leer. Es ist niemand hier, außer ihm.«

Martina scheint nicht überrascht zu sein. Ihre Aufmerksamkeit gilt weiterhin den Büchern. »Das, was wir suchen, finden wir nicht oben.« Ihre Ruhe ist fast beängstigend.

»Frau Richter! Herr Buchmann!« Die Stimme verrät mehr als alle Worte. »Sie sollten mit nach unten kommen!«

Martina sieht mich an. Ich sehe Dietmar an. Vergeblich suche ich eine Reaktion in seinem Gesicht. Ich folge Martina und der Kollegin, deren Namen ich nicht kenne, aber deren Gesichtsausdruck ich nie vergessen werde. Aus einem der anderen Räume kommt Peter zu uns.

Die Treppe führt in einen Keller, der auf den ersten Blick wie unzählige andere wirkt und doch so anders ist. Durch offene Türen erhasche ich flüchtige Eindrücke eines Waschraumes, eines Weinkellers, eines Abstell- und eines Heizraums. Am Ende des Flurs wartet ein weiterer Kollege. Noch einmal führen Stufen in die Tiefe.

Unten angekommen kann ich nichts erkennen. Martina und Peter versperren mir die Sicht. Zögernd gehen sie weiter und machen den Blick für mich frei. Ich versuche zu begreifen, was ich sehe. Was habe ich erwartet? Einen Raum wie diesen? Etwa 20 Quadratmeter groß; Wände, Boden und Decke aus kahlem Beton; kein Fenster; ein Tisch an der Wand. Und ein etwa zwei Meter langer, 50 Zentimeter breiter und 1,20 Meter hoher Steinquader. Alles getaucht in kaltes Neonlicht.

Noch einmal: Was habe ich erwartet? Ja! Einen Raum wie diesen! Nicht aber die Frau auf dem Felsblock. Die Erinnerung schickt Bilder in meinen Kopf: eine geöffnete Brust! Ein geschundener Körper! Blut! Unmengen von Blut! Ich schließe die Augen. Öffne sie wieder. Die Frau ist noch da. Kein Blut! Kein Brustkorb ohne Herz! Nur die Frau! Rebecca! Nackt und zitternd liegt sie auf dem kalten Stein.

Martina findet als Erste ihre Sprache wieder. »Frau Donhauser? Verstehen Sie mich?« Aus dem Augenwinkel nehme ich eine Bewegung wahr. Einer der Kollegen geht mit etwas, was er in den Händen hält, an mir vorbei zu ihr. Behutsam legt er die Decke über sie. Martina nickt ihm anerkennend zu. Dann gilt ihre ganze Aufmerksamkeit wieder Rebecca. »Mein Name ist Martina Richter. Ich bin ermittelnde Staatsanwältin im Mordfall Magdalena und ich frage Sie, was das hier zu bedeuten hat.« Melanie sucht meinen Blick. Ich habe sie und Daniela nicht kommen hören. Auch auf sie wirkt Martinas Auftritt verstörend.

»Sie ist nicht ansprechbar«, erklärt einer der Kollegen. »Ich habe es auch schon versucht. Keine Reaktion. Wenn Sie mich fragen, steht sie unter einem schweren Schock. Wir haben bereits den Rettungsdienst gerufen.«

»Hm.« Martina sieht uns an. »Frau Donhauser ist die Hauptverdächtige in einem der schlimmsten Kriminalfälle, die dieses Land je erlebt hat. Ich glaube nicht, dass sie einen Arzt braucht.«

Der Kollege sieht erst sie, dann mich erstaunt an. Ich zucke irritiert mit den Schultern, nehme Martina beim Arm und ziehe sie zur Seite. Ich bemühe mich um einen Flüsterton, weiß aber, dass der enge Raum keines meiner Worte vor den anderen verbirgt. »Was soll das? Sie hat nichts mit Magdalenas Tod zu tun. Sie war selbst ein Opfer. Schon vergessen? Sollte sie Hauser und die anderen auf dem Gewissen haben, wird sie dafür zur Rechenschaft gezogen werden.«

Für einen kurzen Augenblick sehe ich die Irritation in ihren Augen. Dann löst sich der Schleier auf und weicht der kühlen Rationalität, die sie ausstrahlt, seit ich sie kenne. Ihr Blick sucht noch einmal die hilflose Frau auf dem Steinblock, dann nickt sie verstehend. »Also gut. Wir werden sie zuerst ins Krankenhaus bringen. Der Notarzt sollte gleich hier sein.«

»Bringen Sie Reinhardt herunter. Er soll etwas zum Anziehen für sie mitbringen.« Diesmal ist es Daniela, die sich umdreht und zur Treppe geht.

»Rebecca!« Ich beuge mich über sie. »Frau Donhauser!«

Ihre Hand gleitet unter der Decke hervor. Bevor ich reagieren kann, packt sie meinen Arm. Ihre Haut ist eiskalt. Mit starren Augen blickt sie mich an.

»Wo ist Dietmar?«

Ich richte mich auf und ziehe die Decke über ihr zurecht. »Kommt gleich«, versuche ich mit einer Situation fertigzuwerden, die mich sichtlich überfordert. Mit allem habe ich gerechnet. Nicht aber mit einer Frau, die sich aus eigenem Willen in die schrecklichsten Minuten ihres Lebens zurückbegibt.

Aus eigenem Willen?

Rebeccas Leibwächter bewahrt mich vor der Erkenntnis, keine Antwort auf diese Frage zu kennen. Dietmar Reinhardt scheint niemanden von uns zu bemerken. Seine Augen starren auf den Steinblock und die Frau unter der Decke. Endlich dreht er sich zu Daniela um. Wortlos reißt er ihr die Kleidungsstücke, die sie hält, aus den Händen. Als er sich wieder Rebecca zuwendet, sehe ich seine Augen. Ungezügelte Wut springt mir entgegen. Der Mann mit dem Körper eines Preisboxers zieht vorsichtig die Decke zur Seite. Ohne ein Wort zu verlieren, hilft ihm Daniela, die nackte Frau anzuziehen.

»Wir gehen!« Martina hält Dietmars kaltem Blick noch einmal stand. Der hebt Rebecca hoch. Wie eine Stoffpuppe trägt er sie die Treppe hinauf in die Empfangshalle. Im gleichen Augenblick begleitet eine der Polizistinnen den Notarzt herein.

»Günther Sonnleitner. Was ist hier passiert?« Martina tritt ihm entgegen und bringt ihn in wenigen Worten auf den Stand der Dinge.

»Wo gibt es hier ein Bett?«

»Oben.« Ohne uns weiter zu beachten, steigen die beiden die Stufen hinauf. Dietmar Reinhardt scheint das Gewicht in seinen Armen kaum zu spüren.

Ich suche Martinas Blick. Das Heft des Handelns wurde ihr genommen. Das hält jetzt Dr. Sonnleitner in seinen Händen. Und das ist auch gut so, denke ich.

Zehn Minuten vergehen. Dann erscheint Rebecca oben an der Treppe. Angezogen und aufrecht. Auf den Unterarm ihres Leibwächters gestützt wankt sie zu uns herab.

»Ich sage es noch einmal: Sie sollten auf den Krankenwagen warten!« Dr. Sonnleitners Stimme schwankt zwischen verärgert und empört. Kopfschüttelnd folgt er seiner Patientin und deren Leibwächter.

»Und ich sage es noch mal. Ich will wissen, was diese Leute von mir wollen!«

Ihrem Zustand trotzend hat ihre Stimme nichts von ihrer Autorität verloren.

Unvorstellbar angesichts der Bilder der nackten Frau auf dem Felsblock.

»Das erfahren Sie auf dem Kommissariat. Oder meinetwegen im Krankenhaus«, fügt Martina schnell mit einem Blick auf Dr. Sonnleitner hinzu. Sie ist jetzt nicht mehr gewillt, die Regie der kommenden Ereignisse jemand anders zu überlassen.

»Ist Frau Donhauser transportfähig?«

Der Arzt nickt vorsichtig. »Es gibt keine Anzeichen für einen Schock oder ernsthafte Verletzungen. Dennoch halte ich eine genauere Untersuchung in der Klinik für erforderlich.«

»Dann bringen wir sie dorthin«, beschließt Martina. Und zu mir gewandt: »Mach den Wagen klar. Wir fahren!«

»Ich komme mit!«

Ein Hauch von Verzweiflung schwingt in Reinhardts Stimme mit. Was mich nicht verwundert. Er sieht sich und Rebecca einer in seinen Augen gefährlichen Situation ausgesetzt. Zum ersten Mal wird sie das Haus ohne ihn und seine schützende Hand verlassen. Zum ersten Mal ist es nicht sie, die das Ziel der Fahrt bestimmt. Keine geheime Strecke, keine vorausschauende Planung und schon gar keine Begleitung. Nur eine Staatsanwältin und ein Polizist. Der noch dazu aussieht, als würde er seine Dienstwaffe nur zur Tarnung tragen. Womit Dietmar nicht falschliegt. Nichts fürchte ich mehr, als die Walther auf einen Menschen anlegen zu müssen.

»Ganz bestimmt nicht!« Diesmal ist es Melanie, die Reinhardts eisigem Blick ausgesetzt ist. Sie wendet sich Rebecca zu: »Frau Donhauser. Nach § 127 Abs. 2 der Strafprozessordnung nehme ich Sie vorläufig wegen des dringenden Tatverdachts, Theodor Hauser, Daniel Beckmann und Laura Andersson ermordet zu haben, fest. Sie haben das Recht, die Aussage zu verweigern oder einen Anwalt hinzuzuziehen. Fühlen Sie sich in der Lage, die Fragen der Staatsanwältin zu beantworten?«

»Nein, das tut sie nicht!« Dietmar Reinhardts letzter Versuch.

»Ihre Loyalität gegenüber Frau Donhauser ist beeindruckend.« Melanie baut sich vor ihm auf und wirkt dennoch verloren und klein. »Ich frage mich, wie weit Ihre Pflichterfüllung geht? Wie weit Sie gehen?«

»Frau Donhauser verlässt das Haus nicht ohne meinen Schutz.«

»Ich fürchte, wir müssen darauf bestehen. Noch sind Sie nur ein Zeuge. Das kann sich schnell ändern.«

Es ist Rebecca selbst, die den Disput beendet. »Dietmar, lassen Sie! Ich werde mit der Polizei gehen. Frau Richter ist bereits ihr ganzes Leben auf der Suche. Sie hofft, ich kann ihr helfen, endlich ihr Ziel zu erreichen. So ist es doch, Frau Richter? So viele Fragen und noch so wenig Antworten.«

Die Blicke der beiden Frauen prallen aufeinander. Was

weiß Rebecca über Martina? Und woher weiß sie es? Ist ihre Menschenkenntnis der meinen so weit voraus?

Es ist Martina, die den Blickkontakt löst und damit die atemlose Stille, die diesen Moment begleitet, beendet.

»Moritz!«

»Frau Donhauser!« Ich lege meine Hand auf ihre Schulter und führe – nein, ich geleite – sie zu meinem Wagen. Ich sehe keinen Grund, ihr Handschellen anzulegen. Die beiden Frauen nehmen auf der Rückbank Platz.

Von Peter Teichert und Dietmar Reinhardt beobachtet verlassen wir den Schutz von Rebecca Donhausers Anwesen und fahren hinaus in die Nacht nach Regensburg.

DAS MÄDCHEN MIT DEM WEISSEN KLEID

Morgen fahren wir nach Prag. Wir verlassen das Haus im Wald. Wir kommen nie mehr zurück. Es ist zu gefährlich hier. Die bratři suchen mich noch immer. Ich habe ihre Ehre verletzt. Weil ich noch am Leben bin. Weil mein Herz noch in meiner Brust schlägt.

Der Mann hat eine kleine Wohnung in Prag besorgt. Und einen neuen Namen. Er ist jetzt mein Vater, der Junge mein Bruder. Ich werde dort Deutsch lernen. Weil die Druiden aus Deutschland kommen. Weil wir sie nur dort finden werden.

MORITZ

Die Straße ist kurvenreich und zu dieser späten Stunde menschenleer. Aus den dunklen Augen des Waldes fließen Nebeltränen. Ich riskiere einen Blick in den Rückspiegel. Im fahlen Licht der Armaturen sind die Frauen mehr zu erahnen als zu sehen. Martina sieht nach vorne, Rebecca beobachtet die Nacht vor dem Fenster. Hatte ich erwartet, dass Martina, die hinter mir sitzt, das Verhör während der Fahrt beginnt? Sie tut es nicht. Vielleicht hofft sie, dass Rebecca ihr Schweigen von sich aus bricht. Dass das Gefäß, in dem all ihre schrecklichen Erfahrungen eingesperrt sind, endlich zerbirst. Dass sie ihre persönliche Tragödie in Worte fassen kann.

Noch aber ist es nicht so weit. Stille kann oft mehr verraten als tausend Worte.

Vielleicht hätte sich Rebecca auf der Fahrt durch die Dunkelheit doch noch entschieden, uns in ihre Welt mitzunehmen. Ich werde es nie erfahren.

ONDREJ

Er blickte auf die Uhr. 15 Minuten waren vergangen, seit er den Wagen rückwärts in den Waldweg gefahren hatte. Eine Viertelstunde, in der nur ein Auto vorbeigekommen war. Wenig überraschend, wurden von der schmalen Nebenstraße doch nur zwei Bauernhöfe und Rebecca Donhausers Anwesen erschlossen.

Er hatte diese Stelle schon vor Langem als die passende für ihr Vorhaben ausgesucht. Bei Tageslicht und unter Berücksichtigung aller Eventualitäten. Natürlich konnte etwas Unvorhergesehenes geschehen. Aber er hatte alles getan, was möglich war. Der Rest war eben Schicksal. Er zuckte bei dem Gedanken kaum merkbar mit den Schultern.

Der nächste Wagen würde es sein. Er startete den Motor und fuhr bis an den Rand der Straße heran. Ondrej horchte tief in sich hinein. Fast glaubte er, den Tumor zu hören, der sich hungrig schmatzend durch seine Lunge fraß.

Er ließ seine Gedanken weitersuchen, fand seinen Vater und seine Schwester. Mila! Die Erinnerung an sie war mit ihr gestorben und dann durch das Mädchen mit dem weißen Kleid neu erwacht. Sie war seine Schwester geworden. Beide hatten ihn zu dieser Stunde an diesen Ort geführt. Mila und das lebende Mädchen waren der Antrieb für all das, was er in seinem Leben getan hatte. Sie hatten es zu einem erfüllten Leben gemacht, ihm einen Sinn gegeben. In den nächsten Minuten würde sich dieses Leben vollenden.

Er hatte Anspannung und Nervosität erwartet. Aber Ondrej fühlte eine alles erfüllende Ruhe, als die Lichter in der Dunkelheit auftauchten. Er legte den Gang ein und drückte das Gaspedal durch. Der Umdrehungsmesser schnellte nach oben. Der andere Wagen fuhr rasch, aber nicht schnell. Es sollte kein Problem sein, ihn zu treffen.

Dann war er da. Ondrej drückte sich in die Sitzlehne, gab Vollgas und ließ die Kupplung los. Der Motor heulte auf, als der Volvo wie eine Raubkatze nach vorne sprang.

Das nächste Geräusch war das alles durchdringende Knirschen von Blech.

MORITZ

Die folgenden Ereignisse brennen sich auf zwei Arten in mein Gedächtnis. Da ist die Echtzeit, die sich auf wenige Sekunden beschränkt. Ein paar Atemzüge zwischen dem ersten blendenden Licht in meinen Augen bis zu der völligen Dunkelheit, in die ich falle.

Aber da ist auch die Eigenart des menschlichen Geistes, die Zeitspanne zwischen Leben und Tod in die Länge zu dehnen, sie in einzelne, aneinandergereihte Bilder zu zerlegen.

Das erste zeigt Lichtkugeln, die in der Nacht schräg vor mir auftauchen. Schnell vereinen sie sich zu einer kleinen Sonne, die mich blendet und mir jede Sicht nimmt.

Im gleichen Augenblick kommt Leben in die beiden Frauen. Ein leiser Schrei, Gerangel, ein Stöhnen. Was geht dahinten vor sich? Alles in mir drängt danach, mich umzudrehen. Keine Chance! Die Sonne teilt sich wieder in zwei Lichter.

Scheinwerfer, erklärt mir ein Teil meines Verstandes. Ein Auto, fügt der andere hinzu. Das Räderwerk in meinem Kopf dreht sich in rasender Geschwindigkeit. Das Ergebnis ist erschreckend. Wir prallen zusammen!

Die Erkenntnis der Unabänderlichkeit des kommenden Unfalls endet in einem stechenden Schmerz. Meine Hand fährt zu meinem Hals, ertastet die Nadel, die noch dort steckt.

Was?

Dann: Das andere Auto ist da!

Meine linke Hand umklammert das Steuerrad, reißt es herum. Ohne mein Zutun presst sich mein Fuß auf das Bremspedal. Ich spüre das Schlingern meines BMW. Der Schrei einer der beiden Frauen geht im Splittern von Glas und dem Knirschen von Blech unter. Der Aufprall ist ohrenbetäubend. Der andere Wagen schiebt mein Auto von der Straße. Ein kurzes Holpern.

Benommen schüttle ich den Kopf. Was ist mit Martina und Rebecca?

Die Dunkelheit kommt schnell und ist endgültig.

SAMSTAG, 21. JULI

ONDREJ

Ondrej quälte sich aus seinem Bett. Noch nie in seinem Leben war er so müde gewesen. Dennoch hatte er auch in dieser Nacht keinen Schlaf gefunden.

Es waren nicht die Toten, die ihn wach hielten.

Nicht die Druiden, die für ihre Untaten bezahlt hatten.

Nicht der Schrecken, den sie ausgesandt hatten und der durch ihn zu ihnen zurückgekehrt war.

Es war die Gewissheit, dass sein Leben nicht umsonst gewesen war. Bald würde er sterben.

Das ist in Ordnung so, dachte er. Ich habe mein Versprechen erfüllt. Die »Kleinen Brüder«! Die Druiden!

Jetzt konnte seine Schwester ein neues Leben beginnen. Er hatte nichts mehr von ihr gehört seit jener letzten Umarmung auf dem abgelegenen Parkplatz. Niemand hatte sie beobachtet, als sie in das Auto gestiegen war, das er dort für sie bereitgestellt hatte. Genauso wie die Ausweise und Papiere. Fälschungen von einer Qualität, die einer Neugeburt gleichkamen. Papa hatte sie angefertigt, als er noch dazu in der Lage gewesen war. Das Flugticket war auf ihren neuen Namen ausgestellt. Niemand würde sie je finden.

Zwei Tage waren seither vergangen. Sie war längst in ihrer neuen Heimat angekommen.

Er spürte die Tränen. Mit einer fahrigen Bewegung wischte er sie von seinen Wangen.

Seine Hand tastete zur Lampe auf seinem Nachttisch. Es bedurfte keines Blickes auf das Kopfkissen. Er fühlte das Blut, das er ausgehustet hatte. Die Anfälle, die das Hinwegdämmern in die Erholung des Schlafes so schmerzhaft unterbrachen. Die dunklen Flecken, an denen seine Wange klebte.

Die Ellbogen auf die Knie gestützt saß er auf der Bettkante und erwartete den nächsten Anfall. Sein Blick fiel auf das Handy, das neben der Lampe lag. Nicht seines. Das der »Kleinen Brüder«. Das, auf dem ihn Rebecca Donhauser angerufen hatte. Es war ihm bei jener letzten Razzia in die Hände gefallen. Sich gegenüber Rebecca als einer der Brüder auszugeben, hatte sich als Geniestreich herausgestellt. Sie in dem Glauben zu lassen, der Tod wäre auf ihren Auftrag hin zu Hauser und den anderen gekommen, auch.

Auf dem Tisch lag sein Rucksack. In ihm Brille, Perücke und falscher Bart. Nach seiner Rückkehr aus Deutschland war er der Ohnmacht nahe ins Bett gefallen, jeder Gedanke an die verräterischen Beweise ausgelöscht.

Dann musste er sie eben jetzt beseitigen. Er zwang seine Füße, ihn ins Bad zu tragen. Aus dem Spiegel starrten ihn die Augen eines Toten an. Noch nicht, beschloss er. Bald würde nichts mehr die Schmerzen in Schach halten. Keine der Tabletten, die er in sich hineinschüttete. Dann, wenn die Ärzte ihn mit Morphium vollpumpen würden, um seine Schreie nicht ertragen zu müssen, musste alles vollbracht sein.

Die Uhr zeigte ihm, dass er diese endlose Nacht fast überstanden hatte. Er mühte sich in seine Kleidung und seine Schuhe. Dann wankte er in sein Schlafzimmer. Er mobilisierte seine letzten Kräfte und zog das Bett in den Raum. Er nahm den Schlüsselbund aus dem kleinen Ledersack, den er an die Rückwand geschraubt hatte, schob das Bett an seine ursprüngliche Stelle zurück und schloss die Schlafzimmertür hinter sich.

Die Fahrt würde keine halbe Stunde dauern. Und in einer Stunde würde jeder Hinweis darauf, dass er, Ondrej Nemec, vier Menschen getötet hatte, vernichtet sein.

Draußen wich die Nacht der Dämmerung. Auf dem Tisch lag das Foto. Er nahm es in die Hand und hielt es vor seine Augen. Ein Lächeln kämpfte sich auf seine Lippen. Das Bild verschwamm hinter einem Schleier aus Tränen. Jetzt noch den Rucksack und das Handy.

Zu spät!

Der Schmerz in seiner Brust warf ihn zu Boden. Der Tumor, der es sich zur Aufgabe gemacht hatte, seinen Wirt zu töten, war erwacht. Der Schraubstock, der Ondrejs Lunge packte, presste die Luft und das Leben aus ihm.

»Nein«, stöhnte er. »Noch nicht!«

Er kroch auf die Tür zu. Warum, dachte er. Ich brauche noch etwas Zeit. Nur noch eine Stunde. Bitte nicht jetzt!

Der Wunsch verbannte alle anderen. Noch einmal drang ein anderer an die Oberfläche. Das Foto! Sie dürfen das Foto nicht finden! In einem letzten Aufbäumen seiner Kräfte packte er es mit beiden Händen und riss es in Stücke. Es zu verschlucken, war ihm nicht mehr vergönnt.

Ondrej saß auf dem Boden, den Oberkörper an den Türstock gelehnt. Sein Kopf sackte auf seine Brust, seine Hände lagen auf seinem Schoß.

Und so fand ihn Nikola Hajek.

*

Nikola starrte auf die glimmende Spitze ihrer Zigarette. Vor einer Sekunde hatte sie sich entschieden, den Sargnagel bis zum Ende zu rauchen und dann hinüber auf die andere Straßenseite zu gehen. Hätte sie jemand beobachtet, er hätte sich gefragt, was sie dort suchte. Die Frau mit dem halb langen, braunen Haar, dem unauffälligen Gesicht und der sportlichen Figur lehnte an der Eisenstange, an der die Abfahrtszeiten des Stadtbusses befestigt waren. Außer ihr standen und saßen fünf weitere Frühaufsteher an der Haltestelle. In sich versunken oder einfach nur müde nahmen sie keine Notiz von ihr. Was fraglos auch an ihrer Zivilkleidung lag. Ihre Dienstuniform hätte die Blicke ihrer Mitmenschen mehr angezogen als Jeans und Lederjacke. Genau dem aber wollte sie entgehen. Schließlich war sie nicht dienstlich hier. Genau wie Ondrej Nemec, der in dem unauffälligen Wohnblock dort drüben die letzten Tage seines Lebens fristete, hatte auch sie sich heute freigenommen. Nun gut, sein Urlaub währte nun bereits vier Wochen. 28 Tage, die er seine eigenen Wege gegangen war. Abseits der Dienststelle und unbeobachtet von seinen Kollegen.

Nicht ganz unbeobachtet. Nikola hatte ihren Chef während dieser Zeit im Auge behalten. Soweit es ihr möglich gewesen war. Nicht aus dienstlichen Gründen, wie gesagt.

In den Büros und Fluren der Regionalpolizeidirektion wurde gemunkelt, Ondrej würde nie mehr dort auftauchen. Niemand sagte es offiziell, doch hinter vorgehaltener Hand wusste es jeder. Auch Nikola. Es war die Sorge um den Mann, an dessen Seite sie Tage und Nächte damit verbracht hatte, das Netzwerk der »Kleinen Brüder« aufzudecken. Die Zeit der nächtlichen Einsätze, gefährlicher Observierungen und heimlicher Verhöre hatte ein Band zwischen den Mitgliedern der Sonderkommission geflochten, das sich nicht so leicht wieder lösen ließ. Auch nicht durch eine tödliche Krankheit.

Und so war sie hinausgefahren nach Sokolovská, wo sie seine Wohnung wusste. Anfangs nur gelegentlich, um zu sehen, ob die Fenster beleuchtet waren und damit Leben versprachen. Sie hatte gewartet, bis er das Haus verließ, und manchmal, bis er spätnachts nach Hause kam. Ihre Besuche hatten zugenommen, je gebeugter Ondrej gegangen war, je mehr der Körper des Mannes zerfiel.

Warum hatte sie es nie gewagt, ihn auf seinen Zustand anzusprechen? Die Antwort lag im Wesen dieses Mannes. Ondrej hasste Schwäche und Mitleid. Sie hätte ihre Gefühle kaum verbergen können. Das wollte sie ihm nicht antun. Und so hatte sie ihn beobachtet, ohne selbst gesehen zu werden.

Dabei war es passiert. Sie wusste nicht, was sie dazu bewogen hatte. Im Grunde wollte sie nur nachsehen, ob das Licht hinter den Fenstern noch da war. In diesem Augenblick war Ondrej auf die Straße getreten und in sein Auto gestiegen. Einem inneren Impuls folgend war sie ihm nachgefahren. Vielleicht war es auch nur die Frage, wohin ein kranker Mann nach Einbruch der Dunkelheit noch fuhr. Die Antwort war ein heruntergekommenes Industriegelände vor den Toren der Stadt gewesen. Verfallende Ruinen und dunkle Keller zeugten von einer ehemaligen Zementfabrik. Dort angekommen hatte sie die Lichter ihres Autos ausgeschaltet, wie sie es auf der Polizeischule gelernt hatte. Sie hatte Ondrejs Wagen gefunden, nicht aber ihn. Noch heute erinnerte sie sich an die Angst, die sie beinahe davon abgehalten hätte, sich genauer umzusehen. Sie hatte sie überwunden, aber außer verschlossenen Gittern und versperrten Türen nichts gefunden. Was immer Ondrej Nemec hier tat, es blieb in der Dunkelheit verborgen.

Zurück in der Stadt hatte sie gewartet. Zwei Stunden, dann war auch er wieder in seine Wohnung gegangen. Diese Nacht hatte Nikola mit Fragen zurückgelassen, die sie bis heute nicht beantworten konnte.

Sie war nicht noch einmal hinaus zur Zementfabrik gefahren. Warum nicht? Fürchtete sie sich vor dem, was sie dort finden könnte?

Hatte es etwas mit der Vernichtung der hiesigen Sektion der bratříčky zu tun? Als sie vor zwei Jahren vom kriminalistischen Amt in Prag zur SKPV versetzt worden war, hatte sie sich glücklich geschätzt, in das Team von Ondrej Nemec zu kommen. Dabei bewegte sich die Einsatzbereitschaft, die er von seinen Mitarbeitern verlangte, oft hart an der Grenze des Zumutbaren. Nikola und die drei anderen waren bereit gewesen, diese Leistung zu erbringen. Nicht umsonst hatte sie den Bürojob in Prag gegen den Dienst an der Front bei der SKPV eingetauscht. Eine Entscheidung, die sie nie bereut hatte. Ondrej erwies sich als absolut professioneller Ermittler, von dessen Erfahrung und Können sie nur profitieren konnte. Er hatte ihre Loyalität damit belohnt, dass er ihr den Rücken freihielt. Nicht nur einmal hatte er sich in diesen zwei Jahren für sie eingesetzt.

Nikola ging zögernd zur Tür des Wohnblocks. Unruhig sah sie auf ihre Uhr. Die Tür ging auf und drei Teenager traten kichernd auf die Straße. Ohne groß nachzudenken, nutzte sie die Gelegenheit. Nur einmal war sie in Ondrejs Wohnung gewesen. Das war, als er sie zum Kaffee eingeladen hatte. Nur dienstlich, selbstverständlich. Sie hatten auf dem altmodischen Sofa gesessen und sich über ihren damaligen Fall unterhalten. In unbemerkten Augenblicken hatte sie sich umgesehen. Nichts deutete auf Freunde oder Familie hin. Ondrej war allein. Allein mit sich und den

Kriminellen, die er jagte. Sie war sich unschlüssig, ob sie ihn dafür bewundern oder bedauern sollte. Noch einmal zögerte sie kurz, dann drückte sie auf den Klingelknopf. Nichts! Noch einmal.

Was mache ich hier? Warum bleibe ich nicht unten, so wie all die anderen Tage auch? Ohne eine Antwort abzuwarten, klopfte sie an die Tür. Sie blieb verschlossen. Im Gegensatz zu der an der gegenüberliegenden Seite des Flures. Eine Frau im Morgenmantel sah sie neugierig an.

»Guten Tag. Haben Sie Herrn Nemec heute schon gesehen?«, kam Nikola der Frau zuvor.

»Wer will das wissen?« Ihre Hände tief in den Taschen ihres Flanellmantels vergraben, musterte die Frau sie.

»Nikola Hajek. Ich bin eine Kollegin von Herrn Nemec.« Bei diesen Worten hielt sie der Frau ihre Dienstmarke unter die Nase.

»Keine Ahnung. Herr Nemec lässt sich nicht oft sehen, müssen Sie wissen.«

Kein guter Nachbar für deine Neugier, dachte Nikola. »Dann wissen Sie nicht, ob er zu Hause ist?«

»Das weiß man nie so genau. Keine Musik, keine Partys, keine Besuche. In seiner Wohnung ist es immer leise. Wie soll ich da wissen, ob er da ist, sagen Sie selbst?«

»Ein idealer Nachbar also.«

»Wenn Sie das sagen.« Damit drehte sie sich um und verschwand wieder in ihrer Wohnung. Perplex starrte Nikola auf die Tür. Er ist zu Hause, dachte sie. Und er hat diese Krankheit. Die Angst kam wie eine Flutwelle. Erst noch fern am Horizont brach sie nun mit Urgewalt über sie herein. Ich muss da hinein! Ohne sich lange mit der Klingel aufzuhalten, hämmerte sie mit der Faust an die Tür der Nachbarin.

»Was denn noch?« Ihr Gesichtsausdruck verriet Ärger und Wut.

»Wo ist hier der Hausmeister?«

»Ach so. Erdgeschoss! Erste Tür links.«

»Danke.« Immer zwei Stufen auf einmal nehmend stürmte Nikola die Treppe hinab. Nach nur zweimaligem Läuten öffnete ein überraschend junger Mann die Tür. Zwei erklärende Sätze und ihre Dienstmarke setzten ihn in Bewegung. »Hoffentlich hat er das Vorhängeschloss nicht eingehängt«, murmelte der Mann, während er die Tür zu Ondrejs Wohnung aufschloss. Vorsichtig schob er sie auf.

»Nein. Ist offen.«

Nikola hielt ihn zurück. »Sie bleiben hier!« Der Befehlston in ihrer Stimme ließ ihn gehorchen. Ohne genau zu wissen, warum, zog sie ihre CZ 75 D Compact aus dem Halfter an ihrer Schulter. Vorschriftsmäßig betrat sie die Wohnung.

»Ondrej! Ondrej! Bist du hier?«

Zwei Schritte später fand sie die Antwort auf dem Boden sitzend.

*

Ondrejs Augen erzählten von seinem Todeskampf. Aber es waren die grauen Ränder unter ihnen, die eingefallenen Wangen, das schüttere Haar auf dem fast skelettartigen Kopf, die ihr sagten, dass sein Tod unausweichlich gewesen war. Er saß mit dem Rücken an einen Türstock gelehnt. Zwei dünne Bäche getrockneten Blutes flossen über sein Kinn.

Sie kniete vor ihm auf dem Boden. Seltsam teilnahmslos betrachtete Nikola den Mann, dessen Leben dem Kampf gegen das Verbrechen gewidmet gewesen war, der die alles entscheidende Schlacht aber verloren hatte.

Vergeblich wartete sie auf eine Gefühlsregung. Warum bewegte sie der Tod ihres Kollegen nicht?

Kommt es später, fragte sie sich. Oder hatte ihr Herz schon lange erfasst, dass dieser Augenblick unabwendbar war?

Ohne weiter zu überlegen, nahm sie ihr Handy und wählte die Notrufnummer. Es würde einige Zeit dauern, bis der Arzt und die Sanitäter kamen. Sie stand auf und sah sich um. Die Wohnung hatte sich seit ihrem ersten und einzigen Aufenthalt hier nicht verändert.

Auf dem Tisch lag ein Rucksack. Sie griff danach. Ein Geräusch hinter ihr ließ sie herumfahren. Fast wäre sie gestolpert. Der Rucksack landete auf dem Boden.

»Mann! Was schleichen Sie sich so an?«

»Ist er …?«

»Gleich wird der Notdienst kommen. Gehen Sie nach unten und lassen Sie die Leute herein.«

Ohne weitere Fragen ging der Hausmeister die Treppe hinab. Ondrej war nicht der erste und würde nicht der letzte Mieter sein, der in seinem Wohnblock starb. Kopfschüttelnd hob sie den Rucksack auf. Sie zögerte. Einer inneren Eingebung folgend stellte sie ihn auf den Schreibtisch zurück und öffnete ihn. Die Gegenstände, die ihre Hand ans Tageslicht beförderte, waren so unerwartet, dass sie sich setzen musste.

Nikola untersuchte den Schreibtisch. An dessen rechter Seite befanden sich drei Schubladen. Sie öffnete sie nacheinander. Nichts!

Ihr nächster Gedanke galt dem Rettungsdienst, der jeden Augenblick kommen musste. Hastig begann sie, die Wohnung zu durchsuchen. Sie fand nichts, was nicht in die Wohnung eines Junggesellen gehörte. Nur ein altes Klapphandy.

Passt irgendwie zu ihm, dachte sie und legte es kopfschüttelnd wieder auf den Tisch. Sie ging zu Ondrej zurück und beugte sich noch einmal zu ihm hinab. Erst jetzt betrachtete sie ihn näher. Sein Kopf lehnte am Türstock. Leicht nach rechts geneigt. Eine Haarsträhne klebte feucht an seiner Stirn. Ondrej war gestorben, während sie unten auf der Straße gewartet hatte. Sie schloss die Augen. Sie sah zuckende Beine, zu Fäusten geballte Hände, verkrampfte Muskeln, zitternde Lippen. Sie hörte Keuchen und Stöhnen. Sie spürte Verzweiflung und Todesangst.

Der Tod hatte all das mit sich genommen. Ondrejs Gesichtszüge waren entspannt, seine Beine langgestreckt, seine Arme lagen neben ihm auf dem Boden. Auch die Hände waren wieder Hände. Und sie waren nicht leer.

Unten hörte sie die Ankunft des Notdienstes. Die Stimme des Hausmeisters lotste ihn herein. Nikola ging auf die Knie. Papierschnipsel auf dem Boden. Einige in der linken Hand. Ohne nachzudenken, sammelte sie sie ein. Und rechts? Die Hand war halb geschlossen. Ein Schlüssel ragte zwischen den Fingern hervor. Sie nahm ihn vorsichtig und zog daran. Ein ganzer Schlüsselbund. In dem Augenblick, da die weißen Uniformen der Sanitäter in die Wohnung stürmten, steckte Nikola die Schlüssel in die Tasche ihrer Lederjacke.

Zehn Minuten später lag Ondrej Nemec auf einer Bahre und wurde nach unten zum Ausgang getragen. Ein Tuch verbarg den Toten vor den Blicken der Menschen draußen. »Sieht nach einem Herzinfarkt aus«, sagte der Notarzt. »Könnte aber auch eine Embolie gewesen sein. Genaueres kann erst die Pathologie feststellen.«

»Danke.«

Sie war wieder allein. Was sollte sie tun? Es stand außer Frage, dass sie ihre Funde melden musste. Aber nicht sofort, entschied sie. Erst werde ich versuchen herauszufinden, für was Ondrej eine Perücke, einen falschen Bart und eine Brille gebraucht hat.

Ihre Gedanken glitten zu dem Schlüsselbund in ihrer Jacke. Ohne ihr Zutun schwamm das Bild des Zementwerks draußen vor der Stadt an die Oberfläche ihrer Erinnerung.

MITTWOCH, 25. JULI

MORITZ

Mein Unbehagen ist für alle im Zimmer spürbar. Ich greife nach dem Bügel über mir und ziehe mich nach oben. Der Versuch, den anderen halbwegs auf Augenhöhe gegenüberzusitzen, endet in einem kläglichen Stöhnen. Betreten blickt Daniela aus dem Fenster, während ich wieder in mein Bett zurückrutsche. Peter erkennt die Peinlichkeit der Situation. Ohne Erklärung verlässt er das Krankenzimmer, um gleich darauf mit zwei zusätzlichen Stühlen zurückzukehren. Dankbar nicke ich ihm zu. Meine Besucher verteilen sich um mein Bett. Zu ihnen gehört auch Dr. Amberger, der mich mit übergeschlagenen Beinen durchdringend mustert. Ich frage mich, ob der Chef der Spurensicherung aus dienstlicher Neugier hier ist oder ob ihn unser besonderes Verhältnis an mein Krankenbett getrieben hat. Bei Melanie und ihrem Team kenne ich die Beweggründe. Ihre Besuche aus Sorge um meine Gesundheit haben nicht lange auf sich warten lassen. Ich weiß nicht einmal, wie oft Mel in den letzten vier Tagen bei mir saß. Auch Karl und Jana waren hier und sogar Sven und Marcel sind aus München angereist. Alle konnten sich davon überzeugen, dass ich noch am Leben bin. Ein Schleudertrauma und eine Gehirnerschütterung haben mich für einige Tage aus dem Verkehr gezogen. Außerdem haben die Ärzte eine Menge Ketamin in meinem Blut gefunden. Mehr aber nicht. Kein Gift. Rebecca wollte mich nur vorübergehend ausschalten.

Und so liege ich nutzlos in meinem Bett, während draußen die Suche nach Dr. Martina Richters Leiche und die Fahndung nach Rebecca Donhauser läuft. Ergebnislos, wie mir Melanie bei ihrem letzten Besuch mitgeteilt hat.

Und damit sind wir beim eigentlichen Grund ihres Besuchs. Es handelt sich um eine Lagebesprechung der K 1, verstärkt durch Dr. Kurt Amberger.

Ich suche die Fernbedienung des Bettes. Die Rückenlehne fährt in eine aufrechte Position. Zufrieden stelle ich fest, dass die anderen inzwischen Platz genommen haben. Schon besser.

»Das gleiche Ketamin, das bei den Druiden verwendet wurde?«

»Nicht nur das. Auch auf die gleiche Art verabreicht«, fühlt sich Dr. Amberger angesprochen.

»Mit der Spritze in die Halsvene«, ergänzt Daniela.

»Ohne Rücksicht auf Verluste«, fügt Peter hinzu.

»Aber sie hat es dabei belassen. Sie brauchte meinen Tod nicht.«

»Und Martina? Brauchte sie ihren Tod? Warum hat Rebecca sie mitgenommen?« Daniela blickt kurz in die Runde, erntet keine Antwort und fährt fort: »Und wer hat ihr geholfen? Es ist ja wohl klar, dass sie das nicht allein durchziehen konnte. Weder die Morde noch ihre Flucht. Sie war auf uns vorbereitet. Sie hatte nie vor, sich der Polizei zu stellen.« Verzweiflung und Wut mischen sich in ihre Stimme.

»Wer auch immer es war. Er ist kein Amateur. Ein Volvo XC60! Wenn das keine Voraussicht ist. Der hat deinen BMW plattgemacht, ohne einen Kratzer abzubekommen.«

Kurt Amberger fasst Peters Ausführung als Frage auf. »Wir haben den Ablauf des Aufpralls simuliert. Der Volvo hat den BMW nicht auf null abgebremst. In diesem Fall wäre das Ganze nicht so glimpflich für Sie ausgegangen, Moritz. Er hat Ihr Auto in den Straßengraben geschoben, wo es noch einige Meter weitergefahren ist. Sie hatten Glück, dass der Graben an dieser Stelle flach und ohne Hindernisse war. Aber von Ihrem Auto müssen Sie sich wohl verabschieden. Auch wenn das ein Stich in Ihr Herz ist.«

Höre ich da Schadenfreude aus seiner Stimme? Nein. Genauso wenig wie Mitleid. Kurt Amberger analysiert den Hergang sachlich routiniert. Wie immer.

»Womit wir beim Autoverleiher sind«, fährt Daniela fort. »Eine internationale Kette. Der Wagen wurde in Straubing übergeben. Im Geschäftsraum gibt es eine Überwachungskamera. Das heißt, wir wissen, wie Rebeccas Helfer aussieht. Bart, dunkelbraune Haare, Brille. Die KTU geht davon aus, dass nichts davon echt ist. Es handelt sich jedenfalls um einen Mann. Mittelgroß, schlank. Der Mitarbeiter des Autoverleihers sagte, dass er Englisch mit Akzent gesprochen hat. Der Mietvertrag wurde von einem Gerhard Markwardt aus Hannover unterschrieben. Ausgewiesen durch seinen Führerschein, den der Mann am Schalter kopiert hat.«

»Und der eine Fälschung ist«, übernimmt wieder Amberger. »Kein Meisterwerk, aber ganz ordentlich. Ausreichend, um einen Autoverleiher zu täuschen. Und bezahlt hat Herr Markwardt in bar.«

»Wann wurde der Wagen abgeholt?«

»Zwei Tage vor Rebeccas Flucht.«

»Das heißt, er stand 48 Stunden auf dem Wanderparkplatz, wo ihr ihn dann gefunden habt. Ohne dass er jemandem aufgefallen ist.«

»Tja, bisher haben wir jedenfalls niemanden gefunden, der sich an den Volvo oder noch besser an das Auto des Täters erinnern kann. Denn auch das hat ja während der Zeit des Unfalls dort gestanden«, meint Daniela resigniert.

»Es zeigt aber auch, dass unser Täter bereit war, ein hohes Risiko einzugehen. Er hat riskiert, dass ihn der Autoverleiher identifiziert. Na gut, sicher war er verkleidet, aber dennoch. Und er musste damit rechnen, dass er gesehen wird, wenn er das Auto tauscht. Sollte er Martina dabeigehabt haben, wird sie nicht freiwillig eingestiegen sein.«

»Und er ist mit dem ramponierten Volvo fast zehn Kilometer durch die Gegend gefahren«, nimmt Mel meinen Gedankengang auf. »In der Nacht. Mit nur einem Licht. Das andere hat den Kampf gegen Moritz' BMW verloren.«

»Rebecca und ihr Helfer sind also ein enormes Risiko eingegangen. Ihr Plan trieft nur so vor Unwägbarkeiten. Aber er hat funktioniert. Sie ist uns entkommen. Wohin?«

»Und warum so spektakulär?«, erweitert Daniela die Frage ihres Partners. »Wenn sie davon ausging, dass wir ihr auf den Fersen sind, hätte sie doch schon früher das Land verlassen können.«

»Weil sie bis zuletzt gehofft hat, dass es nicht so weit kommt. Irgendetwas hat sie an ihr Haus gefesselt. Vielleicht war es ja der Felsblock in ihrem Keller.« Wieder bin ich in meinem Bett nach unten gerutscht. Meine zusammengekniffenen Lippen verraten meinen Ärger. Mühsam ziehe ich mich hoch. »Diesen Fluchtplan gab es schon lange. Und zwar für den Fall, dass sie, aus welchem Grund auch immer, ihr Haus ohne Schutz verlassen muss. Dietmar Reinhardt war nie Bestandteil dieses Plans. Es gibt noch jemand anders.«

»Die Flucht allein ist es aber nicht«, meint Mel. »Sie muss untertauchen. Ein anderes Land, eine neue Identität. Und sie muss ihre Firma aufgeben. Wer führt sie weiter? Es gibt keine Erben.«

»Richtig. Daniela, Peter! Findet heraus, welche Regelungen Rebecca für so einen Fall getroffen hat. Und wie sie sich finanziell abgesichert hat. Vielleicht hat sie dafür gesorgt, dass Geld auf irgendwelche Konten überwiesen wird. Wenn wir dem Geld folgen können, finden wir auch sie.«

»Hab ich schon geprüft«, erklärt Peter. »Rebecca hat beträchtliche Summen in Kryptowährungen angelegt. Bitcoin und Ethereum. Die lassen sich nicht verfolgen.«

Ich habe bisher keine Notwendigkeit gesehen, mich mit der auch bei Kriminellen heiß beliebten neuen Finanzwelt zu beschäftigen. Also glaube ich Peter einfach mal.

»Ohne Interpol werden wir sie nie finden«, meint Mel. »Und auch da nur mit Glück.«

»Oder mit Reinhardts Hilfe. Er weiß, wo sie ist«, sagt Kurt Amberger im Brustton der Überzeugung.

»Zumindest ist er der Einzige, dem sie uneingeschränkt vertraut«, bestätigt ihn Peter.

»Und das zu Recht. Jedenfalls haben wir bisher aus ihm kein Wort herausbekommen.« Daniela zuckt mit den Schultern.

»Womit wir wieder am Anfang wären.«

An der Zimmerdecke bildet sich eine Wolke, die auf mich herabschwebt.

»Also gut. Wir prüfen alle Telefonate, alle Konten, alle Geschäftsbeziehungen von Rebecca. Sie hat Immobilien in einem halben Dutzend Länder. Eine Finca auf Mallorca, ein Chalet in der Schweiz und so weiter. Ich zweifle zwar daran, dass wir alle ausfindig machen können, aber wir sind dran. In einigen Ländern haben die Kollegen dort bereits alles überprüft. Außerdem durchleuchtet das Kommissariat Wirtschaftskriminalität die ReDonBau. Die Fahndung nach Rebecca läuft. Suchmannschaften mit Hundestaffeln durchkämmen die Umgebung nach Martina. Mehr können wir im Augenblick nicht tun.«

Die Wolke ist da. Wie eine Decke legt sie sich über mich. Mels letzte Worte berühren sanft die Hülle meines Gedächtnisses, ohne einzudringen.

*

»Herr Buchmann!«

Wer? Ich kenne die Stimme, kann ihr aber weder Name noch Gesicht zuordnen. Die Schwerkraft drückt wie Blei auf meine Augenlider.

»Herr Buchmann!«

Ich atme ein paarmal durch und versuche es noch mal.

Ah, Frau Dr. Rieselmann. Die Ärztin, die sich während der letzten Tage um mich und mein Leben gekümmert hat.

»Da ist er ja wieder!«

»Was war los?«, höre ich mich flüstern.

»Ein Kreislaufzusammenbruch. Medizinische Ausdrücke erspare ich Ihnen.«

Melanies Gesicht schiebt sich neben das von Frau Dr. Rieselmann. Erschrocken stelle ich fest, wie müde sie aussieht. Warum ist mir das vorhin nicht aufgefallen? Manchmal verstehe ich mich selbst nicht.

»Ich fühle mich ganz o. k.«, lüge ich.

»Sei froh, dass es Dr. Sonnleitner war, der dich gefunden hat. Er ist gleich nach euch losgefahren.«

»Glück gehabt.«

»Kann man so sagen. Ich lasse Sie jetzt allein. Wenn Sie sich schlecht fühlen, drücken Sie sofort den Knopf.«

Ich nicke zur Bestätigung und winke Mel heran, sich an mein Bett zu setzen. Dankbar erfüllt sie meinen Wunsch. Schüchtern nehme ich ihre Hand.

»Sie geben dir die Schuld?« Ich muss sie nicht fragen. Ich bin lange genug im Geschäft, um zu wissen, was passiert ist, während ich weg war. Die Hauptverdächtige im ohnehin schon spektakulären Fall der Herzmorde ebenso spektakulär während der Festnahme geflohen. Die ermittelnde Staatsanwältin aller Wahrscheinlichkeit nach tot. Es bedarf keiner überbordenden Fantasie, um sich vorzustellen, wie sich die Medien auf diese Story gestürzt haben. Und noch viel schlimmer: die Vorgesetzten. Vermutlich bis hinauf nach München.

»Es war meine Show.« Ihre Stimme zittert. Ihre Hand auch. »Ich habe die Aktion geleitet. Die Verhaftung und die Überführung. Ich hätte ein Begleitfahrzeug mitschicken müssen. So aber!« Sie zuckt resignierend mit den Schultern.

»Ich glaube nicht, dass sie dir deshalb die Leitung der K 1 wegnehmen. Dazu hast du schon zu viele Erfolge zu verbuchen.«

Melanie sieht mich enttäuscht an. »Denkst du, es geht mir darum?« Sie schüttelt energisch den Kopf. »Rebecca entkommen! Martina tot! Und du auch beinahe!«

Beschämt drücke ich ihre Hand fester. Habe ich wirklich gedacht, sie macht sich Sorgen um ihre Karriere? Ich kenne Mel schon lange genug, um es besser zu wissen. Es geht um diesen Fall und um nichts sonst. Ein Fall, der noch nicht beendet ist. Nicht für sie und nicht für mich. Also komme ich noch mal auf Martina zurück.

»Du gehst also auch davon aus, dass Martina tot ist.«

Überrascht lässt sie meine Hand los. »Vermutlich wird ihre Leiche eines Tages im Reinigungsrechen eines Kraftwerks oder im Netz eines Fischers auftauchen. Oder ein Schwammerlsucher findet sie im Wald.«

»Warum?«

»Warum was?«

»Warum hat Rebecca mich betäubt im Auto gelassen, Martina aber mitgenommen? Wenn es ihr nur darum ging, sich der Verhaftung zu entziehen und zu fliehen, wäre Martina nur Ballast für sie gewesen.«

»Ich denke, sie hat sie als Geisel in der Hinterhand behalten. Für den Fall, dass etwas schiefgeht. Offensichtlich ist nichts schiefgegangen. Rebecca ist untergetaucht. Das heißt, Martina Richter ist tot.«

Ich atme tief ein und wieder aus.

»Was ist los?«

Ich schüttle kaum merklich den Kopf.

»Jetzt sag schon!«

»Hm. Du warst doch dabei. In Rebeccas Keller, meine ich. Martinas Verhalten war schon etwas seltsam, oder?«

»Ja, schon. Sie war da ziemlich rücksichtslos. Aber was soll das bedeuten?«

»Und Rebecca?«, lasse ich die Antwort offen. »Warum ist sie so widerstandslos mit uns mitgefahren? Kein Wunsch nach einem Anwalt. Kein Warten auf den Krankenwagen. Nein! Sie ist mit uns gefahren. Mit Martina und mir. Ich bin noch da. Martina nicht.«

»Du denkst, Rebecca hat das geplant? Das Ganze nur, um Martina zu entführen?«

»Ich denke, die beiden verbindet eine gemeinsame Geschichte. Rebecca hat nicht nur Hauser und die anderen beseitigt. Sie wollte auch Martina.«

»Aber dann hätte Martina ja etwas mit Rebecca und den Druiden zu tun. Aber was?«

»Das werden wir nur erfahren, wenn wir eine der beiden finden.«

»Lebendig«, fügt Melanie hinzu. »Und wenn du recht hast, Moritz.«

Sie steht auf und nickt mir noch einmal zu. Erschöpft sinke ich in mein Bett. Ich höre nicht mehr, wie Melanie die Tür hinter sich schließt.

NIKOLA

Unschlüssig kaute Nikola auf ihrer Unterlippe. Seit vier Tagen lag Ondrej in der Kühlkammer der Pathologie. Sein Geheimnis lag hinter dem Zaun, vor dem sie stand. Die Eisenkonstruktion, die sich in weitem Bogen um Hallen, Büros, Abbaugruben und Förderbänder des Zementwerks zog, hatte ihre schützende Funktion nach der Schließung der Fabrik verloren. Vandalierende Jugendliche und beutesuchende Kleinkriminelle hatten sich ebenso Zugang verschafft wie Obdachlose, die vor allem die ehemaligen Aufenthaltsräume der Arbeiter zu ihrer Heimat gemacht hatten. Das war während der ersten Jahre nach der Schließung der Fabrik gewesen, als die Gebäude noch Schutz vor Wind und Regen geboten hatten. Verstecke für den untersten Rand der Pilsener Gesellschaft. Dann hatte die Stadt das Gelände räumen lassen. So oft, bis auch die Hartnäckigsten unter den Verzweifelten weitergewandert waren. Zurückgeblieben waren Ruinen und Schuttberge, deren Trostlosigkeit mit jedem Jahr des Zerfalls wuchs.

Am Morgen hatte Regen sie geweckt. Jetzt, kurz vor Mittag, war er einem kühlen Nebel gewichen, der in der Senke unter ihr auf sie zu warten schien.

Aber auch das war es nicht, was Nikola zögern ließ. Es war die Angst, etwas zu finden, was sie nicht zu finden hoffte. Dinge, die nicht in das Bild passen wollten, das sie sich während der letzten zwei Jahre von Ondrej Nemec gemacht hatte. Und nicht nur sie. Auch die übrigen Kollegen kannten nur dieses Bild. War sie dabei, es zu übermalen? Und wenn ja, mit welchen Farben?

Der Schlüsselbund lag auf dem Beifahrersitz. Das Foto aus zusammengeklebten Schnipseln daneben. Wie so oft in den Tagen, seit sie Ondrej in einem Zinksarg aus seiner Wohnung getragen hatten, nahm sie das Bild und betrachtete es.

Der Junge auf der Schaukel, die an einem Baum hing, mochte zwölf oder dreizehn Jahre alt sein. Die junge Frau, die auf einer zweiten Schaukel saß, war etwa fünf Jahre älter. So sicher sich Nikola war, dass das Bild Ondrej an der Schwelle vom Kind zum Jugendlichen zeigte, so ratlos war sie in Bezug auf die Frau. Dabei war sie der Schlüssel zu den Antworten, die Nikola suchte. Einer von mehreren, dachte sie. Die anderen lagen neben ihr und warteten darauf, sie zu den Geheimnissen zu führen, die Ondrej irgendwo da unten versteckt hatte.

Wirklich? Wie konnte sie so sicher sein?

Sie würde die Antwort nicht erfahren, wenn sie hier oben an der Zufahrtsstraße stehen blieb. Nikola gab sich einen Ruck. Nur ein Flügel des Tores hing noch in den Angeln. Der andere lehnte schräg an einem Pfosten. Langsam ließ sie ihren Wagen die breite Straße hinabrollen. Zu den Glanzzeiten des Werkes hatten täglich ungezählte Lastwagen das Tor passiert und den hier gewonnenen Zement hinaus auf die Baustellen im ganzen Land transportiert. Das Betriebsgelände war ebenso weitläufig wie unübersichtlich. Zwischen Abraumbergen und Schutthalden lagen Hallen und Förderbänder verstreut. Dort, wo sie die Mitte des Werks vermutete, hob sich der größte zusammenhängende Gebäudekomplex aus der Ödnis. Ein Büroturm klammerte sich an eine riesige Produktionshalle. Dahinter hob sich die Spitze einer Förderanlage in den grauen Himmel. Nikola erinnerte sich. Die Stahlkonstruktion hatte einen undefinierbaren Reiz auf eine Gruppe Jugendlicher ausgeübt, die den Sinn des Lebens darin sahen, eben dieses aufs Spiel zu setzen. Sie hatten ihre waghalsigen Klettertouren durch das Dickicht der Stahlträger und Fließbänder gefilmt und auf Instagram und Facebook der Welt gezeigt. Der Tod hatte die Jagd nach Klicks und Beliebtheitswerten grinsend verfolgt und dann zugeschlagen. Ein Mädchen hatte sich zu weit gewagt und war abgestürzt. Sie war 16 gewesen. Ihr junger Körper wurde während des Sturzes hin und her geworfen, prallte an diesen und an jenen Träger, und als er endlich auf dem Boden aufgeschlagen war, war praktisch jeder ihrer Knochen gebrochen. Von dem Teenager war nur eine unkenntliche Masse aus Knochen, Haut und Blut übrig geblieben. Hatte das die anderen abgeschreckt? Ganz im Gegenteil. Die Förderanlage war in der Szene zur Berühmtheit geworden. Als alle Versuche der Polizei, dem nächtlichen Ansturm Herr zu werden, gescheitert waren, hatte die Stadt einen Elektrozaun um die Anlage errichtet. Und um diesen einen normalen Zaun, auf dass niemand aus Versehen von 20.000 Volt gegrillt werde.

Für Nikola hatte die Anlage eine andere Bedeutung. Hier hatte Ondrej sein Auto abgestellt. Sie war ihm nicht gefolgt, hatte in sicherer Entfernung gewartet, bis nach einer Stunde das Innenlicht des Autos angegangen war und Ondrejs Rückkehr verraten hatte. Was war in dieser einen Stunde geschehen? Die Dunkelheit der Nacht hatte es vor ihr verborgen. Jetzt, im Tageslicht, sah alles anders aus, aber an diese Stelle konnte sie sich erinnern.

Sie hielt an und atmete tief durch. Sie konnte nur hoffen, dass Ondrej in einem dieser Gebäude gewesen war. Es war einfach unmöglich, alle Hütten und Hallen zu durchsuchen. Entschlossen nahm sie den Schlüsselbund, eine starke Stablampe und stieg aus. Unbewusst tastete ihre Hand nach der Pistole in ihrem Halfter.

Wo sollte sie anfangen? Egal. Jede der Türen und jedes der Tore war gleich gut. Nikola steuerte auf einen lang gezogenen Hallenkomplex zu ihrer Linken zu. Die Fenster waren eingeworfen, die Wände mit Graffiti der eher simplen Art beschmiert. Keine Kunstwerke, wie sie an manchen Stellen in der Stadt zu finden waren. Die erste Tür war nicht verschlossen. Sie spähte hinein. Im Halbdunkel machte sie leere Regale aus, verrostete Schubwägen und andere Werkzeuge, deren Aufgaben sie nicht kannte.

Sie ging in die Halle, fand weitere offene Türen und weitere leere Räume. Nach 15 Minuten stand sie wieder im Freien.

So dauert das ewig, erkannte sie, während sie das nächste Gebäude nach dem gleichen Muster durchsuchte. Dass ich nicht weiß, wonach ich eigentlich suche, wird die Sache auch nicht gerade beschleunigen. Wenn Ondrej hier etwas gelagert oder – noch scheute sie den Ausdruck – versteckt hat, dann irgendwo, wo es nicht zufällig gefunden wird.

Mit gerunzelter Stirn betrachtete sie den turmartigen Büro-komplex. Dieser war umgeben von einem Zaun, der durch ein breites Tor und eine schmale Tür Zutritt gewährte. Dicke Ketten und stabile Vorhängeschlösser sicherten das Gelände. Nikola wusste, dass sich nicht alle von dem Zaun abhalten ließen. Sicher gab es an anderer Stelle von Bolzenschneidern geschnittene Durchlässe. Aber die interessierten sie nicht. Es war die Tür. Ihr einziger Anhaltspunkt waren die Schlüssel in ihrer Hand. Da, wo sie passten, war auch Ondrej gewesen. Sie schob die Stablampe in ihre Jackentasche, streifte sich ein Paar Einweghandschuhe über und begann, die Schlüssel aus-zuprobieren. Es war der dritte, der passte. Mit angehaltenem Atem öffnete sie die Tür, schloss sie hinter sich wieder, ohne zuzusperren, und ging langsam weiter. Sie führte zu einem überdachten Durchgang und dieser zu einer weiteren Tür. Ein Eisengitter diesmal, dessen Schloss der nächste Schlüssel öff-nete. Ein kleiner Innenhof. Von dort eine einladende Glastür ins Herz der Zementfabrik. Deren Name prangte einst über dem Eingang, doch war der Schriftzug längst entfernt worden. Die Tür selbst war unverschlossen. Nikola schob sie vorsich-tig auf. Sie trat in eine geräumige Eingangshalle. Nach heu-tigen Maßstäben eher unscheinbar, mochte sie in Zeiten des Sozialismus durchaus repräsentativ gewesen sein. Eine breite Treppe führte nach oben und nach unten. Daneben zog sich ein Flur von der Eingangshalle nach hinten.

Sie entschied, ihm zu folgen. Schon der erste Raum ließ sie an ihrer Entscheidung zweifeln. Schimmelige Essensreste auf einem alten Schreibtisch, ein vergammelter Schlafsack auf dem Boden, Becherovka-Flaschen in einer Ecke. Die aufge-gebene Zuflucht eines Obdachlosen. Er hatte hier ein Dach über dem Kopf gesucht und gefunden, bevor irgendjemand die Zugänge versperrt hatte.

Der nächste Raum war leer, ein weiterer glich dem ersten. Eines der Zimmer verwehrte ihr mit pestilenzartigem Gestank den Zutritt. Sie hielt die Luft an, öffnete die Tür einen Spalt, erkannte, dass dies die Toilette war, nicht funktionsfähig und dennoch von den Ärmsten der Pilsener Gesellschaft, die hier gewohnt hatten, benutzt.

Noch immer würgend eilte sie in die Empfangshalle zurück. Also nach unten.

Sie hatte die unterste Stufe noch nicht erreicht, als sie völlige Dunkelheit umfing. Natürlich gab es auf dem gesamten Gelände keinen Strom.

Außer am Elektrozaun, dachte sie, während sie den Schein ihrer Lampe durch den dunklen Gang vor ihr streichen ließ. Weiter hinten hallte das scharrende Geräusch kleiner Füße durch die Finsternis.

Ratten, erkannte sie. Und ein Metallgitter, wieder mit einer Kette und einem Vorhängeschloss. Wieder ein passender Schlüssel. Sie spürte ihre Herzfrequenz ansteigen. Sie probierte die Türen an den Seiten des Ganges.

Alle verschlossen, dachte sie. Doch es gab einen Schlüssel an Ondrejs Bund, der nicht zu einem Vorhängeschloss gehörte.

Ein Schlüssel, der zu einer dieser Türen passte. »Passen muss«, flüsterte sie.

Jaja. Das wirst du gleich sehen.

Sie begann, sich von Tür zu Tür zu arbeiten. Es war der vorletzte Raum auf der linken Seite. Ihr Herz setzte für einen Schlag aus, als der Schlüssel in das Schloss glitt und sich widerstandslos drehen ließ. Sie schickte den Strahl ihrer Stablampe als Vorhut hinein. Der zitternde Lichtkegel erfasste einen Tisch mit Stuhl an der rückwärtigen Wand, eine geschlossene Kiste und einen Kanister auf dem

Boden, bei dem sie ihre Untersuchung begann. Ein stechender Geruch verriet seinen Inhalt. Benzin! Nach kurzer Überlegung kam sie zu dem Ergebnis, dass Ondrej damit ein Feuer hatte legen wollen. Um die Beweise zu vernichten, falls es solche gab. Wenn, dann dort drinnen, dachte sie. Die Aufschrift deutete auf eine ausrangierte Militärkiste hin, wie sie auf einschlägigen Märkten angeboten wurden. Natürlich war auch sie mit einem Vorhängeschloss gesichert, zu dem einer der Schlüssel passte. So alt die Kiste auch wirkte, so gut war sie in Schuss. Die geölten Scharniere ließen sie den Deckel mühelos öffnen. Der Schein der Lampe wanderte in die Kiste. Nikolas Aufmerksamkeit folgte ihm.

Was immer sie auch erwartet hatte, das war es nicht. Das Licht pendelte zwischen mehreren – fünf, um genau zu sein – braunen Umschlägen und einem Stoffsack hin und her.

Sie bückte sich und zog einen der Umschläge heraus. Die Aufschrift verwirrte sie noch mehr: »Robena«!

Sie schüttete den Inhalt auf den Tisch, vermied es aber, sich zu setzen. Dann begann sie zu lesen. Sie blätterte durch Zeitungsartikel, aufgeklebte Fotos, Kalenderseiten mit Zeitangaben, die sie nicht verstand, und seitenlange Aufzeichnungen, die sie später lesen würde. Nur eines war ihr sofort bewusst. Robena hieß mit bürgerlichem Namen Laura Andersson. Ein Name, den sie vor Kurzem erst gehört oder gelesen hatte, der aber im Augenblick die richtige Stelle in ihrem Gedächtnis nicht erreichte.

Sie ging noch mal zu der Kiste, zögerte kurz und griff dann nach dem Stoffsack. Überrascht von seinem Gewicht hob sie ihn auf den Tisch. Vorsichtig griff sie hinein. Als ihre Finger den kalten Stahl spürten, begann ihr Herz zu flattern.

*

Entgegen ihrem Vorsatz saß Nikola nun doch auf dem Stuhl. Mit geschlossenen Augen versuchte sie, das soeben Entdeckte in die bisherigen Geschehnisse einzuordnen. Als sie den Eisenkeil und den schweren Hammer aus dem Sack gezogen hatte, legte sich ein Finger auf den Schalter, der den neuen Informationen den Zugang zu dem Teil ihres Kopfes, den man Erinnerung nennt, verwehrt hatte.

Die anderen Teile legten den Schalter endgültig um. Ein Bunsenbrenner und ein Brandeisen! Die Wahrheit traf sie wie ein Blitz. Dabei wäre ihr der Sinn des langen Eisens mit dem Holzgriff am einen Ende und dem verschlungenen Muster am anderen Ende fremd gewesen, gäbe es da nicht die Ereignisse, die seit Wochen die Menschen drüben in Deutschland in Atem hielten. Ereignisse, auf die sich auch die Medien ihres Landes gestürzt hatten.

Außerdem war sie Polizistin. Der spektakuläre Fall jenseits der Grenze war auch in ihren Kreisen Gegenstand lebhafter Diskussionen. Deshalb wusste Nikola Hajek sofort, was das Zeichen auf dem Brandeisen bedeutete.

Ein Keltenherz!

Sie wusste auch, wozu das Eisen verwendet worden war. Sie kannte die Namen, noch bevor sie die anderen Umschläge öffnete.

Noch einmal beugte sie sich über die Kiste. Ihre Hand tastete über den Boden. Ein weiteres Kästchen. Plastik diesmal. Es enthielt eine Packung leerer Einwegspritzen, ein Fläschchen Chloroform, eine winzige gläserne Ampulle ohne Aufschrift und ein Fläschchen mit der Beschriftung »Ketamin«.

Sie kannte den Namen des Medikaments und dessen Wirkung. Und sie wusste, wozu es verwendet wurde.

Was sie nicht wusste, war, was Ondrej dazu getrieben hatte, die Menschen, deren Namen auf den Umschlägen standen, zu töten. Auf diese Weise zu töten, fügte ihr Gewissen ihrem Verstand hinzu.

Und genau diese Frage war das Dilemma, in dem sich Nikola befand. Es war ihre Pflicht, ihren Fund zu melden. Und das sofort! Schließlich tappten die Kollegen in Bayern mit ihren Ermittlungen im Dunkeln, und nicht nur das. Noch war das Schicksal der Staatsanwältin nicht geklärt. Ondrej Nemec als Täter konnte das fehlende Puzzleteil in den Ermittlungen der Bayern sein. Durfte sie da ihre Entdeckung für sich behalten?

Doch da war noch etwas. Wird das Präsidium nicht vertuschen, dass einer der unseren es war?

Am Ende war es Neugier. Sie musste wissen, warum Ondrej das getan hatte.

Und wenn es mir nicht gelingt, dachte sie. Du musst es wenigstens versuchen.

Und die Bayern? Wirst du es ihnen sagen? Und wenn ja, wann?

Das entscheide ich, wenn es so weit ist.

Nikola erhob sich und sah sich um. Wenn ich das hier melde, werde ich einiges erklären müssen. Das heißt, es muss hierbleiben.

Sie machte sich daran, alles mit ihrem Handy zu fotografieren.

Eine Stunde später verließ sie Ondrejs Versteck.

DIETMAR

Das Haus war nie ein Ort überbordender Lebensfreude gewesen. Nur selten waren Besucher den Kiesweg heraufgefahren. Und nie hatte es so etwas wie eine Feier gegeben. Weder Geburtstage noch andere Anlässe hatten die Besitzerin des Anwesens aus ihrer Einsamkeit gerissen.

Jetzt aber übertönte die Stille selbst die melancholischsten Tage, die Dietmar hier erlebt hatte. Alle waren gegangen. Die Gärtner, das Hauspersonal und auch die Männer und Frauen des Wachdienstes, die er einst angeworben und nun entlassen hatte. Ihre Anwesenheit war nicht mehr vonnöten. Die zu schützende Person war verschwunden.

Kein Ereignis, das Dietmar nicht vorhergesehen hätte. Rebeccas Vergangenheit war all die Jahre auch Teil seines Lebens gewesen. Stets war ihm gewahr gewesen, dass sie eines Tages nach ihr greifen würde. Er wusste von ihren Träumen und den Dämonen, die in ihr schlummerten. Manchmal – in letzter Zeit immer öfter – waren sie erwacht und hatten Rebecca mit sich genommen. Zurück zu den Nächten in den Wäldern. Zurück zu den Druiden.

Rebecca wollte sie loswerden. Es gab nur eine Möglichkeit, die Vergangenheit endgültig aus ihrem Leben zu tilgen. Der Tod der Druiden!

Und sie waren gestorben. Lichtinger, Hauser, Andersson und Beckmann. Sie alle waren tot. Aber es war nicht sein Werk gewesen.

Hätte ich es getan, wenn sie mich darum gebeten hätte? Wie oft hatte er sich diese Frage gestellt. Immer war er zum gleichen Ergebnis gekommen: nein! *So weit wäre ich nicht gegangen.*

Wer aber hat es dann getan? Er wusste von Rebeccas Kontakt in Tschechien. Er wusste, dass sie die Nummer angerufen hatte, die nur sie kannte. Und dass nach jedem Anruf einer der Druiden mit geöffneter Brust gefunden worden war.

Wer aber war die Person, die für Rebecca gemordet und ihre Flucht ermöglicht hatte? Ihr Verschwinden war für ihn genauso geheimnisvoll wie für die Kripo. Hatte sie ihm nicht vertraut? Warum dann dem anderen, dem Unbekannten?

Es waren diese Fragen, die ihn noch einmal in ihr Haus geführt hatten. Bis gestern war es versiegelt gewesen. Ein Ort, den die Spurensicherung der Kripo von oben bis unten durchsucht hatte. Auch sie hatte nach Antworten gesucht und diese nicht gefunden. Außer dem Raum im Keller gab es nichts, was Rebeccas Absichten verraten hätte.

Und doch musste es irgendwo sein. Das Handy, mit dem sie den Tod auf die Druiden angesetzt hatte.

Außer, sie hat es mit sich genommen, dachte er, während er die Zahlenkombination in den Türöffner eingab. Das Siegel war entfernt. Ein Zeichen dafür, dass die Ermittlungen erlahmten. Noch würde die Sonderkommission nicht aufgeben. Zu spektakulär waren die Herzmorde gewesen. Zu tragisch der Tod einer Staatsanwältin. Doch ihre Ermittlungen verliefen langsam, aber sicher im Sande.

Irgendwann hatten sie auch ihn gehen lassen. Er hatte ihnen nichts von Rebeccas Vergangenheit erzählt, was sie nicht bereits wussten. Sie hatten das Schloss gefunden und ihre Schlüsse gezogen. Er war nicht bereit, sie darin zu bestätigen oder zu korrigieren. Und das, was sie am meisten interessiert hätte, wusste auch er nicht. Wohin ist Rebecca geflohen?

Langsam betrat er das Haus. Er kannte die Stille, die ihn umfing, und doch war sie anders. Endgültig.

Was wird damit geschehen, fragte er sich. Wird sich ein Käufer finden? Wird es überhaupt verkauft? Oder hat Rebecca andere Verfügungen getroffen? Auch für die Firma? Noch hielten die Anwälte und Notare die Akten unter Verschluss. Nicht aber vor den Augen der Polizei. Sie weiß, wie es mit der ReDonBau weitergehen wird. Ob sie daraus einen Rückschluss auf Rebeccas Verbleib ziehen kann?

Es war nicht mehr seine Aufgabe, sich darüber Gedanken zu machen. Er würde diese Gegend verlassen. Vermutlich sogar Deutschland. Überall auf der Welt gab es jemanden, der jemanden wie ihn brauchte. Noch aber hielt ihn die Ungewissheit hier. Ohne übertriebene Eile machte er sich an die Arbeit.

*

Vier Stunden später verließ er Rebeccas Anwesen ein letztes Mal. Sorgfältig schloss er die Tür und das Tor hinter sich. Seine Suche war erfolglos gewesen. Er hatte das Handy nicht gefunden. Was er entdeckt hatte, war die Erkenntnis, dass sie es mitgenommen hatte und dass sie ihn, ihren engsten Vertrauten, nicht in ihre Flucht eingebunden hatte. Aus mangelndem Vertrauen? Oder wollte sie ihn schützen?

Ich werde es nie erfahren, dachte er. Denn einer Sache war er sich gewiss. Rebecca Donhauser würde nie mehr in seinem Leben auftauchen.

DONNERSTAG, 26. JULI

NIKOLA

Tagsüber glich die Glasfront des Polizeipräsidiums Pilsen einem kupferroten Spiegel. Ein architektonisches Detail des Baus aus dem letzten Jahrtausend. Nachts verrieten Lichter hinter den Glasscheiben, dass die Arbeit in dem ansonsten schmucklosen Betongebäude nie zur Gänze ruhte. Auch in Nikola Hajeks Büro gingen die Lampen in dieser Nacht nicht aus. Es war die nagende Ungewissheit, die sie wach hielt. Nur ihre Augen verrieten, dass sie seit beinahe 24 Stunden nicht mehr geschlafen hatte. Die späte Stunde erlaubte es ihr auch nicht, die Fotos auf ihrem Handy auf Papier zu drucken. Die digitale Überwachung zwang sie außerdem dazu, genau zu überlegen, welche Suchbegriffe sie in den Polizeicomputer eintippen durfte.

Also beschränkte sie ihre Recherchen noch einmal auf Ondrej und die »Kleinen Brüder«. Nichts Verdächtiges. Alle anderen Rätsel mussten ihr Computer zu Hause und Google lösen.

Draußen wich das Dunkel der Nacht jenem milchigen Grau, das so perfekt mit den schmucklosen Betonbauten der Industriestadt im Westen des Landes harmonierte. Sie wandte die Augen vom Bildschirm ab und sah aus dem Fenster. Der Kaffee in der Tasse war längst kalt. Ihre Arme und ihr Nacken schmerzten. Sie stand auf und streckte sich.

Ondrej? Was wusste sie über ihn? Nicht über den Polizisten. Über den Menschen. Bisher hatte sie gedacht, er sei ein Einzelkind, dessen Vater in einem Pflegeheim auf den Tod wartete. Die Schnipsel aus seiner Wohnung, die sie zu einem Foto zusammengefügt hatte, stellten ihr Wissen infrage. Wer war die junge Frau?

Was hatte sie mit Ondrej zu tun? Mit einem Mann, der aus einem noch unbekannten Grund Menschen getötet hatte? Sie hatte keinen Zugang zu seiner Personalakte. Was blieb, waren seine Erfolge bei der Zerschlagung der »Kleinen Brüder«. Natürlich kannte sie die Geschichte, die alle zu kennen glaubten. Sie war Teil dieser Geschichte. Der jahrelangen Suche nach den Hintermännern der Brüder. Des schrittweisen Herantastens von einer Ebene der Hierarchie der Organisation zur nächsten. Auch von den nicht immer legalen Wegen, die sie gegangen waren.

Die Erschöpfung dieser Nacht hatte ihr Gedanken vorgegaukelt, die ihr bisher fremd gewesen waren. Gedanken, die aus Hammer und Keil, Brandeisen und Einwegspritzen geboren wurden. Und die sie zu einer Frage geführt hatten, die absurd klang und dennoch nach einer Antwort verlangte. Hatte ihr ehemaliger Chef den Kampf gegen die Brüder nur geführt, um sich am Ende selbst an deren Spitze zu setzen? Sie hatte die Server des Präsidiums nach Verbrechen durchsucht, deren Muster den Taten der »Kleinen Brüder« entsprachen. Verbrechen, die nach der Verhaftung der führenden Köpfe der Organisation begangen worden waren. Weder der Computer noch sie selbst hatten Hinweise gefunden, die darauf hindeuteten. Und doch hatte Ondrej ein zweites Leben geführt. Ein Leben hier in Pilsen und eines drüben in Deutschland.

Nikola ging zu ihrem Schreibtisch, schaltete ihren Computer und das Licht aus und machte sich daran, nach Hause zu fahren. Dort würde sie die Fotos ausdrucken und weitere Stunden damit verbringen, den Schrecken zu begreifen, den die Umschläge und der Stoffsack enthielten.

Dann würde sie ein paar Tage freinehmen. Die Antworten, die sie suchte, erforderten, dass sie Pilsen verließ. Und sie verlangten ihren ganzen Mut.

Denn das, was ich finde, wird mir nicht gefallen, dachte sie.

Als Erstes musste sie sich auf die Suche nach Ondrejs Vater machen.

Nikola schlüpfte in ihre Jacke und schulterte den Stoffrucksack. Dann ging sie noch einmal zum Schreibtisch und holte ihren Autoschlüssel. Vorsichtig öffnete sie die Tür. Sie wandte sich nach links, mied das Haupttreppenhaus und die Aufzüge und verließ das Präsidium über das Nottreppenhaus. Ohne jemandem zu begegnen, erreichte sie die Tiefgarage. Die ersten Polizisten der Tagschicht eilten den Aufzügen entgegen. Niemand beachtete sie, als sie in ihren Dienstwagen stieg. Sie fuhr auf die Straße hinaus und reihte sich in den morgendlichen Berufsverkehr ein.

MORITZ

»Was hast du als Nächstes vor?«

Mels Stimme dringt durch einen Schleier aus Müdigkeit und Erschöpfung an mein Bewusstsein. Eine Woche ist seit Rebeccas Flucht vergangen. Alles in mir schreit nach Schlaf. Heute aber haben das schöne Wetter und Mel den Kampf gewonnen und mich hinab in die Gartenanlage des Klinikums geführt. Die Sonne hat meine Augen geschlossen. Meine Gedanken ruhen auf einem Bett angenehmer Mattigkeit.

Es dauert einige Atemzüge, bis ich den Sinn ihrer Frage verstehe. »Ich werde meine Freunde im Bayerischen Wald besuchen.«

Karl und Jana. Ein paar alte Damen in Kirchbach. Und Sepp Probst. Ja, der hat heute Abend eine Veranstaltung in Drachselsried. Wenn ich nicht zu müde bin, werde ich dort hinfahren.

»Dann ist der Fall für dich abgeschlossen?«

»Tja, was soll ich sagen? Nicht gerade ein cold case, oder? Wir kennen die Täterin, nur haben wir sie nicht gefasst. Das ist jetzt Aufgabe der Fahndung. Vielleicht hat Interpol mehr Erfolg als wir.«

»Du hast wahrscheinlich recht. Aber …«

Melanie atmet tief ein. Ich drehe mich zu ihr und betrachte ihr Gesicht. »Du willst dich damit nicht abfinden. Du rechnest dir Rebeccas Flucht noch immer an.«

Und Martinas Tod, denke ich, behalte es aber für mich. Es ist nicht nötig, Öl in das Feuer von Mels Gewissensbissen zu gießen.

»Ich habe mit Eberlein gesprochen. Es wird eine Untersuchung geben. Er geht davon aus, dass ich dabei vollständig entlastet werde.« Sie zuckt mit den Schultern und schüttelt gleichzeitig den Kopf. »Es war wohl doch nicht mein
Einsatz. Martina Richter hatte als ermittelnde Staatsanwältin die Befehlsgewalt. Und sie war es auch, die entschieden hat, dass Rebecca ohne Begleitschutz ins Krankenhaus
gebracht wird.«

»Von mir. Ich war der bewaffnete Mann im Wagen.«

»Was hättest du tun können? Sei froh, dass du noch am
Leben bist.«

Sei froh, dass du noch am Leben bist!

Und Martina?

Mel liest meine Gedanken. »Und Laura Andersson und
David Beckmann? Hätten wir auch sie retten können? Wenn
wir nach Hausers Tod schneller gewesen wären?«

Mel sucht noch einmal meinen Blick. Ihre Augen verraten die traurige Wahrheit. Es wird noch viel Zeit vergehen,
bis sie die Schuldgefühle in eine Kammer ihres Bewusstseins
gesperrt hat, aus der sie sie nicht mehr quälen können. Ich
ahne, der Schlüssel, der diese Kammer absperren könnte,
wäre Rebecca Donhauser in Handschellen. Und ihr Helfer. Die Person, die Martina und die Druiden getötet hat.

FREITAG, 27. JULI

MORITZ

Die Fahrt nach Drachselsried ringt mir einiges an Kraft ab. Dabei bin ich erst seit heute Morgen wieder zu Hause. Nur, um den halben Tag zu verschlafen. Ich hoffe, das Treffen mit Sepp ist die Gelegenheit, in ein normales Leben zurückzukehren. Ein Kampf, den ich zu gewinnen gedenke. Warum nicht mit einer Lesung über die Mysterien des Bayerischen Waldes anfangen?

Melanie ist wieder in Regensburg. Neue Verbrechen werden geschehen und sie wird sich wieder auf die Suche machen. Und sie wird es gut machen. Ich hoffe nur, sie zerbricht nicht an Rebecca und Martina.

Die Veranstaltung ist für 20 Uhr angesetzt. Kein Grund zur Eile also. Mein Zustand erfordert ohnehin eine gemäßigte Fahrweise. Als ich das Zellertal und mittendrin Drachselsried erreiche, zeigt meine Uhr noch immer eine Lücke von einer Stunde bis zu Sepp Probsts Auftritt. Ich nutze sie, um durch den Ort zu spazieren. Ein kurzes Unterfangen, das in der Dorfmitte endet. Diese teilen sich die Kirche und das Rathaus. Das Verwaltungszentrum des Dorfes beherbergt auch die Gemeindebücherei. Plakate an den Wänden verraten, dass der heutige Abend nicht der erste ist, den die ehrenamtlichen Helferinnen im Sitzungssaal des Rathauses organisiert haben.

Die ersten Besucher schlendern zielstrebig dem Eingang des schmucken Gebäudes entgegen. Da ich nicht in der ersten Reihe landen will, schließe ich mich ihnen an. Vorbei am Eingang zur Bücherei führt eine Treppe nach oben. Dort will der Sepp gleich die unverständlichen Geheimnisse bayerischer Kommunalpolitik durch die Geheimnisse der Mystik und Sagen überbieten.

Ich setze mich an die große Fensterfront, die den Blick hinab auf den Dorfplatz freigibt. Der Raum beginnt sich zu füllen. Meist sind es Männer und Frauen meiner Generation und älter, die sich ihren Platz suchen. Manche schütteln sich die Hände, andere führen angeregte Gespräche. Man kennt sich eben. Eine kleine Gruppe junger Mädchen schnattert die Treppe herauf und straft meine Erwartung Lügen, nur ältere Semester würden sich für die Sagen des Waldes interessieren. Dann erscheint auch der Hauptakteur des Abends. Ins Gespräch mit zwei Frauen vertieft, bemerkt mich Sepp Probst nicht. Konzentriert, aber nicht angespannt, hantiert er an einem Laptop herum, ruckelt an einem Beamer und zupft an einer Leinwand. Routinierte Handgriffe, bei unzähligen Lesungen durchgeführt. Ohne erkennbare Nervosität, dafür mit einem Ausdruck der Vorfreude setzt er sich an den für ihn vorgesehenen Tisch und lässt seinen Blick in die Runde schweifen. Unvermeidlich, dass er mich dabei sieht und erkennt. Ein kurzes überraschtes Zögern, dann ein freundschaftliches Nicken. Er weiß, warum ich hier bin.

Dann ist es so weit. Eine Frau betritt die Szene. Das Getuschel der Besucher verstummt. Das Licht wird gedimmt. Während der üblichen Vorstellung des Autors durch die Leiterin der Bücherei sehe ich mich um. Der Sitzungssaal der Gemeinde ist sicher selten so gut gefüllt. Ich sehe keinen freien Platz, nur Gesichter voller Erwartung. Und Josef Probst tut alles, um diese zu erfüllen. Die nächste Stunde erzählt er von ihm anvertrauten Begebenheiten, selbst Erlebtem und Geschichten der Altvorderen. Alles garniert mit Bildern der Schauplätze des meist geheimnisvollen, manchmal auch gruseligen Geschehens. Und doch sind es nur Geschichten. Das weiß auch der Vortragende. Und er scheut sich nicht, das seinen Zuhörern auch klar zu machen. Auch wenn manche von ihnen nur zu gerne glauben würden, was sie an diesem Abend hören.

Zufrieden über den Erfolg ihrer Veranstaltung taucht die Chefin der Bücherei den Raum wieder in helles Licht. Ich blicke in nachdenkliche, begeisterte, faszinierte, aber auch skeptische Gesichter. Und ich? Was denke ich über die ganze Sache? Eines ist mir jedenfalls deutlich geworden: Josef Probst zwingt seine Ansichten niemandem auf. Er hat nicht versucht, ihren Glauben für das Übernatürliche zu gewinnen. Er berichtet von all diesen Dingen sachlich, nicht manipulativ, ohne Sendungsbewusstsein und schon gar nicht prophetisch. Nicht nur einmal hat er in der vergangenen Stunde darauf hingewiesen, dass sich jeder seine eigene Meinung über Wahrheit und Fiktion bilden muss. Und damit bestätigt er den ersten Eindruck, den ich von ihm gewonnen habe.

Die Lesung ist zu Ende. Einige signierte Bücher wechseln den Besitzer. Hände werden zum Abschied geschüttelt. Der Saal leert sich. Ich halte mich im Hintergrund. Sepp Probst bedankt sich bei der Büchereileiterin.

Dann wendet er sich mir zu. »Guten Abend, Herr Kommissar. Warum nur wundert es mich nicht, Sie hier zu sehen?«

»Es sind wohl die Keltensteine, die uns zusammenführen.«

Er setzt sich auf einen der jetzt freien Stühle und sieht mich erwartungsvoll an. »Die Sache ist nicht ganz in Ihrem Sinne verlaufen.«

»Ich lebe noch.«

Er nickt bedächtig mit dem Kopf. »Ein gefährlicher Beruf,

den Sie da haben. Nach allem, was so in den Medien zu erfahren war.«

Ich erkenne die versteckte Frage. »Die haben ausnahmsweise mal nicht übertrieben.«

Wieder das Nicken. »Sieht man Ihnen an. Ich bin froh, dass es noch mal gut für Sie ausgegangen ist.«

»Ich auch.«

Ein Grinsen huscht über sein Gesicht. »Dann stimmt es also, dass die Frau Oberstaatsanwältin ein Opfer der Flucht von Rebecca Donhauser geworden ist. Wer hätte gedacht, dass die Baulöwin von Regensburg hinter den Morden steckt?«

Höre ich da Skepsis in seiner Stimme? »Sie klingen nicht überzeugt.«

»Ich hab mir nur so meine Gedanken gemacht.«

»Ach ja? Und was ist dabei herausgekommen?«

»Nichts Wichtiges, denke ich.« Er schüttelt verlegen den Kopf.

»Nur raus damit. Vielleicht sehen Sie hier oben in den Bergen klarer als wir dort unten in unserem Tal.« Ich nicke ihm aufmunternd zu.

»Na ja. Ich habe mich gefragt, ob ich das auch so gemacht hätte. Wie die Donhauser, meine ich. So lange zu warten, bis die Polizei vor meiner Tür steht. Sie musste doch damit rechnen, dass Sie nach dieser Mordserie bei ihr auftauchen würden. Schließlich gab es ja deutliche Hinweise auf eine Verbindung zwischen ihr und den Toten. Wenn es stimmt, was die Presse geschrieben hat. Also ich hätte mich da längst aus dem Staub gemacht. Dann hätte ich auch die Frau Richter nicht hineinziehen müssen. Warum eigentlich hat die Donhauser sie mitgenommen? Als Geisel? Glaub ich nicht. Die Polizei hätte doch auch im Falle eines Austauschs ihre

Spur nicht mehr verloren. Und so? Da war Frau Richter doch nur ein unnötiger Ballast. Außer …«

Er holt tief Luft, um die Bedeutung seiner nächsten Worte zu unterstreichen. »… außer Frau Donhauser hatte von Anfang an vor, Frau Richter zu töten.«

Was? Habe ich richtig gehört? Hat sich der Sepp in meine Gedanken gehackt? Er ist noch nicht fertig. »Wenn es aber so gewesen ist, warum dann nicht wie die anderen? So mit Herz und Keltenstein, Sie verstehen?«

»Was denken Sie?«

»Keine Ahnung. Bei Rebecca Donhauser ist die Verbindung zu den Druiden offensichtlich. Aber Frau Richter? Was hatte sie mit ihnen zu tun?«

»Vermutlich genauso wenig wie mit dem Keltenherz und den Keltenschalen.«

»Die für Frau Donhauser eine besondere Bedeutung haben«, meint Sepp nachdenklich. »Obwohl es nicht die Kelten waren, die sie gemacht haben.«

»Ach so?«

»Die Entstehung der Schalen wird auf etwa 3500 vor Christus datiert. Die Kelten kamen erst 2.700 Jahre später in diese Gegend. Vermutlich haben sie die Opfersteine einfach für ihre Zwecke genutzt.«

»Die meisten Leute wissen nicht einmal, dass es diese Opfersteine gibt.«

Sepp nickt zustimmend. »Nicht alle lesen meine Bücher.« Er steht auf und grinst. »Das müssen sie auch gar nicht. Sonst würde ich noch übermütig.«

»Das scheint Ihnen Spaß zu machen, oder? Das ganze Geschichtensammeln, Im-Wald-Herumlaufen und so.«

»Sonst würde ich's nicht machen.«

Ja, er liebt das. Die Zuhörer des heutigen Abends und

damit auch ich haben das in jedem Foto, in jeder Geschichte gespürt, die der Sepp heute mitgebracht hat.

»Also, was denken Sie?«, will er wissen.

»Dass ich mit mehr Fragen nach Hause fahre, als ich hierher mitgebracht habe.«

»Dann hat sich Ihr Besuch ja gelohnt«, meint er grinsend.

Ich stehe auf und reiche ihm die Hand. »Danke, und passen Sie auf sich auf. Vielleicht sehen wir uns mal wieder.«

»Bestimmt sogar.«

Sein fester Händedruck unterstreicht seine Worte.

Zehn Minuten später fahre ich durch die Nacht zurück nach Deggendorf. Was, so frage ich mich, wenn Martina schon einmal gegen die Druiden ermittelt hat? Was, wenn sie Rebeccas Wunsch nach Rache hätte erfüllen können? Und was, wenn ihre Ermittlungen ergeben hätten, dass Hauser, Beckmann und Andersson als unschuldig eingestuft worden waren? Wäre das ein Grund für Rebecca gewesen, sich auch an Martina zu rächen?

Am Montag werde ich mit dem LKA Kontakt aufnehmen. Und mit der Staatsanwaltschaft auch. Gleich als Allererstes.

*

Die Müdigkeit legt sich wie eine schwere Decke über mich. Langsam zieht sie mich in den Schlaf, den ich dennoch nicht finde. Es sind Gedanken und Gefühle, die mich wach halten. Ein wirbelndes Chaos, das jedem Versuch, klar zu denken, als unüberwindbare Barriere entgegensteht.

Vor einer Ewigkeit, wie es mir scheint, lag Martina neben mir. Nichts, was von Bedeutung wäre. Eine gemeinsame Nacht, geboren aus der Situation und dem Gefühl der Einsamkeit zweier Menschen. Sie hat nichts hinterlassen. Martina hat mich nie mehr auf diese Stunden angesprochen. Ich sie auch nicht. Es ist, als wäre es nie passiert. Martina war nur die Frau, die ich in meinen Armen gehalten habe, als alles in mir danach schrie, eine Frau in den Armen zu halten. Die letzten Gedanken tauchen langsam in einen Nebel aus Grau und Schwarz.

MONTAG, 30. JULI

MORITZ

Ich erwache aus einer Nacht schrecklicher Träume. Draußen begrüßt der Gesang der Vögel den neuen Tag. Noch versteckt sich die Sonne hinter den bewaldeten Hügeln im Nordosten. Ich wälze mich auf die Seite und wage einen Blick auf die Uhr. Halb fünf! Zu früh, um aufzustehen. Und dennoch! Die Verlockung einer heißen Dusche zieht mich aus dem Bett.

Das Wasser brennt auf meiner Haut. Zehn Minuten Hitze und Dampf wecken meine Lebensgeister. Die Kaffeemaschine, der Toaster und die Bratpfanne tun ihr Übriges. Heute gönne ich mir zu meinem üblichen Frühstück zwei Spiegeleier mit Speck.

Ich werde bis acht Uhr warten und dann zwei Telefonate führen. Die Kollegen vom LKA und der Staatsanwaltschaft werden begeistert sein.

Vielleicht kann ich ja auch Sven um Hilfe bitten. Entschlossen greife ich zu meinem Handy. Auf der Suche nach seiner Nummer bleibe ich an der Anzeige für eine eingegangene Nachricht hängen. Sie stammt von Erwin. Der Zeitpunkt hält mich davon ab, sie zu ignorieren. Kurz vor Mitternacht! Eine wahrlich ungewöhnliche Zeit für meinen Deggendorfer Kollegen.

Muss wichtig sein, denke ich und öffne sie. »Servus, Moritz, ich hoffe, du bist bald wieder auf dem Damm. Falls du dazu in der Lage bist, ruf sofort!!!! folgende Nummer an.« Der Aufforderung folgt eine ausländische Nummer, die ich nach kurzer Überlegung Sven vorziehe. Mal sehen! Als ich schon glaube, niemand sei zu Hause, meldet sich eine mir unbekannte Frauenstimme mit einem mir unbekannten Namen: »Nikola Hajek. Dobre Dan.«

»Moritz Buchmann. Ich hoffe, Sie verstehen mich. Ich kann nämlich leider kein Tschechisch.«

»Herr Buchmann. Danke für den Rückruf.« Die wenigen Worte reichen, um mir zu zeigen, dass der Kommunikation mit Frau Hajek meine mangelhaften Sprachkenntnisse nicht im Wege stehen werden. Trotz des nicht zu überhörenden Akzents spricht die Frau am anderen Ende der Leitung nahezu perfekt meine Sprache. Wie wichtig das ist, wird mir nach ihrem nächsten Satz bewusst. »Haben Sie den Mörder der Druiden schon gefunden?«

✳

Meine beiden Verabredungen treffen pünktlich ein. Ich dagegen bin eine halbe Stunde zu früh. Nicht, weil mich die Nachmittagssonne und die Atmosphäre des Biergartens nach Bad Kötzting gelockt haben. Und auch nicht wegen der kürzeren Fahrstrecke. Es ist das Versprechen, das mir Nikola Hajek heute Morgen gegeben hat.

Um diese Zeit ist die Zahl der Menschen, die im Schatten der Bäume Bier und Essen genießen, überschaubar. In ein paar Stunden werden alle Bierbänke beim Lindnerbräu bis auf den letzten Platz gefüllt sein. Jetzt aber habe ich einen Tisch gleich am Wasser für mich allein. Wohl deshalb findet mich die tschechische Kollegin sofort.

Ich kenne sie nicht, sie aber hat sich wohl mein Gesicht

aus dem Internet eingeprägt. Das Netz vergisst eben nie. Auch einige Zeitungsartikel über Mordfälle im Bayerischen Wald nicht. Ich stehe auf und reiche ihr die eine Hand, während ich mit der anderen Melanie zuwinke, die soeben den Biergarten betritt. Nikola hatte nichts gegen ihre Anwesenheit einzuwenden. Und so sitzen wir in einer Umgebung, die bayerischer nicht sein kann. Mel legt ihr Tablet auf den Tisch und nickt Nikola aufmunternd zu. Die bestellt sich eine Halbe Helles, Melanie ein Radler. Ich nutze die Gelegenheit. Ich schätze sie auf Mitte 30. Halblanges braunes Haar umrahmt ein Gesicht mit Augen wie Kohlen.

Die Getränke kommen. Die beiden Frauen stoßen miteinander und mit meinem Wasser an. Die übliche Begrüßung diesseits und jenseits der Grenze bildet die Einleitung für das kommende Gespräch, das Mel eröffnet.

»Warum wollten Sie nicht, dass wir zu Ihnen nach Pilsen kommen?«

»Dieses Treffen ist ... Wie sagt man? ... inoffiziell.« Wie fast alle ihre Landsleute dehnt sie die Vokale in die Länge und nimmt so der deutschen Sprache einiges von ihrer Härte.

»Das heißt, Sie werden beobachtet?«

»Nun, ich denke nicht. Aber lieber zu vorsichtig als zu wenig.«

»Ja, da haben Sie recht.« Ich nehme einen Schluck und studiere ihre Gesichtszüge. In ihre ansonsten glatte Haut schleichen sich um die Augen kleine Fältchen. Ihre Erschöpfung ist ihr anzusehen. Schlaf war in den letzten Tagen nicht ihre Hauptbeschäftigung.

»Und warum ich?«

Sie lehnt sich ein wenig nach vorne und sieht mich durchdringend an. »Ich habe Informationen eingeholt. Über Ihre Fälle. Steht genug darüber im Internet.«

»Und das hat Sie zu dem Schluss gebracht, dass ich der Richtige bin?«

Sie zuckt mit den Schultern. »Ich hoffe.«

»Hm. Na gut. Sie sagten, Sie können uns helfen.«

Sie mustert mich, dann Melanie. »Etwas mehr. Ich kenne den Mörder.«

Mel spitzt mit schräg gelegtem Kopf die Lippen. Ein untrügliches Zeichen von Zweifel. Was auch Nikola spürt.

»Sie fragen, ob ich die Wahrheit sage. Und warum ich damit nicht zu meinem Chef gehe. Es ist, weil ich noch Fragen habe.«

»Sie erwarten, dass wir Ihnen Auskünfte in einem laufenden Ermittlungsverfahren geben!« Ich schüttle den Kopf. »Ich fürchte, das können wir nicht tun.«

Damit hat sie nicht gerechnet. Melanie auch nicht. Mit zusammengepressten Lippen denkt Nikola kurz nach. »Dann muss ich wohl den offiziellen Weg gehen.« Das Bedauern in ihrer Stimme ist nicht zu überhören.

»Ich denke, das ist für alle das Beste. Sagen Sie Ihren Vorgesetzten, was Sie herausgefunden haben. In ein paar Tagen werden sie unsere Behörden informieren. Wenn es stimmt, was Sie sagen, dürfte das Ihrer Karriere einen mächtigen Schub geben.«

Sie sieht mich erstaunt an. Darüber hat sie sich noch keine Gedanken gemacht. »Ich habe mich wohl doch getäuscht«, meint sie leise. »Ich hoffe, Sie liegen richtig«, wendet sie sich wieder mir zu, »was die Zusammenarbeit zwischen unseren und Ihren Behörden betrifft.«

»Wie meinen Sie das?« Mel lehnt sich auf den Biertisch und mustert ihre tschechische Kollegin.

»Nun ja. Gewisse Kreise könnten der Meinung sein, dass der Name des Täters nicht bekannt werden sollte. Wegen Ansehen des Staates und so.«

»Wollen Sie damit andeuten, dass es sich um eine in Ihrem Land bedeutende Persönlichkeit handelt? Und dass deshalb Ihre Polizei uns wichtige Informationen vorenthält? Das würde allen Abkommen zwischen unseren Ländern widersprechen und hätte ernsthafte diplomatische Konsequenzen.«

»Ich sage nicht, dass es so sein muss. Vielleicht! Vielleicht auch nicht. Und nicht zu vergessen. Außer mir weiß es niemand. Wenn ich nicht rede, wird es keine Verwicklungen geben. Sie sehen, ich weiß mehr als Sie. Ich habe lange überlegt, ob ich Sie treffen muss. Jetzt bin ich mir nicht mehr sicher.«

Ich weiß, was sie damit sagen will. Wir können mehr von ihr profitieren als sie von uns. Sie hat recht. Martinas Akten haben die von mir und Sepp Probst vorgezeichnete Spur nicht bestätigt. Sie war nie in Ermittlungen gegen den Druidenorden eingebunden. Dennoch hat mir das Gespräch mit Sepp gezeigt, dass wir vielleicht zu engstirnig an die Sache herangegangen sind. Mit Scheuklappen vor den Augen, die jede andere Möglichkeit als die Täterin Rebecca ausgeblendet haben. Was, wenn wir alle falschliegen? Noch immer gibt es keine schlüssige Erklärung dafür, warum Rebecca Martina entführt hat. Zu viel spricht gegen dieses Verhalten, zu wenig dafür. Kann ich es mir da erlauben, nicht mit Nikola Hajek zu reden?

»Ich möchte keineswegs unkooperativ sein. Immerhin verfolgen wir beide das gleiche Ziel. Das Problem ist nur: Ich kenne Sie nicht.«

»Und deshalb haben Sie kein Vertrauen? Ich kenne Sie auch nicht. Denken Sie, Misstrauen ist angebracht?«

Ich lehne mich zurück und beobachte die Menschen an den anderen Tischen. Familien, Paare, Singles, Freunde. Ahnen sie, was hinter den verschlossenen Türen bürgerlicher Idylle passiert? Wäre der eine oder andere von ihnen zu Ähnlichem fähig?

Wenn sie den Namen des Mörders kennt, kann ich nichts Gleichwertiges bieten, denke ich und sage es ihr.

»Das zu beurteilen, können Sie mir überlassen.«

»Also gut.« Mel spielt ungeduldig mit ihrem Glas. »Wie kommen Sie darauf, dass die Person, die Sie verdächtigen, unser Täter ist?«

Nikola atmet zweimal tief ein und nimmt noch einen Schluck. Fast scheint es, als hätte sie es sich anders überlegt.

Nein, hat sie nicht. »Ich habe die Person beobachtet. Reiner Zufall. Sie hat mich zu einem Versteck geführt. Dort habe ich das hier gefunden.«

Sie legt einen Stapel Fotos auf den Tisch. Die nächsten Sekunden bin ich damit beschäftigt zu begreifen, was ich sehe. Es ist das letzte Foto, das mich verstehen lässt, warum mir Nikola Hajek gegenübersitzt. Es ist die Aufnahme eines Brandeisens. Ich erkenne das Keltenherz auf den ersten Blick. Ich reiche die Fotos Mel.

»Es sind fünf«, erklärt Nikola Hajek die Umschläge. »Aedan, Robena, Dorell, Evan und Morven. Jeder enthält Aufzeichnungen über einen von ihnen. Nur über Morven nicht. Der ist leer.«

»Fünf?«

»David Beckmann war Dorell, Laura Andersson Robena, Theodor Hauser war Aedan. Und Jan Lichtinger, der war Evan.«

»Jan Lichtinger? Der Intendant des Nürnberger Staatstheaters? Dann war auch er ein Druide?« Ich kann meine

Überraschung nicht verbergen. »Wenn ich mich richtig erinnere, ist er bei einem Autounfall ums Leben gekommen.«

»Genau genommen ist er in seinem Auto verbrannt«, frischt Mel meine Erinnerung auf.

»Dann hat unser Mörder auch ihn auf dem Gewissen?«

»Die Medien sagen, Rebecca Donhauser war Mitglied eines okkulten Zirkels. Die Druiden. Sie haben Magdalena getötet. Und als Sie Frau Donhauser verhaften wollten, ist sie entwischt. Und hat Frau Richter getötet. Wer aber hat die anderen Druiden getötet? Weiß niemand. Keine Polizei, keine Presse.« Sie beugt sich vor und sieht mich durchdringend an. Sie kennt den Namen des Mörders. Die Fotografien sind der eindeutige Beweis dafür. Will ich ihn wissen, so muss ich liefern. Nicht die Geschichte, die wir den Medien aufgetischt haben. Nikola Hajek will die Wahrheit. Und sie verdient sie auch.

»Es gibt einen Ort. Ein ehemaliges Schloss. In Tschechien. Die Frauen wurden dort gefangen gehalten.«

»Wer von unseren Leuten hat Ihnen dabei geholfen?«

Ich sehe sie mit schräg gelegtem Kopf an und zucke mit den Schultern.

»Sie waren dort ohne Erlaubnis?«

»Es war kein Polizeieinsatz. Nennen wir es einen touristischen Besuch.«

»Was haben Sie gefunden?« Nikolas Gesicht ist einen Tick blasser geworden.

»Ein Video.«

»Von Frau Donhauser?«

»Und anderen. Wir wissen nicht, wie, aber wir gehen davon aus, dass sie den ›Kleinen Brüdern‹ entkommen ist. Wir haben herausgefunden, dass ihre Geburtsurkunde gefälscht ist. Das Krankenhaus, in dem sie angeblich auf die

Welt gekommen ist, hat keine Unterlagen über ihre Geburt. Rebecca Donhausers wahren Namen kennen wir nicht.«

Nikolas Augen schmelzen zu schmalen Schlitzen. Ihre Hände umklammern das Bierglas. Es ist etwas, was ich gesagt habe.

»Die ›Kleinen Brüder‹? Was haben sie damit zu tun?«

»Sie kennen sie?« Mels Frage ist überflüssig. Nikola ist Polizistin. Sie kennt jede Verbrecherorganisation ihres Landes. Mehr als ein zustimmendes Nicken will sie uns in diesem Augenblick nicht geben.

»Rebecca Donhauser. Ist sie Tschechin?«

»Oder Russin oder Polin oder Rumänin oder aus einem der anderen Länder, in denen junge Frauen verschwinden und selten vermisst werden. Jedenfalls ist sie nach Deutschland geflohen, wo sie die ReDonBau zu einer der größten Baufirmen Bayerns gemacht hat.«

»Und ihre Macht und ihr Geld dazu verwendet, sich an den Druiden zu rächen. Die Frage ist, warum jetzt?«, kommt Mel Nikola zuvor.

»Weil die Druiden wieder aufgetaucht sind. Magdalena und das Brandmal auf ihrer Schulter. Sie haben Rebecca den Weg zu Hauser und den anderen gezeigt.«

Nikola Hajek lehnt sich zurück und blinzelt in die Sonne, während ich sie mit weiteren Ergebnissen unserer Arbeit füttere. »Die Druiden waren klug genug, bei der Organisation dieser Treffen nicht in Erscheinung zu treten. Sie haben sich dazu anderer bedient, für die Menschenhandel zum Geschäft gehört. Die ›Kleinen Brüder‹ haben sich um die Frauen, die Treffen bei den Keltenschalen, die Geheimhaltung und alles andere gekümmert.«

Diese Geschichte ist ein großes Puzzle, und der Stein mit dem Namen der Verbrecherorganisation hat soeben eine

Lücke gefüllt, die Nikola gequält hat wie eine jückende Stelle, die man nicht kratzen kann. Ein Teil des Bildes, der bereits das gesamte Motiv erahnen lässt, ist jetzt für sie sichtbar.

»Der Mörder. Er hat Sie betäubt, Herr Buchmann. Wie?«

»Ketamin. Mit einer Spritze verabreicht. Warum wollen Sie das wissen?«

»Ich habe Ketamin in Ondrejs Versteck gefunden.«

»Ondrej! Das also ist sein Name?«

Meine und Melanies Blicke kreuzen sich. Das ungelöste Rätsel, das Gesicht im Dunkel, es hat einen Namen.

Noch einmal zögert Nikola kurz. Dann: »Ondrej Nemec. Leutnant bei der SKPV.« Ihre Lippen zucken kurz, dann hat sie sich wieder unter Kontrolle.

»SKPV?«

»Abteilung für Aufdeckung organisierter Kriminalität«, erklärt unsere tschechische Kollegin. »Ondrej war mein Vorgesetzter. Und er hat diese Menschen ermordet. Ich will wissen, warum.«

»Nicht nur Sie. Deshalb sollten wir ihn das fragen, denken Sie nicht?«

Ein Schatten huscht über ihr Gesicht. »Ondrej ist tot. Lungenkrebs.«

Obwohl sie von einem Mörder spricht, kann sie die Trauer in ihrer Stimme nicht verbergen. Zweifellos hat sie ihren Chef gemocht. Oder mehr? Ganz sicher aber hat sie ihn bewundert. Soll ich sie nach dem Grund fragen? Nicht nötig, Moritz. Nikola liefert ihn mir ohne Aufforderung.

»Ondrej hat sein Leben lang gegen das organisierte Verbrechen gekämpft«, erklärt sie mit festen Worten. »Gegen die ›Kleinen Brüder‹!«

Darum.

»Sie haben alles hier beherrscht. Den Handel mit Waffen, Drogen, Informationen und Menschen. Bis Ondrej sie zerschlagen hat. Nicht alle. Das ist kaum möglich. Aber wir haben der Hydra ein paar Köpfe abgeschlagen.«

Der Kellner kommt und verschafft mir eine kurze Denkpause. Ich bestelle ein Kännchen Kaffee. Die beiden Frauen haben noch.

»Vielleicht ist das die Verbindung«, überlege ich, als wir wieder allein sind. Mel sieht mich mit gerunzelter Stirn an. »Wir hatten bisher Rebeccas Leibwächter in Verdacht. Dietmar Reinhardt. Auch wenn er die Morde nicht selbst begangen hat, so spricht sein Lebenslauf doch dafür, dass er die richtigen Leute für solche Aufgaben kennt. Und er ist Rebecca loyal ergeben. Aber Ihre Geschichte lässt die Sache in einem ganz anderen Licht erscheinen. Ondrej Nemec! Er beschäftigt sich über Jahre, wenn ich Sie recht verstanden habe, mit den ›Kleinen Brüdern‹. Der Organisation, zu der auch Rebecca Donhauser Kontakt hatte. Was, wenn ihm Unterlagen in die Hände gefallen sind, die ihn zu ihr geführt haben?«

»Selbst wenn es so ist. Warum? Warum sollte Ondrej so etwas getan haben?«

Ich höre die Verzweiflung in Nikolas Stimme. Die Frage nagt an ihr, frisst sie auf. Mein Kaffee kommt. Ich fülle meine Tasse, lasse zwei Stücke Zucker hineinfallen und zaubere mit der Milch Farbe in die schwarze Flüssigkeit.

»Was ist mit dem fünften Umschlag? Morven!«

»Leer.«

»Dann ist noch ein Druide am Leben. Rebecca und Ondrej hatten keine Zeit mehr, sich um ihn zu kümmern«, meint Mel.

»Um sie! Morven ist ein Frauenname.«

»Wir müssen die Verbindung zwischen Rebecca Donhauser und Ondrej Nemec herausfinden. Wenn er es war, der ihr zur Flucht verholfen hat, könnte uns das auf ihre Spur führen. Gibt es noch etwas, was Sie entdeckt haben?«

Ich kann es nur hoffen. Nikola Hajek ist unsere einzige Chance. Sie spürt, dass ich ihre Verzweiflung teile. Sie greift in ihre Tasche und legt ein Blatt Papier auf den Tisch. Ein aufgeklebtes Foto. Jemand wollte, dass es niemand sieht. Nikola hat die Schnipsel sorgfältig aneinandergefügt.

»Ist das Ondrej?« Mel deutet auf den Jungen auf dem Bild.

Nikola nickt.

Erst jetzt betrachte ich die Aufnahme. Eine junge Frau und ein Junge. Fast noch ein Kind. Sie sitzen auf zwei Schaukeln, die an einem kräftigen Ast hängen. Der Hintergrund sagt mir nichts. Die Gesichter der beiden dafür umso mehr. Da, wo Fröhlichkeit sein sollte, herrschen Ernst, Schrecken und Trauer. Sie stehen in ihren Gesichtern und blitzen aus ihren Augen.

Beide sind mir fremd. Obwohl. Eine gewisse Ähnlichkeit können auch die Jahre zwischen damals und heute nicht ausradieren. Ein Rädchen in meinem Kopf beginnt, sich langsam zu drehen. »Wie alt war Ondrej bei seinem Tod?« Meine Frage klingt beiläufig. Sie verrät den Gedanken nicht, der hinter ihr steht.

»32, warum?«

»Die Frau auf dem Foto. Wie alt könnte sie da gewesen sein?«

»19, 20. Ein Jahr jünger. Ein Jahr älter.«

»Und der Junge. Ich würde ihn da auf etwa 12 oder 13 Jahre schätzen.«

»Die Frau ist also sieben oder acht Jahre älter.«

»Es sind acht.«

»Wie kommen Sie darauf?«

»Es ist die Zahl der Jahre, die Rebecca Donhauser und Ondrej Nemec trennen.«

Sie nimmt das Foto vom Tisch und betrachtet es kopfschüttelnd. »Sie denken …?«

»Es war kein Zufall, dass sich Rebecca an Ondrej gewandt hat. Nach ihrer Flucht hat sie einen anderen Namen angenommen und ist nach Deutschland gegangen, um sich vor den ›Kleinen Brüdern‹ zu verstecken. Als sie, wie auch immer, die Identität der Druiden herausgefunden hat, haben sie und Ondrej das Leid, das ihr widerfahren ist, gerächt.«

»Eine Rache, die sie über Jahre geplant haben«, geht Mel den Weg meiner Gedanken weiter. »Ondrejs Jagd nach den ›Kleinen Brüdern‹. Sie war keine bloße Verbrechensbekämpfung, sondern Teil ihres gemeinsamen Plans.«

Nikola beugt sich zu mir über den Tisch. »Hat sich doch gelohnt, Sie zu treffen.«

»Finden Sie? Noch ist das nur eine Idee. Mehr eine Geschichte denn eine Theorie. Uns fehlen jedwede Beweise. Fest steht nur, dass Ondrej die Druiden getötet hat.«

»Nicht nur die Druiden.« Wieder greift sie in ihre Tasche. Ein weiterer Umschlag erscheint. Ein Name. Matej Pokorny. Sie nickt mir aufmunternd zu. Ich öffne den Umschlag und halte eine Untersuchungsakte in der Hand. Schweigend überfliege ich die Schrift, die ich nicht verstehe, bis ich bei den Fotos lande. Die Aufnahmen wecken Erinnerungen. »Ihm wurde das Herz herausgerissen?« Ich suche ungläubig die Bestätigung in Nikolas Gesicht.

»Vor fünf Jahren.«

»Aber warum? Wer war dieser Pokorny? Und was hatte er mit Rebecca und Ondrej zu tun?«

Nikola mustert mich nachdenklich. Ich spüre, sie hat nur einen Teil ihres Wissens preisgegeben. Jetzt ist sie an einer Mauer angelangt, die sie überwinden muss. Ich muss ihr dabei helfen. »Denken Sie, dass sie Geschwister waren? Ondrej und Rebecca.«

»Nein, waren sie nicht. Jedenfalls glaube ich das nicht. Es war etwas anderes. Etwas, was ich nicht erklären kann.«

»Und Pokorny?«, werfe ich ihr den Faden der Erzählung zu. Dankbar sehe ich, dass sie ihn ergreift.

»Ein kleiner Krimineller. Keine große Nummer, aber er hatte Kontakte zu den ›Kleinen Brüdern‹. Das war am Ende seines Lebens, als er bereits in Prag gewohnt hat. Eigentlich stammt er aus Ostrava. Er hat dort gearbeitet. Im Bergwerk, Sie verstehen? Nicht als Arbeiter. Pokorny war Ingenieur. Eines Tages hat er Ivana Kysely geheiratet. Eine Witwe. Der Mann ist bei einem Grubenunglück ums Leben gekommen. Sie hatten eine Tochter.«

Mein Herz beginnt, schneller zu schlagen, und meine Hände werden feucht. »Wie hieß das Mädchen?«

»Tamara. Die Ehe war gut. Bis Ivana bei einem Autounfall starb. Matej hat Tamara bei sich aufgenommen. Bis sie erwachsen war.«

»Was soll das heißen?«

»Sie sind weggezogen, als Tamara 18 wurde. Ohne sich von den Nachbarn zu verabschieden. Niemand weiß, wohin sie gegangen sind.«

»Woher wissen Sie das alles?«

»Polizeiarbeit«, meint sie überrascht. »Sollte Ihnen bekannt sein. Ich war dort. Ich habe mit Nachbarn und Kollegen von Tamaras Eltern gesprochen.«

»In Tamaras Geburtsort?«, meint Mel anerkennend.

»Ja. Keine Geschwister. Aber ich habe ihr Elternhaus

gefunden. Ein kleines Häuschen mit einem Garten mit alten Bäumen. Und einer Schaukel.« Nikolas Blick geht in die Ferne, dorthin, wo Tamara und ihre Eltern gelebt hatten. Langsam kehrt sie wieder zurück. »Ivana Kyselys Bruder hat das Anwesen gekauft. Er hat das Haus renoviert. Alles selbst gemacht. Bei den Arbeiten auf dem Dachboden hat er etwas gefunden. Eine Schatulle. Sie gehörte Ivana. Er hat sie aufgehoben. Als Andenken, Sie verstehen? Er kommt aus Liberec und hat seine Schwester selten gesehen.«

Wieder wandert ihr Blick an einen Ort, den ich nicht kenne.

»Was war in der Schatulle?«, hole ich sie zurück.

»Fotos. Von Tamara! Etwa ab dem Zeitpunkt, als sie fünf war. Eine Aufnahme für jedes Jahr. Immer gleich. Immer im weißen Kleid. Sie war wunderschön. Nachbarn haben gesagt, dass sie wie ein Engel ausgesehen hat.«

»Haben Sie die Bilder hier?«

Sie deutet auf ihr Smartphone. »Fotografiert.«

Tamara und ihre Eltern. Auf dem ersten Bild ist sie vielleicht fünf Jahre alt. Sie steht auf der Schaukel. Die Schaukel in ihrem Garten. Ein Mann, ihr Vater, steht neben ihr. Er wirkt müde und doch glücklich und stolz. Ivana hat ihren Arm um die Hüfte ihrer Tochter gelegt. Aus jeder Ecke des Fotos springt mich die Liebe an, die sie für Tamara empfinden. Eine Liebe, die das Mädchen in diesem Augenblick berührt. Ihr Lächeln verspricht Dankbarkeit und Zuneigung. Und Glück. Das Glück eines Kindes.

Nikola hat nicht übertrieben. Jeder Regisseur hätte die Rolle eines Engels mit der Tochter des Ehepaares Kysely besetzt. Ohne Schminke und ohne Maske. Egal ob es sich um das kleine Mädchen der ersten Aufnahmen handelt oder um den Teenager, zu dem sie herangewachsen war. Das weiße Kleid ist der Faden, der sich durch alle Bilder zieht und der sie miteinander verbindet.

Das weiße Kleid. Ich habe es schon einmal gesehen.

Das Gesicht des Mädchens auf dem letzten Foto. Ich habe es schon einmal gesehen.

»Mel. Hast du den Film dabei?« Ich deute auf ihr Tablet. Sie versteht ohne weitere Erklärung. Noch einmal läuft die Szene im Schloss vor unseren Augen ab. Die Mädchen. Nebeneinander aufgereiht, freigegeben zur Besichtigung durch die Druiden. Rebecca, die von dem Riesen die Treppe hinabgeführt wird. Mel und ich kennen die Aufnahme. Nikola muss sie erst begreifen.

Eines der Mädchen trägt ein weißes Kleid. Dann fängt die Kamera ihr Gesicht ein. Ich nehme Nikolas Smartphone und lege es daneben.

Tamara!

»Das Foto. Geben Sie mir noch mal das Foto.« Nikola reicht Mel die Aufnahme von dem Jungen und dem Mädchen auf der Schaukel.

Tamara!

Auch Mel sieht es. Ihre Augen wandern ungläubig zwischen mir und den Bildern auf dem Biertisch vor uns hin und her. Und dann zu Nikola.

»Tamara Kysely und Ondrej Nemec?«

»Ja. Sie kennen sich seit Kindheitstagen.«

»Aber wenn Ondrej die Druiden für Tamara getötet hat …«, überlegt Mel.

»… dann ist Rebecca nicht für deren Tod verantwortlich«, vervollständige ich ihren Gedanken.

»Aber sie war doch auch dort. Sie ist die junge Frau auf der Treppe. Wenn sie nichts mit den Morden zu tun hat, warum ist sie dann geflohen? Und warum sollte sie dann Martina getötet haben?«

»Weil sie keines der Mädchen da ist.« Nikola lässt ihren Blick nicht von Mels Tablet. Das Bild ist eingefroren. Es zeigt noch immer Rebecca und den Riesen. »Sie ist eine der Druiden. Sie ist der leere Umschlag.«

Sie ist Morven!

*

Nikola reicht erst Mel, dann mir die Hand. Wir stehen unschlüssig bei unseren Autos.

»Sie sagten, Ondrej und Tamara haben sich gekannt.«

»Ja.«

»Das ist es nicht. Das reicht nicht.«

»Nein, das reicht nicht. Nicht für das, was Ondrej getan hat. Er hat sie geliebt.«

»Und sie ihn.« Nikola gelingt ein schmales Lächeln. Dann steigt sie in ihr Auto und fährt zurück nach Pilsen.

Mel dreht sich zu mir um. »Wir sehen uns.«

»Morgen, ja.«

Ich warte, bis auch Melanies Auto verschwunden ist. Zögernd lasse ich meinen Blick über den Parkplatz schweifen. Dann entscheide ich, noch hinüber in den Kurpark zu gehen. Auf dem Steg über den Regen bleibe ich stehen. Unter mir warten Forellen im klaren Wasser auf Beute. Werden sie Erfolg haben?

Hatte ich Erfolg?

Das Gespräch mit Nikola Hajek hat Türen geöffnet und andere verschlossen. Für mich und für sie.

Rebecca stand auf der Seite der Täter, so wie Theodor, David, Jan und Laura. Die alle tot sind.

Auch Rebecca? Ondrej hat nicht für sie gemordet. Er hat alle Druiden getötet. Nur sie ist noch übrig. War der Unfall ein Angriff auf Morven? Hat er sie entführt, während ich bewusstlos war?

Und Martina? Was ist aus ihr geworden?

Sepp Probst erscheint in meinen Gedanken. Und seine Art, die Dinge aus einem anderen Blickwinkel zu betrachten. Irgendwo im Getriebe meines Kopfes legt sich ein Schalter um. Während ich durch die Grünanlagen des Kurparks schlendere, rekapituliert mein Gedächtnis die Tage, seit Magdalena in einem Gebüsch neben einer Kapelle gefunden wurde und Martina in mein Leben getreten ist. Aus Zufall? Hat sie uns bei den Ermittlungen geholfen? Oder hat sie uns gelenkt? Waren wir Marionetten, deren Fäden sie in ihren Händen hielt?

Martina! Tamara!

Tamara! Martina!

Ich rufe mir jedes Treffen, jede Besprechung, jeden Augenblick ins Gedächtnis. Ich suche nach einem Fehler, nach einem Wort, einer Handlung, die das entstehende Szenario ausradiert. Ich finde nichts. Alle Räder greifen ineinander, bis das Getriebe auch das letzte erfasst und zum Drehen bringt. Benommen setze ich mich auf einen der weißen Stühle, die über den Kurpark verteilt sind. Blumenbeete und Bäume beginnen, um mich zu kreisen.

Alles manifestiert sich zu einer Frage: Wo bist du, Martina?

DAS MÄDCHEN MIT DEM WEISSEN KLEID

Isabella Carvalho wartete auf den Augenblick, da sich das Meer daranmachen würde, die Sonne zu verschlingen. Dieser eine Moment, wenn der letzte Schimmer roten Lichts am Horizont den Sieg der Nacht über den Tag verkündete. Dann war sie eins mit dem Sand unter ihren Füßen und den Steinen, an die sie sich lehnte. Sie saugten die Wärme der Sonne in sich auf, um sie demjenigen, der sie des Nachts suchte, zur Verfügung zu stellen.

Sie schloss ihre Augen und ließ den Wind, der den salzigen Geruch des Meeres herantrug, gewähren. Sanft streichelte er ihr Gesicht, ihre Beine und Arme.

Wie jeden Abend war sie heruntergekommen zum ehemaligen Hafen von Ajunitena. Einst waren von hier die Fischer hinausgefahren, hatten den Fang der Nacht eingebracht und ihre Netze geflickt. Nichts war davon übrig geblieben, außer einigen Booten, die leblos in den Wellen schaukelten. Von den meisten blätterte die Farbe ab und schmutziges Wasser plätscherte über ihren Boden. Nur zwei der Holzboote fuhren noch hinaus, aber auch sie kehrten meist ohne die Fische, denen der Ort seine Entstehung verdankte, zurück.

Als sie vor einigen Jahren zum ersten Mal nach Ajunitena gekommen war, waren ihr der Ort am Atlantik und das Haus am nördlichen Ende der einzigen Straße gleichermaßen schäbig erschienen. Nur durch Zufall hatte sie den falschen Bus genommen während dieses zweiwöchigen Urlaubs im größten Land Südamerikas. Der Blick auf das Meer hatte sie bewogen auszusteigen. Und da der nächste Bus auf sich warten ließ, war sie durch den Ort gegangen.

Obwohl sich zwischen den ärmlichen Häusern und dem tiefen Blau des Wassers ein nahezu weißer Strand erstreckte, hatten die Touristen diesen Flecken Erde noch nicht entdeckt. Die letzten Fischer und Marktfrauen, Kinder und Greise waren die Einzigen gewesen, die sie beobachtet hatten, als sie die Straße hinaufgegangen war, stets bemüht, nicht in eine der Pfützen zu treten, die der letzte Regenschauer hinterlassen hatte.

Der marode Zustand des Hauses war ihr zuerst gleichgültig und dann ihr Glück gewesen. Der lächerlich niedrige Preis, die anschließende Sanierung, die Abgeschiedenheit. Alles hatte sich zu ihrer Zufriedenheit entwickelt. Ein weiteres Puzzlestück auf dem Weg zur Vollendung des Bildes. Dann, wenn das letzte Teil eingesetzt war, würde es nichts anderes zeigen als Isabellas neues Leben.

Das Anwesen war von außen noch immer kein Schmuckstück. Die Wohnung hatte sie nach ihren Bedürfnissen eingerichtet. Den Mangel an Eleganz und Platz machte der Blick hinaus auf den Atlantik mehr als wett. Besonders an Tagen wie diesem, an denen die endlose Weite von Blau hinter dem schmalen Streifen Weiß bis zum Horizont reichte.

Der Strand lag menschenleer vor ihr. In der nächsten Stunde würde sich das ändern. Dann, wenn die Menschen des Dorfes die Last des Tages gegen die Leichtigkeit eines Abends am Meer tauschten, noch bevor die Sterne der südlichen Erdhalbkugel den Himmel zu einem Wunder machten.

Den Sand zwischen den Zehen zu spüren, bestärkte sie in dem Wissen, weit weg und in Sicherheit zu sein. Sie stand auf, nahm ihren Korb und ging dort, wo das Wasser das Land küsste, nach Norden. Auf Höhe eines der Holzstege, die wie eine Startplattform hinaus in die Unendlichkeit des Meeres ragten, breitete sie ihre Decke aus und legte sich darauf. Sie trug ein luftiges knallgelbes T-Shirt und eine kurze blaue Jeans. Das leise Rauschen des Wassers, das im endlosen Kampf mit dem Sand die Trennlinie zwischen Ozean und Land hin und her schob, zog ihre Gedanken in einen Dämmerzustand, bis sich ein Schatten auf sie und eine Hand auf ihre Schulter legte. Sie setzte sich auf und blickte in Jamiros dunkle Augen.

»Hallo. Schon Feierabend?« Er lächelte sie mit einem verträumten Ausdruck im Gesicht an. Jamiro war anders als andere Männer. Obwohl er seit seiner Jugend leichtes Spiel bei den Mädchen gehabt hatte, war er Anita treu gewesen. Vom Tage ihrer Hochzeit bis zu dem Augenblick, da eine Lungenembolie ihre Augen für immer geschlossen hatte. Seither hatte er sich seiner Arbeit drüben in Romarios kleinem Lebensmittelladen gewidmet. Ein bescheidenes Einkommen, aber Ablenkung genug, um sich nicht von den Klippen unten im Süden ins Meer zu stürzen.

Sie hatten sich getroffen, als Isabella Lebensmittel eingekauft hatte, um den Kühlschrank in ihrer kleinen Küche zum ersten Mal zu füllen. Seither sahen sie sich regelmäßig im einzigen Café des Ortes, am Strand oder auf ihrer Terrasse. Sie führten lange Gespräche, die ihr nie das Gefühl gaben, von ihm bedrängt zu werden. Und dennoch spürte sie, dass da mehr sein konnte als nur Freundschaft.

Jamiro lächelte dieses Lächeln, das Trauer und Hoffnung in sich zu vereinen schien, und sah auf das Meer hinaus. Er saß neben ihrer Decke, seine braungebrannten Zehen spielten mit dem Sand. Er hatte die Hände um seine Knie geschlungen und pfiff leise durch die Zähne. »Was macht dein Unterricht, Isabella?«

»Heute waren es nur drei Stunden. Morgen dann sind es fünf.«

»Ich kann mich ja irren«, meinte er, »aber ich werde das Gefühl nicht los, dass du nicht immer den Leuten Englisch oder Deutsch gegen ein paar Real beigebracht hast.«

»Von irgendwas muss man ja leben«, umschiffte sie die Klippe der Wahrheit. Wie sollte er auch verstehen, was sie in ihrer Heimat getan hatte? Da war die Geschichte von der Frau mit deutscher Mutter und brasilianischem Vater, die nach einer geplatzten Ehe in ihrer südamerikanischen Heimat nach Vergessen und Glück suchte, doch wesentlich einfacher und glaubwürdiger.

Er suchte kurz ihren Blick, dann sah er wieder auf die Weite des Wassers hinaus. Das war es, was sie an ihm mochte. Er war nie aufdringlich. Weder in Worten noch in Taten. Ihre Augen folgten den seinen, und da sah sie es. Eine Familie kam den Strand herauf. Mann und Frau, ein Junge und ein Mädchen. Sie war etwa zwölf Jahre alt und bildhübsch. Der Wind strich durch ihr schwarzes Haar, ihre Haut war von diesem sanften Braun, das ein Versprechen von Gesundheit und Glück zu sein schien. Sie trug ein schneeweißes Kleid.

Isabellas Muskeln verkrampften sich und ihr Atem ging schneller. Jamiro bemerkte die Veränderung. Er betrachtete sie mit sorgenvollen Falten über der Nasenwurzel. Das Mädchen kam näher. Die Füße des Jungen ließen das Wasser hochspritzen. Das Mädchen mied das Meer. Sie bückte sich nach Muscheln, lief ein paar Schritte, immer der Brandung ausweichend. Dann sah sie zu ihnen herüber und winkte.

Isabella schloss die Augen. Vor ihr erschien ein Baum. Er trug keine Früchte und hatte einen Großteil seiner Blätter verloren. Und doch starb er nicht. Nicht, wenn es ihr gelang, auch die letzten Blätter von ihm zu schütteln. Der Baum war ihr Leben. Jedes seiner Blätter trug einen Namen und stand für ein Ereignis.

Da war die Angst, die ihr Herz umklammert hatte, als Matej sie verkauft hatte. Ein Blatt, das längst neben dem Stamm des Baumes auf der Erde verwelkte.

Das Zischen und der Geruch verbrannten Fleisches, als sich das Keltenherz glühend in ihre Haut gebrannt hatte. Auch dieses Blatt hatte der Baum abgeworfen.

Die Nächte in den Wäldern, als sich die Götter ihr Blut geholt hatten.

Der eine Augenblick, der alles Kommende erst ermöglicht hatte. Die Sekunde, in der sich Jan Lichtingers Gesicht in ihr Gedächtnis gebrannt hatte. Das Gesicht, das sie Jahre später in der Zeitung wiedererkannte. Evan war einfach zu berühmt gewesen, um sich vor ihr verstecken zu können. Sein Tod war der Anfang von allem gewesen. Die Angst vor dem Feuer hatte ihm die Namen der anderen Druiden entlockt. Ein Geständnis, das nicht in der Lage gewesen war, ihn zu retten. Zu groß war seine Schuld gewesen. Als alles vorbei gewesen war, hatte Isabella auch das Blatt, das seinen Namen trug, von den Zweigen des Baumes gerissen.

Weitere Blätter waren längst zu Boden getaumelt. Aedan, Robena, Dorell. Ihr Tod so unabwendbar wie die Art ihres Sterbens.

Wegen Morven. Ja, Morven klammerte sich noch an ihren Zweig.

Isabella hatte die Menschen, die sich hinter den von Jan Lichtinger verratenen Namen verbargen, lange beobachtet. Bald war ihr bewusst geworden, dass Rebecca Donhauser für den Arm ihrer Rache nicht erreichbar war. Zu reich war sie, die sie ihr Vermögen zu einem undurchdringlichen Schutzwall um sich gelegt hatte. Zu gut beschützt von Dietmar Reinhardt und den seinen. Nur eine Institution konnte ihr Zugang zu Rebecca verschaffen. Der Staat, dessen Allgewalt sich auch Morven nicht entziehen konnte. Und so hatte sie zusammen mit Papa und Ondrej den Plan entworfen, der ihnen Morven ausliefern würde. Als Rebecca dann die »Kleinen Brüder« beauftragt hatte, Theobald und die anderen zu beseitigen, ohne zu ahnen, dass es Ondrej gewesen war, mit dem sie telefoniert hatte, hatte sie ihr eigenes Ende besiegelt. Jeder Tod eines Druiden war ein Pflasterstein auf dem Weg gewesen, der Moritz Buchmann und seine Mitstreiter unweigerlich zu Morven führen musste.

Moritz! Ein weiteres Blatt, das es abzureißen galt. Die Nacht mit ihm war bedeutungslos. Sein kriminalistischer Instinkt dagegen bemerkenswert. Er hatte alle Hinweise, die sie ihm gegeben hatte, richtig gedeutet. Magdalena, die Druiden, die Herzen, die Opfersteine. Und er hatte den Unfall überlebt! Zum Glück! Sein Tod hätte einen dunklen Fleck ins strahlende Weiß ihres Gewissens gemalt. Unschuldige sterben zu lassen, war nie ihre Absicht gewesen. Zu spät war sie sich der Gefahr bewusst geworden, in die sie ihn gebracht hatte, als sie ihm die Spritze in den Hals gestochen hatte. Sekunden zuvor hatte sie Rebecca auf die gleiche Weise ausgeschaltet.

Moritz hatte das Wappen entdeckt. Und die richtigen Schlüsse daraus gezogen. Die deutsche Polizei hatte das Schloss, das ihr Gefängnis gewesen war, gefunden.

Was, wenn nicht?

Dann hätte ich sie auf diesen Hinweis stoßen müssen. Hätte es den Verdacht auf mich gelenkt? Eine überflüssige Frage. Moritz hatte die in ihn gesetzten Erwartungen erfüllt. Er hatte ihr die Gelegenheit gegeben, sie zu der DVD zu führen.

Wie mutig und vorausschauend es doch von Papa gewesen war, die Druiden zu filmen. Sie und die »Kleinen Brüder«. Und die Mädchen! Mich!

Mit dem Camcorder aus dem Auto und in den Wäldern, mit den Überwachungskameras, die er repariert und gewartet hatte.

Hätten sie ihn erwischt, wäre das sein Ende gewesen.

Seine Aufnahmen waren der Schlüssel gewesen, der ihr das Tor zu Rebeccas Festung geöffnet hatte. Jetzt lag Morven auf dem Grund des Flusses, der ihrer Firma den Namen gegeben hatte. Sollte sie jemals gefunden werden, würde Moritz sich die Frage stellen, warum ihr Herz noch in ihrer Brust ruhte.

Die letzten Augenblicke in Morvens Leben waren eine Erinnerung, die sich beharrlich in Isabellas Gedächtnis krallte. Sie hatte beabsichtigt, auch ihr das Herz zu nehmen. Der Ort dafür war längst vorbereitet gewesen. Im Keller unter einer verlassenen Stallung warteten Hammer und Keil auf Rebecca. Sie aber entzog sich dieses Todes durch einen anderen. Als sie den Ort erreichten, hatte das Ketamin ihr Herz bereits zum Stillstand verdammt. Und sie so vor dem kommenden Albtraum bewahrt. In ihren letzten Atemzügen hatten ihre Augen Isabella verraten, dass sie sich bereitwillig in die offenen Arme des Todes gelegt hatte. Isabella erinnerte sich an den Raum unter Rebeccas Haus. An den Steinaltar und die nackte Frau darauf. Morven hatte Rebecca nie losgelassen.

Und so war sie gestorben. Die Erste und die Letzte der Druiden.

Isabella spürte, wie sich ihr Lebensbaum schüttelte. Vergeblich. Noch immer hingen einzelne Blätter an ihm. Als sie in einer lange zurückliegenden Zeit mit ihrem Vater und ihrem Bruder den Tod der Druiden geplant hatte, war ihr bewusst geworden, dass ihr neues Leben erst beginnen konnte, wenn der Baum das letzte Blatt und die letzte Erinnerung abgeworfen hatte und bereit war, neue auszutreiben.

Isabella aber war noch nicht bereit, alle Blätter loszulassen. Nicht jene von Mama und Papa und der Erinnerung an die Zeit, als sie noch das Kind gewesen war, das behütet war vor dem Schrecken, der noch kommen sollte.

Nicht jenes von Petr. Dem Mann, dem sie eine neue Tochter gewesen war, der sie gerettet und geliebt hatte. Der sie all das gelehrt hatte, was sie brauchte, um nach Deutschland zu gehen, um eine Universität zu besuchen, um ihr Leben dem Kampf gegen das Verbrechen zu widmen. Der aus Tamara Kysely Dr. Martina Richter gemacht hatte und aus dieser Isabella Carvalho, bevor ihm die Krankheit das Talent, Ausweise und Dokumente zu fälschen, genommen hatte, so wie sie ihm Geist und Leben genommen hatte.

Und da war noch dieses eine Blatt, diese Erinnerung an einen Garten, an eine Schaukel, an einen Jungen. Der Junge war nicht ihr Bruder gewesen und doch so viel mehr. Der Junge war ein Mann geworden und nie hatte sie einen anderen Mann mehr geliebt. Sie hatte ihn ein letztes Mal gesehen, als sie Morvens Leiche in eine Kette gewickelt und in den Fluss geworfen hatten. Inzwischen war der Mann tot, aber die Erinnerung an diese Stunde auf der Schaukel lebte.

»Wie heißt du?«, hatte sie ihn gefragt an jenem Tag im Garten von Petrs Haus.

Da war er wieder. Seine Augen, seine Hände und seine Stimme: »Ondrej. Mein Name ist Ondrej.«

*

Jamiros Hand war da. Der Träger ihres Shirts rutschte über ihren Arm und gab ihre Schulter frei. Die Linien waren schwach, fast schon verblasst. Ohne Anfang und ohne Ende bildeten sie ineinander verschlungen zwei Herzen. Fast erinnerte die Darstellung an die Kunst der Maya und Inka. Und doch war sie anders. Fremd und unverständlich. Isabella spürte seine Hand, die noch immer auf ihrer Schulter lag. Langsam kehrte sie in die Gegenwart zurück. Sie schloss die Augen und öffnete sie wieder. Sie war wieder am Strand von Ajunitena. Das Mädchen mit dem weißen Kleid, der Junge und ihre Eltern waren verschwunden.

»Alles gut, Isabella?«

Jamiros Geduld schien grenzenlos zu sein. Sie nickte langsam. Er nahm all seinen Mut zusammen. Sein Finger fuhr die Linien an ihrer Schulter nach. »Isabella. Was ist das?«

Das Keltenherz! Noch ein Blatt! Sie atmete tief ein. Der Windstoß kam unerwartet. Er fuhr durch ihr Gedächtnis und kämmte die letzten Blätter vom Baum. Es war der Augenblick, in dem sie alles hinter sich lassen würde und ihr neues Leben begann. Lächelnd wandte sie sich Jamiro zu: »Nichts!«, sagte sie. »Es ist nichts!«